서울, 뉴욕을 읽다

서울, 뉴욕을 읽다
두 도시를 오고 가며 경험했던 순간들

초 판 1쇄 2024년 03월 06일

지은이 文勝煜, 金鍾采
펴낸이 류종렬

펴낸곳 미다스북스
본부장 임종익
편집장 이다경
책임진행 김가영, 윤가희, 이예나, 안채원, 김요섭, 임인영, 권유정

등록 2001년 3월 21일 제2001-000040호
주소 서울시 마포구 양화로 133 서교타워 711호
전화 02) 322-7802~3
팩스 02) 6007-1845
블로그 http://blog.naver.com/midasbooks
전자주소 midasbooks@hanmail.net
페이스북 https://www.facebook.com/midasbooks425
인스타그램 https://www.instagram/midasbooks

ⓒ 文勝煜, 金鍾采, 미다스북스 2024, *Printed in Korea.*

ISBN 979-11-6910-529-3 03810

값 25,000원

🏃 **미다스북스**는 다음세대에게 필요한 지혜와 교양을 생각합니다.

두 도시를 오고 가며 경험했던 순간들

서울, 뉴욕을 읽다

文勝煜

金鍾采

미다스북스

일러두기

- 내용상 한 줄을 띄우고 분리된 단독 문단은 포크너(William Faulkner 문학작가 미국 1897~1962)의
『음향의 분노』(the Sound and the Fury 1929)라는 작품에서 차용된 작문 기법(오랜 과거로 갑자기 이동
했다가 돌아오는 전개)으로서 두 저자의 회상을 의미한다(단 회상 내용은 정확하지 않을 수도 있음).
- 외래어 표기는 국립국어원을 자제하고 두 저자 스타일을 따랐다.
- 각주 · 미주를 대신하여 병기된 문장들은 독자들의 원활한 정서적 이해의 흐름을 위해 다소 길게
설정되었다.
- 저명인 옆 괄호 안에 병기된 본명 · 신분 · 국적 · 생년 · 졸년은 독자와 저명인의 시대를 같이 공
유하고자 하는 의도이다.
- 도시명 옆 괄호 안에 병기된 연도는 명칭의 공식사용 기원이다(예를 들어 '서울(1945)'은 한양
(1391)~한성(1395)~경성(1910)~서울(1945)로서 가장 최근 도시명 생성연도인 '1945'가 병기됨).
- 내용에서 거론된 지인들의 성명은 당사자의 명예를 위해 가명으로 표기했다(단 2022년 현재 뉴욕
시장은 실명임).
- 내용에서 '그녀'와 '여인'은 두 저자 각각의 아내를 지칭한다.
- 두 저자 각각의 문체는 독자의 혼란을 최소화하고자 한 가지로 조정되었다.

추천의 글

서울을 꼼꼼하게 만나고 싶다면, 뉴욕에서 가족을 떠올리고 싶다면, 두 도시가 상상이 잘 안 된다면 이 책을 추천합니다. 두 도시의 거리에서 두 저자는 기꺼이 같이 걷자 할 겁니다.

— 박재석(한국관광공사 뉴욕지사장) —

뉴욕에 살고 있으나, 뉴욕의 설렘과 특별함을 잊고 살았습니다. 두 학자는 뉴욕과 서울, 닮은 듯 다른 두 도시를 놓고 경쟁하고 있습니다. 그러나 저는 둘 다 마음에 듭니다.

— 박찬섭(뉴욕시민, 초대교회 목사) —

수많은 영상에서 만나는 도시들은 화려한 흥미만 있을 뿐 결국 나와는 별개지요. 그러나 저자들의 서울과 뉴욕은 수채화의 시선으로 나만의 상자를 열어보는 느낌.

— 박종진(〈1970년에 두고 온 시간들〉 회화작가) —

서울을 누볐던 소독차를 기억하고, 뉴욕 타임스스퀘어를 동경해 왔다면, 봄철 서울 연등회부터 둘러보시고, 가을 뉴욕 퍼레이드로 떠나 보시길 바랍니다. 책이 그러고 싶게 하는군요.

— 강문정(서울시민, 조계종 연등회보존위원회 전 총괄팀장) —

서문

나는 서울이 늘 지겨웠다. 그러던 중에 내게도 안식년연구년이라는 것이 다가왔다. 그런데 아무리 안식년이라고 하더라도 거창한 연구주제를 잡는 것이 아니었다. 왜냐면 그 대망의 안식년은 미국 내 도서관 자료를 요구했기 때문이었다. 다행히 나는 육촌 누님이 있는 뉴저지New Jersey State 1664라는 미국을 알아냈고, 인근 대학도서관도 찾아냈다. 그러나 무작정 대학 측에 자료를 요구할 수는 없는 노릇이었다. 할 수 없이 나는 해당 대학 홈페이지를 통해 내 공부와 관련 있는 학자를 며칠간을 탐색하였다. 그러나 관심 영역은커녕 관련 분야도 전혀 연결되지 않았다. 이러다가 한 해를 다 허송세월로 보내는 것은 아닐지를 나는 약간 걱정했었다. 그러던 중에 환한 인상의 한 한인 학자가 메인 홈페이지에 나타났다. 나는 조심스럽게 그 학자에게 내 사정과 도움을 이메일로 요청했다.

나도 뉴욕이 더 이상 흥미롭지 않았다. 늘 정해진 생활이 셀 수 없이 빠르게 지나가고 있었다. 나는 매우 일상적이고 또 지루한 겨울 학기를 끝냈고, 종강 날 몇 주간 비워질 연구실 공간을 찬찬히 바라보았다. 그러고선 마지막으로 아무 의도 없이 이메일을 열어 보았다. 아침에 확인한 인사치레 메시지들과는 달리 정중한 한글 제목이 하나 더 들어와 있었다. 한국에서 한 학자로부터 자신의 과제에 대한 도움을 요청하는 메시지였다. 긴 세월 동안 한국을 방문하지 못했던 나는 내 공부와 상관없이 무척 반가웠다. 낯선 학자의 부탁은 매우 간단한 것이었다. 우리 대학도서관의 수시 출입과 아주 오래전 뉴욕

타임스지 마이크로필름 자료를 찾아내는 것이었다. 나는 앞뒤 재 보지도 않고 기꺼이 돕겠다는 이메일을 바로 보냈다.

우리는 지루한 두 도시에서 새로운 생활 흥미를 갖게 된 것 같았다. 우리는 전혀 모르는 사이에서 썩 잘 아는 사이가 되어가고 있었다. 우리가 공부하는 분야는 어떤 것 하나 유사하지도 않았다. 그래서 더욱 무언가를 같이 시도해보고 싶었다. 그런데 할 수 있는 것이라곤 일부러 끼워 맞춰진 공동과제를 진행하는 것뿐이었다. 우리는 주제를 정하고 두 번의 연구자금 지원을 시도했다. 그러나 다양한 이유로 그 시도들은 성사되지 못했다. 첫 번째는 우리의 준비 부족이었고, 두 번째는 느닷없는 외부자의 관여로 진행 자체를 내주었기 때문이었다. 우리는 불발을 못내 아쉬워하며 연락의 긴 휴지기로 들어갔다.

그런데 우리의 그 무소식을 다시 연결한 것은 뜻밖에도 팬데믹이라는 비보였다. 우리는 서울의 철저한 방역 지경과 뉴욕의 긴박한 확산 상태를 걱정하는 디지털 대화를 이어나갔다. 그러면서 마지막에는 바이러스 이전에 서로가 방문했던 평화로운 두 도시에 대한 미련을 남기곤 했다. 그래서 통제된 가운데 기형적으로라도 돌아가는 두 도시는 빼먹었던 것이 너무 많은 문 교수의 뉴욕이었고, 그리운 고향 이야기로 넘쳐나는 김 교수의 서울이었다. 그러나 입국과 출국이 금지되고 국경 폐쇄를 넘어서 아예 강제로 자국민을 이주시키는 절망적인 상황은 난리 전의 미미한 미련과는 또 다른 차원의 찐한 도시바라기를 만들었다.

그런 오염된 세상에서 두 해를 흘려보낸 우리는 이상하게도 느슨한 팬데믹에서도 전혀 기쁘지가 않았다. 오히려 우리는 디지털 후유증을 앓고 있었다.

무엇보다 우리는 어디든 다시 떠날 자유와 용기를 선뜻 드러내지 못했다. 소심한 디지털 어른이가 되어 있었다. 이는 각자가 생활하는 도시에서조차 선뜻 나서지 못하는 겁쟁이가 된 것이었다. 그러던 어느 날 우리는 과감히 집 밖으로 나갈 명분을 서로에게 제안했다. 서로에게 이른바 '그리운 서울과 궁금한 뉴욕'으로 두 도시를 대신 다녀와 줄 것을 주문한 것이었다. 우리는 필수 불가결하게 집 밖으로 탈출할 명분을 일부러 상대방에게 요구한 것이다. 결국 지구 종말 연습 같았던 역병과 지긋지긋한 디지털 화면에서 빠져나오기 위하여 우리는 진짜 서울과 진짜 뉴욕을 서로에게 찾아주기로 했다.

우리는 온전한 뉴욕과 원래 서울을 다시 찾기 위해 거창한 '르포르타주 Reportage'라는 것을 작성해 주기로 합의했다. 사실 이는 철저히 누군가의 요구로 이루어지는 도시방문인 만큼 하기 싫은 과정일 수도 있었다. 게다가 보고해야 한다는 숙제는 서로에게 게을러질 수 없는 성가심이기도 했다. 그러나 우리가 경험했던 동네는 뜻하지 않은 구석구석의 노정이었고, 생활 도시에 대한 숨겨진 면모였다. 다시 말해서 즐거운 도시 소풍이었다.

그런데 어느 날 우리는 이 미션을 수행하면 수행할수록 의도대로가 아닌 전혀 다른 방향으로 흘러가고 있다는 것을 발견하였다. 우리는 그 르포르타주가 아니라 이른바 '레트로타주 Retrotage · 르포르타주에 레트로(Retro)를 더해서 레트로타주라는 개념을 아예 만들었음'라는 것으로 변질시킨 것이다. 우리는 도시를 탐색하는 동안 보고자에서 참여자가 되어서 지나친 혼자만의 사유를 해 버린 것이었다. 그런데 더 이상한 것은 그 느낌이란 오래전 두 도시에서 흔하디흔한 동네 사람으로 돌아가게 하는 기분 좋은 여정이 아닐 수가 없다는 것이었다. 이는 마치 그간에 만나지 못했던, 그래서 오랫동안 잊고 지냈던 어떤 사람과의 조우와도 같은 것이었다. 팬데믹을 잊는 것은 물론이고 매정한 디지털 현실로 돌아오기 싫게 하는 꽤 마음에 드는 과업이기도 한 것이었다. 더 정확히 말하자면 이는 선택의 여지가 없이 재앙에 적응했던 평면의 14인치에서 입체라는 원래의 세상으로 뛰쳐나오게 하는 정서적 안정제와도 같은 것이었다. 우리는 두 도시에서의 이 귀중한 경험을 다 마치며 고민했다. 우리만의 공유를 넘어서는 것을 말이다. 망설임 끝에 우리는 각자가 복용했던 이 비메이커 안정제를 감히 독자들에게 한 알만이라도 나눠주고 싶다는 생각을 했고, 결국 조심스럽게 책으로 엮게 되었다.

우리의 그리운 서울과 궁금한 뉴욕은 각자의 집을 열두 번 변하는 계절별로 나서게 했다. 우선 팬데믹의 끝이 여전히 안 보였던 1월의 그리운 서울은 김 교수의 본적지로 알려진 연남동1975은 어떻게 변했는지를 알아보는 것이었다. 그리고 문 교수의 궁금한 뉴욕은 오래전부터 그에게서 숨겨져 있었던 퀸스박물관Queens Museum 1972이었다. 연남동은 요즘 서울의 세속적 선호와 달리 미련이 많은 동네였다. 그리고 퀸스박물관은 그간에 높고도 높은 마천루의 뉴욕을 넓고도 넓은 대평원으로 다시금 깨닫게 해 주는 시간이었다. 적어도 미국을 통해 팬데믹 터널 끝의 희망이 보였던 2월 서울 방문지는 김 교수의 유년이 풍성한 고척동1914이 추천되었고, 뉴욕방문지는 사라져가는 아날로그 뉴욕 중의 하나인 컬대역116th Street-Columbia University Station 1905을 가보라는 통보였다. 고척동은 고척 동네의 동물들의 인연과 인생의 말로를 고민하게 하는 곳이었고, 컬대역은 아시안들의 뉴욕 입지의 극적 격차를 실시간 체감하는 글로벌 현장이었다. 설레는 봄 3월의 서울은 설레지도 못한 채로 김 교수의 국민학생 출발지인 문백초등학교1974였고, 뉴욕은 듣기만 해도 시원한 스테이튼아일랜드페리Ferry between Manhattan and Staten Island 1817를 탑승

해 보라는 문 교수의 요구였다. 문백국민학교는 더 이상 국민학생일 수 없는 한 국민학생을 만나는 시간이었고, 스테이튼아일랜드페리는 아무것도 할 일이 없는 뉴욕 입성이란 얼마나 한심한지를 알게 해 준 맨하튼이었다. 잔인한 4월에도 역시 잔인하게 마스크를 쓰며 모색된 그리운 서울은 그래도 경기는 계속되어야 하는 잠실야구장1982을 찾는 것이었고, 궁금한 뉴욕은 세계수도의 실체인 뉴욕시청사New York City Hall 1812를 방문해보자는 것이었다. 잠실야구장은 아버지의 실체를 꺼내 보는 기회였고, 뉴욕시청사는 뜻밖에도 새 뉴욕 시장을 만나보는 기회였다.

온전히 즐겁지 못한 5월에 방문하는 궁금한 서울은 비자를 위해 반드시 뚫어야 했던 철옹성 주한미국대사관United States Embassy in Korea 1949이었고, 생각만 해도 신나는 센트럴파크동물원Central Park Wildlife Center 1884은 문 교수로부터 궁금한 뉴욕으로 선정되었다. 주한미국대사관은 미국의 복잡하고 두꺼운 치안 내막을 대신 고민하는 오지랖의 시간이었고, 센트럴파크동물원은 떠들썩한 뉴욕에도 고요하게 사는 준시민들과 어울려 보는 즐거움이었다. 한때 풋풋한 대학생이었음을 깨닫게 하는 대학로1975는 6월로 접어든 문 교수에게 그리운 서울로 통보되었고, 김 교수는 〈육백만 불의 사나이〉the Six Million Dollar Man 1974를 우리 TBC방송국1964-1980에 공급했다던 ABC방송국American Broadcasting Company 1943을 궁금한 뉴욕으로 부탁받는 것이었다. 대학로는 묻어두었던 대학생 타임캡슐을 발굴해보는 시간이었고, ABC방송국은 두 나라에서 동시에 사랑받았던 외화이자 방화 속 위인들의 생사를 확인해 보는 시간이었다. 여름방학이어도 하나도 즐겁지 않은 7월 문 교수는 관악산을 등반하라는 실로 버거운 그리움의 부탁을 받았고, 양키즈만 있는 게 아니라 메츠도 있다는 뉴욕메츠야구장New York Mets Citi Field Stadium 2009은 김 교수에게 궁금한 곳으로 통보되었다. 관악산은 오래전 어떤 어린이에게 마음을 전하고 싶은 시간이었고, 뉴욕메츠구장은 미국에서 찐한 한국을 경험하게 해 준 고마운 축제였다. 매미가 시끄러운 8월 문 교수는 서울에서 가장 시끄러운 광장시장1905을 부탁받았고, 김 교수는 그런 즐거움을 사각형 건물에 포장해서 넣어놓은 메이시스백화점Macy's 1858에 가볼 것을 주문받았다. 광장시장은 이미 디지털이 만연된 세상에서 아날로그를 고집할 이유란 도대체 무엇인지를 고민해 보는 시간이었고, 메이시스백화점은 백화점이란 역사적 인문 대상인지 미래적 첨단 취급인지를 따져보게 하는 공간이었다.

올해 두 번째로 마스크 수업을 개시한 9월 우리는 소박함을 뒤집는 개신교회 충현교회1988를 그리운 서울로 선정했고, 아직도 짓고 있다던 맨하튼의 유럽인 미국성공회대성당Cathedral Church of Saint John the Divine 1892- 을 궁금한 뉴욕으로 뽑았다. 충현교회는 문 교수의 종교관이란 믿음이 아닐 수 있다는 의혹을 품게 한 시간이었고, 미국성공회대성당은 죽기 전에 내가 남길 마지막 한 문장이란 무엇이면 좋을지를 하루 내내 고민하게 하는 시간이었다. 독감예방과 코로나 백신주사를 동시에 맞아야 했던 10월 김 교수의 그리운 서울은 오래전 우리 모두에게 마음을 들뜨게 했던 김포공항1942이었고, 문 교수의 궁금한 뉴욕은 뉴욕의 대표적 클래식 놀이공원인 코니아일랜드Coney Island 1845였다. 김포공항은 늙었어도 마음을 자라게 하는 장소였고, 코니아일랜드는 수위아저씨가 용을 죽이던 날 대단한 사건 하나를 기억해 내는 시간이었다. 11월의 그리운 서울은 공부가 직업인데도 한 번도 가본 적 없는 남산도서관1922이 문 교수에게 할당되었고, 궁금한 뉴욕도 수차례 지나기만 했던 뉴욕공공도서관New York Public Library 1911이 김 교수에게 배당되었다. 남산도서관은 서울에서의 많은 역할 대상이 문 교수의 시야에 들어오기 시작한 장소였고, 뉴욕공공도서관은 한때 김 교수의 우주였던 대학도서관은 다 어디로 갔는지 의문을 남긴 곳이었다. 기침과 목이 아프면 일단 찜찜해지는 12월 이태원1907이 문 교수의 조문 파견지로 선정되었고, 궁금한 뉴욕은 진정 크라이슬러빌딩Chrysler Building 1930이 엠파이어스테이트빌딩Empire State Building에 밀려야 하는지를 위해 크라이슬러빌딩에 김 교수를 특파하는 것이었다. 이태원은 적어도 선진 알맹이와 선진 껍데기란 어떤 차이인지를 고민하게 하는 현장이었고, 크라이슬러빌딩은 키 큰 뉴욕만이 뉴욕이 아니라 키 작은 뉴욕도 있음을 깨닫게 하는 시간이었다.

마스크가 확실히 벗겨지고 손 씻기를 망각해도 될 무렵 우리는 열두 번의 서울과 뉴욕의 방문을 뒤로하고 또 한 번의 새 학기를 맞았다. 그러던 중에 우리는 대양을 건너는 모종의 도시를 드디어 방문했다. 그런데 뜻밖에도 서울과 뉴욕은 외면한 채 우리는 시애틀과 런던으로 떠나 버렸다. 서울과 뉴욕의 빗장이 풀렸음에도 우리는 두 도시를 방문할 일을 만들어내지 않았다. 우리는 일부러라도 시애틀과 런던에서의 과업을 서울과 뉴욕으로 조정할 수 있었지만 우리는 그러지 않았다. 사실 우리는 서로에게 글과 사진만으로 만났던 서울과 뉴욕에 대한 우리만의 숨 고르기가 더 필요했다. 막상 허용된 두 도시에 대한 기대는 더 극적인 방문을 위해 준비된 무관심으로 일단 놔두기로 합의했다. 뉴욕의 구석구석을 직접 지정했던 자가 뉴욕행을 감행하고, 서울의 곳곳을 또 직접 선정했던 자가 서울로 출발하는 감격을 우리는 그리 간단하게 하고 싶지 않았다. 우리는 그것이 뜻밖에 결출했던 두 도시에 대한 우리의 예의가 아닐까도 싶었다. 향후 우리의 마음과 기회가 결정되기만 하면 우리는 바로 떠나기로 했다. 서울과 뉴욕이 어떤 모습으로 우리를 대할지 우리는 그 기대를 당분간 더 품어보기로 했다.

끝으로 두 도시에서 만난 인연들로 놀이터 소년들, 버스 탑승 말동무 지인, 정류장 친절 여인, 여대생 도슨트 에리카, 교직원 브라이언, 문백초 공놀이 소년들, 페리 동승자 스티븐슨, 뉴욕 경찰관과 여기자 그리고 뉴욕 시장님 에릭, 혜화문 길 안내 여인들, 충현교회 교인들, 뉴욕 여경 쳉, 남산 밥집 미인 아주머니, 공항 환경미화원, 뉴욕도서관 사서, 이태원 길 안내 어르신, 친절 경비원 페터슨 외의 모든 분에게 감사하는 마음을 전하고 싶다. 물론 다시는 볼 수 없어도 말이다. 또한 태평양을 사이에 두고 서로 약속이라도 한 듯이 우리에게 핀잔과 용기를 아끼지 않았던 '그녀'와 '여인' 그러니까 보고서에 등장해 준 각자의 아내들에게 감사한다는 마음을 전하며, 뒤늦게라도 부모를 알게 해 준 우리의 부모님들에게도 깊은 감사의 마음을 전하고 싶다. 끝으로 부족한 글을 독자들께 펼쳐드릴 기회를 마련해준 미다스북스출판사 임종익 선생님과 창피하지 않은 글이 될 수 있도록 도움을 주신 김요섭 선생님께 깊은 감사의 말씀을 전하고 싶다.

2023년 5월 29일 캠브리지대학 King's college Caffe Nero 커피숍에서 교수에게 후기의 글까지 다 보내며 … 金鍾采

2023년 10월 31일 할로윈데이 시애틀대학 Student Center Cherry Street Market 학생식당에서 퇴고를 마치며 … 文勝煜

✈ 목차

Part 12 선진 스타일 체험기

PART 1

SEOUL

NEW YORK CITY

기다릴 서울과
살아 있을 뉴욕

흐린 남색이라는 이름의 동네

— **연남동**Yeonnamdong

놀이터청두어린이공원의 그네는 두꺼운 고무판으로 되어 있었다. 그 누구의 엉덩이라도 착 맞았다. 물론 그렇다고 해서 우리 국민학생 신체를 공학적으로 잘 고민해 준 어른들의 배려라고 생각하지는 않았다. 세상은 어른들의 것이었고 어른들을 위해 돌아가고 있었다. 그래서 보잘것없는 동네에 그네를 세 개씩이나 놓아준 것은 고마운 일이 아닐 수가 없었다. 적어도 나는 그렇게 생각했다. 그네는 비로소 어둑해져야 공석을 만들었다. 그렇다고 해서 검은 놀이터에 나 혼자 그네타기는 상상만 해도 무서웠다. 나는 놀이터 그네 주인이 되어본 경험도 거의 없었다. 그네는 유독 여학생들의 차지였다. 오후반에 걸린 나는 그네타기의 기회라고 생각했다. 그러나 놀랍게도 여자애들은 오후반이건 오전반이건 늘 그네를 독차지하고 있었다. "같이 탈래?" 동네에서 소문난 혜경이 누나는 내게 함께 탈 것을 제안했다. 앉아 타기와 서서 타기를 제안한 것이었다. 그네 양옆에 트라이앵글 같은 삼각 철근에 발을 얹은 혜경이 누나는 무릎에 힘껏 힘을 주고 오르기 시작했다. 무슨 복잡한 기계를 아주 능숙하게 다루듯이 혜경이 누나는 그네 전문가였다. 나는 어느 정도 그 전문가의 심기를 건드리지 않고 동조하다가 평화롭게 그네를 물려받을 심산이었다. 펄럭이는 치마 속을 보지 않으려고 노력했다. "탐마 탐마 탐마우리 동네 어린이들이 사용하는 게임 중단 외침 · Time Out!." 나는 소리쳤다. 몇 번을 크게 왔다 갔다 하다가 나는 그만 내리기를 호소했다. "내릴래, 내릴래!" 나는 또 크게 외쳤다. 동네 선머슴혜경이 누나는 놀다가도 소변이 마려우면 개천가에 꼿꼿이 서서 치마를 벌렁 올리고 해결했음 혜경이 누나와의 그네타기란 놀림감이 될 것이 뻔했고, 무엇보다 이 그네 전문가의 성 해방 행동을 나는 감당할 자신이 없었다. "그래 맘대로 해!" 혜경이 누나가 높이를 낮춰가며 대답했다. 그렇다고 나에게 이 처음이자 마지막의 호의가 철회된 것 같지는 않았다. 혜경이 누나는 억지웃음을 지었고 치마를 나부끼며 하늘로 올라갔다 내려갔다를 반복했다.

"뭘 넣어…? 상추 없어. 그냥 배추로 한다?"
귀찮음이 섞인 그녀_{서울 보고자 아내 · 이하 계속}의 말투였다.

나는 서울₁₉₄₅이 지겨웠다. 내가 안 가본 서울은 없을 거라고 나는 확신했었다. 물론 모든 곳은 아니지만, 머리숱이 풍성했던 시절 아래 지역으로 출강을 나갈 때도 나는 자정에 근접해서 서울 어디든 도착했었고, 그녀와 모르는 서울이 없을 정도로 어두워져야 집으로 '야도_{やど · 20세기 후반 서울 어린이 길거리 놀이에서 술래보다 먼저 입성했다고 손바닥으로 짚어내는 외침으로 일본어 원뜻은 '묵는 곳'을 의미하며, 더 나아가 숙박할 곳을 찾는 행위임.},' 하는 습성을 만들어 내곤 했다. "오늘 끝나면 영동시장 순대 먹자!" 나는 그녀에게 주제가 있는 데이트 전화를 하곤 했다. 그러나 두 아이를 인간으로 만들어 내는 기간동안 그런 야간 역마살이 우리에게 있었는지도 모른 채 살아왔다. 그런 망각의 세월 동안 낯모르던 교수와의 의기투합은 날 다시 설레게 했다. 그러나 그녀는 그 결의에 동참하고 싶지 않은 듯했다. "혼자 가…. 내 잔소리 싫어하면서!" 그녀는 퍽 유순하게도 말했다. 나는 그녀가 마련해 준 샌드위치 재료를 싸 들고 동네_{Bangbae}에서 강_{한강} 건너 북쪽으로 조금, 서쪽으로 또 조금 더 가면 나오는 연남동₁₉₇₅으로 향했다.
부지런히 준비했는데도 점심시간을 넘기고 도착했다. 공사 중인 한 건축물 가림막 옆으로 차들이 불법으로 주차되어 있었다. 나는 그 틈새에 차를 밀어 넣었다. 다소 협소하긴 했어도 요리조리 빛나는 내 핸들기술은 주차 공간을 만들어 냈다. 나는 2022년 1월 9일 일요일 마포구1944 영하 1도임을 확인하고 휴대전화기를 탁 닫고 차 문도 턱 닫았다. 그리고 마스크와 목도리 그리고 손 소독제와 손수건을 챙겼는지 한 번 더 확인했다. "음! 연남동 공영주차장 옆!" 나는 혼잣말을 했다. 연남동은 김 교수가 나에게 첫 번째로 지시한 그리운 서울 방문지였다. 이유는 간단했다. 바로 이 연남은 김 교수가 시작된 서울이라는 것이었다. 구체적으로 물어보지는 않았지만 김 교수의 풍성한 이야기가 담겼을 거라고 나는 확신했다. "그렇다면 혹시…." 김 교수에게 가슴이 아려오는 그리운 서울이 바로 이 연남동이 아닐지도 잠깐 생각하며 중얼댔다. 물론 디지털의 편재로 자신의 탄생지를 얼마든지 들여다볼 수 있었겠지만 김 교수는 누군가의 아날로그적 일재를 원했다.

"어어 여기다 주차 안 돼요."
짙은 청색 점퍼의 청년이 다가오면서 말했다.
"여기 차들 주차한 거 안 보여요?"
나는 따지듯이 말했다.

어쩐지 차 한 대의 공간이 비워진 것이 심상치가 않았었다. 앞 건물의 차량이 지하로 들어가고 나오기를 위해서 매우 불편하거나 내 차를 긁거나의 갈림길에서 나는 그자들의 불편함을 감수했다. 바로 옆 공영주차장을 외면한 것이었다. 사실 그녀는 다른 동네 운전에서는 늘 그 동네의 법을 따르라는 명령을 해온 터였다. 그런 지시를 경시했다간 키보드 위에 여지없이 범칙금 딱지이상하게도 범칙금 딱지는 그녀의 수중으로 먼저 감와 그녀가 그려낸 화난 동그라미 얼굴

쪽지가 올려지곤 했었다. 그러나 그녀의 그런 선한 기다림은 과천우체국1985 계단에서 폭발하고 말았었다. 그녀는 한 달 치 월급을 내 범칙금으로 다 날렸었다. 산더미의 딱지 범법자에서 나를 헤어 나오게 해 줬던 그날 그녀는 계단에 앉자 펑펑 울었다. 생활비와 아이들의 식탁 그리고 대출금에 대처하는 그녀의 성실함은 한계에 달했고, 나는 그녀의 인내를 알면서도 못된 습성을 유지해 온 것이었다. 그날은 아이들을 데리고 그녀가 오래전 살았다던 과천1413 별양동1986에 처음 방문해 보는 날이었다. 그러나 우리는 도착하자마자 남태령으로 차를 돌렸다. 이후 우리는 시시한 반찬으로 살았다. 오늘 연남동의 시작은 그런 아픈 기억을 바로 떠오르게 했다. 나는 공영주차장으로 차를 돌렸다. 즐거운 도시방문이란 합법적으로 하는 것이라는 연남동의, 아니 그녀의 지시를 나는 따르기로 했다.

"아침 먹었나? 좀 배고픈데!" 나는 혼자 중얼댔다. 다시 차 문을 열었다. 그녀가 챙겨준 커다란 대형할인점 가방을 조수석으로 가져와 앉혔다. 거기에는 큰 쟁반, 참치통조림, 두 조각의 식빵, 얇게 썬 토마토 두 장, 그리고 파란 배춧잎 2장이 투명비닐에 넣어져 있었다. 나는 우선 쟁반을 허벅지에 올려놓고 식빵 하나를 놓은 후, 거기에 참치를 바르고 그 위에 또 토마토와 배추를 얹었다. 두툼해진 빵은 손바닥으로 한번에 쫙 압축되었다. 나는 샌드위치라는 것을 만들어 꼭꼭 씹었다. 차가웠다. 마른 샌드위치를 억지로 목구멍으로 다 씹어 넣었다. 나는 드디어 연남동이라는 곳의 땅을 밟았다. 그런데 행인들에게서 이상한 흐름이 발견되었다. 적지 않은 사람들이, 아니 검고 통통한 김말이 청년들2022년 서울 청년들은 일제히 솜이불 두께의 검은 색의 '롱패딩'이라는 코트를 제복처럼 착용하는데, 이는 마치 통통한 김말이 사람들이 움직이는 것 같음이 한곳으로 몰려가고 있었다. 나는 그들을 따라가 보기로 했다. 몇 분도 지나지 않아 당도한 곳은 홍대입구역

1983 3번 출구였다. "외국인들이 가는 그 홍대1946거리가 연남동인가? 홍대가 여기 있구나!" 나는 또 혼자 중얼댔다. 뒤돌아보니 역 주변 차도에 따릉이2015 · 서울 무인 대여 자전거도 아닌 다양한 자전거가 아주 정연하게 주차되어 있었다. "앗 놀라운 시민의식!" 나는 또 중얼댔다. 차도에 이렇게 많은 자전거가 가지런히 주차된 상황을 나는 처음 보는 것 같았다. 그도 그럴 것이 이 자전거 주차장의 끄트머리쯤에는 끝없는 잔디밭의 연결이었고, 자전거를 맘대로 주차할 공간을 아예 만들어 내지 못할 상황이었다. 사람들은 그 긴 잔디밭을 오가고 있었다. 물론 산책로도 설치되어 있었다. 길쭉한 풀밭은 '난 산책로에요.'라고 하듯 이리저리 휘어지기를 반복하고 있었다. 그러나 그 휨은 잔디밭을 벗어나지는 못했다.

사실 여긴 유명한 '경의선숲길2016'이라는 곳이었다. 걷다 보니 짧은 다리에 허리가 긴 개, 하얀 솜방망이 개, 누런 개가 차분하게 주인과 동행하고 있었다. 그러다가 이것들은 느닷없이 패싸움을 벌였다. 그 패가 어떻게 갈린 것인지는 잘 모르겠다. 그러나 개들은 마구 짖어대고 물어뜯을 기세였다. 주인들은 개 줄을 끌어당기며 내 눈치와 개 눈치를 보느라 진땀이었다. "아니 얘가." 주인들은 당황하는 척하면서 말했다. 그런 뭉텅이들이 끝나고 2부의 개들은 서로의 뒷부분을 평화롭게 허락하는 광경을 보여주었다. 개 사회란 종잡을 수가 없었다. 그런데 이 잔디밭의 특이점이란 아주 길다는 것인데, 그 이유는 경의선1906 기찻길의 지하화로 갑자기 용도가 상실된 결과였다. 그래서 연남동 주민들에게는 횡재의 땅이 된 것이었다. 한때 이 경의선은 서울에서 신의주1905를 거쳐 북경Peking 1937까지로 반도를 훨씬 넘기는 철길로 나는 안다. 그래서 한반도를 벗어날 기세의 경의가 아니던가 말이다. 실로 대단한 여정의 시작점이 공원으로 변모한 것이 뜻깊은 일인지 아니면 뜻 얕은 처사인지 더 지켜봐야 할 일이었다. 그러나 나는 김 교수의 어린 시절 기찻길은 이야기가 많지 않았을까도 싶었다. 본디 기찻길 옆 아이들은 기차에 대한 낭만 기억과 위험 사건까지 다 알기 마련인데, 이 숲길은 그런 아이 한 명을 이국만리로 보내고 말았다.

이 기다란 공원 아닌 공원의 양옆으로는 꽤 정성이 가득한 식당들이 간간이 보였다. 문전에는 또 그 검고 통통한 김밥이 청년들이 긴 줄을 서고 있었다. 농촌 마을 초가집 굴뚝에 연기가 이리저리 피어오르는 것처럼 드문드문 그 검은 통통이 줄은 조금씩 모양을 바꿔갔다. 팬데믹COVID 19 Pandemic 2019-2021임에도 청년들은 내 자동차 샌드위치 제조를 소심한 자로 취급하기에 충분하게도 줄서기에 잘 붙어 있었다. 걷기가 지루해질 때쯤 공원길 옆으로 거대한 하늘색 아파트 두 개가 발견되었다. 기차가 오갔을 시절에 이 아파트는 다음 블록 주민들의 소음방지벽이 되어주지 않았을까도 나는 떠올렸다. "아마 다들 괜찮은 직장 다닐걸!" 나는 이왕 여기서 살 거면 기적소리를 모닝콜로 생각하면 근면한 하루를 시작했을 것이라는 긍정적인 생각을 말로 했다. 아파트의 빨간 벽돌 담장 맞은편으로 놓인 놀이터로 걸었다.

"야야 저리가."
초등 6학년 정도의 소년이 방어하며 외쳤다.
"이거 이거 이거."
초등 2학년 정도의 동생이 막대기를 휘저으며 위협했다.

6학년 형이 달아난 곳은 두 형제의 어머니로 추정되는 한 여성과 또 다른 한 여성이 앉아 있는 놀이터 벤치였다. 녀석들은 계속해서 서로 공격하고 쫓아가고 도망가기를 반복했다. 사실 오래전 서울의 동네 길들은 길이라고 할 것도 없이 흙바닥의 땅이었다. 그리고 그 흙바닥은 인근의 녹지이자 산과 반드시 연결되었던 걸 나는 안다. 그래서 초등 2학년의 나뭇가지쯤은 서울 어린이들이 얼마든지 취득 가능한 서울의 물건이었다. 그런데 여긴 콘크리트 놀이터가 아닌가 말이다. 막대기 싸움이 끝났어도 두 녀석은 한 번 타볼 법도 한 놀이터의 꽃인 그네를 거들떠보지도 않았다. 그것도 텅 비어 있는데도 말이다. 가끔 녀석들은 미끄럼틀을 오르거나 내리고 또 쫓아가기와 도망가기를 따라했다. 그러고 보니 그네의 안장은 평평한 플라스틱이었다. 사실 영하의 날씨에 차가운 그네에 앉기란 별로다. 게다가 더 차가운 철끈은 잡기도 싫다. 더욱이 왔다 갔다는 재미있다기보다 추운 고생일 것이었다. "가자!" 두 여성이 소리치며 소년들의 놀이터 누비기를 끝내게 했다. 나도 자릴 떴다. 나는 홍대 블록으로 향해 널찍한 건널목을 건넜다. 발음하기가 좀 까다로운 햄버거 가게가 나왔다. "쌕쌕버거 Shake Shack Burger 2004 · 김 교수는 센트럴파크 쌕쌕버거 지점을 안내하면서 멋지게 발음했지만 나는 어려워서 쌕쌕으로 부름 가볼까!" 쌕쌕 안에는 김말이 청년들이 아주 꽉 찼다. 다시금 내 점심이 얼마나 팬데믹 겁쟁이 해결이었는지를 깨닫게 했다.

  사실 지시된 연남동 탐색의 단서는 김 교수의 어린 시절 단 한 개뿐이었다. 따라서 나는 좀 더 과거로의 여행을 고민하면 뭔가 거창한 것이 나오지 않을지를 고민했다. 그런 끝에 내게 떠오른 주제는 없어진 기찻길의 숨은 이야기와 동네 꼬마들의 오랜 일상기록을 찾아보는 것이었다. 그러나 이곳에 대한 모든 기록은 '젠트리피케이션 Gentrification · 낙후되고 오래되어 활성화가 부재한 도시를 고급의 주택으로 재활성화함으로 그치는 것이 아니라 그로 인한 세입자들의 고통까지 포함된 개념'이라는 심각한 정의에 가둬져 있었다. 그래서 나는 작은 연남에서 큰 서울로 관심을 부풀렸다. "케이블카가 왜 땅으로 가?" 첫째가 내게 물었다. 토요일 아침 〈걸어서 세계속으로〉Walk Expedition 2005 · KBS는 아이에게 샌프란시스코San Francisco 1776 의 의문을 안겼다. 공중에 매달리는 케이블카가 샌프란시스코에서는 땅바닥 을 기어가고 있었기 때문이었다. 세상을 다 알고 있어야 할 내게도 무척 당황 스러운 질문이었다. 그래도 샌프란시스코의 케이블카는 시내 평지를 달리다 가 언덕을 오르는 비교적 좋은 인상을 남겼다. 땅을 기어가도 우리는 마음에 들었다. 그 기억을 나는 연남동까지, 아니 서울까지 이어내고 싶었다. "서울 은 왜 전차를 버렸지?" 나는 혼자 중얼댔다.

여러 가지 합리적 이유가 있었겠지만 나는 서울이 전차를 뜯어낸 이유, 더 나아가 연남동이 기차를 묻어버린 이유도 알고 싶었다. 그래서 바로 시청 철 도계획팀에 전화를 걸었다. 그러나 점심시간2021년부터 서울의 모든 행정기관은 12시부 터 13시까지 민원을 중단함 37분 동안 나는 인내해야 했다. 통화가 된 시청 담당자는 알아보고 연락을 주겠다고 했다. 참을성이 한참 모자란 나는 다시 디지털 철 도박물관railroadmuseum.co.kr에 글을 남기려는 순간 바로 시청 전화를 받았다. 서울 전차는 아시아에서 두 번째로 동경Tokyo 1868 다음으로 고종Hying Yi 군주 한 국 1852-1919이 도입했다고 했다. 그러나 행정관은 도입된 지 반세기 만인 1962 년에 철거되었으며, 이유는 모른다고 했다. "아차 경의선, 경의선은?" 전화를 끊고 나는 경의선에 대한 대답을 놓친 아쉬움을 되뇌었다. 사실 전차로 서울 을 느긋하게 즐길 만한 사람도 없거니와 '빨리빨리!'를 막 시작한 서울인의 생 활속도에 맞지 않았음을 나는 짐작하긴 했었다. 샌프란시스칸San Franciscan도 '바쁘다 바빠!'를 겪었을 것이라고 보며, 그래서 전차를 걸리적거리는 물건임 을 우리보다 더 먼저 알았을 것이라고 나는 생각했다. 그런데 왜 샌프란시스 코는 그런 고물을 아직도 버리지 않고 품고 사는가 말이다.

사실 물건이 오래되어 쓸모를 다하면, 아니 차세대 물건이 탄생하면 두 가지의 길로 가게 되어 있다. 하나는 쓰레기통으로 또 하나는 명품으로다. 물론 그 선택은 본질과 정서에 상관없이 사용자의 마음이다. 그런 의미에서 엘러드Colin Ellard 신경학자 캐나다 1980- 는 사물 혹은 공간에 대한 정서를 과감하게 떨치지 않으려 하거나 못하는 자를 '사물성애자Objectum-Sexual'라고 명명했다. 이는 오랜 물건을 버리지 못하고 집안에 쟁여 두는 어르신들에게서 감지되는 조짐이기도 하다. 사실, 이 사물 성애란 알량한 학술용어를 떠나서 누구나 행하는 흔한 일상이기도 하다. 그래서 집안 한가득 물건을 채워 동선도 만들지 못하는 노인들에게서 우리는 이른바 '저장강박증Compulsive Hoarding Syndrome'으로 연민하기도 한다. 그러나 그런 시작은 분명히 그 사물 성애어쩌면 좀 더 깊은 사물 성애로서 사물에 대한 어르신 자신의 동일시일 수도 있음부터였을 것이다. 그런데 유난히 서울에는 그 사물 성애자가 너무 조금 사는 것이 아닌가 한다. 어떤 물건이든 쓰임새를 다하면 요상하게도 모종의 정서가 입혀지는데, 서울 사람은 그 정서를 냉정하게 걷어차는 습성에 능하기 때문이다. 그리고 연남동민도 마찬가지가 아닐까 한다.

경의선 연남동 구간이 지하화된 이유도 합리적 수순을 밟았을 것이다. 그리고 이는 고질적으로 부족했던 연남동민들 휴식처 늘리기에도 일조했을 것이다. 20세기 초 서울의 전차는 고종의 의도대로 도시를 빠르게 만드는 중요한 조건이었을 것이다. 그러나 21세기 초 서울 전차란 그 신속에 지친 도시를 정서적으로 쓰다듬을 가능성을 높인다. 용도변경인 것이다. 사실 나는 서울 사람으로서 연남동에 기차가 걸리적거렸다면 전차로 누려보면 어떨까 하는 생각도 들었다. 오래전 서울의 친구 경기도도 협궤 수인선수원과 인천을 오가던 폭이 좁은 열차 1937-1995을 없애버릴 때도 그랬으니 말이다. 바로 서울을 사물 성애

하고 싶은 것이다. 연남동 소풍을 마무리할 오후 4시 45분 나는 다시 경의선 숲길이라고 명명된 풀밭으로 향했다. 아까 전 발음하기가 좀 까다로운 햄버거 가게를 가득 채웠던 통통한 김말이 청년들이 이 숲길에 모두 쏟아져 나온 것 같았다. 마치 검은 묘목들이 비좁은 공원에 촘촘하게 심어진 듯했다. 아니 숲길이라는 풋풋한 정서보다 아예 검은 무언가가 거대한 떼를 지어 잔디밭에 우글거리는 징그러운 모습이었다. "정말 공원이 모자라네!" 나는 중얼거렸다. 숲길은 몇 시간 전 동물 동반의 산책가 몇 명의 평온함과는 완전히 다른 와글와글 엉망진창이었다.

혜경이 누나는 놀이터 그네 앞에서 한 어른 여성에게 붙잡혀 있었다. 얼굴이 까진 채로 말이다. 숨을 거칠게 쉬는 누나의 앞에는 누나보다 어린 여학생도 있었다. 그 여아 또한 머리가 헝클어진 것은 마찬가지였고, 울음을 터트리는 모습은 혜경이 누나와 사뭇 달랐다. "야 너 집이 어디야 응? 얘 못쓰겠네!" 여성은 혜경이 누나를 몰아세우며 팔을 잡아당겼다. 그에 아랑곳하지 않는 혜경이 누나는 아무 말도 없이 버티고 있었다. 독기어린 누나의 눈은 미동도 없이 다른 어딘가를 노려보고 있었다. 그러나 별다른 의미 없이 여성의 눈을 피하기 위한 고정이었다. 아마도 여학생들 간의 이른바 '그네권' 이양이 잘못된 모양이었다. 전적으로 그 여아에게 유리한 상황이었다. 그러나 나는 절대 관여할 수 없었다. 우선 나는 그런 대범한 아이도 못 될뿐더러 어른이 주도하는 판결에 이의가 없어야 했다. 그러나 지난번 혜경이 누나의 호의는 역시 누나의 편을 들고 싶게 했다. 마침 혜경이 누나의 눈빛은 몰려든 어린이들 사이를 지나 나를 선택했다. 물론 애송이 녀석인 내게 그 어떤 도움을 요청하는 눈빛은 분명 아니었다. "쟤 엄마 없어요! 아빠가 저기서 뽑기 장사해요!" 나보다 훨씬 큰 형이 그간 혜경이 누나에게 당했던 모든 것을 보복이라도 하듯 모든 사정을 다 발설해 버렸다. 혜경이 누나의 독기는 형 녀석에게로 다시 향했다. "얘 어디야 집이 어디냐니까?" 그 어른 여성은 혜경이 누나를 계속 다그쳤다. 혜경이 누나는 시종일관 움켜쥐고 있던 그넷줄을 내팽개쳤다. 붙잡혔던 손목도 다른 한 손으로 힘차게 풀어냈다. 그러고서는 빠른 걸음으로 놀이터를 빠져나갔다. 혜경이 누나가 떠난 후 그네를 점거했던 다른 여자아이들은 이제는 질렸다는 몸짓으로 다음 어린이들에게 그 그네권을 평화롭게 이양했다.

"흐린 남색 동네라는 이름이겠지!" 나는 연남동을 방문하기 전 약간의 낭만적 기대를 하며 말했다. 왜냐면 연남이 변신했다는 얘길 들어왔고 그래서 한강 이남과는 차원이 다른 한강 이북을 얼핏 기대했었기 때문이었다. 그리고 무엇보다 짐작된 동네의 이름 뜻풀이는 멋있었다. 그러나 실망보다는 안타까움이 컸다. 우선 연남동은 연희동1752을 엿가락처럼 늘려 놓은 의미의 남쪽으로 늘어진 연희동 마을 그 이상도 그 이하도 아닌 명명이었다. 게다가 찾아낸 사물 경의선을 그대로 달리게 한 것도 아니었다. 서울 어디에도 없는 전차를 연남동에서 타보면 어떨까 하는 상상은 분명 현실이 아니었다. 물론 나뭇잎이 나풀거리는 계절이면 그 생각은 뒤바뀔 아름다운 공원으로 보일 수도 있겠지만 나는 현재 내 사물 성애의 조건에 미치지 못하는 길쭉한 마른 잔디밭을 주제넘게 섭섭해 했다. "이런 서울이 그립진 않겠지?" 나는 김 교수가 오늘 연남동을 목격했다면 어떨지를 가정문으로 말했다. 그러나 연남동민은 그런 연남을 싫어하지 않는 분위기였고, 더욱이 청년들은 문제없는 집결이었다. 내 느낌 따위는 불필요했다. 김 교수를 디지털로 만났다.

"김 교수님 기찻길 없어졌어요!"

나는 김 교수에게 물었다. 아니 일렀다.

"전 거기 기억 하나도 없어요."

김 교수는 실망의 말을 했다.

"신수동1724 잘 모르실까 해서 좀 알려진 연남동이라고 했어요, 거기서 아주 가까워요, 제 본적지는 신수동인데…."

김 교수는 얼굴색 하나도 안 변하고 말했다.

자신의 태생지에 대한 기억이 없다는 것에 나는 마음이 놓였다. 그리고 이해했다. 사람들은 자신의 생애 기원지를 말할 때 상대방의 신속 이해를 위해 근처의 유명지로 둔갑시켜서 말하곤 한다. 이를테면 뉴요커들에게 빠른 이해를 위해 경기도 사람들은 서울을 거론할 수도 있는 것 말이다. 그렇다면 김 교수에게도 연남동은 어떤 정서도 없는 사물이자 장소가 되고 만다. 그래도 김 교수의 마음은 여전히 자기를 기다리고 있을 나란한 신수동의 연남동이 아닐까 한다. 어쩌면 몰랐어도 바뀌었어도 연남동이 신수동과 잘 지내고 있다는 것만으로도 고맙고 뭉클한 사물 성애일 수도 있는 것이다. 오늘 연남동 두 꼬마는 차가워서 외면했을 뿐이지 봄에는 그네를 먼저 성애 할 것이다. 그러나 그날 혜경이 누나가 성애 했던 그네는 한 어른의 폭압으로 주인을 잃고 말았다. '내가 맡았으면 종일 나의 것!'이라는 어린이 그네 사물성애 협정이 깨져 버린 것이었다. 서울이 우리 안방이었으면 좋겠다. 그러면 우선 놀이터에는 그네를 100개 설치해서 남아돌게 하고, 산과 연결된 풀밭들을 많이 끌어내려서 사람들이 우글거리지는 않게 한 다음에, 전차들을 연결해서 이 풀밭 저 풀밭으로 구경 다닐 수 있게 하고 싶다. 이는 내가 잘 다듬어가는 안방

같은 서울이라면 혜경이 누나의 창피는 없었을 것이고, 기다란 공원에 간신히 붙어 있는 청년들이 안쓰럽지도 않았을 것이고, 무엇보다 전차를 타면서 고종이 잘 가꾸고 싶었던 서울 성애도 여전할 것이라고 본다. 이제는 첨단 사물 말고 오랜 정감의 사물로 서울을 합의했으면 한다. '서울 메트로폴리탄 시티'가 아니라 '서울 마을' 말이다.

얼마 전 팬데믹을 뚫고 샌프란시스코에서 잠시 온 한 선배를 만났다. "그럼 선배는 샌프란시스코에서 죽을 겁니까?" 나는 만남의 후반부에 대뜸 선배에게 물었다. 선배는 동그랗게 눈을 떴다. 나보나 훨씬 나이 많은 어른은 철없고 불경한 내 질문에 꽤 의미 있는 눈빛을 주었다. 그 눈빛은 서울이라는 이 소중한 사물을 늘 성애 하면서 굳이 다른 사물인 샌프란시스코에 맞서며 종결할 사실, 그리고 미처 그에 대하여 고민하지 못해 왔다는 작은 충격 같은 것 말이다. 오늘 연남동에 차갑고 맑은 공기는 검은 우주를 완벽하게 가려내고 있었다.

사실 연남동에 이채로운 장면은 없었다. 겨울이기에 마른 금잔디{각 박선줄기}와 민둥 공원 {나무가 열마 없음}을 찍는다는 것도 마음에 내키지 않았다. 대안으로 나는 시민의식을 선정했다. 정연한 자전거들은 누군가가 정리정돈해 놓은 듯 반듯했다. 왼편 금잔디길이 아주 조금 보이긴 한다.

I Left My Heart in San Francisco
― 퀸스박물관Queens Museum

"승객 여러분 우리는 지금 샌프란시스코국제공항San Francisco International Airport 1927에 도착하고 있습니다."

내 생애 첫 미국 도착지는 샌프란시스코국제공항이었다. 반짝이는 바다를 빙 돌아 착륙한 비행기는 승무원 입을 통해 드디어 미국임을 알렸다. 미국이라는 영토에서 직면한 입국 심사는 큰 긴장이었다. 왜냐면 미국 땅을 경험한 사람들은 어떤 물건을 뺏겼다느니 어떤 말은 조심하라느니 그래서 쫓겨났다느니 까다로운 미국 공항 텃세를 나는 종종 들었기 때문이었다. 공항은 은은한 브라운색 카펫이 깔려 있었다. 이런 바닥은 뚜벅뚜벅 걷는 발소리를 내지 못하게 했다. 무소음의 안락함을 만끽하면서 나는 분명히 한국과는 전혀 다른 세상이라는 것을 실감했다. 사실 한국에서 카펫 깔린 이런 곳을 한 번도 걸어 본 적이 없었고, 12시간 전 인천국제공항2001도 아주 딱딱했다. 똑같은 입국심사관 제복들은 다양한 인종의 몸에 맞춰져 있었다. 특히 깊숙이 들어간 눈매들과의 이유 있는 대화는 처음이었다. 오히려 아시안으로 추정되는 심사관은 다소 날카로워 보였다. "무슨 일로 왔지요?" 나는 인중에 하얗고 도톰한 수염의 백인 심사관에게 할당되었다. 나는 완벽하진 않아도 꽤 적절하게 대답했다. 그것도 영어로 말이다. 버스 승강장에는 알록달록한 택시들이 자유롭게 늘어서 있었다. 바람이 많이 불었다. 바람은 확실히 서울과 달랐다. 냉혹한 도시임에도 불어오는 바람은 부드러운 휴양지 같았다. 세지만 기분 좋은 따뜻한 바람이었다.

뉴욕New York City 1664을 둘러보려는 사람들에게 박물관들이란 메트로폴리탄미술관the Metropolitan Museum of Art 1870 미국자연사박물관American Museum of Natural History 1869 현대미술관the Museum of Modern Art · New York (MOMA 1929) 구겐하임미술관the Solomon R. Guggenheim Museum 1939 정도다. 이렇게 인기 있는 박물관들은 크기도 크고 볼 것도 많아서 뉴욕 배경 드라마나 영화에도 자주 나온다. 그 때문에 이 유명지들은 이방인들에게 가봐야 할 뉴욕으로도 인기가 높다. 그래서 나는 문 교수도 당연히 그 익숙한 박물관 하나쯤을 골라줄 것이라고 예상했었다. 그러나 뜻밖에도 문 교수는 처음 들어본 박물관 지시를 내렸다. 열거된 네 개의 박물관에는 관심조차도 없었다. 사실 나는 뉴욕시라는 행정구역으로 다섯 개의 지역구Manhattan · Bronx · Queens · Brooklyn · Staten Island 를 합한 것을 당연시하면서도 뉴욕 하면 늘 그 박물관들이 다 있는 맨하튼Borough of Manhattan 1683만을 떠올려왔다. 그래서 내가 생각하는 뉴욕은 그 맨하튼 섬을 벗어나지는 못했던 것이었다. 물론 나머지도 뉴욕시의 엄연한 구성이지만 나는 아예 머릿속에서 그것들을 제거해 왔다. 그런데 분명한 것은 현지인들도 결코 맨하튼을 제외한 나머지 구성을 모두 뉴욕시라고 부르지는 않는다는 것이다. 이를테면 맨하튼에 살거나 갔다 올 때 '더시티the City' 혹은 '뉴욕시티'라고 지칭하지 퀸스나 브롱스 아니면 브루클린과 스테이튼 아일랜드를 그 더시티나 뉴욕시티에 포함시키지는 않는다는 것이다. 그렇다면 내 편견도 그리 이상할 것도 아닌데 말이다. 어찌 되었건 나는 퀸스에 자리 잡은 퀸스박물관Queens Museum 1972이라는 곳으로 맨하튼 탈출을 감행했다.

2022년 1월 19일 수요일 아직은 추운 겨울 나는 맨하튼 섬을 뛰어넘어야 나오는 퀸스박물관이라는 곳을 찾았다. 다행히 오늘은 얼마 전 거한 눈이 모두 녹은 터라 복잡한 맨하튼 횡단 최적의 날이었다. 마을Dumont에서 맨하튼을 지나 퀸스로 향하는 다리 두 개George Washington Bridge 1962 · Queensboro Bridge 1909도 정체 없이 잘 뚫렸다. 나는 오늘 일부러 출근 시간을 피한 오전 10시 반쯤을 선택했다. 두 해 만의 뉴욕시의 방문이라서 괜히 기분이 들떠 있었다. 개강 전 하루를 나름 재미있게 보낼 기대는 충분히 나를 흥얼거리게 했다. 무거운 팬데믹 걱정을 잠시 잊기로 했다. 그렇게 1시간쯤 달리다 보니 퀸스박물관이 크게 들어왔다. 예약시간 전 여유 있는 도착은 또 여유 있는 주차를 만들었다. 그런데 이 퀸스박물관은 코로나공원Flushing Meadows Corona Park 1939이라는 곳에 있었다. "코로나뉴욕에서는 코비드(COVID)라고 부름바이러스에 코로나 공원이라! 코로나에 코로나네!" 나는 코로나바이러스를 뚫고 코로나 공원에 방문한 이 운명 같은 이상한 조합을 잠깐 되뇌었다.

이른 도착으로 이른 관람도 가능한지를 위해 나는 출입문으로 슬쩍 들어갔다. 그런데 박물관은 뜻밖에 의료기관의 역할까지 하고 있었다. 뉴욕시민을 위한 확진 검사를 무료로 하는 것이었다. 의료진으로 보이는 자는 나에게 검사를 권유했다. 그러나 나는 며칠 전 검사했었고, 그때나 오늘이나 아무런 증상이 없었기에 비확진자답게명확한 발음 · 빈번한 손 소독 행동 · 꼿꼿한 자세 · 기침 억제 행동했다. "아니 괜찮습니다." 나는 아시안 특유의 정중함으로 사양했다. 그리고 바로 매표소로 직진했다. "박물관은 정확히 정오에 엽니다." 매표 직원은 단호하게 현재의 출입 불가를 알렸다. 나는 30분 후에 다시 오거나 입구에서 기다리거나를 고민해야 했다. 사실 나는 오늘 첫 입장자가 되는 것을 원치 않았다. 그러나 여기 있으면 나는 최초의 입장자가 될 것 같았다. 영광이라기보다 불편했다. 왜냐면 아직 끝나지 않은 팬데믹에 구경이나 다니는 철없는 내가 싫었기 때문이었다. 할 수 없이 나는 퀸스라는 신대륙을 30분 남짓 걷기로 했다. 사실 여기는 온통 정돈된 마을이어서 나 같은 이방인의 배회가 무리 없을 것 같았다. 더욱이 박물관 주변에는 어두운 무리가 서성이지도 않았다. 저 멀리까지, 그리고 더 넘어서도 사람들은 선하게 꿈적거렸다. 그런데 그런 사람들에서도 박물관의 관람 의지는 보이지 않았다.

　박물관 주변은 산책하기에 적당했다. 걷기 운동에 쓸모 있는 공원이었고 기온은 온화했고 바람도 없었다. 내가 정문을 나와 박물관 본체의 오른쪽으로 돌아 또 반대편 입구 쪽으로 갈 참에 큰 벽화가 크게 들어왔다. '흑인, 성전환자 그리고 존재Black, Trans & Alive'라는 제목의 작품이었다. 내용인즉슨, 뉴욕의 흑인 성 소수자들을 포용함의 의미. 사실 작품의 해석과 배움은 감상자 각자의 몫이겠지만, 이슈에 대한 공공연한 관심, 그래서 모두 감싸 안으려는 이런 뉴욕 생활을 나는 인정하고 싶었다. 그도 그럴 것이 다양함이 강점인 뉴욕이 이들을 거부함은 뉴욕의 본질에도 어울리지 않는 것임이 확실하다. 오른쪽으로 한 번 더 돌았다. 정말 흥미로운 광경이 나왔다. 사실 멈춰 있는 것보다 움직이는 모습이 궁금하듯이 사람들의 움직임은 누구라도 다가갈 사안이었다. 적지 않는 사람들이 큰 쇼핑 가방이나 두꺼운 비닐봉지를 들고 줄지어 이동하고 있었다. 심지어 어떤 이는 아기 없는 유모차도 끌고 나왔다. "견모차Dog Stroller인가! 안에 개 없는데?" 나는 혼자 중얼거렸다. 적어도 줄지어 선 모습은 아무렇지 않게 익숙한 것은 물론이고 꽤 일상적이었다. 이는 마치 여러 번 줄을 서본 것처럼 당연한 생활 줄서기였다. 나는 퍼뜩 뉴욕 한복판에 나타났다던 대공황Great Depression 1929- 인들의 표정과 많이 닮았다는 생각도 떠올렸다. 물론 백 년 전 대공황자들을 직접 보진 못했어도 흑백의 기록 영상은 분명 그랬다. 즐거움이 제거된 눈빛 그리고 나같이 다가오는 자에게 공감을 요구하는 동공의 흔들림 같은 것 말이다. 한 인상 좋은 중년 남성을 나는 불러 세웠다.

"무료 음식이요!"

남성의 대답은 간단했다.

"예?"

"채소나 우유, 시리얼, 빵, 콩, 통조림 그런 거 다 그냥 준대요!"

내 질문은 이내 멈췄어도 남성은 더 설명해 줄 수 있는 듯했다. 남성은 생계나 급여 아니면 개인 사정과 상관없이 누구나 배급받는다는 말을 더 꺼냈다. 그러고는 나에게 같이 줄을 서자고 손짓으로 권유도 했다. 나는 팬데믹으로 시민 모두가 힘든 이 시기에 박물관 한 공간이 이렇게 활용되고 있음에 내심 놀랐고, 이 음식들을 나눠주는 봉사자들에게도 더한 고마움을 느꼈다. 기관이건 개인이건 상관없이 이는 분명 따뜻한 일이 아닐 수가 없었다. 그러나 금세 마음이 무거워졌다. 이렇게 견디는 사람들도 있건만 나는 여기서 뭘 하고 있는지에 대한 생각 말이다. "이렇게 놀러나 다니냐?" 나는 내게 따지듯 말했다. 물론 문 교수에게 보고하는 이유이었지만 이 여가 아닌 여가는 그리 빛나 보이지는 않았다. 그러나 시계는 정오를 가리키고 있었다. 나는 고민이고 뭐고 없이 허둥지둥 박물관 입구로 갔다. 역시 내 앞에 예약된 사람은 하나도 없었고, 예상대로 나는 오늘 최초의 입장객이 되고 말았다. 나는 무시무시한 팬데믹에도 박물관을 그토록 관람하고자 하는 4차원의 사람이 되고 만 것이었다. "고상한 건지 철이 없는 건지 참! 문 교수 때문에 이거 참!" 나는 투덜댔다.

드디어 박물관 내부로 들어가는 순간이었다. 사실 나도 문 교수와 마찬가지로 박물관이 어느 정도 궁금하긴 했었다. 다시 말해서 문 교수가 왜 이 박물관을 고집했는지를 나는 알고 싶었다. 한심했지만 어쩔 수가 없었다. "와!

와? 와! 정말!" 뉴욕의 다섯 개의 자치구 모두를 한눈에 보여주는 작품. 이
것이 바로 퀸스박물관의 자랑이자 하이라이트인 뉴욕파노라마the Panorama of
the City of New York 1964였다. 1200배로 줄여 놓은 이 뉴욕시 아날로그 축소모형
Scale Model은 나에게 실로 큰 놀라움을 주었다. "등잔 밑이 어두운 게 맞아!"
나는 어쩔 수 없이 혼잣말을 했다. 뉴욕에 익숙하다고 문 교수에게 자부했건
만 서울 토박이에 의해서 이 대단한 뉴욕 볼거리를 나는 오늘 비로소 실감한
것이었다. 뒤통수를 맞은 것 같았다. "하기야 문 교수도 롯데월드타워2009도
못 가봤겠지!" 나는 중얼댔다. 그러나 알고 안 가본 것과 몰라서 못 가본 것은
큰 차이라는 생각이 들었다. "문 교수에게 뉴욕을 과시하려면 좀 더 공부해야
겠어!" 나는 또 다짐하듯 중얼거렸다. 설치된 설명에 따르면 뉴욕시는 마지막
이자 세 번째의 뉴욕세계박람회New York World's Fair 1853, 1939, 1964를 여기서 치
렀었다. 그리고 그때 이 파노라마 작품은 가장 큰 반향을 일으킨 것이었다.
뉴욕에 입성한 지 꽤 되었건만 나는 정작 뉴욕을 잘 모른다는 생각이 들었다.
모형은 최초 공개 이후 지금까지 계속 수정이 이루어졌다. 이는 세월이 지나
도시가 변하는 만큼 그 변경은 필수적이었던 모양이었다.

　그러고 보니 뉴욕시의 모든 박람회는 맨하튼 섬이 아니라 항상 이 퀸스에
서 열렸다. 지금까지 재주는 퀸스가 부리고 돈은 맨하튼이 가져간 셈이었다.
뉴욕시 탄생 300주년을 기념하는 마지막 박람회 슬로건은 '서로를 이해하는
평화Peace through Understanding'로 요즘에도 필요한 선견 같아서 놀라웠다. 물
론 당시 냉전the Cold War에 따른 좋은 말이었겠지만 요즘은 세대 간 냉전의 시
대가 아니던가도 싶었다. 60여 년이 지난 21세기에도 여전히 이해하지 못하
는 혹은 이해 안 하려는 디지털시대에 오히려 맞는 것 같았다. "가만있자 저
기 저거 정말!" 나는 나도 모르게 필요 이상의 크기로 말했다. 수억 가지 모형

들에서 특별히 내 마음을 사로잡은 것은 뉴욕에 진입하는 비행기들이 그대로 재현된 공항들이었다. 모형은 뉴욕의 공항들Newark International Airport 1928 · John F. Kennedy International Airport 1948 · La Guardia Airport 1939 중에 라과디아 공항의 민항기 이착륙을 정말 실감 나게 보여주고 있었다. 이는 비행기의 이동까지 그대로 역동적이었다. 비행은 공중에서 멈춘 상태였지만 방금 그리고 바로 또 속도가 연결되는 진행형이었다. 그 아래 뉴욕시의 다섯 자치구의 모습은 도로와 다리, 항만과 공원, 경기장과 터미널, 그리고 기차역과 빌딩 등등 할 것 없이 세밀하게 빠짐없이 보여주고 있었다. "뉴욕이 평평하구나! 대평원이네!" 나는 저 밖에 진짜 뉴욕도 떠올리며 말했다. 이 진귀한 작품은 심각할 정도로 나를 흥미롭게 했다. 문 교수가 궁금해 한 이유를 나는 알 것 같았다.

모형이 최초로 공개될 당시 '기회의 도시 뉴욕New York is the city of opportunity'은 국제연합본부United Nations Headquarters 1951가 자리 잡을 즈음과 무관하지 않은 것 같았다. 사실 뉴욕은 현재에도 세계적 무대로서 글로벌 기회가 대단하다. "김 교수님 뉴욕이 올림픽을 개최한 적이 있나요?" 언제인가 문 교수는 디지털 대화에서 종종 뉴욕의 명성을 조금이라고 끌어 내릴 질문을 했었다. 문 교수는 뉴욕의 세계순위에 걸맞지 않게 세계대회를 한 번도 보여주지 못한 약점을 찾고 싶어 했다. "어! 뉴욕시는 아니어도 뉴욕주New York State 1788에서 동계올림픽Lake Placid Olympics 1932, 1980 몇 번 열었던 것으로 압니다만." 나는 내 공부를 거슬러 올라가 대답했다. 그런데 나는 그에 더 설득력 있는 생각을 오늘 떠올렸다. 올림픽 개최 시도는 글로벌이 부재한 도시가 오히려 글로벌 하고자 하는 것이 아닌가 싶었다. 이미 오래전부터 글로벌이 확보된 뉴욕은 그럴 필요가 없다. 뉴욕은 재건을 증명하고 인지도를 취득하고자 했던 극동 아시아의 서울이나 북경, 더 나아가 동경과 달리 올림픽 개최에 필사적

일 필요가 없다는 것이다. 그래서 뉴욕은 뉴욕이 아니던가 싶었다. 오래전의 것이지만 오히려 미래를 상상하게 하는 이 파노라마 작품은 마치 올림픽 자국 선수 입장의 감격과도 같은 영구적인 가슴 벅참이었다. 한 가지 안타까움은 지난 테러911 Attacks 2001로 무너진 구 세계무역센터World Trade Center 1971-2001는 여전히 슬픈 모습이라는 것이다. 여기 쌍둥이 빌딩은 이제 다 걷어지고 다른 무역센터가 세워졌건만 파노라마는 수정을 미루고 있었다. 나는 그 미련을 알 것 같았다.

뉴욕 모형을 뒤로하고 나는 또 다른 전시관으로 이동했다. 이곳은 도슨트가 있었다. 에리카Erica라는 젊은 여대생 도슨트는 내게 버거운 많은 설명을 해주었다. 알고 보니 에리카는 아까 전 내 이른 정오 입장을 가로막았던 그 단호한 매표원이었다. 그러나 여기서는 예술에 대한 전문성으로 변신을 꾀한 듯이 능숙했다. 에리카는 평등, 다양성 등을 내포하는 몇 가지 전시 작품들을 전문 도슨트 못지않게 자세하게 설명했다. 뉴욕에 사는 흑인 여성으로서 자신의 주장을 분명하게 표현하는 당찬 차세대 미국 청년이었다. 쉬운 뉴욕파노라마와 달리 어려운 작품들이 도슨트를 통하니 전혀 지루하지 않게 이해가 빨랐다. "이 기분 오랜만이네!" 나는 혼자 작게 말했다. 그간의 삭막한 디지털 생활에서 벗어나 타인과의 진지한 대화는 놀라운 파노라마와 달리 익숙한 안정이었다. 같이 숨 쉬는 공간에서 즉문즉답의 대화는 오래전 같이 숨 쉬는 강의실과 흡사했다. 사실 나는 팬데믹에도 디지털로라도 여전한 강의를 이어갈 수 있었다. 그러나 이는 마치 의사 수업Pseudo-Class 같았다. 빈번한 속도로 찍어대는 사진이자 동영상으로 만나는 학생들은 진짜 학생들이 아니라 사진 속에 차가운 순간들에 지나지 않았다. 그런 생활이 익숙해져 버린 나는 오늘 에리카라는 진짜 사람과의 대화로 사회적 거리를 확 줄였다.

"인상적인 것이 많아 오길 잘했다는 생각이 드네요."

"이곳 처음인가요? 전 퀸스 출신이라 어릴 때부터 자주 왔어요."

여대생 도슨트는 사라지고 이제부터 나는 나 스스로 아저씨 도슨트가 되어서 내가 나에게 설명하며 감상하기를 시작했다. 가장 마음에 드는 작품은 변기를 재활용해서 색을 입힌 인근 플러싱Flushing 1645이라는 도시명과 똑같은 제목의 전시물이었다. 특별히 예술적으로 대단한 기법이 들어가지는 않은 듯했다. 그러나 독창적이었고 나름의 소중한 의미를 지닌 것 같았다. 사실 플러싱은 뉴욕 퀸스의 대표적 지역이다. 알다시피 영어로 플러싱변기 물을 내리다은 변기와 관련이 있다. 바로 이 점을 이용해 뉴욕의 물 부족 문제를 지적하고 있는 것인데, 환경 문제 풀이 같았다. 하얀 변기를 갈색으로 바꾸고, 주위에 플러싱을 구성하는 동네들의 이름들이 모두 적혀 있었다. 물 문제는 도시인이라면 꼭 책임져야 할 중요한 문제로서 서울도 마찬가지일 것이라고 나는 생각했다. 그 멀디먼 끄트머리 산악지대Upstate New York로부터 수돗물의 여정은 비로소 콸콸 물 쓰기를 뉴욕시민에게 허락한 것이었다. 나는 흔한 물이 아니라 어려운 물이라는 것을 알게 되었다. 팬데믹에다 먹을 물까지 없다면 정말 최악에다 최악이 된다는 시나리오를 나는 잠시 떠올렸다. 뭐든 연쇄적으로 연결되기 마련이다. 바이러스 문제만 해결되면 되는 것이 아니라 필연적으로 박물관 앞에 줄을 선 시민들을 만들어 냈고, 더 장기화는 물 공급은 물론이고 내 생계까지 위협한다는 것, 그래서 파노라마의 수정조차도 어렵게 한다는 것을 나는 여대생 도슨트 없이도 해석해 냈다. 맨하튼에 잘 포장된 박물관들과 달리 이 퀸스 박물관은 사회적 고민거리를 안겨주는 다큐멘터리에 가까웠다. 볼거리가 아니라 우리가 꼭 알아야 할 고민거리를 당부하는 박물 아닌 현물 말이다.

테네시주Tennessee State 1826 어느 시골 마을에서 출발한 우리는 부족한 한국을 채워 내기 위해 두 시간 쉼 없이 운전했다. 비로소 멤피스Memphis 1819에 도착한 우리는 김치도 사고 미역도 사고 짜장면도 먹었다. 그리고 여러 번 돌려볼 비디오테이프도 빌렸다. 이 도시는 어떤 형태일지 알기도 전에 시간은 금세 백주의 끝에 와 있었다. 또다시 치러야 하는 장거리 운전은 떠나야 하는 각오와 함께 몇 달 뒤의 미련을 남겼다. 차창 밖 길거리가 도시 구경의 전부였던 아이들에게 나는 미안했다. 도시의 시간답게 시간은 훌쩍 지나갔고, 이 도시의 궁금증은 나중에 채울 것으로 또 미뤄졌다. 돌아가는 저녁 길은 도시의 흥분과 역동에 빨려 들어갔던 기억을 상기하는 시간이었다. 도시에서의 잠깐의 숨 고르기가 세상이 우리에게 보여주는 불꽃놀이였다면 전원에서의 오랜 근면은 우리가 세상에 보여줄 뭔가를 계속 준비하는 시간이었다. 사실 아시아 도시인이었던 나는 색깔만 바뀐 아메리카 도시 샌프란시스코에서는 크게 문제 될 것이 없었다. 변함없는 다른 색의 도시에 내가 맞춰내면 될 일이었다. 오히려 바쁜 서울과 달리 약간 느려도 되는 샌프란시스코가 나는 썩 마음에 들었다. 그래서 나는 미국 어디서든 서울과 변함없는 도구들로 잘 흘러가리라 착각했었다. 샌프란시스코처럼 말이다. 그러나 아메리카의 시골은 아메리카 색에다 초록색으로 바뀌는 간단한 셀로판지가 아니었다. 그간에 도시가 마련해 준 준비물들을 생략할 수 있는 인내가 필요했다. 더욱이 도시에서의 생애로 출발했던 나와 달리 촌사람으로 시작하는 아이들에게 나는 미안했다. 뭘 어떻게 더 해줘야 할지 이미 다 알면서도 늘 덜 채워줄 수밖에 없는 나를 자책하기도 했다. 할 수 없이 나는 아이들에게 도시에 비교할 수 없는 보물이 바로 시골이라는 최면을 걸었다. 아이들도 즐겁게 동참하긴 했지만 오랜만에 멤피스는 늘 자기모순을 체감하게 하는 시간이었다. 그러나 돌아오는 차 안에서 나는 그 모순을 굳게 함구했다.

집으로 돌아오는 길에서 나는 생각이 많았다. 맨하튼 섬이 귀공자라면 이 퀸스는 그 귀공자를 모시는 정말 현실적인 사람들 같다는 생각 말이다. "전 살아 있는 뉴욕이 궁금해요…. 맨하튼도 벗어나면 또 뭐가 나오는지도 궁금하고요." 내가 유명한 뉴욕의 어느 곳을 가보라고 추천하면 문 교수는 늘 대답만 하고 어느새 한 번도 들어보지도 못한 뉴욕을 다녀오곤 말했다. 생각해보니 문 교수는 죽은 뉴욕을 싫어했다. 오래전부터 잘 보존된 뉴욕이 아니라 오늘의 뉴욕이 궁금했던 것 같다. 문 교수는 그런 퀸스박물관을 빼먹었던 것을 나에게 맡겼던 것이었다. 뉴욕의 끄트머리를 잇는 워싱턴 다리를 건너면서 나는 오래전 내 시작점인 샌프란시스코도 떠올렸다. 서쪽 끝인 샌프란시스코에서 시작한 내 미국 여정은 이제 동부의 끝인 뉴욕에 이르렀다. 나는 대상이 누구인지는 모르겠지만 고맙고 뭉클한 마음이 들었다.

지구에서 가장 잘난 척하는 생명체인 인간만 가장 '불확실한 시대Year of Uncertainty'를 사는 것 같다. 왜냐면 길거리에 모이를 쪼는 비둘기도 현관에 가끔 나타나는 바퀴벌레도 팬데믹과는 무관하게 아무것도 모른 채 그 어떤 변경 없이 생활에 열중이다. 바이러스 생활로 나는 세상이 갑자기 뒤바뀐 여러 햇수를 넘기고 있다. 전 세계적으로 가장 많은 방문자를 확보했던 뉴욕은 장시간 여전히 기면 상태이다. 돌아오는 길 나는 문 교수가 궁금해 했던 살아 있는 뉴욕을 떠올렸다. 온전히 살아 있는 뉴욕 말이다. 차라리 바이러스 창궐 전 뉴욕으로 몰렸던 교통체증이 그리워졌다. 구제의 줄이 아니라 박물관을 구경하려는 정말 인간다운 자들이 내게 짜증이라도 부렸으면 하는 생각도 들었다. 문 교수와 이 보고서 숙제를 마칠 때쯤 디지털 속에서가 아닌 서울 어디라도 활보하는 날들을 기대해 본다. 차창에 차가운 바람이 내 볼을 만지더니 뒷자리까지 들어와서 잠깐 앉아 있다가 바로 나가 버렸다. 그런데 바람은 가버린 게 아니라 내 마음에 들어와 있었다. "궁금해! 샌프란시스코공항에 막 도착한 나를 만지고 간 그 바람…!" 나는 혼자 중얼거렸다.

뉴욕파노라마를 다 담지 못한 카메라가 아쉬
웠다. 더 크게 찍은 것들도 있는데, 그것들은 그
냥 지도 같아 보였다. 모눈 종이가 이렇게 현실
에 쓰이는 줄 몰랐다. 왼편 위에 꼬깃꼬깃 같은
섬이 루즈벨트 섬Roosevelt Island이다. 뉴욕이 뉴욕도
아니던 시절에 '돼지 섬Hog Island'이었던 이 섬에
는 공포의 뉴욕정신병원도 있었다.

PART 2

SEOUL

아날로그로
도시 걷기

NEW YORK CITY

배우자가 죽었다는 감정이란?
— 고척동Gocheokdong

"그 집은 너희들 아버지와 지냈던 곳이라 눈물도 나지만 아버지가 눈 감은 모습, 그 방과 그 자리는 다시는 보기 싫다! 난 작은 이 집에서 그냥 살련다!" 어머니는 가족 모두가 살았던 예전 집 이야기를 했다. 아버지상을 치른 후 집은 우리 집 같지 않았다. 차마 입 밖에 꺼내지는 않았지만 썰렁했다. 원체 겁이 많았던 내게 아버지 시신을 옮기는 일은 적잖은 충격이었다. 나는 태어나서 내 앞에서 주검을 처음 보았고, 죽은 자의 머리를 받치고 냉동고에 넣는 일도 처음 했다. 검은색으로 말끔하게 차려입은 자들의 뒷면이 이런 것이라는 것도 처음 알았다. 장례식장 말고 집에 가서 깨끗이 샤워하고 피로를 풀고 내일 또 조문객을 받으면 안 될 일이었다. 죽은 자를 옆에 두고 오랜만에 만난 친구들과 웃어보는 일도 가능함을 나는 처음 알았다. 아버지가 사라진 며칠간 우리의 의도와는 달리 누군가가 만들어 낸 검은 의례대로 빠르게 흘러갔다. 직시했던 아버지의 눈감은 얼굴이 자꾸 떠올랐다. 어머니는 거실에서 다 같이 오늘 밤만 자고 갈 것을 제안했다. 나는 어머니의 제안을 기꺼이 받아들였고, 누나와 형 가족에게 그렇게 하자고 종용했다. 나도 어머니처럼 더 이상 안방에 들어가고 싶지 않았다. 아버지의 마지막 모습이 나를 자꾸 썰렁하게 했다.

애증정겨운 내 이수역은 언제부터 딱딱한 남의 총신대입구역으로 개명되어 있었음의 이수역, 아니 총신대입구역1985에서 고척동1914은 동네에서 서울지하철 7호선1996으로 갈 수 있었다. 나는 그 애증의 역에서 고척돔2009의 위치부터 살폈다. 예상했던 대로 고척동은 고척돔을 보유하고 있었다. 총신대입구역 역무원은 구일역 1995의 지상으로 오르면 그 돔을 바로 만날 수 있음도 확인해 주었다. 사실 나는 고척동보다 고척돔이라는 멋있는 구경거리가 더 흥미로웠다. 그런데 점심이 어정쩡한 출발은 내게 지난번 연남동 청년들의 밥 먹기를 따를지도 고민하게 했다. 그러나 나는 청정한 가족들을 더럽힐 사건을 행여라도 만들고 싶지 않았다. 나는 그저 그런 그녀의 점심을 먹고 출발했다. 여전히 나는 마스크를 썼고 검은 청년들과 구분된 짧은 패딩도 입었다. 그러나 이번에는 만질 것들을 예상하여 장갑도 챙겼다. 7호선에 들어서자마자 나는 2022년 2월 18일 수요일 오후 1시 45분과 영상 4도임을 확인했다. "좀 더워!" 나는 혼잣말을 하며 외투를 벗었다. 그런데 이 7호선이라는 것은 참 흥미로운 노선이었다. 노선은 경기도광명역·철산역로 나갔다가 다시 서울로천왕역 상경하는 순간이동 지하철이었다. 이는 서울시민이 경기도민보다 출근이 늦을 수 있다는 논리였다.

"그거 사준다며…. 어디 갔어?"
둘째 녀석은 투정 부리듯 전화했다.
"문자로 해. 여기 지하철."

녀석의 여러 개 문자가 폭탄처럼 쏟아졌다. 나는 구일역을 나서자마자 '용산역1900 갈비뼈 아저씨일제강점기 강제징용노동자상 2017 앞 6시.'라는 문자만 남겼다. 한눈에 들어온 고척돔은 대단했다. "이건 다른 버전의 디디피Dongdaemun Design Plaza 2014네!" 나는 동대문의 명물이 뚝 떨어져 나와 여기 고척동에 내려앉은 것을 상상하며 말했다. 고척돔은 운동경기장이라기보다 거대한 우주선과도 같았다. 돔은 마치 〈디스트릭트나인〉District9 2009에서 공중에 둥둥 떠 있는 우주선 형태를 띠고 있었다. 위에서 살짝 더 눌러서 납작하게 하고, 안테나를 마구 꼽으면 더 그래 보일 것 같았다. 입맛에 맞는 우주선을 꾸미기 위한 기본모형임은 틀림이 없었다. 점점 더 가까워지니 필요 이상의 과다한 수량의 벤치들이 즐비했다. 경기가 없어서라기보다 팬데믹으로 외로운 곳이라는 생각이 더 컸다. 벤치에는 무쇠 야구 방망이가 끼워진 것 같았다. 경기장이 눈앞에 점점 다가오자 우주선이 아니라 야구장이라는 듯이 곳곳에 야구공 솔기 박음질을 내보이고 있었다. 이제 만질 수 있는 경기장에 당도하자 불켜진 두 개 현관 구멍이 나왔다. 우선 한 개의 구멍에는 어린이들이 꿀벌처럼 날아들고 또 몰려들었다.

"여기는 뭐 하는 곳이지요?"
푸근한 문지기 중년 여성에게 물었다.
"수영장이지요."
"어… 야구장에 수영장도 있어요? 요즘 수영할 수 있나요?"

"지금은 볼 수 없어요." 또 다른 꿀벌 현관은 수영장 현관과는 매우 다른 해석이었다. 하나는 팬데믹에 맞서고 있었고, 하나는 팬데믹에 모든 것을 중단하고 있었다. 사실 중단된 현관 구멍에 데스크 청년은 아무 신청도 없이 불쑥 방문한 내게 우주선 내부를 보여줄 수 없다고 했다. 나중에 서울시설공단에 관람 신청이 되는지부터 알아보라고 했다. 우주선의 내부는 하늘이 가려진 야구장일 뿐이다. 중계방송에서 봤던 그 야구장 말이다. 그러나 이걸 하늘에 뜨게 한다고 생각하니 나는 그 내부구조를 한번 파악해서 모종의 이야기를 만들고 싶었다. 김 교수가 내준 숙제를 잠깐 망각하고 나는 그 구조 안배를 위해 청년에게 무리한 요구를 했던 것이었다. 나는 다시 정신을 차리고 오늘의 핵심인 고척동이라는 곳으로 향했다. 건널목 건너 동양공전1965과 구로성심병원1990 사이에 경인로47길이라는 큰길이 보였다. 고척마을로 들어가는 중심임을 짐작하게 했다. 왜냐면 그 골목에서는 다량의 고척인들이 쏟아져 나오고 있었기 때문이었다. 그런데 나는 고척이라는 이 어색한 이름부터가 궁금했다. 짐작해 보건대 고척의 '고高'는 저 멀리서 보이는 완만한 언덕으로서 높음을 짐작했지만, '척尺'은 풀이가 되지 않았다. "높은데 왜 자가 나오지?" 나는 혼자 중얼댔다.

"예⋯. 서울과 경기도 사람이 물건을 팔 때 고척高尺을 썼대요."
"아 그렇군요⋯. 그럼 높은 곳은 아니고요?"
"음⋯. 그런데 여기 좀 높긴 높아요⋯. 헤헤⋯. 사실 저도 빨리 인터넷에서 찾아본 겁니다."

고척동민센터1978 공무원은 내 이 하찮은 궁금증을 해결해 주었다. 무게를 재든 길이를 재든 고척이라는 측정 물건이 있었던 모양이었다. 나는 고척동을 '경기와 서울 경계에 높은 곳에 사는 사람들이 옛날 자를 사용해서 거래하던 곳.' 정도로 정리했다. 본격적으로 진입한 길은 대학이 있어서인지 대학생들이 좋아하는 메이커식당들이 즐비했다. 그런데 그 메이커들이 끝날 무렵 나는 오른쪽으로 〈토토로〉My Neighbor Totoro 1988에서 살 오른 두 개의 딩어리들이 몸을 숨겼던 모습과 똑같은 장면을 목격했다. 어린이의 손을 꼭 잡은 조금 큰 역시 어린이가 어느 틈새로 쏙 사라지는 모습을 보았다. "어⋯. 길이긴 한 건가? 나도 가 봐야지!" 나는 혼잣말을 하며 나도 그 안으로 두 아이를 쫓아갔다. 비좁은 건물과 건물 사이를 빠져나오니 아이들은 어디론가 사라지고, 그간에 현대적인 분위기와는 전혀 다른 근대적인 오래전 동네가 나왔다. 집들은 단층으로 빨간 벽돌과 구멍 세 개짜리의 콘크리트 벽돌로 만들어졌으며, 꽤 단정했다. 여전히 주민들이 거주하고 있었다. 살아 있는 서울의 또 다른 시대였다. "와!" 나는 작게 감탄했다.

좁은 골목 끝에는 사람이 살지 않는 철 대문이 하나 나왔다. 그때 대문 위 콘크리트로 줄무늬의 비대한 고양이 한 마리가 지나가고 있었다. "야옹야옹!" 나는 녀석이 낼 소리를 흉내 냈다. 그러나 고양이는 아무 반응도 없이 특유의 거만함으로 눈길도 주지 않았다. 버르장머리 없는 고양이라고 생각했다 "야야!" 나는 크게 고함을 질렀다. 고양이는 마당을 느릿하게 가로질러 건물 틈으로 들어가려다 멈췄다. 그러고는 최종적으로 내게 한번은 눈길을 줄 것 같았지만, 여전히 아무 소리도 없이 몸을 숨겼다. 고양이의 꼬리가 사라질 무렵 나는 오래전 뭔가 현실에서 미래로 미래에서 현실로, 아니 과거에서 과거로의 장면이 떠올랐다. 당최 어떻게 전개되었는지의 이해가 어려웠던 〈매트릭스〉the Matrix 1999 말이다. 키포인트 하나는 명확했다. "고양이고양이가 나타나면 과거와 현재의 인식이 흔들리기 시작할?!" 나는 내게 속삭였다. 심상치 않고 싶었다. 담벼락으로 보이는 방안에는 몇 개의 가구와 2004년의 달력도 걸려 있었다. 이 집은 2004년까지 거친 숨을 쉬다가 멈춘 것이었다. 나는 불쑥 김 교수의 어린 시절 고척동 집과 내 어린 시절 살았던 집은 언제 어떻게 멈췄을지도 떠올렸다. 나는 살았던 집에서의 시절과 이삿날은 기억해 냈지만, 떠난 후 남겨진 집의 행색을 떠올린 적이 없음도 깨달았다.

"어머 안녕하세요 선생님, 선생님께 인사해야지."

30대로 보이는 한 어머니가 아이를 데리고 나오는 선생님에게 말했다.

　별로 즐겁지 않은 집을 지나온 나는 또 트여 있는 틈_{물론 골목이었지만 옷이 스치는} _{비좁음으로 틈으로 봐야 함}으로 어렵게 걸어 나왔다. 통과해 보니 맑은샘어린이집₁₉₉₉ 이라는 아이들 동산이 있었다. 어머니들은 유치원 현관에서 꼬마들의 하원을 기다리고 있었다. 유치원은 2004년에 멈춘 집과 달리 즐거워도 되는 느낌을 주었다. 작은 인간들이 곧 신나게 밀려 나올 것 같았다. 그러나 어머니들은 작은 원생들이 나올 때마다 바로 채 버렸다. 골목을 떠들썩하게 하는 주인공들은 더 이상 나타나지 않게 된 서울 거리를 나는 잠깐 잊고 있었다. 김 교수와 내가 시작된 시대처럼 아이들이 많았던 서울 거리로 나는 착각한 것이었다. "제 의식은 그 고척동에서 고척유치원을 다닌 것부터입니다." 김 교수의 고척동 단서는 거리에 그 많았던 아이들과의 시작이었다. 동네 아이들과 몰려 따라간 누나의 유치원은 아예 김 교수를 때 이른 원생으로 만들었다고 했다. 누나의 두 배도 넘는 햇수로 유치원을 다녔다는 것이다. 유치원 다니기를 무척 좋아했던 김 교수는 떠나는 형과 누나들의 고별사까지 자기가 다 대독했다고 했다. "고별사 송사 모두 한 모양이지!" 나는 고척유치원이라는 곳을 상상하며 김 교수에게 재질문할 거리를 중얼거렸다.

　"빨리 와!" 개 주인이 말했다. 흐트러진 단발머리의 개 한 마리가 주인을 바로 쫓아갔다. 내가 그 단발머리 개의 반대편으로 걸을 때쯤 주인 없는 또 다른 황색 개는 내 쪽을 향했다. 그러나 주둥이는 반대쪽을 본 채로 한참 서 있었다. 그러니까 개의 허리는 거의 알파벳 U자로 휘어 있던 것이다. 그런데 보통 길거리를 거니는 개들의 역할이란 걷거나 뛰거나 짖거나 주둥이를 어디에 대거나 소변을 누거나, 아니면 주인에게 끌려가거나가 전부라고 나는 생각해 왔다. 그러나 이 U자형 개는 마치 누군가를 주시하듯 꽤 진지하게 뒤를 돌아보고 있었다. "쯧쯧." 나는 전형적인 개 주목 소리를 내봤다. 개는 다가가는 나를 쳐다보지도 않은 채 멀어진 주인을 서둘러 따라갔다. 호들갑과는 거리가 먼 이런 개는 나는 처음이었고, 이토록 냉정한 개도 처음이었다. 경인로47길은 1298걸음의 끝으로, 가면 갈수록 거대한 아파트 길로 변해 있었다. 같은 높이로 세워진 아파트 마을이 나왔다. 여기서부터는 목동1975이라는 이정표를 확인할 수 있었다. 나는 비록 끄트머리지만 목동도 처음이었다. 그러나 더 가봤자 뻔한 도미노 마을이 연속될 것 같아서 발걸음을 되돌렸다.

돌아오는 길 한 아주머니가 길거리 벤치에서 작은 흰둥이 개의 꼬릴 잡아올린 채 털을 빗겨주고 있었다. 뒷다리가 들려 몸통이 들썩거려도 상관없다는 듯이 개는 실눈을 껌벅껌벅하면서 이리저리 올려보고 있었다. "아주 시원해, 나도 해 봐?" 나는 개의 눈빛을 번역해 말해 봤다. 나는 최대한 착한 표정으로 입을 쭉 내밀어 주었다. 거만한 고양이, 지극히 개스러운 단발머리의 개, 또 냉담한 U자형 황구, 그리고 방금 나에게 마음을 내줄 것 같았던 하얀 개, 동물의 탈을 쓰고 낮은 곳을 바라보는 또 다른 미니 고척인들이었다. 무엇인가를 염두에 두지 않았던 고척동에서 내 발걸음은 길거리 동물들을 내려다보는 조금 다른 눈을 열게 했다. 흔한 사람보다 드물게 나타난 이 동물들은 더 이상 생각 없는 대상 같아 보이지 않았다. 대화를 할 수 있다면 우리는 뭔가 논할 수도 있을 것 같았다. 말하자면 '랭본경Sir Rimbaun · 벤담(Jeremy Bentham 철학자 영국 1748-1832)의 산책 대화 상대인 고양이로서 벤담에 의해 작위를 부여받았음'처럼 작위를 받을 것인지 말 것인지의 옥신각신하는 것 말이다.

되돌아온 건널목은 나를 광대한 물가로 인도했다. 고척동은 안양천이 가까웠다. 그런데 이 물줄기가 서울에 있어도 안양천이라고 부르는 것이 나는 살짝 이상했다. 흘러온 물은 천이라고 하기에는 그 폭이 매우 넓었다. 물론 물이 가득 채워진 채로 흐르지는 않았다. 그러나 중심의 물줄기는 폭포처럼 거칠어서 사나운 소리를 내면서 맹렬히 흘렀다. 힘찬 물줄기는 고척동에 도착할 때부터 머리 위에서 신경 쓰이게 했던 소음까지 없애 버렸다. 사실 세어보지는 않았지만 열 대 이상의 비행기가 바퀴를 내린 채 특유의 '슈 윙!' 소리를 내며 지나갔었다. 내려진 바퀴를 내 손으로 다시 밀어 넣어도 될 정도의 낮은 비행은 공항들이 있을 법한 방향으로 향했다. 하늘색에다 태극 꽁지가 그려진 것, 연두색이 있는 것 그리고 프로펠러 네 개짜리 군용기까지 비행기의 정체까지 파악할 수 있을 정도로 비행기들은 고척 땅과 아주 가깝게 날고 있었다. 나는 비행기의 하얀 똥배를 이렇게 가깝게 보기는 처음이었다. 이 넓은 안양천은 비행기 하체 구경에 딱 좋은 장소였다. 그렇다면 여기 고척동은 비행기에 꿈을 담아 볼 어린이가 많은 동네가 아닐까 한다. 그래서 나는 김 교수가 저 먼 곳에 정착한 것이 아닐지도 생각해 보았다. 한 번 연구해 볼 일이었다. 어린 시절과 비행기 똥배의 상관관계를 말이다.

상을 치른 후 어머니는 거실에서 텔레비전을 보다가 잠들고는 했다. 내가 나만의 가족을 만들어 가장 마지막으로 아버지 흔적의 집을 나갈 때 어머니도 작은 집을 마련했다. 어머니는 새로 마련한 작은 집에서 마치 자취를 시작하는 여학생처럼 이것저것 새롭게 장만하기 시작했다. 집을 꾸미기 시작했다. 새 커튼노 달고, 식기도 새로 사고, 침대도 새로 장만했으며, 이불도 새로 지으면서 홀로된 시간을 분주하게 채워 나갔다. 어느 정도 꾸며지면 어머니는 먹을 것은 미끼로 자식들을 불러 모았다. 그럴 때마다 장롱 속 잠자고 있던 앨범 사진들이 텔레비전 주변으로 하나씩 나와 액자로 변신해 있었다.

갈 때마다 액자들은 텔레비전을 중심으로 꽃밭처럼 풍성해져 있었다. 그러나 날로 늘어나는 사진들에는 아버지의 흔적은 없었다. "아버지 생각하기 싫은가?" 사진들을 보면서 나는 어머니가 듣지 못할 정도로 말해 봤다. 액자들 옆에는 꽃병이 놓이기도 했고, 뻐꾸기 도자기도 나타났다. 어느 날 어머니는 금붕어 한 마리도 도자기 옆 어항 속에서 헤엄치게도 했다. 그런데 어머니의 이 꾸미기가 텔레비전 주변만이라는 것은 내 착각이었다. 방안 침대 옆에는 청년 사진 한 장이 작은 액자에 끼워져 있었다. 초보 아버지의 모습이었다. 수차례의 방문이 있었건만 나는 어머니의 속마음인 방안에는 한 번도 들어가보지 못했다. 아니 않았다. 나는 늘 거실이나 식탁에 머물다가 훌쩍 가 버리곤 했고, 그러다 보니 아버지의 흔적을 나는 지워낸 줄로만 알았던 것이었다. 어머니는 그런 내 무심함 속에서 폐렴에 맞섰고, 대상포진과 싸웠고, 코로나에도 노출되었었다. 몰랐었지만 젊은 아버지와 함께 말이다. "엄마, 이 사진 누구야!" 나는 알면서 물었다.

괴테Johann Goethe 문학작가 정치가 독일 1749-1832는 집안에서의 생활의 즐거움을 아는 자야말로 행복한 자라고 했다. 이는 외출을 선호하지 않는 집순이 집돌이들을 자기만의 철학을 보유한 자로의 예찬 될 근거가 된다. 그러나 그런 철학도 철회하게 하는 감정이 하나 있다. 이는 그간에 살았던 집을 멈추게 함에서 비롯되는 것인데, 사실 집의 중단은 두 가지의 사건으로 가능하다. 하나는 거주자가 이주해서 멈추고, 또 하나는 거주자가 죽어서 멈추는 것이다. 그리고 집의 철학을 고집하기 어렵게 만드는 것이 바로 그 후자의 사건에서이다. 그리고 그 사건의 대상이 배우자라면 집의 철학을 내세우기가 더욱 어려워진다. 철학이라는 우아보다 야간 기거에 대한 걱정이 싹트기 때문이다. 물론 홀로 남겨진 상태라면 더욱 그러하다. 할리우드 영화에서는 아내 혹은 남편이 가고 나면 같이 살아왔던 집을 여전히 떠나지 않은 채, 아니 못 떠난 더 멋있는 이야기를 전개해 나간다. 어떤 기억이든 그 영화들에서는 집을 멈추게 하지는 않았던 것 같다. 물론 어머니도 아버지와 살던 집을 다른 이들로 멈추게 해 두지는 않았다. 그러나 어머니는 현실적으로 다른 집에서 혼자만의 새 이야기를 선택했다. 배우자가 먼저 떠난 후 그리운 감정 말고 또 다른 느낌이 있다는 것을 나는 그때 처음 알았다. 어머니에게 그 느낌이 뭔지는 묻지 않았다.

가정에서의 기쁨이란 반드시 집과 연결되어 있다. 그래서 즐거웠든 슬펐든 집과 같이 얽혀있던 '가정에서의 사회생활'밀턴(John Milton 문학작가 영국 1608-1674) 은 인간을 행복하게 하는 사회생활의 세 가지를 종교적 자유에 따른 사회생활 · 시민적 자유에 따른 사회생활 · 가 정의 자유에 따른 사회생활로 구분하였는데, 정작 그는 그 가정에서의 사회생활에서 불만이 많았고 그래서 가정 의 자유에 따른 사회생활(정당한 이혼)로 세상을 떠들썩하게도 했음'의 기억은 집을 섣불리 떠나지 못하게 한다. 그래서 이삿짐을 모두 들어내고 텅 빈 집을 보면서 뭉클했던 기억은 누구나가 공유하는 감정이기도 하다. 만감이 교차하는 나만의 집, 그리고 그 철학이 생기는 순간이다. 그러나 어떻게 떠났든 고척동 집은 처참하게 멈춰버렸고 썰렁했고 스산하고 더 나아가 공포스럽기까지 했다. '조드Tom Joad · 스타인백(John Steinbeck 문학작가 미국 1902-1968)의 『분노의 포도』(the Grapes of Wrath 1940)의 주인 공'의 가족이 떠난 집과도 같았다. 집의 철학이고 뭐고 집은 죽어가고 있었다. 아니 죽었다. 더욱이 벌썽하게 살아 있는 빽빽한 주택가에 뜻밖의 상태였기에 더욱 기묘했다.

어머니는 가정에서의 사회생활이 듬뿍 담긴 그 집을 모종의 감정으로 외면했다. 그리고 새집에서 금붕경Sir Gumboong · 벤담처럼 나도 어머니 집 금붕어에게 작위를 부여

했음과 함께 가정에서의 사회생활을 새롭게 시작했다. 떠나온 집을 배경으로 하는 청년 아버지 사진을 간직한 채로 말이다. 사실 어머니의 감정이란 이상한 모순이었다. 즐겁게 사는 사람들의 집은 번듯한 새것과 달리 별개의 아름다움을 지닌다. 충분히 예뻤을 것으로 보이는 폐가였다. 떠난 누군가는 그 예뻤을 시절을 아버지의 사진처럼 어디에든 기억하고 간직해 두길 바란다. 설사 끝을 보았다고 하더라도 말이다. 우리가 사는 집은 어떻게 멈추게 될지, 내 단말마는 또 어떤 모습일지 이제 나는 서서히 궁금해지기 시작했다. 저 멀리 덜컹거리는 전철 소리가 소연하게 들렸다.

"지금 용산이야! 어디야?"
그간에 문자 대답이 없자 둘째 녀석은 전화로 마구 화를 냈다.

고척동의 폐가를 찍기는 했다. 그러나 그 음침한 기운을 독자들에게 공개함은 그리 즐거운 일이 아니라고 판단했다. 따라서 우주로 떠오를 준비의 고척돔을 고척동의 대표 사진으로 선정했다. 상상해 보자, 야구경기를 하다가 하늘로 오를이 우주선 말이다. 경기장에 사람들은 무중력으로 갑자기 공중을 날고 소나무들이 뽑히고 난리도 아닐 것이다.

난 아시안이다

— 컬대역116th Street−Columbia University Station

　이번에 지시된 뉴욕은 컬럼비아대학Columbia University 1754도 아닌 그 대학 부근에 있는 지하철역이었다. 바로 컬럼비아대학역116th Street−Columbia University Station 1905 그러니까 줄여서 컬대역이다. 문 교수는 흔하디흔한 모정의 역참이 궁금했던 모양이었다. 문 교수의 궁금한 뉴욕은 진정 예상 불가가 맞다. 그런데 나는 그 지하철역 하나만으로 거대 맨하튼 방문이란 약간 부족하다는 생각이 들었다. "컬럼비아대학도 가면 안 될까요?" 나는 소극적으로 사정했다. "그러세요." 문 교수는 관대한 대답을 했다. 강의가 없는 수요일을 골라 나는 2022년 2월 8일 서둘러 으리으리한 뉴욕으로 또다시 떠났다. 오늘은 조지워싱턴다리George Washington Bridge 1962를 지나거나, 해저로 연결된 세 갈래의 링컨터널Lincoln Tunnel 1957 · 1937 · 1945을 이용하거나, 아니면 역시 해저 터널인 홀랜드터널Holland Tunnel 1927의 선택지에서 나는 문 교수에게 감사하는 뜻으로 홀랜드터널을 선택하기로 했다. 왜냐면 교수는 홀랜드터널 경험이 없었기 때문이었다. 그런데 그런 아침의 다짐과 다르게 나는 조지워싱턴다리로 달리고 있었다. 내 몸이 알아서 저지시티Jersey City 1630로 삥 돌아가는 비합리적 경로를 허락하지 않았던 모양이었다. 몸 따로 정신 따로였다. 나는 차라리 열린 공기와 강변 보기의 가치로 내 정신머리를 신속하게 두둔했다. 몸에 배어 버린 합리적인 행동을 나는 또 정신에 배어 버린 합리적인 생각으로 합리화하는 순간이었다. 횡단 내내 더 합리적 아이디어를 모색했다. "문 교수가 다시 와서 저지시티 구경하고 홀랜드터널로 맨하튼 가면 되겠네!" 나는 조지워싱턴다리를 다 지날 때쯤 그 아이디어의 결과를 발표했다. 그렇다고 해서 나는 열린 공기를 맡은 것도 아니다. 강변 보기도 안 했다. 분명히 나는 무엇인가에 쫓기듯이 차창을 내린 적도 없었고, 앞차만 계속 졸졸 따랐다.

사실 문 교수는 매번 숙제를 지하철로 한다고 했었다. 따라서 오늘 뉴욕 숙제도 지하철역이었기에 마땅히 지하철을 이용하는 것이 문 교수와의 대등함이었다. 그런데 오래전 요크공James Stuart 군주 영국 1633-1701이 뉴욕을 뚝 뜯어서 귀족 친구들인 버클리John Berkeley 정치가 영국 1602-1678와 카트릿George Carteret 정치가 영국 1610-1680에게 그냥 줘버리지만 않았어도 나는 오늘 그 대등함을 지킬 수 있었다. 사실 동네에서 뉴욕은 강 하나를 두고 가까운 이웃이지만 지하철은 아예 없다. 뉴욕식민지국Province of New York 1664-1776 건국 당시로 거슬러 올라가면 내가 오늘 출발한 마을은 뉴욕이라는 나라의 국경선 밖에 있는 타국인 셈이다. 나는 그런 따로따로의 국경계심이 지금도 지하철 연결을 생각조차 없게 하는 것임을 문 교수에게 설명하기를 결정했었고, 그러고 나서 나는 아까 전 문 교수를 위한 아이디어를 모색한 것이었다. 실토하자면 나는 맨하튼 진입 막바지에 모정의 시간 안배를 하는 긴장으로 문 교수를 아예 잊었었다. 이왕 조지워싱턴다리 쪽으로 들어섰다면 두 식민지국에 걸쳐 있는 이 초대 대통령 다리를 반드시 오전 10시 이후에 통과해서 오후 4시 전까지 다시 돌아오겠다는 나만의 경계심에 쫓겼던 것이었다. 왜냐면 역시 합리적인, 아니 현실적인 이유인데, 대단할 것도 없이 다리 통행 요금 할인 때문이었다. "시간 내 통과 통과…." 나는 다리를 무사히 진입하며 되뇌었었다.

점심시간은 같은 형편의 한국인 학생들과 어울리는 것이 내 새로워진 일상이었다. 수업에서 사방으로 오고 가는 미국어 커뮤니케이션 공격에 나는 적응을 하면서도 늘 긴장했다. 그래서 나는 정당하게 할당된 식사 시간만은 서울과 유사한 것으로 하고 싶었다. 그렇다고 해서 영어 하나밖에 모르는 친구들과 섞이는 것을 꺼렸던 것도 아니다. 다만 나는 노곤한 온탕과 정신 차릴 냉탕처럼 편안한 정서와 긴장된 일과가 구분된 생활이어야 온전한 삶이라고 생각했다. 물론 한국말과 비교할 수 없을 만큼 미국말로 할당된 시간이 훨씬 많았지만 말이다. 나는 한국어가 하나도 없는 하루의 끝에서 잠자리에 누우면 늘 정서적 공복감을 느끼곤 했다. 직면하는 사람마다 언어 모드를 전격 전환하는 뇌 회전이 점점 재밌어질 무렵에도 나는 변함없이 부모님이 가르쳐준 언어의 점심을 떨쳐 버릴 수가 없었다. 아니 무엇 때문에 떨쳐야 하는지가 더 이상하다고 생각했다. 그러나 한국말 친구들과 학생식당이 아닌 시내 식당으로 몰려갔을 때, 나는 한국을, 아니 아시아를 이제는 자제함을 고민해야 했다. 왜냐면 구석으로 밀어 넣듯이 안내한 웨이트리스의 태도는 나를 적지 않게 언짢게 했기 때문이었다.

물론 오붓한 구석을 좋아하는 인종에 대한 배려일 수도 있었지만, 나는 서빙 여성의 파란 눈의 굴림과 신속 처리하고픈 영어는 그런 관대함에 속하지 못한다고 확신했다. 나는 식당을 심각한 분위기로 만들고 싶지는 않았다. 그래 봤자 영어의 소굴에서 제3세계인들의 듣기 싫은 불만 어린 소음 정도로 여겨졌을 것이 뻔했다. "적어도 난 아시안에게는 좀 잘 해 줘야지!" 나는 시내 식당에서 식사하면서도 나만의 소심한 결의를 조용히 토해 냈다. 그러고 나서 나는 점차 이런 한국 인종만이 운집하는 점심 결속을 아시아로 확대해 나갔고, 그런 다음 점차 다른 대륙으로, 그리고 미국화와 글로벌화도 동시에 시도했다. 결국 후련하게 즐거운 한국어 식사 시간은 내게서 사라지고 말았다. 그때 한류Hallyu · Korean Wave라는 것은 극동 아시아만 맴돌고 있었고, 세상은 G7Group of 7 · World Economic Conference of the 7 Western Industrial Countries 1976만이 결성된 상황이었다. 여전히 나는 눈꼬리가 올라간 사람들이 사는 아시아 어딘가에서 온 검은 머리에 까만 눈을 가진 학생에 지나지 않았다.

어렵지 않게 지하철역 몇 블록 위쪽으로 도착한 나는 두세 번 정도 주변을 돌았다. "웬 떡이냐!" 나는 차 안에서 아주 조용히 쾌재를 외쳤다. 출근길이 뭐든 간에 이렇게 주차가 잘 이루어진 날은 괜히 기분이 더 좋다. 뭔가 해냈다는 성취감까지 드니까 말이다. 길거리의 뉴요커들 특유의 눈인사라도 나는 잘 받아줄 것 같았다. 주차 성공을 해낸 나는 한 손에 커피 또 한 손에는 전화기를 들고 뉴요커처럼 걸었다. 물론 뉴요커들의 발걸음을 나는 잘 모른다. 다만 그렇게 보이길 희망했을 뿐이었다. 116번가116th Street 지하철 컬럼비아대학역까지 걷는 동안 나는 마치 뉴욕에 처음 온 여행자처럼사실 나는 여기도 처음이기에 여행객에 더 가깝다고 봄 고개를 왼쪽 오른쪽 위쪽 바꿔가며 호기심을 드러냈다. 오늘따라 더 맑은 맨하튼의 하늘과 온건한 기온39℉ · 7℃은 더 많이 걸어도 전혀 힘들지 않을 것 같았다. 본래 내 쳇바퀴는 맨하튼에 한 번도 나오지 않는 것으로 끝나긴 한다. 그래서 가끔 뉴욕의 한 조각뿐만 아니라 다른 어느 조각에라도 나가 보기를 바랐다. 맥을 못 추는 팬데믹이라도 엄연한 팬데믹이기에 내가 아닌 누군가가 끌어내 주길 나는 은근히 원했다. 집 밖을 넘어서 다른 장소로 그리고 더 멀리 대륙을 건너서까지 말이다.

서울 지하철역들을 나는 기억해 냈다. 출입구도 많고 큰 대로에 눈에 번쩍 띄는 표시, 그리고 넓은 계단들의 폭. 에스컬레이터를 타고 깊이깊이 내려갔던 내 모습도 나는 떠올렸다. "이대역1984은 정말 깊었지…. 대학생이 되면 무슨 이유를 대서라고 꼭 가보자." 나는 서울을 길게 떠올리며 긴 혼잣말도 했다. 그런데 이 컬대역 계단은 내려가는 사람과 올라오는 사람 단 두 명 정도

작은 폭이었다. 그리고 거기에는 그냥 간단히 '컬럼비아대학교116번가역'이
라는 표시만 있었다. 계단의 층계수도 금방 다 셀 수 있을 정도로 역은 지상
에서 콘크리트를 살짝 덮어놓은 듯이 얇디얇았다. 물론 나는 이런 뉴욕 지하
철의 개성을 이미 알았었지만 여긴 대학 타이틀을 지녔기에 무엇인가 다르기
를 기대했었다. 사실 맨하튼 지하철역들은 그리 깊지 않아서 편리한 것도 사
실이다. 그래서 나는 지상 도로 아무 곳이나 뚫으면 아마 바로 지하철 내부
가 나올 것이라는 상상을 하곤 했었다. 그러나 그런 얇은 지하라도 도착하자
마자 오늘 진입은 나를 바로 답답하게 하는 것 같았다. 그래서 마음이 내키지
않았다. 나는 우선 지상을 즐겨보기로 했다. 나는 대학가가 더 궁금했다.

　대학마을인 만큼 역시나 오래된 서점이 있었다. "간판이 어딨지?" 나는 중
얼거리며 두리번거렸다. 서점은 간판도 없이_{간판이 없는지 내가 못 찾은 것인지 확실치 않음}
작은 글씨로 '여권 사진도 찍을 수 있음_{Passport photos taken here}'의 표시를 창문
에 붙여 놨다. 아마도 국내 말고 여러 나라에서 온 국제학생 탓에 서점의 당
연한 서비스라고 나는 생각했다. 겉으로만 봐도 학생들의 여러 가지 문제를
해결해 줄 것 같은 카운슬러 문구점이자 책방 같았다. 오래되어 보이는 만큼
다양한 주문을 들어줄 것 같은 예사가 아닌 분위기 말이다. 아마 미국의 모든
곳으로 흩어져 있을 이 컬대 졸업생들에게도 이 가게 얘기는 단박에 친근감
을 불러일으키지 않을까도 싶었다. 여기는 오늘 어떤 것을 기념하라고 할지
나는 궁금했다. 질보다 타이틀이 더 중요할 뻔한 대학기념품을 한번 골라보
기로 했다. 그러나 대학의 명성답게 품질은 그리 어리숙하지 않아 보였다. 대
학로고만 단순하게 박아 놓지 않은 머그컵은 바다색에다 은은한 펄이 들어간
비취색이었다. 꽤 괜찮은 편이었다. 그러나 내게는 구매할 명분이 없었다. 입
학이 간절했던 신입생에게는 기념이 아니라 자부심일 것이었다.

길거리 커피숍들 속에서 스타벅스Starbucks Columbia University · 2929 Broadway
와 블루보틀Blue Borttle Coffee Columbia University · 2901 Broadway이 멀지 않은 거리
를 두고 있었다. 내가 당도한 이 시간만을 보면 블루보틀에 사람들이 훨씬 많
았다. "여기 학생들은 보틀을 더 선호하군!" 나는 나도 모르게 블루보틀을 응
원했다. 블루보틀의 발상지는 서부 끝 오클랜드Oakland 1851로 알고 있기에 여
긴 거기 출신 학생들이 많거나, 적어도 가주California State와의 인연이 있거나,
아니면 다른 이유가 있을 거라는 나는 아무짝에도 쓸모없는 상상을 해 봤다.
야구로 치면 에슬리틱스Oakland Athletics 1901가 매리너스Seattle Mariners 1977를
이겨야 하는 것처럼, 커피에서는 블루보틀이 스타벅스를 이겨야 하는 이치인
것 같다. 나는 늘 시즌마다 시애틀Seattle 1851보다 오클랜드가 이겼으면 싶다.
이유 없이 나는 오클랜드를 더 좋아한다. '될성싶은 밀'이라는 한글 간판의 한
식당은 정말 좋은 자리에 있었다. 여기서 '밀'이 밀가루의 '밀Wheat'인지 아니
면 식사의 '밀Meal'인지 알아내기 어려웠다. 그도 그럴 것이 아직 개점하지 않
았다. 그런데 가게의 위치와 간판 타이틀은 대단한 감각이었다. 아마 주인장
은 '시스템Systems Management Theory · 점포는 인간의 몸과 같아서 다양한 구성들이 서로 조화로 운
영되고, 구성들이 많을수록 가장 좋은 기능을 발휘함'을 어느 정도 공부했거나 그에 지식이 있
는 자가 아닐까도 싶었다. "맞아 목柀 목이 좋다는 거지!" 한국어로 된 적절한
단어를 찾아낸 나는 기뻐 되뇌었다. 너무 거창하게 설명될 필요도 없이 이 식
당은 행인의 주목과 동선을 심하게 고려한 탁월한 위치였다. 휙 둘러본 거리
는 한식으로 판단되는 식당이 있긴 했다. 그러나 그 다양함 가운데 요 식당은
맏형같이 오랫동안 듬직한 중심이 되지 않을까도 싶었다. 다시 걸음 했을 때
내 예언이 적중하기를 기대했다.

워싱턴George Washington 정치가 미국 1732-1799이 인디언들과 합세해서 프랑스와

싸울 때불인디언전쟁 · French Indian War 1754-1763 생겨났다던 이 늙은 대학은 그에 걸맞지 않게 많은 디지털을 캠퍼스에 숨겨 놓았다. 얼핏 보기에 대학은 구식이자 전통을 고집하는 외형이지만 꼭 그렇지만은 않았다. 가장 눈에 띄는 디지털은 캠퍼스 내에 자동차 공유서비스Car Share Service였다. 이는 대학이 나서서 학생들의 기동력을 준비해 주는 솔선과도 같았다. 비록 이 하나만으로 해석해 볼 일은 아니지만 내게는 이 네 번의 세기가 넘는 나이든 몸집이라도 변덕의 세상을 세밀하게 맞춰서 빠르게 움직여 내는 노력과도 같았다. 말하자면 등교는 내 알 바가 아닌 게 아니었다. 그런데 꼭 그런 것만도 아니었다. 상반된 광경도 나타났다. 길러리 게시판에 종이 공지가 다량으로 나부끼고 있었다. 조금 난잡했다. 최신 연구 동향이나, 전시회, 초청세미나, 동아리 모집 등의 오프라인 정보가 가득했다. 디지털로 모든 것을 채우려는 학생들이라고 생각했건만 제야에서도 왕성한 탈디지털을 내 보이는 것이었다. 비어 있는 칸은 하나도 없었고, 자세히 훑어 내는 학생들도 간간이 있었다. 의외의 놀라움이었다. 걸어와야 수집되는 귀한 정보이기를 나는 희망했다.

"흠…. 이제 지하로 가 보자!" 나는 나 자신을 달래듯이 투덜댔다. 컬대역은 뉴욕에서 제일 첫 번째로 건설된 뉴욕지하철the New York City Subway 1905 브로드웨이7번가선Broadway-Seventh Avenue Line 1904-1919에 걸쳐 있다. 그런 만큼 그 역사가 짧지 않은 것쯤은 누구나 안다. 개통했을 당시 뉴욕 세상을 상상해 보면 시대에 충분한 혁신이 아니었을까도 싶다. 물론 길 아래에 이 철 덩어리를 나다니게 한 것은 훨씬 전 일London Underground 1863이겠지만 미국에 철을 줄줄이 땅 밑으로 밀어 넣은 기술은 보스톤T Subway 1897에 이어서 이 뉴욕이 두 번째이다. 평소에 아무 생각 없이 이용했던 이 뉴욕지하철을 오늘 특정의 역으로 최면하다 보니 나는 오래전 역을 다녀간 흑백의 올드 컬대생들도 상상되었다. 졸업생들 말이다. 이런 역사적 선입견은 내게 네 개의 입구 중 어디로 들어설지도 그들에게 물어보고 싶게 했다. 가장 가까운 초록 철창으로 내려가 보기로 했다. 굵은 무쇠 창살은 오랜 세월 동안 반복해서 칠해진 입구였다. 와이파이Transit Wireless Wifi · FREE-WI-FI · SSID:TRANSITWIRELESSWIFI가 뚜벅뚜벅 어둠으로 하강하는 내게 무료를 알렸다. 개역 당시 통학생들은 어떤 반응이었을지도 궁금했다. 그러나 오늘 내리는 자와 타는 자의 수는 대학 등굣길을 연상케 하지는 못했다. 결코 사람들로 붐비지 않았다. 그래도 두 세기 동안 저마다의 기억들은 모두 미국 전역으로 흩어졌을 것이고, 나는 지금 한 방문자가 되어서 그들의 마음과 똑같은 기억을 읽어내려는 노력 중이었다. 사실 지하철이든 버스든 통학은 학생들에게 단순한 일상이 아니었을 것이다. 셀 수 없이 걸었다는 것이고, 그 횟수만큼의 여정은 누구도 대신할 수 없는 컬대역과 졸업생들의 시간이었을 것이다. 그런 감회의 감정을 나는 또 언제 서울에서 해 볼지도 잠깐 생각해 봤다.

무전취승에 걸리면 백 불의 벌금이라는 경고문이 붙어 있었다. 아주 크게 붙어 있었다. 그래도 이역은 지성인들의 이름을 딴 역이 아니던가 싶었다. 대학에는 어울리지 않는 경고문이었다. 승강장은 휘어짐 없이 곧게 뻗어 있었다. 승강장 벽면 아랫부분은 노랗고 긴 타일이 엇갈려 붙어 있었고, 백색 타일 배경에는 청색 띠의 타일들이 번갈아 큰 액자를 만들어 내고 있었다. 그리고 그 사이사이에는 천장에 바짝 붙은 금장 부조 장식이 색 바랜 초록색에 조화롭게 연속되었다. 먼지가 쌓인 이 장식은 대학의 휘장 같아 보였다. "컬럼비아대학 상징인가?" 나는 다시 그 가게의 기념품들을 떠올리며 말했다. 세 개의 십자가가 꽂인 왕관 모양과는 전혀 달랐다. 그러나 단순한 꾸밈 같지는 않았다. 청색 띠 액자 안 가장자리들은 이파리 모양과 옥수수 모양옥수수인지 튤

립인지 정확하지는 않음 그리고 마름모형의 장식이 반복되는 가운데 다른 부가적 설명도 필요 없다는 듯이 'COLUMBIA'와 바로 그 아래 'UNIVERSITY'라는 크고 굵은 글씨를 드러내고 있었다. 여긴 컬럼비아대학역이 확실했다. 역은 대중앙터미널역Grand Central Terminal 1913이나 펜실바니아역Pennsylvania Station 1910과 같은 인기 역이 아니기에 나는 내세울 것을 찾고 싶었다. 갑자기 스테인리스 재질의 지하철이 노란 불빛 두 개를 비추며 시끄럽게 다가왔다. 산뜻하지 못한 승강장에 은색으로 길게 연결된 이 철 덩어리들의 출몰은 상극의 이질이었다. 오랜 타일 기둥 사이사이에 멈춰선 전동차는 의외의 합금 주목이었고, 새삼 날것 철 감으로 돋보이는 뉴욕지하철이었다. "성조기the Star-Spangled Banner 1777?" 나는 굉음에 묻힐 만한 말을 했다. 차량마다 붙여진 성조기 스티커는 매우 강렬했다. 다문화 뉴욕커에게 성조기는 견물생심의 '결속Unity'이 아닐까도 싶었다. 화려한 지상의 뉴욕과 달리 무채색의 지하 뉴욕의 매력이었다.

다섯 명의 하차한 승객들은 제 갈 길로 다 가버리고, 플랫폼에는 나 혼자만이 남았다. 전동차를 기다리지도 행선지가 정해지지도 않은 나는 약간 썰렁하다는 생각을 했다. "야!" 너무 조용한 나머지 나는 소리를 내 봤다. 요즘 뉴욕에는 아시안에 대한 태도가 그리 달갑지 않다는 것도 떠올렸다. 팬데믹 발원지를 추정케 하는 방송은 아시안에게 적개심을 싹트게 한 것이 아닌가도 싶었다. 최근 지속해서 벌어지는 아시안 대상 뉴욕 지하철 범죄는 내 평평한 얼굴을 살짝 위축되게 하는 것도 사실이었다. 뉴욕경찰청the City of New York Police Department 1845에 따르면 지난해 아시안만을 대상으로 하는 범죄가 무려 100건이 넘는다는 것을 나는 기억해 냈다. 지하철을 이용하려다가 아무 이유 없이 목숨을 잃은 아시안 뉴요커들인 것이다. 이런 죽음이 무색하게 승강장 벽면에는 '안전하고 믿을 수 있는 뉴욕 지하철이 되겠습니다, 깨끗한 환경과 친절한 직원이 되도록 노력하겠습니다, 정확하고 신속한 정보를 제공하는 지하철이 되겠습니다the Metropolitan Transportation Authority is dedicated to delivering safe, reliable and efficient public transportation: A Safe, Reliable Trip – Courteous Employees – A Clean Environment – Emergency Notification and Restoration.'라고 말하고 있었다. 그러나 모두 미래지향이었다. 나는 뉴욕을 좋아하지만 완전한 아이러브뉴욕이 되려면 갈 길이 멀다는 생각도 들었다. 나는 뉴욕의 다문화와 다를 것 같아서 서울의 다문화를 문 교수에게 물은 적이 있었다. 문 교수는 마침 원곡동1914 · 공업단지에 투입된 다수 외국인으로 다문화 도시화 된 지역에 다문화 조사를 거론하면서 한국 다문화는 어떤 경우로든 조명 말았으면 하는 거북함이라고 했고, 더 나아가 이질이기에 다문화는 주목되고, 그렇기에 야기되는 갈등은 완결이 아니라 영원한 진행형이라는 의견도 주었다. 그렇다면 뉴욕은 팬데믹으로 당분간 다시 유치해지는 하향 진행 중이 아닌가도 싶다.

다시 대학 정문 쪽으로 향했다. 컬대역이 있는 116번가116th Street를 기준으로 위 123번가123th Street의 아래 110번가110th Street까지 걸쳐서 여러 단과 대학들이 자리 잡고 있었다. 사실 이 대학들의 운집은 전형적인 그들만의 오붓한 캠퍼스가 아니다. 유명한 브로드웨이Broadway가 쭉 여기 컬럼비아대학까지 이어지고 양쪽에 대학 건물들이 하나하나 자연스럽게 늘어선 모습이다. 그러니 이는 이 대학에서 브로드웨이로 계속 걸어가면 그 불야성의 한복판이 나온다는 전혀 근접하지 않지만 근섭한 느낌인 것이다. 활기차게 학생들이 몰려오고 있었다. 덩달아 나도 속도를 내야 하는 힘찬 분위기였다. 그런데 생각보다 많은 민얼굴의 학생들이 다가오고 있었다. 그 순간 무엇인가 잘못되어 가고 있다는 생각이 들었다. "어! 신문가판대!" 나는 혼잣말을 했다. 사실 문 교수가 나에게 내준 과제는 컬대역 승강장에 신문가판대News Stand를 확인해 달라는 것이었지, 대학촌을 한껏 구경하라는 것은 아니었다. 문 교수는 우리 대학에 방문했을 때 역시 이 컬대도 방문했었고, 이 캠퍼스에 그 어떤 것보다 이 지하철 승강장 신문가판대가 기억난다고 했었다. 그러면서 문 교수는 가판대에 '이번 주까지 종이신문판매를 종료합니다Paper newspaper sales until this week.'라는 손글씨와 충혈된 눈의 판매원의 모습, 그리고 구매의 요원함을 떠올렸었다. 그리고 철없이 나부끼는 신문지의 신세가 슬프다고 했다.

"그래서 신문 하나 샀나요?"
"안 샀어요…. 살 것을…. 그러면 교수님 신문가판대 아직도 있는지 살펴주세요."
"아, 예! 그런데…."
나는 즉답을 피했다.

난 기억의 필름을 휘리릭 돌려 신문가판대가 있었는지 없었는지 잘 모르겠다는 생각을 했다. 그런데 분명한 것은 신문이라는 자체가 판매되지 않았다는 것은 맞다. 문 교수가 실망할 것을 예상하면 여전히 있었다고 말할까 하다가도 사실대로 얘기하기로 했다. 사실 나도 이제 종이신문을 보지 않는다. 그러나 문 교수조차도 종이신문을 보기는 보되 일주일 치를 쌓아놓고 주말에 숙제같이 읽어낸다고 했다. 어떤 때는 너무 많아서 본 것인지 안 본 것인지 일부러 자신을 속인다고도 했다. 신문을 책상 아래 몰래 밀어 넣는 것이다. 이미 인터넷에서 초 단위로 바꿔내는 기사는 종이를 만지작거릴 필요를 거둬버리게도 한다. 그리고 보면 완전히 잘못된 것도 아니었다. 문 교수가 나에게 내준 숙제는 그 여부만을 파악하는 것이기 때문이다. 사실 신문은 책이라는 친구와 닮았어도 오전만 지나면 그 처우가 천해져서 나도 그에 동조할 수밖에 없는 것이 현실이다. "거기 신문 좀 깔아 봐. 고기 구워 먹게." 여인_{뉴욕 보고자 아내·이하 계속}은 가끔 나에게 명령했다. 교수는 신문을 연민하고 여인은 신문을 하대한다. 그리고 그런 여인의 종이신문 공급처_{여인은 한양마트에 갈 때마다 뉴욕 한국일보(The Korea Daily New York 1969)를 가져옴}를 나는 기억해 냈다.

"교수님, 제시해 준 것과 달라요."
"이번 학기 학점 때까지 기다려줄 수 없어!"
나는 단호하게 잘라 말했다.

학생은 영국인답게 테니스를 잘 쳤다. 우리는 수업에서도 많은 언쟁을 했다. 학생은 놀랍게도 미국말을 잘했다. 더 정확히 말하면 영어를 잘하는 아시안이었다. 그는 아시아 어딘가에서 영국으로 입양되어 영국에서 쭉 성장하다가 미국으로 건너온 아시안이지만 결코 아시안이 아닌 유학생이었다. 굴곡진 얼굴의 학생들과 다른 얼굴의 이 영국 시민은 확실히 육안으로도 주목되었다. 나는 오래전 시내 식당에서의 결의와 같이 초반에는 이 아시안을 반가워했고 연민했다. 그러나 가르침과 배움이 넘쳐나는 대학에서 그런 태도는 불필요할 정도로 무의미했다. 왜냐면 냉혹한 편견의 바깥세상과 달리 캠퍼스에서의 모든 생각은 너무나도 잘 다듬어져 있었기 때문이었다. 따라서 너와 나는 다른 개인일 뿐이지 너와 나는 다른 인종이라는 자체는 없었다. 아시안에 대한 배려, 더 나아가 다문화에 대한 유아적 태도는 대학에 있지도 않았다. 설사 있었다 해도 나는 찾아내지 못했다. 그런 공기에서 그 영국 아시안 학생은 내게 더 이상 다른 시각으로 바라보지 않으려는 또 다른 다짐을 하게 했다. 나는 학생에 대한 남다른 배려를 그만 철회한 것이었다. 따라서 나는 사정을 들어주지 않았다. 상아탑에서 응용과 전위적 특권을 누려보는 것이 그들의 기량이거늘 오로지 지시에만 따르려는 그의 투정을 나는 거부했다. 그런데 그런 단호함이란 나를 더 미안하게 했다. 마음이 불편했다.

 컬럼바아대학역에서 내 주목은 지하철도 신문도 아니고, 한국어로 길을 물어봐도 될 것 같은 아시안 얼굴들이 나를 사정없이 통과한다는 것이었다. 이는 마치 내 대학 시절 한국에서 느꼈던 매우 일상적인 캠퍼스 활보와도 같았다. 사실 미국에 사는 반한반미인들Korean American은 한국의 것, 더 나아가 서울의 것을 신속하게 공수받기 위해 뉴욕 맨하튼을 왔다 갔다 한다. 번거로워도 말이다. 사실 이들의 부모가 떠나올 때 뉴욕에서 서울은 아시아에서 그저 그런 도시쯤도 아니었다. 서울이라는 곳에서 무슨 일이 일어나고 있는지 살펴줄 여유 한 번 주지 않던 뉴욕이었다. 그런데 이제는 서울스타일Michael Tompsett Seoul Skyline South Korea Red Canvas Art이 뭔지도 뉴욕은 관심이 많다. 뉴욕에서도 서울 수요가 적지 않다는 의미인데, 여기 컬럼비아대학 학생들은 수요라기보다 존재였다. 나는 낯선 컬럼비아대학에서 다량의 아시안 학생들로 인하여 특유의 다감함을 느꼈다. 이는 단순히 우리끼리 뭉치는 집단주의와는 차원이 다른 믿을 만한 것이었다. 후쿠야마Francis Fukuyama 정치학자 미국 1952- 가 이런 허접한 내 감정 따위를 트러스트Trust 1995라고 명명한 것은 아닐 것 같다. 그러나 파란 눈보다 검은 눈의 학생들에게서 물어봄이 더 수월할 거라는 내 이 반가움은 그 트러스트에 아주 쪼끔은 속하지 않을까도 싶었다. 오래전 웨이트리스의 눈치를 보는 모정의 검은 눈동자의 학생과 달리

이 아시안 학생들의 표정은 매우 밝았다. 오래전 그 학생의 결의가 필요 없을 정도였다. 아마도 뉴잉글랜더New Englander에게 까지 궁금하게 하는 한류와 G20Group of 20 · Conference of Ministers and Governors of the Group of Twenty Countries 1999의 결성은 그들을 알게 모르게 그렇게 만든 것은 아닌가도 싶었다.

종이 신문을 찾는 자가 현저히 떨어진 것처럼 역을 이용하지 않는 것인지, 등교 시간이 지난 것인지, 아니면 팬데믹 이후 아시안 활보가 자제되는 것인지는 나는 잘 모르겠다. "Black lives matter! We all matter!" 나는 지난 시위 2020년 위조지폐 사용 의혹으로 경찰 제압 도중 질식사한 플로이드(George Floyd 운전수 미국 1973-2020) 사건은 2013년 흑인 범죄 의혹자에 대한 경찰 가혹행위 저항운동의 구호를 다시 부상시킴 문장에 덧붙여서 되뇌었다. 보통 내게 누군가의 인식이란 시간이 지나버리면 서서히 사라져 버리곤 했다. 알게 모르게 내 머리가 냉각해 버리는 것이다. 그런데 그 영국인 학생에 대한 냉각은 잘 이루어지지 못하고 오늘 또다시 오히려 증폭되었다. 왜냐면 그 영국 학생은 내가 오늘 아시안 컬대생들에게 느낀 안정된 반가움과 전혀 다르게 내게서 냉정한 아시안을 느꼈을까 싶었기 때문이었다. 영국에서 온 그 학생은 분명 아시안이 아니었다. "같은 인종 편애도 옳지 않아!" 나는 4시를 20여 분가량 남기고 안정적으로 조지워싱턴다리를 건너면서 중얼거렸다.

물론 서울의 지하철역보다 그리 멋있어 보이지는 않는다. 뉴욕의 전형적인 지하철역 입구이자 컬대역 입구이다. 그러나 '서울이 가마 탈 때 뉴욕은 지하철이었다.'를 생각하면 놀라운 지속과 보존이 아닐 수가 없다. 나는 이날도 뉴욕의 역사를 보고했다.

PART 3

SEOUL

NEW YORK CITY

서울라이트와
뉴요커의
일상 속으로

20세기 어린이

— 문백초등학교Seoul Munbaek Elementary School

나는 팬데믹이 여전한 겨울방학을 보냈고, 그러는 동안 '전공과한류학융합론'이라는 교양과목도 개발하여 신학기를 맞았다. 사실 대학생들도 엄연한 한류 소비자이고 그래서 각자의 전공에서 어떻게든 그 한류에 관여하고 싶을 것이라고 나는 확신했었다. 그러나 그런 섣부른 안목은 빗나가고 말았다. 내게만 대단해 보였던 이 신설 과목은 폐강기준을 넘기지 못하고 불발되고 말았다. 나는 학생들의 넘치는 한류 흥미는 등교하기 싫은 금요일쯤은 가볍게 넘길 것이라고 자신했었고, 더욱이 이번 학기는 모니터 앞에 앉아 있는 학기가 아니라 걸어 다니는 학기이기에 적지 않을 인기를 예상했었다. 그러나 현실은 나에게 작은 충격을 남겼고, 공강의 후유증도 남겼다. 그렇게 강의가 없어진 금요일 3월 21일 나는 어쩔 수 없이 백산초등학교1974로 향했다. 나는 시내버스를 시티투어로 최면을 걸어가며 즐겁게 방문하려고 애써봤다. "학생들 비위 맞추기보다 차라리 소풍이 낫지!" 나는 버스에서 중얼댔다. 구로전화국사거리에서 갈아타는 번거로움도 즐겨보려 했었다. 그러나 김 교수에게는 미안하게도 나는 별로, 아니 전혀 즐겁지 않았다. 왠지 나는 오늘 그리운 서울 탐방을 망쳤다.

보통 학교의 이름은 그 지역에 명칭을 그대로 옮겨내거나 응용된 것이 일반적이었다. 아니면 약간의 지역의 단서라도 있겠건만 김 교수가 다녔던 학교는 정말 서울에 어디에 있을지의 가늠도 되지 않았다. 나는 할 수 없이 다음daum.net에게 백과사전으로 찾아 달라고 했다. 사전은 '백산'이라는 이름을 내 이런 생소함과는 달리 서울은 말할 것도 없이 부산과 전북 그리고 경북과 경남, 더 나아가 강원까지 어디든 널려 있다고 했다. 꽤 인기 있는 이름의 학교라고 말했다. 물론 모든 학교는 백산을 그야말로 하얀 산이라는 한자의 의미를 그대로 풀어내고 있었다. 나는 우리나라에 알프스 같은 만년 설산이 존재하지도 않는다는 것을 알기에 적어도 하얀 산 졸업 당사자에게 그 내막을 묻는 것이 더 낫겠다고 생각했다. 메일을 보냈다. 김 교수는 '저 문백초등학교 나왔습니다!!!'라는 뜻밖의 메시지를 보내왔다. 이번에도 내 부주의가 문제였다. 분명 김 교수는 백산초등학교라고 거론한 것 같은데 아니었다.

겨울방학 내내 준비한 신설 과목에 대한 오판은 내 공부의 향방을 조정해야 하는 번거로움도 만들었다. 나는 일단 그 폐강결과를 통하여 한류의 오락성은 학생들의 현실성을 이겨내지 못했다는 결론을 내렸다. 말하자면 한류를 즐기는 것과 과업으로 일하는 차이 말이다. 결국 내 이 어설픔은 김 교수와 아무런 상관없는 학교를 찍고 오게 하는 실수를 만든 것이었다. 정작 김 교수의 문백초등학교1981 탐방은 일주일을 더 지체시켰다. 그런데 그것이 나의 불찰이라고 하더라도 희한한 것은 김 교수의 모교는 헛방문한 백산초등학교 동네와 멀지 않은 곳에 있었다는 것이다. 놀랍게도 문백초는 내가 헛방문한 학교의 이웃 학교였다. 그런 이유로 내게 문백초 소풍 길은 초행이 아니게 되었다. 나는 3월을 넘기고 여전히 하얀 복면 채로 외출해야 하는, 그래서 잔인한 4월의 첫 일요일인 3일에 드디어 문백초를 방문했다.

지난 방문 때 파랑버스2007년 서울시는 광역버스를 빨강버스, 간선버스를 파랑버스, 지선버스를 초록버스, 순환버스를 노랑버스로 명명하여 시내버스노선을 개편하였음 643번과 507번의 길을 그대로 운전했다. 눈동자 없이 큭큭 웃는 507번 타요버스2014 · 서울시 EBS 아이코닉스를 따랐다. 구로전화국사거리에서 우회전했어야 했지만 놓치고 말았다. 나는 가리봉사거리까지 유턴하는 번거로울 준비를 했다. 반가운 507번을 다시 만났다. 나는 은행나무사거리를 또 봤다. 아무리 찾아봐도 은행나무는 여전히 없었다. 나는 덜 자란 듯한 두 마리의 호돌이1983 · 서울올림픽 마스코트가 갸우뚱 웃는 사거리를 또 만났고, 젓갈 파는 아주머니가 있었던 '이상문소아과'를 지나 온통 하얀 '더빈마켙'이라는 커피숍에서까지 또다시 다다랐다. 내 기억에서 버려야 할 이 백산초에게 나는 조금 미안했다. 그래서 이 백산초등학교부터를 오늘 문백초등학교로의 출발기점으로 결정했다. 아마 김 교수도 모교의 이웃 학교쯤은 분명히 기억하고 있을 것이라고 나는 생각했다. 김 교수도 몇 번 지나가 봤을 것이다.

나는 더 가까운 방배국민학교1975가 늘 궁금했다. 두 손을 정수리 위에 깍지 낀 채 무료한 오후를 혼자 보냈던 나는 그 방배국민학교에서 들려오는 신나는 음악에 홀려 길을 나섰다. 운동회였다. 나는 남의 잔치를 들여다볼 자신은 없었다. 사실 학교의 출입구는 매우 분주했지만 들어갔다간 출신을 밝혀야 하는 난감함이 벌어질 것 같았다. 그래서 나는 이방인으로서 투명 선 밖에서 운동회를 벅차게 즐겼다. 운동회의 하이라이트는 단연 6학년 누나들의 부채춤이었다. 그런데 우리 학교는 이 멋있는 부채춤을 정작 우리에게 한 번도 온전하게 보여주지를 않았었다. 운동장 변방에서 자기 학년의 무대를 기다리거나 아니면 그 무대가 끝나면 여지없이 운동장 가장자리로 다시 물러나야 했던 기억은 요 방배국민학교 누나들의 멋있는 공연을 꼭 보고 싶게 했다. 그러나 내 소심함은 잠시 머물다가 돌아가는 시시한 나를 만들었다. 나는 또 두 손을 정수리에 깍지 낀 채 가을볕 아래서 아주 천천히 기웃기웃 어슬렁어슬렁 걸었다. 가야병원1981-2003 가는 큰길서초대로을 건너려고 나는 주택은행1967-2001 앞 건널목에 섰다. "야 따귀!" 갑자기 어떤 녀석이 내 볼을 손바닥으로 문

지르며 외쳤다. 상길이었다. 사실 우리는 아침 등굣길에 가장 먼저 '따귀!'라고 소리치면 상대방의 볼을 때리는 몹쓸 장난을 쳐왔다. 녀석도 방배국교 운동회를 구경하고 오는 길이었다. "정환이네 가자." 상길이는 대뜸 우리의 향후 행보를 제안했다.

정환이는 귀신 집 얘기를 꺼냈다. 정환이는 형들이 아주 많았다. 아마 중학생 형부터 심지어 대학생 형까지 다 있었다. 그래서 그런지 정환이는 한 번도 마음 놓고 웃은 적이 없었다. 나는 정환이의 대소를 본 적이 없었다. 그래서 우리는 녀석을 영감이라고 불렀다. 정환이는 뉴코아1980- 에 그 귀신 집이 있다고 했다. 사실 뉴코아는 버스를 타고 어른들이 동반되어야 가는 먼 곳으로 나는 알고 있었다. 그런데 상길이는 걸어서 갈 수 있는 곳이라고 했다. 우리는 여정을 시작했다. 우리는 시장 아닌 시장길에 세워진 경신교회1968-1994를 지났고, 지난여름 장마로 서문여고1973를 똥물에 잠기게 했던 도랑방배천길도 걸었다. 나는 녀석들에게 그 똥물 교과서를 빨랫줄에 널던 고등학생 누나 이야기와 물이 차오르자 망연자실로 주저앉아 통곡하던 서점 아저씨 이야기도 다 해 주었다. 그러는 동안 우리는 여러 개의 작은 골목과 자동차 쌩쌩의 길을 두 번이나 더 건넜다. 뉴코아는 하얀 포장지에 빨간 리본을 묶은 거대한 선물상자가 맞았다. 거기에다 긴 유리관에 우주선처럼 오르는 빨간 엘리베이터도 우리는 다 보았다. 〈태권브이〉Robot Taekwon V 1976 머리띠에 박힌 금속 나사를 달고 오르는 빨간 기계는 아름다운 첨단이었다.

뉴코아 옥상에 올려진 귀신 집은 회색 비닐 천으로 덮인 허름한 막사 같았다. 상길이는 약간의 용돈이 있었지만 나는 빈 주머니였다. "난 형이랑 나중에 가지 뭐." 정환이는 용돈을 나에게 양보했다. 나는 녀석의 자비를 읽지 못하고 철없는 저학년처럼 굴었다. 축축한 먼지 냄새와 간간이 보이는 붉은 빛을 따라 우리는 걸어 들어갔다. 정리가 전혀 되지 못한 소복 귀신을 만났고, 부리부리한 염라대왕 같은 거두도 만났다. 그러나 이것들은 우리를 건들지는 못했다. 기꺼이 감당할 수 있는 공포 아닌 공포였다. 그런데 여기는 공포보다 더 성가신 것이 하나 있었는데, 바로 천장 어딘가에서 우리의 목덜미를 훑고 지나가는 긴 털의 무엇인가였다. 처음에는 조금 놀랐지만 퀴퀴한 냄새의 이 털들이 우리를 귀찮게 할 때마다 나는 잡아 뜯어버리고 싶었다. 그러나 털들은 그럴 새도 없이 바로바로 사라졌다.

　나는 내비게이션 지시에 항상 늦게 반응하는, 그러니까 디지털에 덜떨어진 미완성의 아저씨가 맞다. 내비게이션은 갑자기 갈림길을 만들었는데, 말도 안 되게 거대 아파트단지로 진입하라는 것과 길도 뭣도 아닌 공터 중의 하나를 선택하라는 것이었다. 아파트는 20세기 럭키치약1957 로고가 그려진 의외의 메이커였다. 내비게이션은 이 아파트를 학교라고 계산해 준 것이었다. 나는 네비와 위성의 오류라고 판단했다. 따라서 오히려 길답지 못한 공터를 선택했다. 그러나 선택된 길은 옥이네식당이라는 화살표를 끝으로 더 이상 통과할 수 없는 언덕에 직면하게 했다. 그리고 '자동차는 더 이상 못 가요.'라는 의미의 튼튼하고 굵은 쇠 말뚝도 박혀 있었다. 그런 난감함에 가게 하나가 눈에 들어왔다. 언덕 위에서 럭키할인마트라는 상점이 '어서 올라와 봐!'라는 듯이 오랜 구멍가게의 매력을 풍겼다. 그런 가운데 내비게이션은 문백초를 약 150미터를 남겨두고 있었다. 나는 일단 차를 주차해 놓고 언덕을 올랐다. "다시 그 럭키 아파트잖아!" 나는 실망스러운 듯이 투덜댔다. 아파트 주민으로 보이는 두 남성이 다가오고 있었다. 정중히 문백초의 행방을 물었다. "몰라요, 여기 처음이라." 남성들은 과연 실망스러운 대답을 했다.

반신반의로 나는 단지 내로 계속 걸어 들어가 보았다. "말이 돼? 학교가 아파트 안에 숨겨져 있어!" 나는 기가 찬 듯이 또 투덜댔다. 학교는 단지 중심 언덕에 올려져 있었다. '푸른 꿈을 키우며 희망찬 미래로!'라는 학교 구호는 푸른 꿈이 무엇인지도 몰랐던 시절의 아이를 돌이켜 보고 싶게 했다. "맞아! 푸른 꿈…. 우리 것이었지!" 나는 오래전 우리 것, 아니 내 것을 기억하며 말했다. 두 명의 고학년 어린이가 축구를 하고 있었고, 저 멀리 철봉과 정글짐에서 아이들이 삼삼오오 모여 있었다. 물론 부모로 추정되는 자들은 긴 계단에 옹기종기 모여 있었다. 어른들은 아이들을 지켜보기보다 이야기하기를 더 즐겼다. 그런데 일요일인 오늘 우연히도 문백초등학교에서 노는 아이들은 전원 머슴애들이었다. 숙녀는 한 명도 없었다. "여기 있는 부모들은 다 아들만 낳았군." 나는 중얼거리며 정문에서 보이는 건물로 걸었다. 서울 학교들이 다 그렇듯이 문백초등학교도 낫 놓은 ㄱ자처럼 포개진 건물이었다. 그러나 문백초만의 특이점은 힐스테이트아파트2022라는 메이커가 그 포개진 학교 지붕을 뚫고 솟아 있다는 것이었다. 아파트단지 학교의 느낌을 알 것 같았다. 시선을 내리니 현관에는 '꿈이 있는 행복한 서울문백초등학교'라고 쓰여 있었다. "우리꺼긴 했지만…. 그 꿈이 뭔지도 몰랐지!" 나는 또 내게 말했다.

학교 정문으로 들어서는 사람은 거의 없었다. 그러나 포개진 건물 가랑이 사이로 개미가 스멀스멀 나오듯 간간이 주민들이 흘러나와 내가 진입한 정문으로 곧바로 향했다. 주민들이 학교를 단지와 단지를 이어주는 통로로 이용하는 것이었다. 운동장 성비를 맞추려는 듯이 그 가랑이 사이로 여학생 사총사가 등장했다. 그늘진 건물 사이에서 나온 네 명의 여걸들은 무대에 서는 자세로 햇빛이 어느 정도 내리쬐는 가운데 인상을 잔뜩 찌푸리며 멈췄다. 문백초 운동장을 크게 조망해 보는 네 공주는 김 교수 후배들이었다. 그런데 그중

세 명은 어깨에서 반대편 허리 아래까지 늘어트린 작은 핸드백을 멘 숙녀였지만, 한 명은 핸드백도 준비하지 못한 아직 꼬마 아가씨였다. 나란한 대열에서 그 꼬마만 그늘 밖으로 가장 먼저 떨어져 나가 정글짐으로 기어올랐다. 도착하면 뭘 할지 모두 합의한 것처럼 네 명은 아무런 말도 없이 이내 모두 흩어져 버렸다. 그러더니 다시 세 명은 철봉대로 모여 중대한 이야기를 나누는 듯했다. 그러나 여전히 여걸 꼬마는 정글짐에서 원숭이처럼 대롱대롱에 열중했다. 지켜보는 부모도 없이 학교 운동장에서 오후를 주체적으로 보내는 삼 쩜오공주들이었다.

"저건 수영장이냐?"
축구를 하는 두 머슴애에게 물었다.
"아니요. 1층은 급식 먹고요… 위는 체육관이에요."

건물의 정체를 알아낸 나는 층계로 올라와 학교 운동장을 조망해 보았다. 그런데 아까부터 이 높은 관중석을 어렵게 오르는 두 머슴애가 나타났다가 사라지고 다시 나타나기를 반복했었다. 그것도 인라인스케이트를 신은 채로 말이다. 나는 위험한 행동을 이제는 그만 중단시키기 위해 가까이 갔다. 사실 계단이 높다는 것은 계단 없는 완만한 천연 스키 터도 있다는 단서이기도 했다. 아이들은 어렵게 다 오르더니 또 그 포개진 건물 사이로 질주하듯 사라졌다. 나도 바로 따라갔다. 딱 바퀴 달린 무엇으로라도 잘 내려가는 완만한 구릉지가 있었다. 녀석들은 그 오르막을 스케이트를 신은 채로 오르기 힘든 나머지 계단을 선택했던 것이었다. 내 잔소리를 눈치챘는지 스케이터들은 더이상 계단으로 오지를 않았다. 나는 긴 계단을 하나씩 하나씩 내려갔다.

"야 괜찮아!" 나는 소리쳤다. 언제 들어왔는지 모르는 한 자전거 소년이 운동장을 가로지르는 내 앞에서 쫙 미끄러지고 말았다. 햇빛 쨍쨍한 날 운동장 가장자리에 흙가루들은 아주 미세한 바퀴가 되었던 모양이었다. 그런데 더 놀라운 것은 녀석은 아무 일도 없었다는 듯이 씩씩함으로 바로 전환했다는 것이다. "괜찮아요." 나는 몇 차례 안전을 물었건만 초등 2학년 정도의 소년은 똘똘한 눈빛으로 나에게 멀쩡함을 알렸다. 나는 운동장을 나와 아까 전 김 교수의 문방구로 추정되는 럭키할인마트를 만나보기로 했다. 정겨운 미닫이문을 드르륵 열고 하드_{아이스크림} 하나 먹는 늙은 아저씨를 상상했다. 그러나 마트는 굳게 잠겨 있었다. "주인 어디 갔나 불은 켜져 있는데…." 나는 혼잣말을 했다. 할 수 없이 언덕 아래로 내려가 시동을 걸었다. "안전운전하십시오." 내비게이션의 말투는 미련이 가득했다. 그러더니 이 네비 아가씨는 오는 길과는 생판 다른 길로 나를 안내했다. 네비는 타요버스를 따를 필요도 없는 거대한 폭의 길로 나가보라고 했다. 김 교수의 모교는 다름이 아니라 서울에서 수원으로 이어지는 바로 그 1번 국도 부근에 있는 학교였다. "이런 넓은 길을 놔두고 아까는 왜 그런 길로 안내했냐? 너 정말!" 나는 미스가 아니라 확실이 미세스가 되어가는 네비를 원망했다.

뉴코아에서 돌아오는 길 나는 내내 걱정했다. 정환이는 귀신 집을 계속 물어봤다. 나는 이런 쓸데없는 오락거리로 정환이 돈을 어머니에게 실토할 생각으로 내내 걱정했다. 정환이는 내 속도 모르고 귀신 집을 계속 궁금해 했다. 내 사정을 알 필요도 없는 상길이는 쇠꼬챙이 하나를 집어 들고 길바닥을 긁어댔다. 상길이의 행동은 우리에게 더 이상 기대할 것도 없는 귀갓길에 대한 인위적인 재미이기도 했다. 정환이는 상길이의 그 꼬챙이를 뺏으려고 했다. "수퍼맨~ 하늘의 왕ㅇ지…. 원더우먼~ 빨개벗은 미ㅇ년…. 배트맨 로빈 ~ 자동차 도ㅇ놈…." 갑자기 상길이가 노래를 불렀다. 물론 그 꼬챙이를 길 거리에 뭐든 두들기며 말이다. 정환이도 따라 불렀다. 나도 걱정을 뒤로하고 따라 했다. 만화영화 주제가를 적어도 반 녀석들은 그렇게 바꿔 불렀다. 우리 는 그 더러워진 가사를 기억나는 대로 크게 합창했다. "예끼!" 같은 속도로 걸 음 했던 한 아저씨가 우리를 꾸짖었다. "그게 무슨 노래냐! 그런 노래 부르면 못 쓴다!" 아저씨는 우릴 앞질러 가면서 손을 펴서 정환이 머리통을 움켜쥐다 가 살짝 문지르며 말했다. 우리는 노래를 멈추고 발걸음도 멈췄다. "예…." 우 리는 한참 미완성 된 우리를 인정하듯 그 완성된 인간에게 순종하듯 일제히 대답했다.

1번 국도가 무엇인지도 몰랐었다. 그래서 세상 인식에 대한 내 반경은 매 일 집과 학교뿐이었다. 그런 나에게 반나절의 뉴코아 여정은 내 세상을 획기 적으로 넓혀 놓은 작은 사건이었다. 뉴코아 주변은 중요하고 굵직하게 움직 이는 다 이뤄낸 어른들의 세상이었다. 이곳은 진지하고 분주하게 세상을 운 전하는 어른들의 중심이었다. 나는 지역으로 출강을 나가면서 나의 실질적인 인식 반경을 뉴코아는 댈 것도 없이 크게 더 넓혀 나갔다. 그러면서 나도 그 때 그 어른들처럼 진지하고 분주하게 세상을 한번 운전해 보고자 했다. 운전 의 최대위기는 아이들을 손수 건사하면서부터였다. 그러면서도 나는 언제든 지 시도만 하면 뉴코아 어린이였던 나를 꺼내 볼 수 있다고 장담했었다. 그도 그럴 것이 세상은 키덜트Kidult라고 해서 어린 시절의 끈을 놓지 않으려는 어 른도 가능하다고 예찬했으며, 나 또한 얼마든지 키덜트일 수 있는 개방감과 가능성을 아이들을 통해서 충분히 확인했었다. 그러나 놀랍게도 나는 탄생

45주년 기념의 극장판 〈마징가제트〉MazingerZ 2017를 보며 졸았다. 아니 상영 내내 잤다고 했다. "너무 더워서 잠을 잘 수가 없잖아요!" 나는 심지어 퇴장하면서 직원에게 언성을 높여 따지기까지 했다.

김 교수는 내게 모교를 방문해 달라고 요구했다. 김 교수의 어린이 일상의 전부였던 국민학교 세상이 얼마나 작아졌는지 다시 찾아보고 싶었던 것이었다. 그러나 나는 내가 나온 곳을 아이들도 거쳐왔고, 오늘이라도 걸어가서 만날 수 있는 만만한 동네이기에 김 교수와 같은 거창한 그리움을 끄집어내지는 못해왔다. 그러나 나는 오늘 초등학교라는 실체에 한 번 당도해보니, 그간에 굳게 믿어왔던 내 키덜트 일상이 어덜트였다는 것과 그래서 내 어린이를 더 이상 데려올 수 없다는 것도 깨달았다. 생각만으로라도 어린이로의 희망에 종지부를 찍는 날이 오늘이었다. 초등학교의 현장은 내가 얼마든지 다시 놀아 볼 수 있는 장소가 아니었다. 내가 얼마나 어린이들과 멀어졌는지를 알게 하는 장소였다. 사실 근접한 얼마 전은 오늘과 별 차이가 없는 연결이다. 그래서 오늘과 거의 차이가 없다. 그러나 그렇게 별 차이 없던 방관은 망각을 낳고 그 망각은 흘려보낸 시간의 거대한 축적을 쌓게 한다. 다시 말해서 어린이의 하루하루를 이어보면 지금 어른인 나를 만나는 논리지만 이제는 너무 누적되어서 도저히 연결될 수도 없이 나는 완성되어야 할 시간에 놓인 것이다. 물론 내가 확실한 완성인지도 더 따져봐야겠지만 말이다. 나는 상길이와 정환이랑 그날 불렀던 그 더티한 노래를 절대 부르면 안 되는 시간에 와 있다. 그러나 운동장 조회 때 부르던 노래는 아이들과 같이 부를 수 있다. 왜냐면 우리는 동문이기 때문이다. "~는 이 나라에 힘이 되리라 ~는 이 나라에 빛이 되리라." 기억나는 부분만 나 혼자 조용히 불렀다.

서울 초등학교들의 전형적인 모습과 크게 다르지
않다. 그런데 김 교수는 뒤편 아파트까지 고개
들어 보며 등교하지는 않았을 것이다. 하늘 같은
선생님이었던 것과 같이 국민학교 건물도 내게
는 하늘이었다. 삐죽 아파트를 문백초 위에 올려
진 왕관으로 생각해 주면 어떨까 한다. 아마
문백초 아이들 한 명쯤은 그렇게 생각해 주길
바란다.

이유 없이 맨하튼 섬에 들어간다는 것

– 스테이튼아일랜드페리|Ferry between Manhatan and Staten Island

"전 잠자는 중에 막 깨서 가사를 써요."

소녀 누나가 미국에서 왔다. 누나라기보다 소녀에 가까웠다. 명랑하고 발랄한 마음씨 좋은 소녀임에 틀림이 없었다. 소녀의 노랫소리는 건들거리는 구렁이 같지도 않았다. 단일하게 들리는 음성은 단순하지 않으면서 예뻤다. 게다가 소녀 누나는 영어도 되게 잘했다. 강수지Susie Kang 대중가수 한국 1967- 누나는 영어를 저렇게 잘하면서 뉴욕뉴욕인지 로스앤젤레스인지 명확하지 않음을 마다하고 서울로 와준 것에 나는 고마워했다. 그런데 더 놀라운 것은 노래 만들기 실력도 기발했다는 것이다. 수지 누나는 노래 가사를 직접 쓴다고 했는데, 그 창작의 원천은 생전 들어보지도 못한 흥미로운 근거였다. 누나는 꿈속에서 멋있는 노래가 나타나면 억지로 깨어나 종이에 빨리 적어내고 다시 잠잔다고 했다. 잠이라는 것을 그렇게 다룰 수 있는 것인지도 나는 잘 모르겠지만 예술가들의 영감이라는 것은 더욱 모를 일이었다. 그래서 어떨 때는 누나의 능력을 내게도 한번 옮겨내고도 싶었다. 그러나 내게 공부와 창작이란 확실히 별개의 것이었고, 땀나게 뛰어놀았던 내게 잠자리 꿈은 잘 꿔지지도 않았다. 설사 꿨다 해도 나는 다 까먹기가 일수였다.

나는 일찌감치 깼다. 그러나 잠자리에서 일어나지 못했다. "거기로 갔다가 이렇게 오면 되겠네…" 나는 침대에서 중얼댔다. 오늘은 문 교수가 주문한 세 번째 방문지를 가는 특별한 날이었다. 평소에 자주 가지 못한 곳을 갈 때는 설레곤 한다. 그래서 이 월별 리포팅은 나에게 희망과 기대 그리고 지루한 생활에서 즐거움을 주는 행사가 되었다. "으랏차차 하나둘셋!" 나는 소리쳤다. 둔해진 몸을 일으키려고 몸의 반동을 이용해서 일어났다. 흔들림에 아랑곳하지 않는 여인은 더 쿨쿨 잤다. 굉장히 이른 새벽은 아니지만, 시계는 10분이 모자란 6시였다. 6시보다 5시라는 시간대는 분명 다른 자세를 준다. 내가 더 대단해진 것 같은 기분이다. 몸부터 데우려고 샤워를 했다. 샴푸거품이 가득 일 때 아버지의 오래전 새벽이 떠올랐다. 늘 일찍 일어났던 아버지의 출근이 떠오른 것이다. 고등학교 형들을 가르쳤던 아버지는 평생 새벽 생활로 시작했었다. 거품으로 따가워진 눈을 간간이 뜰 때마다 그런 아버지의 아침 준비의 어머니도 떠올렸다. 그러나 그리움은 식탐을 이기지 못했다. 나는 단맛의 던킨도넛Dunkin' Donuts 1950 · 동네 2015에 갈지 진한 스타벅스Starbucks 1971 · 동네 2017에 들러 볼지 부모님의 기억을 몰아냈다. 결국 내 생각들은 오늘 과제인 스테이튼아일랜드페리Ferry between Manhatan and Staten Island 1817로 돌아왔다.

아이들 자는 모습을 확인했고 최대한 조용히 움직였다. 집을 나서면서 오래전 아버지의 아침을 나도 따라 하고 있다는 생각도 들었다. 확실히 혼자 시작하는 아침은 서울을 생각나게 하는 공간을 만든다. 현관문 밖은 차가웠지만 이런 느낌이 아버지들만의 느낌이 아닐지도 떠올렸다. 6시 40분 조금 넘은 시간 마을은 내가 없어도 오늘 재미있게 돌아갈 아쉬움을 주었다. 부모님 생각은 뜬금없이 야구로 옮겨졌다. 아버지와 잠실야구장1982이 생각났다. "다음은 잠실야구장으로 잠실야구장." 나는 문 교수에게 내줄 다음 숙제를 혼자 되뇌었다. 이른 아침의 생각들은 금세 한국 야구선수와 만나 깊은 산속 얼음물을 깨고 입수하는 정신 훈련도 떠올리게 했다. 어린 내게 야구선수란 보통 이상이어야 한다는 경외감을 안겨준 그 산속 훈련 말이다. 지금도 서울에서는 그런 훈련이 이루어지는지 나는 잘 모르겠다. 별별 생각이 꼬리를 물었다. 지금은 그런 헝그리 수양보다 기술 단련 생각이라는 이 걷잡을 수 없는 과거 지향을 나는 자동차 시동으로 끊어 냈다. 바로 라디오BBC Radio · World Economy 가 켜졌다. 라디오 패널들이 전기차 시장과 주식에 대하여 각자의 생각을 섞어서 말했다. "맨날 전기 전기 전기." 나는 그 '전기'라는 단어를 반복해서 패널에게 응수했다.

"전기차 시장이 앞으로 어떻게 될까요?"

"기후 변화로 다른 나라 자동차 화사들도…. 소비자들도 따라갈 수밖에 없지요…."

그러고 보니, 요사이 전기차를 뉴욕 거리에서 많이 본 것도 사실이다. 지난번 맨하튼에 갔을 때도 노란 옷을 입은 택시Yellow Cab 1978들이 모두 전기로 돌아다녔다. 소리 없는 유령처럼 슬그머니 사라지는 택시는 자신의 으르렁거리는 습성을 잊은 것 같았다. 한 시간쯤 가는 길 위에 전기차가 얼마나 보일지의 오늘 통계치를 만들어 봤다. 딴생각들이 센 숫자를 까먹게 했다. 고속도로 출근길은 승용차와 큰 트럭들로 꽉꽉 채운 채 달리기의 트랙이었다. 그에 뒤섞여 달렸던 나는 7시 50분쯤 세인트조지터미널Saint George Terminal 1886 주차장에 드디어 도착했다. 주차비는 3시간 동안 5불. 나는 페리 연결 통로를 따라 8시쯤 터미널 안 큰 탑승구로 갔다. 이미 사람들 줄서기는 만원이었다. 공부하러 가는 학생들, 선 채로 책 읽는 직장인, 섬과 섬으로 편지를 나르는 우체부, 맨하튼의 모양을 계속 바꿔내는 건설노동자 등등의 군상이 다양했다. 덩달아 나는 이 활기찬 맨하튼행 동참이 뿌듯했다. 아니 이왕 페리를 타려고 작정했으니 나는 오늘 하루 둥둥 배로 통근하는 뉴요커이고자 했다. 훈련받은 검은 개들은 무장한 경찰 여러 명과 같이 움직였다. 안전 조처이기도 했겠지만 맨하튼 입성의 위험 수위도 짐작할 수 있게 했다.

낯모르는 출근길에 대화를 나누는 사람은 아무도 없었다. 팬데믹이 말 없는 탑승자를 만든 것이 아닌가도 싶었다. 막 스테이튼아일랜드로 들어온 페리는 새벽까지 맨하튼에서 일하고 돌아오는 사람들을 비워냈고, 얼마 후 재승선이 개시됐다. 나를 태워줄 페리는 오랜지색 '에스에스지마이클지홀리스 SSG Michael G. Hollis 2022'라는 이름이었다. 페리는 가장 높은 곳에 성조기와 뉴욕시 깃발을 나란히 펄럭였다. 사실 문 교수는 여기서 늘 게으른 생활로 채워냈었다. 그래서 일터로 향하는 뉴욕의 아침에 동참하지 못한 것을 늘 후회했다. 더욱이 배를 타고 바다를 건너는 맨하튼 통근자들의 감정에 대한 미련은 더욱 컸다. 비록 문 교수를 대신한 체감이지만, 지극히 일상적인 이 뉴욕만 생활을 알게 되는 것은 내게도 그리 나쁘지 않았다. "차례차례 탑승…. 자가용 출근은 외로워!" 나는 승선하면서 중얼거렸다. 페리는 1층과 2층으로 구분되어 있었고, 난간에서 바깥 풍경을 느끼면서 천천히 걸어 볼 수도 있게 했다. 다들 여전히 조용했다. 그러나 승객들의 머리 위를 자유롭게 날아다니는 갈매기 무리는 자기들만 알아들을 수 있는 소리로 난리를 부렸다. 통근자들은 곧 터질 맨하튼 전투에 숨 고르기라도 하듯 거센 기운을 숨겼다. 나도 그러는 척했다.

운행표는 그들의 맨하튼 출전과 후퇴의 시간을 15분 간격으로 도와준다고 했다. "음…. 움직인다!" 나는 한국어로 작게 외쳤다. 드디어 페리는 맨하튼 방향으로 꿈적대기 시작했다. 마냥 굳어 있을 것 같은 거구의 여객선은 정신이 들어온 듯 찌그덕 소리를 내며 움직였다. 맨하튼행은 따뜻한 햇볕을 바로 쏟아지게 했다. 나는 손바닥으로 빛을 가리며 백의의 베라자노다리Verrazano Narrows Bridge 1964와 영원한 뉴욕의 여신Statue of Liberty 1884을 또 보게 될 것을 기대해 봤다. 막 움직이는 페리의 내부 광경은 스마트폰 하는 사람, 꿀잠 자는 사람, 마스크 속에서 무언가를 오물거리는 사람, 갑판을 괜히 돌아다니는 사람 등 아까보다는 또 다르게 움직였다. "도대체 왜 돌아다니는 거지?" 나는 혼잣말을 했다. 이것저것 적는 사람도 있었는데, 사실 그자는 나였다. 끄적대는 사람은 오직 나 혼자였다. 이 움직임들에 빠질 수 없는 인물로는 안전을 위해 뉴욕시교통부New York City Department of Transportation 1924 제복들Staten Island Ferry Crew이었다. 이들이 우리 주위를 자주 돌아다닐 명분은 충분했다.

"베라자노다! 어! 내가 돈을 냈나? 내릴 때 내는 건가?" 나는 승객들의 행동을 살피며 말했다. 운행표는 더 이상 돈을 받지 않으니 안심하라고 했다. 아니나 다를까 페리홈페이지siferry.com도 무료탑승The service is FREE!을 명확하고 크게 드러냈다. 수많은 뉴욕 입성에서 처음 해 보는 공짜였다. 오래전 유료 승선의 기분이 벅찬 기대였다면 오늘 무료는 사람들을 관찰하는 진지함이었다. 반대편에 맨하튼에서 출발한 페리 한 대가 스테이튼아일랜드Staten Island 우리 쪽으로 큰 물보라를 만들며 지나갔다. 물론 갈매기들도 또 난리를 치며 따라갔다. "우리 갈매기들이 저거 따라가지 않나?" 나는 갈매기 무리를 쳐다보며 말했다. 이 통근 선박들은 사실 여러 대Dorothy Day · Sandy Ground Staff Sgt. · Michael Ollis · Spirit of America · Senator John J. Marchi · Guy V. Molinari · Samuel I. Newhouse · Andrew J. Barberi · John Noble · Alice Austen etc.라는 것을 나는 또 홈페이지에서 확인했다. 그러나 정작 맨하튼과 스테이튼아일랜드 사이의 선박은 네 대만이 운행된다는 사실을 나는 승무원으로부터 들었다. 그러고 보니 존 노블John Noble 1913이라는 페리가 나는 제일 마음에 들었다. 2층짜리로 극적이지 않은 단아함이 좋았다. 그런데 이 노블John Noble 해양회화작가 프랑스 1913-1983이라는 이름의 주인공은 다름 아닌 화가였다. 화가의 이름을 딴 선박이었다. 아쉬운 점이 하나 있었다. 정작 홈페이지에는 오늘 내가 탄 홀리스SSG Michael G. Hollis 선박은 없었다. 8시 20분쯤 드디어 여신이 손톱 크기로 창가에 나타났다. 나는 잠시 통근자 역할을 버렸다. 그리고 멀고 먼 타지에서 온 사람처럼 뉴욕만의 마천루들을 지긋이 바라보았다. 나는 한번 고독해 보려고 했다. 주머니에서 '삐리리 삐리리' 소리가 크게 울렸다.

"언제 나갔어?"
여인이 전화로 물었다.
"페리 타고 갔다가 출근한다 했잖아!"

전화를 끊자마자 나는 내게 어울리지도 않았던 그 고독을 그만뒀다. 다시 통근 뉴요커를 둘러보았다. 수많았던 낯선 이의 오래전 감정들도 떠올려 보았다. 몇 세기도 전에 유럽인들이 직면했던 뉴욕항을 떠올린 것이다. 입국 심사장에서 조마조마함도 잠시 상상해 보았다. 허가를 기다리며 올려다보았던 그 철옹성 같은 뉴욕항 빌딩 숲도 바로 그려졌다. 오늘 통근자들이 이 맨하튼으로 향하는 마음도 그리 즐겁지만은 않을 것 같았다. 왜냐면 오래전 유럽인이든 오늘 통근자든 그 사람들 모두 다 생계로 일하러 가는 마음이지 결코 놀러 가는 맨하튼은 아니기 때문이었다. 반대편 자리에 한 남성이 내 의자가 울릴 정도로 털썩 앉았다. 그는 마스크로 입과 코를 잘 가린 채 휴대폰 영상을 보고 있었다. 이어폰이 없는 시청으로 나는 어느 정도 시끄럽다는 생각도 들었다. 그러나 소음은 우리들의 침묵할 분위기에 약간의 활기를 불어넣었다.

나는 영상 음에 내 목소리를 섞었다. 그의 이름은 스티븐슨Stevenson이었고, 찐 페리 통근자였다.

"이거 자주 타세요?"

"예 맨하튼으로 일하러 가니…. 전 매일 타요."

"생각보다 편하고 쾌적해요…. 아주 오래전에 탔었어요…. 여행 같군요."

"그러세요. 참 이 배 새것입니다…. 운 좋으시네요."

점점 가까워지는 맨하튼은 스티븐슨의 시청을 서둘러 중단하게 했고, 나의 이 짧은 여정도 여기까지로 마감하게 했다. 페리는 8시 37분 정확히 3분이 모자란 9시 20분 전에 맨하튼에 당도했다. 선내방송은 모든 승객은 싹 다 비워달라고 했다. 아마도 스테이튼아일랜드로 돌아가는 승객들로 다시 채워야 하기 때문일 것이었다. "이 페리 운행한 지 얼마나 됐지요?" 나는 프랜시스코Francisco라는 이름표를 달고 있는 청년 승무원에게 재빨리 물었다. 저기 사라지는 스티븐슨의 말이 맞았다. 이 페리는 약 3주 전 진수된 것이었고, 무려 5200명까지 태울 수 있는 실력이었다. 청년은 하선작업 중이라 내 궁금증이 성가실 만도 했겠건만 기꺼이 일러주었다. 스티븐슨은 다시 하선에 열중하다가 원래 페리는 하얀색이었고 해상에서 주목을 위해 오렌지색과 남색이 잘 조화된 것으로 바뀌었다고 덧붙였다. 청년은 자기 일이 자랑스러운 듯 씩씩했다.

"드디어 배로 맨하튼 입성!" 도착한 화이트홀터미널Whitehall Terminal 1908은 그리 붐비지 않았다. 터미널이 늘 그렇듯이 여기 터미널도 어김없이 노숙자로 보이는 사람들이 대합실에 자리를 잡고 있었다. 그리고 또 무장한 육지 경찰들이 서성였는데, 확실히 스테이튼아일랜드 보다 두 배 더 많은 경찰력이었다. 선내에서 통근자들의 무관심과 달리 여긴 많은 이목이 느껴졌다. '백신 영웅이 되어주세요Be a vaccine hero.'라는 문구의 홍보물을 나는 발견했다. 어린이들의 백신 접종을 촉구하는 뉴욕시의 호소였다. 사람들이 많이 오가는 항만이다 보니 진단 진료소도 있었다. 그러나 응하는 사람은 내가 터미널에 당도한 즈음에 한 명도 없었다. 팬데믹이라는 것이 육지 속에서만의 문제라고 생각했는데, 이렇게 육지의 끄트머리, 그러니까 이렇게 바닷가에서도 활발해야 한다는 것이 어색하면서도 당연하면서도 또 어색했다. 그리고 이렇게 바다를 건너서 출퇴근을 할 수 있다는 그 자체도 나는 또 어색했다. 다시 말해서 전근대적이라는 생각이 들었다. 그러나 뉴욕이라는 거친 블랙홀이 이렇게 감상적이고 부드러운 통근도 허락한다는 것으로 생각해 보니 그 어색함도 뉴욕이었다. 그런데 그 생각 뒤에는 괜한 불편함이 자꾸 따라왔다.

  "왜 저들과 같다고 느껴지지?" 나는 아무도 안 들리게 혼잣말을 할 수밖에 없었다. 터미널에서 노숙하는 사람들과 나는 같은 신세인 것 같았다. 왜냐면 맨하튼에 내려봤자 나는 갈 곳도 없었기 때문이었다. 모두 각자의 직장으로 신속하게 자취를 감춰버렸고, 나만 이 분주한 맨하튼에서 목적지가 없이 우두커니 서 있게 된 것이다. 사실 문 교수는 스테이튼아일랜드페리를 타볼 것을 요청했지 맨하튼에서 어딜 가보라는 지시를 내려주지는 않았었다. 더욱이 나는 맨하튼에 할 일 없는 채로 한 번도 들어와 본 적이 없었기에 더욱 어색하고 난감했다. 언제나 나는 맨하튼에 도착하자마자 저 통근자들처럼 반드시 어딘가의 목적지로 빠르게 없어지고는 했었다. 어쩔 수 없이 나는 터미널 구석 의자에 앉아 스테이튼아일랜드 회항을 기다리는 무료함을 달래야 했다. 내가 보기에 나는 길 잃은 여행자이거나, 터미널 직원이거나, 노숙자이거나였다. 우선 여행자라고 하기에는 너무 복장이 사무적이었고, 페리 직원이라면 유니폼을 입었어야 했다. 그래서 남은 것은 노숙자밖에 없는데, 조금 추레하면 바로 노숙자에 속해 버릴 것 같았다. 그래서 나는 더욱 여행자처럼 보이려고 여독을 푸는 것 같이 허리를 펴 보기도 하고 가끔 저 먼 바다를 감상하듯 걷기도 했다. 터미널 노숙자들에게는 미안하지만 나는 그들이 삼삼오오 모인 곳을 피해 마구 돌아다녔다.

누나는 방송에서 미국 이민 생활의 어려움을 얘기했다. 식료품점은 물론이고 온 가족이 생계에 투입되는 분주한 이국 생활은 그리 즐겁지 않았다고 했으며, 왜 미국에서 가족 모두가 깨어 있는 시간 내내 노동하면서 살아가야 하는지, 그리고 무엇보다 이런 생활이 언제 종결되는지도 무척 싫었다고 했다. 그래서 누나는 모국으로 돌아온 것이라고 했다. 내게는 고마운 만남이지만 누나는 심각한 결정이었다. 그렇다면 이민은 왜 가는 것이며, 가는 나라는 어떻게 결정되는지도 나는 또 궁금했다. 그런 누나의 한국 결정이 내 기억 속에서 거의 다 사라질 무렵 나도 미국행을 결정했다. 나는 대학생이 되어서도 여전히 운동장에서 뛰는 것이 좋았다. 운동을 잘하는 것보다 운동을 잘 만들고 싶었다. 그러나 학교에서는 그런 걸 가르쳐 줄 교수님은 없었다. 다른 학교도 선수의 기량을 과학적 방법으로의 향상에 몰두하고 있었을 뿐이지 내게 모처럼 번진 배움의 허기를 달래줄 과목은 찾아보기 어려웠다. 아니 나는 못 봤다. 그래서 나는 월드시리즈World Series 1903와 수퍼볼Super Bowl 1967을 잘 치러내는 미국에 나를 맡겨볼 생각을 키웠다. 그래서 나는 미국을 잠깐 빌리러 갈 뿐이었다. 미국에서 학자들을 잘 만나 보고 빌려본 책들도 다 반납하고 나면, 나는 바로 서울로 돌아올 나를 상상했다. 나는 수지 누나처럼 이민자이고자 싶은 생각은 없었다. 나는 미국에 살러 떠난 것이 아니라 돌아올 확신을 갖고 잠깐 머무를 것이었다.

"뉴욕만을 이렇게 오래 보다니!" 나는 혼잣말을 했다. 공백의 시간은 정말 나를 진지하고 조용한 바다 감상에 빠져들게 했다. 맨하튼에 당도해서 이렇게 바다를 장시간 바라본 것은 처음이었다. 분명히 이 섬은 내게 바삐 움직이라는 곳이었지 한 번도 이런 긴 사유를 허락하지 않았다. "뉴욕과의 인연은 계획에 있었나? 아니면 어떤 통제가 나를 이끈 걸까?" 나는 나에게 물어보듯 말했다. 사실 오래전 서울을 떠나올 때 나는 엠파이어스테이트 안에 뉴욕을 내 행보에 넣어 보지도 않았었다. 더욱이 미국인들조차도 뉴욕의 그 독한 성질을 그리 만만하게 보지 않았기에 나는 더 그랬다. 그래서 내 뉴욕 접근은 아예 없을 것으로 나는 장담했었다. 그러나 예상에도 없었던 이곳 뉴욕은 당분간 나의 최종이 될 것 같다. 돌고 돌아 많은 생각의 끝은 '나는 왜 이민자가 되었는가?'로 도착해 있었다. 미국이 제로인 내게 나를 미국화한다는 것은 늦출 수 없는 기본이었다. "한국에서 밀려난 것일 수도 있다고 하더군요." 문 교수는 지난 방문에서 여기 한인들을 조사하면서 뜻밖의 말을 했었다. 이민이란 어쩌면 한국 주류에서 밀려난 결과라는 것이다. 그러나 이주를 각오하는 그 자체는 도전이다. 그리고 그 도전은 자신에 대한 각고의 성찰 끝에 비롯된 신중한 결론일 가능성이 크다. 차라리 밀려났으면 어떤가도 싶다. 그랬기에 노력하는 생활은 행운도 만나게 하지, 밀려나지도 못하고 그저 그렇게 버티는 생활게임은 보너스의 기회를 주지 않는다.

이상하게도 여기 항구는 과거 여행을 가능하게 하는 마력이 있는 것 같다. 그러고 보니 뉴욕커들은 내륙인들이 모르는 뭔가 다른 바닷가의 정서를 공유하지 않을까도 싶었다. 이를테면 바다와 가까운 이 뉴욕 사람들의 정서란 자신의 삶을 뒤돌아볼 기회를 종종 만난다는 것 말이다. 그런 회고가 바다라면 그 깊이와 양 만큼이나 더한 뉴욕의 시간일 것이다. 그렇다면 페리는 더하면 더했지 덜하지는 않을 것이라고 나는 제법 멋있는 생각도 했다. 사람들은 단순히 바다가 보고 싶은 것이 아니라 마른 땅에서 복잡하게 응축된 걱정을 과감히 열린 공간에서 실토하고 싶은 것이 아닐까도 싶었다. 질주하는 페리 주변으로 부글부글 끓어대는 저 백색 거품을 바라보는 맨하트너Manhattaner나 스테이튼아일랜더Staten Islander는 반드시 그럴 것이라고 본다. 문 교수의 재방문이 있다면 페리를 반드시 태워서 장시간 요 항구에 있어 보게 함을 나는 다짐했다. 문 교수도 노숙자를 애써 피해 서성일 것이고, 뉴욕만을 바라볼 것이고, 그러다가 이내 과거로 빠져들 것이 분명하다. 아마 두 번째의 방문은 자신이 멋있어 보는 뜻밖의 시간을 가질 것이다. 오늘 아침부터 켜졌던 내 과거 모드를 미래 모드로 스위치 해 봤다.

"멋있긴! 사람들 다 생각은커녕 휴대폰만 보던데!"
저녁을 차리던 여인이 대답했다.

통근차가 아니라 통근배 '에스에스지마이클지홀
리스SSG Michael G. Hollis 2022'이다. 페리Ferry란 여객
선으로 사람과 자동차를 실어 나르는 배다. 그러나
이 뉴욕 통근배는 사람만 나른다. 다시 말해서
이 배는 늘려나 다니는 불요불급의 유람선인 크루
즈Cruise와는 차원이 다른 뉴욕의 중요한 오랜지색
교통수단인 것이다. 저 멀리 맨하튼이 보인다.

PART 4

SEOUL

시시한 도시

NEW YORK CITY

아버지가 서툰 아버지
— 잠실야구장 Jamsil Baseball Stadium

 뉴욕으로 결정됐다. "먼 것 같아도 그렇게 멀지 않아!" 나는 시차를 확인하며 가족들을 안심시키듯 말했다. 미국 시간대 Pacific Time Zone · Mountain Time Zone · Central Time Zone · Estern Time Zone 중에서 그래도 서울과 가장 가까운 뉴욕 시간 Estern Time Zone 저녁 10시쯤 롱아일랜드 Long Island 끄트머리와 만나는 존 에프케네디공항 John F. Kennedy International Airport 1948에 도착했다. 입국 심사를 기다리는 줄은 늦은 시간임에도 길었다. 외국인과 내국인 할 것 없이 가득했다. 뉴욕의 마천루들을 울긋불긋하게 그려놓은 입국장 벽화는 위압적인 뉴욕을 조금이라도 완화해 보이려는 거친 사람들의 아이디어라고 나는 생각했다. 뉴욕이라는 도시는 적어도 나에게 살짝, 아니 많이 위축되는 곳이었다. 운전자가 뻔히 보는데 유리창을 깨고 물건을 집어갔다던 어떤 교수의 뉴욕 방문기는 나에게 뉴욕이란 우선 위험한 도시였다. 입국장은 도시의 명성과 달리 작았다. 24시간 뉴욕지하철 얘기를 들었지만 야간 탑승이 영 내키지가 않았다. 더욱이 앞으로 기거하게 될 뉴저지주는 엄연히 뉴욕시는 물론이고 뉴욕주에도 속하지 않았다. 초행길을 더욱 복잡하게 만들 것 같은 지하철을 나는 아예 포기했고 택시 승강장으로 향했다.

 필요 이상으로 긴 차체의 노란 택시들도 간간이 서성이고 있었다. 나는 그 쓸데없이 긴 택시를 원했지만 내 것은 짧았다. 택시 기사는 서툰 내 영어에 하나도 나을 것이 없었다. 아니 미국인들의 멋있는 그 발음은 분명히 아니었다. 그래서 나도 그도 의사소통을 잘 이루어 내지 못했다. 검은 곱슬머리의 기사 양반은 내 비행 출발지를 물어 왔다. 그리고 나는 바로 운전자의 출신지를 실토하게 했다. 그는 서울과 가까운 중앙아시아 어디쯤의 도시에서 왔다고 했다. 택시 안은 결코 향긋하지 못한 냄새가 났다. 하늘에서 반나절 이상을 잠으로 채운 우리에게서 나는 냄새인지 아니면 택시 냄새인지 모를 일이었다. 마치 두 머슴애 소굴 냄새와 흡사하면서도 더 진했다. 뉴요커들이 건물 안으로 모두 들어간 시간에 뉴욕의 밤공기를 느끼며 뉴저지로 향했다. 거대하다는 뉴욕이 전혀 안 느껴졌다. 그런데 갑자기 큰 것 하나가 나타났다. 환한 뉴욕양키즈NewYork Yankees 1901구장의 전광판이었다. 양키즈의 실체에 놀란 나는 고개를 180도로 움직였다.

"저게 그!"
"루스Babe Ruth 야구선수 미국 1895-1948 알아요?"
기사 양반은 서툰 영어로 말했다.

오늘까지만 길거리에 마스크를 쓰는 날이다. "안 쓰는 내일 갈까?" 나는 망설이는 혼잣말을 했다. 거리에서 마스크를 반드시 써야 하는 마지막 날 나는 김 교수가 얘기한 잠실야구장1982으로 갔다. 아니 그래야 했다. 강의 준비를 마치고 거실로 나오니 놀아줄 가족들은 모두 사라지고 없었다. 2022년 5월의 첫날 일요일은 그림자의 경계가 명확한 날이었다. 단 바람이 사방에서 세차게 불어오는 흐트러진 날이기도 했다. 그러다 보니 덜 자란 나뭇잎이 가지채 뭉텅이로 흔들렸다. 실성한 나무들 같았다. 잠실야구장은 동작대로와 서초대로가 만나는 총신대입구역에서 서초대로 방향으로 옆도 뒤도 돌아보지 않고 곧바로 가면 나오는 아주 쉬운 방문지였다. 그러나 놀랍게도 나는 그곳이 오늘 초행이었다. 아니 야구장이라는 것이 처음이라는 것이 더 정확할 것 같다. 야구장을 안내하는 길은 알고 보니 세 번이나 이름이 바뀌는 재밌는 도로였다. 길은 총신대입구역에서 강남역1982까지는 서초대로였다가 야구장이 있는 탄천까지는 테헤란로로, 그리고 양재대로까지는 올림픽로로 변경되는데, 이유는 나도 모르겠다.

나는 테헤란로 구간을 가장 익숙해 하고 좋아해 왔다. 왜냐면 그 구간은 내 청년 시절의 기억들을 바로 떠오르게 하기 때문이다. 엄밀하게 말해서 테헤란로가 시작되는 직각으로 한남대교1985 · 제3한강교 1969-1984로 가는 강남대로 줄기는 내게 달고나 맛을 내준다. 그래서 나는 테헤란로로 들어설 때마다 강남대로 좌측으로 고개를 바로 돌리곤 한다. 이는 버스를 타든 운전을 하든 마찬가지이다. 뉴욕제과1949-2012에서 친구들 기다리던 나, 그러다가 타워레코드Tower Records Kangnam 1990-2006에서 고소영Soyoung Ko 영화배우 한국 1972- 목소리가 섞인 김현철Hyun chul kim 대중가수 한국 1969- 의 〈왜 그래〉What Happen 1995를 듣던 나, 아니면 고상을 떨어보려고 홍혜경Hyekyung Hong 성악가 한국 1959- 과 도밍고Placido Domingo 성악가 스페인 1941- 의 〈그리운 금강산〉Pining for Diamond Mountain 1962을 듣던 나, 이엘에스어학원1982을 같이 다니던 엘리트 직장인 아저씨와 중국 여성 같았던 여대생과 어울렸던 나, 그리고 국기원1972옆 국기원도서관1981 · 원래 국립중앙도서관 학위논문관이지만 친구들은 국기원옆도서관이라고 하다가 아예 국기원도서관으로 부름에서 공부하는 시늉했던 나 말이다. "맞아 코지마 아저씨와 메이메이." 나는 어학원 친구들 이름을 생각해 냈다.

"늦은 시간 사람이 왜 이렇게 많아요?"
"오늘 야구경기 있지 않나요!"

국기원을 덜 오르다 보면 어학원이 나왔다. 물론 양재동 쪽으로 가면 똑같은 어학원이 하나 더 있기도 했다. 나는 두 군데를 왔다 갔다 등록해 오다가 국기원 쪽으로 정착했다. 왜냐면 어울릴 만한 사람들을 거기서 비로소 만났기 때문이었다. 우리 셋은 수업을 마치고 저녁 10시를 넘겨 2호선을 탔다. 코지마 아저씨는 신도림역1984으로 가야 했고, 메이메이는 사당역1983에서 버스를 타야 했다. 나는 좀 걸어서 동경사거리제일생명사거리였지만 20세기 후반 사거리에 동경 카바레가 입성해 동경사거리로 불렸음 · 현재 교보타워사거리임에서 567현재는 4212번번을 타도될 일이었지만 두 사람이 좋아서 늘 지하철을 탔다. 우리는 같은 레벨이었지만 나이가 하나도 맞지 않은 어학원 입원 동기였다. 늦여름 저녁, 초록 띠의 2호선은 종합운동장역1980에서 야구 관전을 끝낸 넥타이들을 가득 싣고 강남역으로 왔다. 코지마 아저씨는 우리를 밀어 넣었고, 또 등으로 눌렀다. 불룩한 사람들이 쏙 들어가고 출입문이 닫혔다. "우린 사당에서 내려요, 아저씨 고생 좀 하겠어요!" 나는 웃으며 말했다. "좀 가면 홀쭉해져." 아저씨는 인상을 찌푸리다 어렵게 돌아서더니 괜찮다는 표정으로 대답했다. 지하철은 땀 냄새와 습한 공기가 섞여 있었다. 그러나 우리를 포함한 승객 전원은 참아내고 있었다. 밀착된 타인의 살은 끈적였다. 그런 중에서 코지마 아저씨는 결혼정보회사에서 배우자를 찾는 만남도 나쁘지 않다고 했고, 나는 강하게 반발했다. 아저씨는 실리적으로 웃었다. 남자친구가 있는 메이메이는 누구의 의견에도 동의하지 않았다. 메이메이는 토론에 섞일 필요가 없었다.

야구장에 거의 다 이르러서 오랜만에 이쪽 동네의 백화점현대백화점 1988을 만났다. 나는 이 동네를 올 때마다 뭔가 훌러덩 벗겨진 느낌이 든다. 이는 단추를 필요 이상으로 열어 놓은 셔츠 같은 부담이다. 아마 건물과 건물 사이가 너무 넓어서 그런 탓일 것이다. 그래서 여기의 하늘 면적은 확실히 넓다. 백화점 앞에는 『월리를 찾아서』Where's Waldo 1987의 거인 월리가 수많은 새끼 월리를 거느리고 있었고, 그래서 나는 잠시 천천히 운전했다. 뒤에서 월리 구경하지 말고 운전만 하라고 빵빵 소리쳤다. 이 동네 가로수들은 굵기도 하거니와 가지치기를 심하게 당한 터라 세찬 봄바람에도 끄떡없었다. 마치 신전 기둥 같았다. 그러나 바람은 오히려 옷깃이 나부끼다 못해 민망한 밀착을 도와 행인들의 몸통을 확 드러내게 했다. "보기 싫어!" 나는 행인들의 시선을 피해 말했다. 잠실야구장 주차비는 5분당 100원이었다. "우와~와!" 주차 중에도 관중들은 굉장한 외침을 쏟아 냈다. 흥겨운 음악도 흘러넘쳤다. 고요한 출발 동네와 달리 여긴 그들만이 신나는 신세계였다. 사실 김 교수는 어린 시절 아버지와 처음 갔던 잠실에서의 야구 관전을 그리워했다. 그리고 서울에서 어린 시절에 가본 제일 대단한 곳이 바로 이 잠실야구장이라고 했다. 시시한 흙가루 학교 운동장에는 비교될 수 없는 잠실구장은 현재 김 교수의 공부와 그 공부를 실제 이르게 한 아버지라는 연결 고리가 아닌가 한다. "야구 좋아하죠? 잠실 가서 한 경기 봐주세요." 김 교수는 당연하게 요구했다. 생각해 보니 우리 아버지는 야구장은커녕 운동회도 오지 않았다. 아버지는 바쁘고 또 바빴다. 아버지가 진짜 아버지인 것은 확실한데 말이다.

"막둥아 저기 책 하나 골라 와라?" 아버지는 마당에서 잘 놀고 있는 나를 필요로 했다. 출장 갔다가 한 달 만에 돌아온 아버지는 식구들과 아침을 했다. 그러고 나서 쌓여 있던 신문을 방바닥에 펼쳐놓고 담배를 태웠다. "나가 놀아 어서." 어머니는 내게만 눈치를 주며 말했다. 사실 나는 마당에서 동네 녀석들과 놀기로 했었다. 집을 나간 방범견 토리를 대신해서 새로 온 강아지 뽀꽁이는 아직 집 지키기를 모르는 남견이었다. 나는 아이들과 이 꼬마 개를 가지고 놀아볼 작정이었다. 친구들은 이미 마당에서 녀석을 만지작거렸다. 뽀꽁이는 꼬리도 없었고, 누런 짧은 털에다 하얀 배를 가진 꽤 성깔 있는 강아지이웃집은 태어날 때부터 꼬리가 없었기에 이상하게 생각된 나머지 우리에게 줘 버렸음였다. 친구들과 나는 얇고 긴 화단에다 녀석을 넣고 흙바닥을 파는 모습을 보며 놀았다. 녀석은 밀림에서 호랑이가 어슬렁거리는 것 같았고, 우리는 녀석의 행보를 이리저리 옮겨가며 〈동물의 왕국〉the Animal Kingdom 1970- 처럼 중계방송했다. 그 작은 개는 자기의 밀림 행동을 간섭할라치면 자기만의 생활을 방해하지 말라는 듯이 주둥이에 흙을 묻힌 채 으르렁댔다. 나는 더러운 토리보다 귀여운 이 뽀꽁이가 훨씬 더 좋았다.

귀여운 강아지와 한없이 즐거운 내게 아버지는 느닷없이 책 주문을 한 것이었다. 그도 그럴 것이 얼마 전 책 장사 아저씨는 『딱따구리 그레이트북스』 1981라는 100권짜리 책을 우리 집에 소개했고, 형과 나는 분명히 〈그레이트마징가〉Great Mazinger 1973 · TBC 방영 1978-1979가 나오는 책이라고 확신했었다. "너희들 정말 읽을 거야?" 어머니는 이상할 정도로 애원하는 우리에게 진지하게 물었다. 며칠 후 도착한 100권에는 그 어디에도 그레이트마징가는 없었다. 아버지는 내게 그레이트마징가가 없는 그레이트북스를 하나 골라오라고 했다. 나는 어쩔 수 없이 강아지와의 놀기를 중단했고, 그 100권 중에서 『피터팬』Peter Pan 1911을 골라 아버지에게로 갔다. 아버지는 미국영화에서 본 아버지들처럼 내 어깨를 감싼 채 느닷없이 그 '웬디Wendy Darling'와 '존John Darling' 그리고 '마이클Michael Darling'의 모험을 읽어주겠다고 했다. 그러나 나는 이미 그 세 명의 남매는 물론이고 피터팬의 정체까지 디즈니만화로 생생히 알았고, 오히려 뽀꽁이와 친구들을 더 궁금해 했다. 나는 뽀꽁이처럼 낑낑댔다. 아마 아버지의 이 행동은 최초이자 마지막 자상한 아버지 역할이 아니었나 한다.

　"입장료 얼마지요?" 반원으로 뚫린 투명 아크릴 속 여직원에게 나는 물었다. 그런데 야구장 입장료는 간단하게 구매되는 것이 아니었다. 우선 응원팀이 있어야 했고, 선호하는 좌석의 위치도 골라야 비로소 내주는 조건이었다. 사실 나는 한국 프로야구팀은 물론이고 다른 프로팀도 응원할 줄 모른다. 나는 서울 운동팀이 이기길 바라지도 못한다. 더 정확하게 말해서 내게는 그럴 마음이 도통 생기지 않는다. 나는 우리끼리 금을 그어놓고 이루어지는 경쟁에는 분투의 마음이 전혀 생기지 않는다. 따라서 나는 오늘 그 응원팀이라는 것을 결정함에 있어서 약간의 고민을 했다. "팀은 어떻게 결정해요? 서울은 엘지인가요?" 나는 입장료 창구에 주둥이를 대고 되물었다. 나는 엘지트윈스 외야 그린석 404블록의 표를 받았다.

　사실 나는 둥글기만 한 야구장에 외야가 어딘지 가늠이 되지도 않아서 몇 차례의 출입 퇴짜를 맞았다. 관중석 층계는 지나치게 가파른 절벽 같았다. "잘못하다간 굴러떨어지겠어!" 나는 혼잣말을 하며 드디어 좌석에 올랐다. "야 야구를 정말 이렇게 많이 좋아하는구나!" 나는 놀란 나머지 옆 사람에게 들릴 만큼 말했다. 그들의 입은 하얀 천 조각들로 가려져 있었다. 물론 스낵을 먹는 사람들은 얼굴이든 몸에 어디든 하얀 그 천을 반드시 갖고 있었다. "모르겠지." 나는 중얼거렸다. 그녀의 먹을거리 감시가 없을 오늘 여기 야구장에서 나는 프렌치프라이와 치킨너깃 그리고 콜라 등의 내 나이에 더 이상 맞지 않은 것들을 샀다. 나는 1분도 못 가서 관전보다 먹고 싶은 마음을 드러냈다.

"넌 어디고? 해태 타이거즈1982-2001?" 빗자루를 쥔 녀석이 교실 책상을 밀고 있는 내게 물었다. 나는 머뭇거렸다. 친구는 답답하다는 듯이 계속 또 물었다. 올해 프로야구라는 것이 생겼고, 반 녀석들은 꼭 어린이구단 가입을 자랑했다. 그래서 가입하거나 지지하는 팀을 반드시 확인받는 것이 반의 분위기였다. 나는 야구팀들Sammi Superstars · Lotte Giants · OB Bears · MBC Chungyong · Haitai Tigers · Samsung Lions 중에서 MBC청룡1982-1989을 선택했다. 아니 그냥 그 팀을 찍었다. 적절한 이유는 없었다. 나는 다만 그간에 MBC의 〈마징가제트〉 Mazinger Z 1974 · MBC 방영 1975-1976와 〈뉴스데스크〉1970 앵커맨 이득렬Deukyol Lee 언론인 한국 1939-2001 아저씨에 익숙한 의리 같은 것으로 바로 떠올린 것이었다. 녀석은 끊임없이 확인작업에 들어갔다. 어린이회원 가입에서부터 좋아하는 선수까지 집요했다. 나는 곧 어린이 청룡구단에 들겠다고 계획에도 없는 대답을 했으며, 선호하는 선수도 마련해 둬야 함도 그때 알았다.

"넌 감독이 좋나 아니면 심판이 좋나?"
"어? 음…. 심판이 좋아…. 심판은 더 마음대로 할 수 있어…."
"뭐라꼬!? 맘대로 몬해! 심판이라도 절대 맘대로 몬해!"

사실 나는 감독과 심판이 경기에서 세이브인지 아웃인지 애매모호할 때 그래도 심판이 우선하지 않을지의 순간 심사숙고한 대답을 했다. 그런데 같이 청소하던 녀석은 빗자루로 책상과 걸상을 강하게 두들기며 화를 내며 말했다. 별로 친하지도 않았던 이 콩알만 한 녀석은 내 앞에 앞에 앉은 녀석이었고, 얼마 전 부산에서 전학 온 새 얼굴이었다. 지난번 집에 가는 길에 나는 외면하지 않았었고, 오늘 같은 분단에서 교실 청소를 하게 된 것이었다. 책상을 뒤로 밀기를 멈추고 나는 놀란 듯이 도리어 더 화난 표정을 지었다. 얼굴 살이 별로 없던 이 검은 녀석은 다른 분단에서 청소하던 친구들과 내 눈빛이 교신되는 것을 감지했다.

  엘지트윈스1990와 롯데자이언츠1982의 경기였다. 갑자기 관중들은 술렁였고 신나는 음악도 나왔다. 타자가 마운드에 등장할 때마다 사전에 멋있게 촬영해 놓은 선수 동영상이 전광판에서 번쩍였다. 그러나 마운드에 그 타자가 맞는지 내 먼 자리에서는 타자의 정체를 확인할 길이 없었다. "다른 타자가 나와서 쳐도 되겠네!" 나는 혼잣말을 했다. 외야 끝에 검은 비닐봉지 하나가 구장으로 들어와 바람에 소용돌이치고 있었다. 나는 경기 진행보다 우익수가 그 비닐에 미끄러질까를 걱정했다. 아니 미끄러지는 사건을 기대했다. 프렌치프라이를 다 먹고 치킨너깃을 먹으려고 잠깐 고개를 숙였을 뿐인데, 검은 비닐은 이내 사라지고 없었다. 비닐이 없으니 저 많은 한국인끼리 편을 가르고 환호하는 모습이 부럽다는 생각이 들었다. 오늘 잠실야구장에서는 차라리 검은 비닐이 나에게는 사건이었다.

  나는 김 교수가 아버지와 무슨 얘길 했을지를 생각했고, 어색하지는 않았을지도 떠올렸다. 김 교수도 고향이 서울이니 엘지트윈스를 응원했을 것을 상상해 보았다. 아니 옛날이니 MBC청룡이 아닐지로 다시 떠올렸다. 나는 경기의 흐름을 타지 못했다. 아니 타지지가 않았다. 사실 집에 있는 녀석들도 나에게 야구를 보러 가자고 한 적이 없던 것 같다. 물론 형과 나도 아버지에게 야구를 보여 달라고 조르지도 않았었다. 둘러보니 잠실은 야구 가족과 야구 연인들이 대부분이었다. 전통적으로 우리 가문은 야구 가문에 속하지는 못한다는 생각도 들었다. 그러나 나는 야구로 세상 어딘가가 이렇게 신나게 흘러가는 것에는 찬성한다. 놀이동산을 샅샅이 둘러보지 않아도 어디선가 즐거운 일들로 넘쳐나는 것이 좋은 것처럼 말이다.

그러나 그러한 생각은 위선이었다. 왜냐면 나는 야구장을 가득 메운 야구인들의 퇴장 물결에 휩쓸리기 싫어서 간식이 떨어지자마자 구장을 빠져나갔기 때문이었다. 사실 나는 김 교수가 지시한 야구장보다 아까 전 백화점 월리의 문제를 더 풀고 싶었다. 그래서 차를 두고 무작정 탄천을 건넜다. 역시 행인들은 월리 때문에 백화점 앞을 그냥 지나치지를 못했다. 우선 지상 2층 크기의 거대한 풍선 월리가 버티고 있었고, 세어보니 딱 100명의 새끼 월리도 세워져 있었다. 그런데 그 100명은 월리가 아니었다. 월리의 빨간 줄무늬 셔츠와 청바지를 입었을 뿐이지 수많은 인종의 가짜 월리였다. 사이사이를 누벼보니 진짜 동그란 안경 속 점 두 개의 월리는 딱 하나뿐임을 나는 알아냈다. 어떤 아주머니는 월리의 옷차림과 똑같이 골라 입은 오늘을 기념하기 위하여 가짜들과 사진을 찍었다. 심지어 이 월리 가짜들은 백화점 내부 곳곳에도 숨어 있었다.

월리의 실체를 확인하고 나서야 나는 오랜만의 무연센터1988로 관심을 돌렸다. 두 면으로 접힌 옥외광고영상이 움직였다. 〈강남스타일〉2012이라는 노래의 주인공 박재상Jaesang Park 대중가수 한국 1977- 의 절단된 손목이 100배보다 더 크게 세워져 있었다. 검은 털이 많은 외국인 무리가 그 동상 앞 키오스크 영상을 틀어놓고 신나게 듣고 보고 있었다. 자국 가수에 시큰둥한 한국인임을 보여주기 싫어서 나는 끝날 때까지 어울려 줬다. 하늘 쪽으로 5단 높이의 무역센터빌딩을 올려보다가 그 치솟는 매력과 전혀 다른 봉은사794 도 둘러볼까도 싶었다. 그러나 이 세찬 봄바람들을 핑계로 나는 다시 탄천으로 향했다.

삼성교1975로 천천히 걷는 나와 달리 저 멀리서 야구를 한껏 즐겼던 야구광들이 힘차게 몰려오고 있었다. 나는 인파에 휩쓸리고 말았다.

아이들이 생기고 나서 나는 다른 꼬마들에 대한 태도가 얼마나 한시적이고 무책임한지를 알게 되었다. 사실 그 아이들이 내 시야에서 사라지면 나는 온통 내 걱정으로 돌아오곤 했다. 그러나 내 손을 타야 하는 녀석들은 늘 내 정신의 일부라는 것을 어느 순간부터 나는 알게 되었다. 내가 학생들을 가르칠 때도 화장실에서 일을 볼 때도 아이들은 내 머릿속을 구성하고 있었다. 그런 의미에서 김 교수의 아버지는 아들에 대한 그런 항상성을 유지했었고, 우리 아버지는 그 항상성을 유지할 줄 몰랐던 아버지에 서툰 아버지가 아니었나 한다. 물론 여기서 항상성Homeostasis이란 캐논Walter Cannon 생리학자 미국 1871-1945 이 명명한 생리학적 개념이다. 이는 생물이라면 최적의 자기 안정을 유지하려는 생리 조절 메커니즘인데, 그러니까 나도 모르는 몸이 나를 자동 유지하려는 신진대사와도 같은 것이다. 그런데 이 개념은 아버지들과는 전혀 무관한 지극히 생리학적 용어이다. 그러나 나는 유관하고 싶다. 왜냐면 막내아들에 대한 아버지의 항상성 근거를 나는 기억해 냈기 때문이다. 다시 말해서 여기서 항상성이란 자기 몸 챙기는 몸이 아니라 자식을 챙기는 아버지일 수도 있었기 때문이다. 영구적인 내리사랑 말이다.

사실 나는 은단 껌과 스피아민트 껌을 좋아했다. 아니 좋아하게 길러졌다. 내 품을 부담스러워하는 두 녀석을 느꼈을 때 내게는 그 두 종류의 껌이 눈에 들어왔다. 오래전 출근길 아버지는 내게 은단 껌을 주었다. 어떨 때는 스피아민트 껌도 주었다. 분명 은단은 어린이들이 좋아하는 맛은 결코 아니었다. 그러나 나는 쓴 은단보다 입안에서 달게 쩌덕거리는 껌에 더 큰 가치를 두었었다. 아버지는 작은아들과의 항상성을 위하여 내가 아버지를 부담스러워할 때까지 그 은단 껌을 주었다. 그리고 나는 뉴욕에 처음 입성하면서 세계에서 가장 냉혹한 도시라는 긴장감을 떨쳐 내려고 아버지의 그 은단 껌을 씹었다. 물론 비행기에서부터 멍멍한 귀 뚫기의 필요였겠지만 나는 설탕 끼가 다 빠진 마른 껌을 조용히 계속 씹었다. 가족의 대표로서 이제부터 바로 악명 높은 뉴욕에서 제일 먼저 나서서, 선봉에 서서, 뭐든 막아내야 하는 책임감은 나를 적지 않게 긴장하게 했다. 나는 앞으로 서툴면 안될 일이었다. 그러다 만난 뉴욕양키스구장Yankee Stadium 2009은 내가 보고 들어왔던 뉴욕이라는 도시의 첫 번째 거대한 실체였다.

"우리 막동이 은단 줄까? 은단 껌 줄까?"
"껌이요."
나는 아버지에게 단호하게 말했다.

나는 야구에 관심이 없는 게 맞다. 경기의 중심인 타자와 투수 쪽을 찍은 게 아니라 전광판은 뭐하러 찍었는지 나도 모르겠다. 중계방송에서 얼핏 봐왔던 빈자리들과 달리 관중이 적지 않았다. 나는 이 사진 단 한 장만을 찍고 현대백화점으로 갔다. 출판사는 다른 사진이 없는지 계속 내게 물었다.

한국시민과 한국교포의 경계에서
— 뉴욕시청사 New York City Hall

4월이 이렇게 바쁘게 흘러가는 줄 몰랐다. 봄방학 Easter Break을 이용한 플로리다 여행은 내게 더 가속도가 붙은 4월을 만들었다. 아마 비행기를 마다하고 오가는 이틀을 꼬박 운전으로 채워낸 긴 일정 때문이 아닌가도 싶다. 이번에 나는 간단한 비행보다 우리만의 자가 여행을 선사하고 싶었다. 내가 운전기사를 자처한 것이었다. 그러나 여독은 비행기보다 훨씬 빨리 풀렸다. 아니 빨리 풀려야 했다. 왜냐면 여행을 끝내자마자 나는 대학원생들과 다시 한 대학행사 Sport Marketing Case Competition 2022에 참여해야 했기 때문이었다. 이른바 '몸을 떠는 자 하나님 앞이 두려워 떤다는 의미에서 퀘이커교도(Quaker)를 지칭함'의 땅이라고 부르는 펜실베니아 Pennsylvania State 1681로 나는 또 여섯 시간의 운전을 강행했다. 원생들과의 일정은 그리 만만치가 않았다. 그러나 우리의 성과는 또 그리 나쁘지 않았다. 게다가 나는 그 일정이 끝나자마자 바로 학부생들에게 미리 가을학기 수업의 워밍업을 해주는 진땀을 뺐다. 비록 디지털 미팅으로 이루어진 수강 면담이었지만 대화는 진지했다. "내가 대학생 때 이렇게 신중했나? 그냥 애들 따라 해 버린 것 같은데…. 요즘 애들은 참 심각해!" 나는 면담을 다 마치고 비로소 세 줄 평을 발설했다. 문 교수가 보면 뭐 그리 바쁘냐고 할지 모르겠지만 나는 바빠서 4월의 방문지를 빼먹을 뻔했다. "김 교수 뉴욕시청사 New York City Hall 1812 다녀왔어요?" 문 교수는 무심하게도 물었다.

2022년 4월 28일 목요일 새벽 나는 맨하튼행 버스를 위해 집을 나섰다. "서울에서 버스 타기!" 나는 미국에서 버스 타기는 '어디서나.'가 못 된다는 생각에 서울을 떠올리며 혼잣말을 했다. 물론 분주한 맨하튼에서의 그런 '어디서나.'는 가능할지 몰라도 동네는 그리 수월하지 못하다. 그래서 나는 거의 20분을 걸어 버스정류장에 도착했다. 걷는 길은 오래전 서울 집에서의 버스 타기가 얼마나 빨랐는지를 떠올리게 했다. 이번에는 서울 동네를 지났던 98 번 시내버스가 생생히 그려지기도 했다. 4월의 새벽길은 맑고 신선했다. 요즘 나는 길을 걸을 때마다 공기가 이렇게 바삭한지 다시금 알게 되었다. 사실 팬데믹 때 공기는 화생방훈련과는 또 다른 차원의 참을성을 길러 내게 했다. 늘 마스크 안에서 끈적한 구취 말이다. 물론 쓰고 있을 때는 모르지만 다시 쓰면 더러워 죽겠었다.

새벽길이지만 맨하튼에 가는 기대감과 설렘은 오래 걸어도 가벼운 발걸음을 만들었다. 산책길로 따라가는 이웃집 개는 친근했다. 그러나 나는 녀석의 이름을 모른다. "굿모닝!" 나는 개에서 영어로 건넸다. 드디어 도착한 정류장에는 두꺼운 모자의 금발 아주머니가 움츠린 채 있었다. 나는 내 복장이 너무 봄인지를 고개 숙여 확인해 봤다. 버스출근이 생소한 내게 기다림은 좀 지겨웠다. 그러나 그녀는 너무나도 잘 인내하며 평화로웠다. 그런 태도는 내게 버스 타기에 늘 익숙한 사람이라는 확신을 주었다. "저…. 버스에서 마스크 쓰나요?" 나는 뒤 늦게 그녀에게 눈인사를 나눈 후 물었다. "아직 많이들 쓰긴 써요." 아주머니는 친절하게 대답했다. 미리 준비한 마스크가 있으니 우선 나는 안심했다. 그러나 더는 공감대가 없는 우리는 둘 다 입을 다물고 있었다.

사실 나는 이런 어색한 시간을 방지하고자 이웃을 만나 반가울 것을 미리 준비해 놓았다. 모임에서 알게 된 한 한인은 아침 일찍 이 정류장을 지나는 맨하튼 버스통근자라고 했다. 나는 오늘 그 친한 한인의 출근 시간과 맞추기로 한 것이었다. 기다리던 167T번 버스가 도착했다. 버스는 나와 그 친절 아주머니를 포함해 뛰어오는 한 명을 더 태우고 자동문을 닫았다. 나는 당연히

지인을 찾았다. 좌석이 거의 다 찼고 저기 끝에 그이가 앉아 있었다. 나는 비틀비틀 걷다가 그자의 옆자리에 털썩 앉았다. 맨하튼까지 한 시간을 같이한 우리는 소곤소곤 한국어 마스크 대화를 했다. 오랜만에 꽉 찬 버스출근의 향수였다. 이렇게 즐거운 출근길을 사라지게 했던 팬데믹은 늘 간소해지는 미래가 얼마나 나를, 더 나아가 우리를 그리고 이 통근자들을 무기력하게 만들었는지를 나는 새삼 느꼈다. 팬데믹의 기세로 본다면 몇 달 전의 일터는 그리 신나지 않았을 것 같았다. 다시 찾은 진짜 버스출근이란 그리 고달프기만 한 것은 아닌 것 같았다. 물론 오늘 단 하루만의 착각일 수 있겠지만 말이다.

우린 흘러넘칠 것 같은 흑색의 허드슨강을 건넜고, 철제 빔으로 복잡하게 얽혀 놓은 듯한 맨하튼항만버스터미널Port Authority Bus Terminal 1950에 도착했다. 오늘 하루용 통근 동료에게 나는 인사를 하고 지하철로 이동했다. 이라인E-Line·Eighth Avenue Local 1933이 시청을 지나가는 것 같았다. 내 행보가 맨하튼의 출근 방향은 아니어서 그런지 터미널에서 브루클린다리 쪽으로의 노선은 한산하고 여유로웠다. 버스에서 본 창밖은 연두색 봄이었다. 그러나 지하철 안은 아직 어두운 겨울이었다. 모두 두툼한 옷이 여전했다. 승객들은 외투로 몸을 두껍게 감싸고 있었다. 너무 비대하고 답답해 보였다. 몇 개의 역을 지나 지하철은 곧 플튼역Fulton Street Station 1948에 다다랐다. 지상으로 올라서자마자 새로운 세계무역센터World Trade Center 2014가 내 앞을 우뚝 가로막았다. 건물이 워낙 높다 보니 아주 가까이 있는 것처럼 느껴졌다. "시청은 어느 쪽이지." 나는 중얼거리며 걸었다. 뉴욕시청은 이곳에서 불과 백 걸음도 안 되는 거리였다. 그러나 나는 내게 당장 필요한 욕구부터 해결해야겠다는 생각을 했다. 배고팠다. 이른 새벽 이 어정쩡한 출근은 아침을 거르게 했다. 길 건너에 스타벅스의 냄새는 더 은은했다. 나처럼 커피가 그리운 사람들이 이미

긴 줄을 만들어 놓고 있었다. 서울의 빨리빨리 사상이 유일하게 통하는 맨하튼이기에 생각보다 줄은 신속히 줄었다. 나는 창가에 앉아 커피를 음미하며 머릿속으로 오늘 일정을 그려보았다.

1센티미터도 안 되는 유리창을 사이에 두고 한 노숙자가 골판지 영문팻말 US ARMY Veteran · 미군참전용사을 내게 보여주고 있었다. 당신의 소싯적 국가 수호 활약을 기억해 주길 내게 호소하는 것이었다. "도와드릴까?" 나는 혼잣말을 했다. 내 망설임 동안 노숙자 봉사활동가들Homeless Outreach이 바로 당도했고, 그자들은 노숙자에게 일일이 안부를 묻고 뭔가를 권면하는 듯했다. 주문한 것을 받아든 한 여대생이 데워진 아침용 샌드위치와 따뜻한 커피 한잔을 그 노숙자에게 건네고 훌쩍 떠나버렸다. 다행이었다. 그리고 나는 그녀에게 그리고 그 노숙자에게 미안했다. "그녀보다 내가 더 어른인데…. 내가 먼저 했어도…." 나는 내 길거리 선행은 언제 실현될지 오늘 놓친 기회를 아쉬워하며 혼잣말을 했다. 지하철에서 두꺼운 복장의 승객들이 합의한 날씨가 맞았다. 아직 봄이지만 겨울이 맞았다. 뜨끈한 커피가 몸속을 노곤하게 해주었다. 훨씬 좋았다. 나는 문득 내가 시청에 가본 일이 있었는지를 떠올려 봤다. 서울시청1946 말이다. 시청은 도대체 어떨 때 가는 것인지도 생각했다. 나는 갑자기 서울시민으로 인정된 자들은 그 시민권을 취득하려면 어디로 가는지도 알고 싶었다. 제임스타운Jamestown 1619에 처음 당도한 자들과 달리 내가 처음 당도했던 미국은 모든 것이 완성된 곳이었다. 생각지도 못했던 모든 것까지 더 많이 완성된 곳이었다. 서울시민권 취득자들은 과연 덜 완성된 서울 느낌일지, 아니면 다 완성된 서울 느낌일지도 궁금했다.

덤덤하게 시청사 시험장소를 찾았다. 입장이 같은 이민자들에게 이 시험은 정말 간절했을 것이다. 그러나 나는 영주권과 시민권의 갈림길에서 영주권이든 시민권이든 둘 중 하나라면 그리 아쉬울 것이 없다고 예단했었다. 왜냐면 주기적으로 찾아오는 영주갱신은 아름다운 나라 표기美國대로 그런대로 아름답게 사는 내게 단순한 행정적 번거로움일 뿐이었다. 그래서 나는 시민권 매력이 간절하지 않았었다. 그러나 어느 순간 마음먹은 시민권 취득은 영주권 갱신만큼 그리 간단치가 않았다. "그냥 영주만 할 것을! 영주만." 나는 과정 내내 되뇌었다. 복잡하고 다양한 서류는 나를 무척 귀찮게 했다. 그러나 이미 직면해 버렸으니 나는 묵묵히 그리고 꼼꼼히 미국이 마련한 스무고개를 혼자 넘기로 했다. 이런 고개 없이 태어나자마자 바로 시민으로 인정받는 아이들이 부럽다가도 태어나자마자 인정받았던 내 서울시민권주민등록증의 행방을 떠올려보기도 했다. 막상 당도한 시청사Newark City Hall 1902에서의 과정은 아무렇지도 않은 것이 아니었다. 우선 이 시청사의 풍채가 대단하다 보니 나는 그에 위축되고 말았다. 무척이나 엄숙하게 진행된 면접시험은 내게 만에 하나 거절되는 시나리오를 떠올리게도 했다. 물론 대학에서 학생들을 가르치는 것은 만에서 하나로 이르지 않게 함을 나는 감히 확신했었다. 그래도 나는 정치적으로 혹은 이념적으로라도 예상치 못한 문제가 발생할 수 있지 않을지라는 그 혹시병Anxiety이라는 것을 미약하게 앓고 있었다.

미국에 살기 허락을 받고자 하는 이들의 표정은 그리 즐거워 보이지를 않았다. 그들과 나는 확실히 약간씩 긴장했다. 당분간 나약해야 하는 우리는 한곳에 모여 조용히 번호표를 뽑고 기다렸다. 잠시 후 각각의 번호들은 냉정한 영어 발음으로 호번되었다. 그렇게 내 기다림의 시간은 한 시간을 넘길 작정이었다. 드디어 내 번호가 들렸고 나는 돌이킬 수 없는 국면으로 들어갔다. 50대로 보이는 백인 여성은 전망 좋은 층의 자기 사무실로 나를 안내했다. 전망과 어울리게 면접관은 심각하지 않고 차분하게 진행해 주었다. 그녀는 총 일곱 개의 질문을 내게 내놓았고, 제일 먼저 미국 초대 대통령을 물었다. "서울에서도 초대대통령 먼저 묻나?" 순간 나는 서울도 대통령부터 물을지 아무도 듣지 못할 한국어로 입놀림을 조금 했다. 비슷한 시간대에 시험을 무사히 통과한 사람들은 제일 높은 층에 마련된 강당에서 모종의 선언을 해야 했다. 우리는 더 이상 태어난 국가가 아닌 현재 살기를 인정해 준 미연방국에 영원히 충성하겠노라는 이른바 '충성맹세Oath of Allegiance'라는 것을 했다. 이것으로 우리의 모든 절차는 끝났다. 그리고 나는 시민권 증서를 손에 쥐었다. 저 멀리 명확히 알 수 없는 감정이 어슬렁댔다.

뉴욕시청이 있는 쪽으로 걸었다. "시청이 뭐길래 가 보라는 거지?" 나는 문 교수의 의도를 파악해 보려고 고민하는 말을 하며 걸었다. 청사가 눈앞에 들어왔다. 시청은 나를 가로막았던 세계무역센터와 달리 얼마 전에 지어진 것 같은 간단한 외형이 아니었다. 뉴욕시의 시청사란 오래전에 기획된 버팀목과도 같았다. "행정 일을 이렇게 화려한 곳에서 해야 하나?" 나는 시청이라기보다 문화회관 같은 모습에 고개를 들어 올리며 말했다. 버팀의 시작은 기둥에서부터였다. 고전적인 발코니를 떠받들고 있는 여덟 개의 주름 기둥은 이미 오래전에 아름드리나무가 연달아 솟아오른 것 같았다. 그리고 하늘 쪽 끝에는 양 머리처럼 꼬부라진 모양으로 모종의 양식을 취하고 있었다. 그런데 여덟 개의 기둥 줄기는 같은 간격이 아니었다. 보통 기둥들은 일정한 간격을 유지하고 나란하지만 여기 시청사 기둥은 좌우 양방향 끝에 두 개씩 근접하게 붙어져 있었다. 그러니까 가운데 네 개의 기둥만 같은 사이로 중앙에 배치된 순서인 것이다. 나는 이런 건물 모양에 그리 큰 관심도 없으면서 문 교수를 위해 관찰을 시도했다. 문뜩 비교차 끌어낸 뉴어크시청사가 커다란 무게 감이라면 오늘 뉴욕시청사는 다채로운 곡선들의 화려함이었다. 마치 잘 꾸며진 케이크 같았다. "이게 연방 스타일Federal Style인가?" 나는 이 케이크의 곡선을 탐색하며 말했다.

누구나 미국에서 생활하면 연방 스타일이라는 것을 알게 된다. 나는 시청에 당도하기 전에 약간의 야후yahoo.com 공부를 했었다. 그래서 이른바 '연방 스타일을 찾아서.'라는 나만의 시청 탐방기 제목도 만들어 보았었다. 사실 연방 스타일은 미국의 세 번째 대통령인 제퍼슨Thomas Jefferson 정치가 미국 1743-1826이 추구한 그야말로 미국 스타일이라고도 하는데, 그는 문화예술 대국들이 즐비한 유럽에 한참 뒤진 미국에 미국만의 문화예술 양식을 갖고 싶어 했다. 그래서 그는 고대 로마의 거대함을 끌어들여 미국식 꾸미기를 시도한 장본인이기도 하다. 그런데 사실 나는 그 양식의 정의에 정확히 감이 오지를 않는다. 문화예술놀이보다 스포츠레포츠놀이를 선호하는 나에게는 이 뉴욕청사는 일단 몸에 정교하게 꾸며진 것 같기는 했고, 그래서 한옥이 아닌 것만은 확실할 뿐이었다. 미국식 특유의 건물이라는 것에는 정말 감이 없었다. 이런 나를 위해서 야후는 건축은 물론이고 다양한 대상들가구 복장 도자기 등로 연방 스타일이라고 사례를 들어 주었다. 그러나 나는 그 양식에서 이렇다 할 공통 특징을 잡아내지 못했다.

시청사에 붙어 있는 공원City Hall Park은 건물을 잘 둘러싸고 있었다. 많은 벤치는 열 번째 대통령인 테일러John Tyler 정치가 미국 1790-1862가 몸소 방문하여 축하했다던 장식용 분수대the Croton Fountain · 뉴욕시민들에게 깨끗한 물을 제공하는 상수도 시설 기념도 갖고 있었다. 그리고 거기에는 따뜻한 햇볕도 잘 어울렸다. "와 좋다!" 나는 감탄할 수밖에 없었다. 그러다 보니 뉴욕시청사는 그야말로 무거운 행정지가 아니라 푸근한 정원처럼 뉴욕시민의 휴식처 같았다. 실제 공원 입구 바닥에는 '공원은 여전히 많은 사람이 자유롭게 휴식을 얻는 안식처라는 것을 잊지 말아야 한다It must not be forgotten that the park is still the refuge of the people, the Gradle of liberty.'라는 글귀가 뚜렷하게 새겨져 있었다. "맞아. 시청은 어려운 곳이 아니라 편한 곳이어야지!" 나는 문구에 공감하는 대답을 했다. 서울의 역사와 달리 미국의 도시들 대부분은, 아니 모두는 인위적으로 최근에 만들어진 것에 불과하다. 물론 그 최근도 근대화된 서울에 비하면 적지 않은 세월이었기에 서울보다는 훨씬 길다는 것이 미국 도시들의 뜻밖에 놀라운 수명이다. 그래서 그런지 나는 미국 도시의 오래전 인위성에는 두 가지의 장점을 고려한 것이 아닌가도 싶었다. 첫 번째는 어느 도시에서건 크고 작은 공원을 다량으로 마련해 놓았다는 것이다. 그러다 보니 도시의 세월은 집채보다 더 큰 나무와 숲 공원에서 바로 감지됨이 일반적이다. 이는 주거지에서도 마찬가지이다. 두 번째는 그런 오래된 것 중에서도 도서관이라는 것은 어느 오지라도 분명히 존재한다는 것이다. 그것도 오래된 나무건물로도 말이다. 그래서 도서관들은 묵묵하고 차분하게 시민들을 언제라도 기다리고 있다. 늘 유료로 작동되는 냉혹한 도시 정서에서 지식만은 무료로 누리게 하려는 행정은 참 따뜻한 시민성인 것이다. 그래서 공원과 도서관은 내가 거쳐온 모든 동네에 흔했었다.

나는 천천히 건물 주변을 한 바퀴 돌아보았다. 그런데 그 주변으로 방송국 사람들로 보이는 자들이 꽤 많이 운집해 있었다. 멋있는 방송 카메라도 보였다. 분명 기자들임에 틀림이 없었다. 나는 무슨 일인지 알고 싶어서 살며시 그들에게 다가갔다. 수첩21세기에도 아날로그 수첩을 이용하는 모습은 내게 반가움을 주었음에 무언가를 적는 여성이 있었다. "오늘 무슨 일 있나요?" 나는 언제 봤다고 대뜸 물었다. 여성은 그간 팬데믹에도 불구하고 도시의 필수 인력들Essential Workers의 노고와 헌신을 기억하는 자리라는 얘기를 해 주었다. "맞아요!" 나도 감사하고픈 마음에 호응했다. 사실 그 여성은 기자였다. 또 저기 보이는 사람은 어디서 많이 본 듯한 얼굴이었다. 다름 아닌 뉴욕시의 새 시장이었다. 뉴욕시 시장을 방송이 아닌 현장에서 직접 볼 수 있다는 것이 나는 무척 흥미로웠고, 뉴욕 역사상 두 번째 흑인 시장의 각오가 내게는 더욱 인상 깊다는 기억도 떠올렸다. 곧 행사가 시작될 조용한 분위기가 되었고, 건물 주변으로는 적절한 수의 검은 경호원들이 착착착 나와 배치되었다. 행사의 관계자도 아닌 익명의 나는 팬데믹이 끝날 기쁨과 화창한 날씨로 더 희망찬 기분이 들었다. 그런 흥분은 나도 모르게 경찰관에게 가까이 가게도 했다. "혹시 시장님 만나면 사진 찍자고 하세요…. 사람들과 사진 찍기 좋아해요!" 뉴욕 경찰 특유의 위세와 달리 한 경찰관은 넌지시 내 기분과 날씨에 어울리는 권유를 했다. 관대한 자리가 아닐 수 없었다.

행사는 맨하튼상인연합회Downtown Alliance 주관으로 교통국Metropolitan Transportation Authority을 포함해 우체국, 공원관리국, 위생국, 의료기관 등의 대표들과 시장이 누구 한 사람이 아닌 서로 서로에게 감사하는 자리였다. 악수와 감싸 안은 모습들은 나를 잠시 뭉클하게 했다. "어떻게 우리가 꼼짝 없이 갇혀서 두 해를 견뎌낸 거지!" 나는 지난 내 사적 고생과 공공인력들의 더한 고생을 떠올리며 한국어로 말했다. 사실 뜸했던 문 교수와의 디지털 대화 재개는 팬데믹으로 심각하게 벌어지는 뉴욕의 아수라장 때문이었다. 최초 발생지 무한Wuhan 1300s의 사정도 사정이었겠지만, 아무도 없이 덩그러니 남겨진 타임스스퀘어Times Square 1904 · Longacre Square 1899-1903 · 세계에서 가장 많은 방문자를 자랑하는 명소와 하트 섬Hart Island에 집단매장 소식은 문 교수를 충격으로 몰아

갔었다. 백 년 전의 기록으로만 알고 있었던 걷잡을 수 없는 이 역병에 문 교수는 적지 않게 두려워했고, 나는 한참 독이 오른 바이러스에 급기야 확진되고 말았다. 우리는 좋아서 고마워서 반가워서 서로를 만지는 표현을 일절 하지 못했다. 별것 아닌 줄로만 알았던 간단한 이 친밀성이 정신건강에 그렇게 큰 자리를 차지하는지 나는 이제야 알았고, 오늘 행사에 참석한 이들도 마찬가지라는 듯이 감싸 안았다. "시장님. 같이 사진 찍어요." 나는 시장에게 물었다. 아까 만났던 경찰관의 말이 맞았다. 작가라는 인문적 성품 그대로 애덤스Eric Adams 정치가 미국 1960- 는 친근하게 나를 반겼다. 정장 속에 동네 아저씨가 들어가 있었다. 나는 누군가에게 시장과의 사진을 자랑하고 싶어 디지털을 바로 만지작거렸다. 그새 시장은 어디론가 사라졌다. "시장님." 나는 두리번거리며 시장을 찾았다. 이야기도 하고 싶었는데 말이다.

충성맹세 동기들은 나란히 뉴어크시청을 나오면서 내게 기분을 물었다. 나는 별다른 말없이 웃었다. 어느 정도 기쁘다고 말해야 바람직하기에 그런 것이었다. 물론 마음도 그 대답대로 뭔가 들뜬 기분을 주기도 했었다. 마찬가지로 내게 질문을 던진 그도 매우 기쁘다고 했다. 그는 홍콩에서 이주한 아시안이었고 행운을 빈다는 말과 함께 가족들과 탄성을 지르며 사라졌다. 가끔 그 기쁨의 소리가 저 멀리서 내게도 들렸다. 내 기분은 시민권을 받기 전 시청계단에 올랐던 기대감과 사뭇 달랐다. 취득 전에는 요 시청사는 나를 시험하려고 버티고 있는 거대 무력과도 같았다면 지금은 전혀 그렇지가 않았다. 시청사는 황금색 대머리와 여러 개로 믿을 만한 기둥 몸체로 나를 위해 꾸며진 것 같았다. 이제야 나는 시청이 얼마나 잘 꾸며져 있는지 눈에 들어오기 시작했다. "이제 내 것?" 나는 혼잣말로 시청의 바뀐 느낌을 표현했다. 시청을 나오면서 나는 다시 청사를 돌아봤다. 영주만 하겠다는 단순 체류자 신분으로의 오전 진입이 저들의 시청이었다면 시민권자가 되어서 나오는 오후의 시청은 큰 몸집으로 나를 지켜주겠다는 믿음이었다. 홀로 돌아가는 길은 많은 잡다한 생각을 만들었다. 여인으로부터 전화가 왔다. "어 받았어." 나는 담담하게 말했다. 그런데 이상하게도 이제는 행정적으로 번거롭지 않겠다는 간소함 말고는 기쁜 생각이 좀처럼 들지 않았다. 나는 아까 전 홍콩 출신 아시안과 달리 그리 난리 칠 일이 아니라는 생각이 들었다. 이상했다.

나는 시장과 함께했던 풍성한 마음으로 터미널까지 걸었다. 왜냐면 오늘 하루를 가득 채운 뉴욕시청사를 하나하나 기억하며 걸어도 모자랄 시간이기 때문이었다. 내가 서울시민으로 서울시청사에 한 번도 갈 필요가 없었던 것처럼 나는 앞으로 더 이상 이 뉴욕시청사에 갈 일은 없을 것 같다. 왜냐면 이제 나는 미국 시민이기 때문이다. 나는 버스 안에서 한나절 뉴욕시청사의 기억을 다 나열해 본 후 다시 서울 기억을 떠올렸다. "그래! 그때 그랬었…." 나는 무슨 말을 하려다 멈췄다. 문 교수가 뉴욕에 왔을 때 우리는 맨하튼 첼시 Chelsea의 한 갤러리에도 갔었다. 우리는 마침 서울에서 온 박종진Jongjin Park 회화작가 한국 1962- 의 작품을 구경했다. 작가는 〈1970년에 두고 온 시간들〉Memory, Ordinary day in the 1970s 2017 이라는 제목으로 70년대의 서울을 파란 눈의 뉴욕커들에게 알렸다. 그러나 뜻밖에도 그의 작품은 까만 눈의 한인 뉴욕커들의 마음을 뒤흔들어 버리고 말았다. 그가 애초에 소구했던 대상들과는 다른 이탈된 결과였다. 작가는 문 교수와 내게 교포들이 몹시 가슴 뭉클해 했으며, 어떤 분은 서울을 전혀 모르는 자녀들을 배를 태워 데려오기도 했으며, 또 어떤 한인은 전시장 밖에서 엉엉 우는 모습도 보았다고 전했다. 한국을 떠나올 때 각자 숨겨두었던 오래전 그날 이야기들이 전시장에서 비로소 터진 것이었다.

   사실 나는 작가와의 대화에서 그 교포들의 감정들을 공감하는 척했다. 문 교수처럼 말이다. 따라서 내 느낌은 서울 사람인 문 교수의 '그럴 수 있지 뭐.'라는 것과 크게 다르지 않았었다. 그런데 내가 시민권을 취득한 날 그 이상한 감정의 출처를 나는 오늘 버스 안에서 비로소 알게 되었다. 시민권을 받던 날 이후로 나는 더 이상 한국시민일 수가 없었다. 나는 한반도에서 온 한민족_{he} Korean Race이라는 인종일 뿐이지 서울시민이 아니었다. 그날 나는 낳아 준 부모와의 국적이 영구적으로 달라지는 날이었다. 미국시민권은 단순 국적변경이 아니라 내 정서를 교포_{다른 나라에서 더부살이하는 자}로 바꿔 내야만 하는 숙제이기도 했다.

   내가 뉴욕시청사에 별다른 방문 명분과 느낌이 없었던 것은 미국 시민이었기 때문이었고, 뉴욕시청사를 궁금해 한 문 교수의 정서는 한국 시민이기에 당연했다. 문 교수는 결코 시시할 수 없는 것이 도시의 시청이기에 시청사란 그 도시의 모든 수준을 가늠하게 하는 단서라고도 했다. 자기 맘대로 화려한 뉴욕인 만큼 맘대로가 아니어야 하는 뉴욕의 공식적인 기준들은 어떤 모습일지가 문 교수는 궁금한 것이었다. 등잔 밑이 어두운 미국 시민으로서 내가 본 뉴욕시청사는 그리 저급한 것 같지는 않았다. 적어도 시장은 미국 시민인 나라는 자와 격을 따지지 않은 사람임이 분명했고, 공원과 다름없는 청사는 멋있게만 성역화로 놔두지 않고 개방시켰으며, 둘러싼 경찰은 시장과 어울림을 제안할 정도로 관대했고, 더욱이 누구 하나만 잘했다고 상 주는 행사도 아니라 서로서로 감사하며 안아주는 무척 성숙한 그런 시청사였다. 이쯤 되면 막무가내로 성장한 뉴욕이 적어도 시청사에서는 그 막무가내를 잘 조절해 내는 또 다른 수준을 드러내는 것이 아닐까도 싶다.

아직은 가장으로서 할 일이 많고 직업으로서 공부는 내게 여전하다. 그러나 그 모든 것을 행할 필요가 없어지는 나만의 시간이 온다는 이야기를 나는 문 교수로부터 가끔 들었다. "안 되겠어!" 나는 나만의 그 시간이 오기 전에 내가 서울을 처음 떠나오던 날을 반드시 기억해 놓아야겠다는 생각을 입 밖에 내어 말했다. 내게 박 작가의 작품을 대하는 기준이란 한국 시민인 문 교수가 아니라 미국 시민인 나였고, 또 그 갤러리에서 가슴 뭉클해 했던 자들과 다를 바 없이 교포라는 것을 나는 이제야 깨달았다. 나는 미국 시민이어야 하는 것이지 서울에 마음을 두고 잠시 왔던 문 교수가 아니라는 것이다. 더 이상 서울시민이 아닌 미국시민으로서 나는 확실히 해 둬야겠다는 생각을 했다. 그래서 나는 학교 캠퍼스를 지나가는 가장 와스프WASP · White Anglo-Saxon Protestant해 보이는 교직원에게 연방 스타일이 정확히 뭔지 물었다.

"브라이언Bryan, 혹시 연방스타일 알아요?"
"음…. 알지요. 1800년대 양식…. 방송에서 〈엔틱쇼〉Antiques Roadshow 1997 · PBS 본 적 없어요?"
"어 글쎄요."
"얼마 전 어떤 여자가 30불 준 테이블tea table 연방 스타일로 4000불 받았어요."

그래도 나는 잘 모르겠다. 연방 스타일이 한옥이 아니라는 것은 확실하다. 그런데 미국식 건물이라는 것에는 여전히 감이 잘 오지를 않는다. 내가 알기로 나는 엄연히 미국 시민인데도 말이다.

뉴욕 시장님과 오붓한 사진도 찍었다. 그런데
이는 초상권 문제로 실을 수 없다는 결론이 났
다. 몇 차례 뉴욕시청에 초상 허락의 민원을 넣
었다. 그러나 답이 없었다. 그래서 어쩔 수 없
이 얼굴을 정확히 알아볼 수 없는 행사 장면만
을 담았다. 그래서 나도 이 사진에는 없다.

PART 5

SEOUL

NEW YORK CITY

도시 속에 딴 나라

그럼 총을 다 쏠 줄 안다고요?

— **주한미국대사관**United States Embassy in Korea

G7주한대사관들은 주로 서울 광화문1395과 세종로에 몰려 있다. 우선 영국대사관the British Embassy in Korea 1957은 서울시청에서 세종로를 건너면 바로 나오는 덕수궁1907 · 경운궁 1593 뒤에 숨어 있다. 주한불란서대사관Embassy of France in Korea 1949은 숭례문1398에서 역시 세종로를 건너면 바로 만나는 첫 번째 블록 건물 사이에 들어가 있다. 주한독일대사관Embassy of Germany in Korea 1958은 세종로가 한강로로 변하는 지점인 서울역1900 맞은편에 있지만, 사람들은 그 건물이 독일대사관인지 모른다. 왜냐면 서울스퀘어빌딩구 대우빌딩 1977 8층에 끼워져 있기 때문이다. 주한이태리대사관Embassy of the Italian Republic in Korea 1959은 한남대교1969와 만나는 한남로 즉, 한남동 마을 한가운데 자리하고 있다. 주한캐나다대사관Embassy of Canada in Korea 1964은 경향신문사1946가 있는 정동길에 G7에 속하지 않은 주한화란대사관Royal Netherlands Embassy in Korea 1968과 이웃하고 있다. 다음 주한일본대사관Embassy of Japan in Korea 1965은 광화문에서 조금 벗어난 사직로와 삼청로가 만나는 트윈스타 빌딩에서 경복궁1395을 전망 좋게 바라보며 셋방 산다. 마지막으로 대망의 주한미국대사관United States Embassy in Korea 1949은 세종로 국립역사박물관구 문화체육관광부 2008과 한국전력1961 사이 우뚝 서 있다. 나는 이 주한미국대사관만이 서울에서 가장 거창한 자리를 잡은 대사관이 아닌가 한다.

중학교 1학년이 되자마자 받아든 영어책에는 미국인 베이커 씨Mr. Baker와 제인Jane이 내 미국 개안을 도왔다. 거기서 연상되는 미국 장면은 교과서 앞장을 열면 고급 종이에 천연색 여신상과 빗살 직육면체 국제연합본부United Nations Headquarters 1951였다. 내가 목격한 미국이 한국으로 처음 온 것은 카터 James Carter 정치가 미국 1924- 의 방한이었다. 따라온 카터의 딸은 한국 길거리 활보에서 구두가 망가졌고, 한국산 엘칸토1957 구두로 갈아신고 극찬했다. 뉴스는 딸의 행동들을 더 흥미로워했다. 미국의 흔적이 우리 집으로 들어온 것은 미국에서 온 삼촌의 방문이었다. 삼촌은 인후통이 심했던 내게 미국산 액체 Listerine 1881를 오물오물 해 보라고 했다. 전혀 호전되지 않았다. 미국이 우리 집을 뒤흔든 것은 아버지의 오랜 친구 교포 내외가 누나를 며느리 삼겠다던 시찰이었다. 막 야간자율학습을 끝내고 돌아온 고등학생 누나는 어머니에게 마구 화를 냈다. 미국의 물건이 우리 집으로 끌려 들어온 것은 서울에서 나이키Nike 1971와 프로스펙스1981가 한창 싸울 때였다. 형은 나이키 편을 들었다. 나이키 운동화가 우리 집 현관에 놓인 것이었다. 그러나 내 마음에 깊게 들어온 미국은 사당역 지하철 안에서였다. 나는 전동차 안에서 중학생 외자 이름의 동창 훈을 만났다. 녀석은 몇 주 후 미국으로 공부하러 떠난다고 했다. 나는 반심으로 축하한다고 했다. 그때 나는 대학 4학년이었고 고작 취업을 위하여 안국역1985 한미교육위원단Korean-American Educational Commission 1960 토플시험Test of English as a Foreign Language 1964을 신청하고 오는 길이었다. 그날 나는 안국역 파리크라상1986에서 갖가지 빵을 배불리 먹었고, 사당역까지 2호선 반 바퀴를 마음 놓고 졸았다. 그러고서는 친구에게 호되게 혼난 것 같은 기분을 경험했다.

2022년 5월 20일 일요일 소풍으로 치면 즐거울 시간을 다 보낸 나는 오후 4시 27분 동작대교1984를 탔다. 평일 세종로는 저렴한 주차라도 꿈꿀 수 없다. 그래서 나는 퇴근 시간에 광화문으로 향한 것이었다. 혹시 책 고르기로 광화문 교보문고1981에 주차할 수도 있었겠지만, 이 서점도 아무리 많은 책을 사도 2시간을 넘기면 돈을 요구한다. 할 수 없이 나는 미국대사관을 지나쳐 인사동1914 초입으로 무작정 우회전했다. "어어…! 풍문여고1945." 나는 운전 중에 풍문여고가 뭔가 수상하다는 느낌으로 학교명을 호명했다. 인사동에는 가끔 예술장사를 일찍 끝내고 시민에게 주차를 양보해 주는 선량한 가게들이 있기도 하다. 그런데 오늘은 그런 가게를 찾기가 어려웠다. 인사동에서 벽돌로 지은 가장 높은 천도교1860를 몇 차례나 지나쳐 나는 정말 착한 가게를 하나 찾아냈다. 주차 문제를 어렵사리 해결해내고 나는 인사동 길 허리춤으로 들어섰다. 오른쪽으로는 풍문여고 왼쪽으로는 종로까지 유난히 밝은 표정의 사람들이 가득했다. 여전히 마스크로 가려진 사람들이기는 했다. 그러나 지난해와 달리 풍요로운 눈빛이었다. 연두색 계절의 여왕에다 괜히 즐거운 금요일 그리고 보송한 날씨, 게다가 인사동이니 좋지 않을 수가 없었다.

건빵에 극소수로 들어 있던 별사탕과 달리 이 인사동에는 별사탕 사람들이 아주아주 많이 들어 있었다. 별사탕 외국인이 막 무언가를 내게 물어볼 참에 나는 줄행랑을 쳤다. 미안했다. 나는 쌈지길2004보다 반대편 인사아트센터2000를 골랐다. 공예보다 그림을 선호해서가 아니라 거기는 사람들이 북적이지도 않았고, 무엇보다 4층에 오르면 서랍이 열린 것처럼 긴 발코니가 괜찮기 때문이었다. 사실 이 발코니 서랍은 인사동을 한눈에 내려다볼 수 있는 한가로운 곳이다. 음료나 스낵을 갖고 오르면 이 서랍만큼 좋은 곳도 없다. 여긴 땅바닥 예술 개미들을 바라보는 예술 신과 같은 착각을 불러일으키는 준천당과도 같다.

나는 아트센터를 1층부터 올라가며 전시를 구경했다. 1층은 마아블링 같기도 하고 퇴적층 같기도 한 느낌의 민태홍Taehong Min 회화작가 한국 1962- 의 개인전, 2층은 이번 선거제8회 전국동시지방선거의 느낌을 '잘 모르겠다.'로 켈리그라프 축에도 못 미치는 글씨를 남기고 온 한국켈리그라피협회전, 3층은 마치 칸트Immanuel Kant 철학자 독일 1724-1804의 『순수이성비판』the Critique of Pure Reason 1781 이미지 판과 같은 정창균Chang Guen Jeong 회화작가 한국 1969- 의 전시와 맞은편에는 포근하고 두툼한 봄의 밤 풍경을 表現한 최재원Jaewon Choi 회화작가 한국 1963- 의 개인전도 있었다. 4층에는 성신여대1935 동문의 성신동양화전이었고, 다음 5층은 무거운 궁중을 도시적으로 표현해낸 박초현Chohyun Park 회화작가 한국 1976- 의 전시였다. 그리고 대망의 6층은 오우현Woohyun O 회화작가 한국 1978- 의 개인전인데, 선인장에 대한 남다른 애정과 고뇌를 보여준 느느 끼ㅁ오탈자가 아님.

"차 빼 주세요!"
"아예 죄송합니다, 바로 가겠습니다."

아까 그 착한 가게의 화가 난 전화였다. 나는 착한 사람에게 꾸뻑꾸뻑 인사를 해 가며 시동을 걸었다. "저기 또 있군!" 나는 주차 행운을 또 잡으며 말했다. 시동을 끄고 이번에는 풍문여고 쪽으로 이동했다. 사실 광화문 한복판에 있는 이 풍문여고 그리고 그 옆 덕성여고1920는 준엄하기만 한 '빛이 되는 문光化門.' 앞에서 뜻밖의 명랑함이기도 하다. 다시 말해서 회색 직장인들이 넘쳐나는 이 도심 한복판에 뜬금없이 단정한 교복 여고생들은 생기의 광장을 만들어내곤 했다. 그런데 그 생명력 중에서 풍문여고는 사라지고 말았다. 살아 있는 도시가 사라지고 죽은 도시인 공예박물관서울공예박물관 2021이라는 것이 자리한 것이었다. 물론 공예도 인사동 예술의 연장선이겠지만 나는 여기는 예술만, 여기는 주거지만, 여기는 가게만을 그리 흥미롭게 생각하지 않는다.

그래서 균정하고 쾌적한 신도시 이주 유혹을 떨칠 수 있었다. 물론 사는 마을도 20세기에 잘라 놓고 그어 놓은 인위적 도시였겠지만 말이다. 그래서 그런지 나는 항상 한강 이북 마을에 더 정이 가곤 했다. 다행히 덕성여고는 남아 있었다. 옛 풍문여고현재 풍문여고는 한강 이남 '헌릉(Heolleung Royal Tombs 1420)' 근처 자곡동에 자리함와 남은 덕성여고 담장을 따라 천천히 올라갔다. 지글지글 닭꼬치가 구워지는 냄새는 그만 마스크를 걷게 했다. 대각선 골목에서 호떡 굽는 냄새는 농한 침을 또 고이게 했다. 흥건한 기름 탕에서 튀겨지다시피 한 노랗고 말랑한 호떡은 하나에 2500원이었다. 떡보다 고기를 더 좋아하는 나는 차라리 3000원 하는 고기를 하나 더 먹기로 했다. 내 주둥이는 고추 링처럼 둥글게 매웠다.

땅거미가 지는 것 같았다. 나는 서둘러 대사관으로 향했다. 사실 주한미국대사관은 내게 결코 흥미로운 곳이 될 수 없었다. 그도 그럴 것이 미국대사관을 지나치려고 하면 경찰들 눈빛은 그리 달가워하지 않는 듯했다. 더구나 대사관 앞에서 잠깐이겠지만 일정하게 멈추기라도 하면 경찰들은 한국인에게 더 예민한 것이 아닌가도 싶었다. 물론 멈출 이유는 없으며, 각국 대사관 앞에 경찰들의 민감도도 그럴 수 있음에 나는 동의한다. 그런데 이 미국대사관은 오늘도 역시 10명이 넘는 기사를 두른 철갑이었다. 아마 대사관 앞 경찰의 수는 본국의 힘이 아닐까 한다. 미국은 내가 궁금해 하는 문화가 가득한 나라이기도 하겠지만 또 그런 만큼 미워하는 사람들도 많을 것이라고 본다. 그래서 경계는 좀 과했다. 일단 맞닥뜨린 대사관은 10층도 아니고 5층도 아닌 어정쩡한 8층에다 한국의 전형적인 학교건물 모양은 여전했다. 그러다 보니 발코니 아닌 발코니를 가진 건물이 바로 미국대사관인 것이다.

우선 나는 대사관 건물과 성조기를 함께 찍어 휴대폰에 담았다. 정면이 아니라 옆 건물에 숨은 채로 말이다. 사진 찍기를 경찰은 그리 좋아할 리 없을 것 같았다. "G7에서 제일 클걸!" 나는 대사관의 규모를 보며 혼잣말을 했다. 대사관의 전면 담장은 아주 두툼했다. 담장은 담장으로 끝나는 것이 아니라 철조망을 끼워서 하늘 방향으로 더 높은 연장이었다. 더욱이 대사관 정문 앞 차도와 인도의 경계에는 어린아이 높이의 검고 두꺼운 콘크리트 담장이 또 영구히 설치되어 있었다. "차량 돌진 방어용인가?" 나는 계속 나에게 물었다. 대사관 본체를 둘러싼 인도에는 일정한 천장이 설치되어 있었다. 금속 천장은 아마 대사관 방문자들 줄서기를 위한 것이 맞다. 나도 서봤으니까 말이다. 사실 이런 천장은 대사관 뒤편까지 이어졌는데, 어디가 끝이기도 전에 인도는 한 가건물에 막혀 차도와 차단되어 있었다. 그리고 초보 경찰로 보이는 청년들이 아주 편한 복장으로 그 가건물을 들락날락했다. 금세 어두워졌다. 더 이상 대사관 구경은 의미가 없었다.

"너무 원시적이지 않나요? 무슨 석기시대도 아니고. 총 갖고 다니는 미국이요."
나는 같이 식사하는 노먼 교수에게 물었다.

미국이 내게 말을 걸기 시작한 것은 노먼 교수를 알게 되면서부터였다. 노먼 교수는 총기에 대하여 이렇다 할 대답을 하지 못했다. 나는 자신의 안위를 위해서 돌도끼를 소지해야 하는 석기시대를 사는 사회가 지금 미국이 아닐까 싶어서 노먼 교수의 국적을 조롱했다. 그러나 노먼 교수는 미국에서 총을 가지고 노는 문화는 물론이고, 가정 내 총기 소유, 자녀에게 총기를 다루는 법을 가르치는 아버지, 더 나아가 총기를 파는 상업광고까지 모두 일반적인 일이라고 했다. 상식이라는 것이다. "『상식』Common Sense 1776에 총기도 소지하자는 내용도 있어요?" 나는 아주 오래전에 읽어낸 페인Thomas Paine 문학작가 영국미국 1737-1809의 책을 상기하며 노먼 교수에게 따졌다. 노먼 교수는 약하게 웃기만 했다.

"어찌 되었건 나는 총기 소지는 절대 동의할 수 없어요Anyway, I cannot agree with the gun ownership at all!!" 나는 노먼 교수에게 재차 힘주어 말했다. 노먼 교수는 '당연한 미국을 내게 왜 당연하지 않다는 듯이 물어오는지?'라는 것 같은 표정을 지었다. 노먼 교수는 총기를 상식으로 체화시킨 미국 몸에 총기가 얼마나 상식이 아닌지의 한국 음식을 넣고 있었다. 나는 그날 오후 책꽂이 맨 아래로 밀려난 그 책을 다시 꺼냈다. 샅샅이 다시 읽어봤다. 그러나 너도 나도 총을 장만해서 미국을 시작하자는 말은 없었다. 다만 영국에 대한 적개심은 가히 폭력적이었다. 영국은 미국의 친구로도 이미 틀린 기세였다. 해석하자면 영국으로부터 독립만 이루어 낸다면 평화롭게 성내지 않고 순하게 대륙인들끼리 잘살아 볼 기세였다. 그런데 독립을 쟁취했음에도 왜 총기를 집에 두는지 말이다. 나는 그날 자정쯤에 귀가했다.

미국방송은 온통 총기참사 이야기이다. 텍사스주Texas State 1845 유벨디지역 Uvalde County 롭초등학교Robb Elemantary School 1924 사건까지 유독 올해 미국 내 총기사건은 한국 뉴스에까지 빈번하게 나왔다. 데이비스Linsey Davis 언론인 미국 1977- 는 이를 '대량학살Massacre'이라고까지 전했다. 이는 미국 내전에서나 언급될 법한 단어 선택이었다. 학살이란 전쟁 시 상대의 모든 것을 휩쓸어 버리기 위해 무고한 시민까지 한꺼번에 없애려는 최악의 전쟁범죄이다. 그러나 분명한 것은 현재 미국은 그런 내전도 아니고 치안이 불안정한 서부개척시대도 아니라는 것이다. 총기 소지에 대한 문제를 성토하는 국회에 의원마저 전미총기협회National Rifle Association 187의 후원을 받는다는 현실과 전국을 연대하는 총기협회가 존재한다는 그 자체도 민주주의를 개발하고 전 세계에 이식시킨 미국이라는 정체에 어울리지 않는 뜻밖의 놀라움이다. 그런 맥락에서 대사관 외부의 분위기는 민주주의를 세계에 가르쳐준 부드러운 느낌이라기보다 힘을 드러내는 강력한 경계였다. 그도 그럴 것이 주한미군의 규모가 전 세계에서 가장 높다는 것은 그에 대한 방증이기도 하다. 물론 반도의 긴장이 불러온 결과일 수도 있겠지만 이는 미국과 가장 많이 닮은 국가가 바로 한국일 수도 있다는 가능성이다.

오래전 서울에 입성한 미군정the U.S Military Government in Korea 1945-1948은 미국과 가장 유사하게 반의 반도에 민주주의를 이식시켰다. 물론 반의 반도민들 스스로 이승만Syngman Rhee 정치가 한국 1875-1965을 내세우기도 했었지만 대한제국Korea Empire이 아닌 대한민국Republic of Korea은 미국을 닮아가며 시작한 것도 사실이다. 그런 의미에서 한국 대부분 시스템은 미국으로부터 응용된 것이 적지 않다. 가장 대표적으로 우리의 경쟁적인 실용주의가 미국을 따르고 있음을 의심하는 한국인은 거의 없다. 그런데 의외이자 다행인 것은 그 경쟁에서 수틀리면 총 한 방으로 해결하려는 실용성을 가르쳐 주지 않았다는 것이다. 물론 짧은 통치 기간이기도 했었겠지만. 이는 아직 미숙한 초보 민주주의에 돌도끼를 쥐어 주는 것이나 마찬가지였기 때문이 아닌가 한다. 결코 상식이 아니라는 상식에서 비롯된 상식이 아닌가 하는 상식인 것이다. 서울이라는 우물에서만 살아온 나는 어찌 되었건 총기에 대한 미국 상식에는 동의하지 않고 싶었다. 아무리 생각해 봐도 어제도 오늘도 앞으로도 쭉 말이다.

그런 초지일관 된 상식적 마음을 유지하며 나는 대사관 뒤편까지 둘러보고 다시 종로로 향했다. 그리고 잠시 쉴 곳을 찾아 헤매기 시작했다.

두산위브파빌리온이라는 굵직한 빌딩에 자리 잡은 편의점에서 나는 새우깡1971 한 봉지를 샀다. 그리고 빌딩 기둥 아래 대리석 벤치에 앉았다. 답답하고 습기 찬 장시간의 마스크 고행을 먹는 즐거움으로 위로하고 싶었다. 우선 투명한 액체로 손을 닦았다. 기온이 약간 내려가는 5월 저녁은 냉기를 갖지는 않았지만 차가웠다. 낮에 달궈진 벤치의 온기는 좋았다. 다른 기둥 아래 벤치에서 인기척이 있었다. 한 남성이 한가롭게 편한 자세를 취하고 누워 있었다. 그런데 내 귀한 새우깡이 반쯤 사라질 무렵 그 한가로운 남성이 어느새 내 주변으로 다가와 있다는 것을 나는 알게 되었다. 나는 그의 말끔한 행색에 전혀 내게 어슬렁거린다고 생각하지는 않았다. 오히려 나는 거리에서 볼 수 있는 행인 B 정도로 치부했고, 걷기로 달아오른 발바닥을 식혀주기 위해 왼쪽 운동화를 벗어 엉덩이에 포갰다. 나는 행인 B를 경미하게 신경 쓰며 여전히 입에다 새우깡을 넣었다. 그러는 순간 갑자기 남성은 내게 돌진하더니 손을 뻗어 내 운동화 한 짝을 채 가려는 행동을 취했다. "어이쿠!" 나는 깜짝 놀라 소리를 내며 벗어 놓은 운동화를 내리찧듯 디뎠다.

사실 남성은 순식간에 무언가를 채 가긴 했다. 그러나 운동화는 아니었다. 이 행인 B는 나를 응시하면서 서서히 뒷걸음질을 쳤다. 그리고 나서 사각사각 소리를 내며 하얀 마스크 안의 입을 오물거렸다. 땅에 떨어진 새우깡을 채 간 것이었다. "헤헤헤." 남성은 놀리듯 웃으며 여전히 나를 주시했다. 나는 심적으로는 서둘렀지만 아주 천천히 자리를 옮겼다. 인사동을 구경하듯이 태연하고 아주 느릿하게 걸었다. 남성은 한동안 나를 뒤따르고 있었다. "왜 따르는 거야?" 나는 살짝살짝 뒤를 돌아보며 말했다. 새우깡을 더 먹고 싶어서인지 아니면 나를 공격하려는 것인지 화가 났지만 태연하게 걸었다. 나는 주차해 둔 골목으로 진입하면서 다시 뒤돌아보았다. 더 이상 따라오지 않는 듯했다. 그렇게 건장하고 말끔한 그리고 마스크를 쓴 걸인은 처음이었다.

저녁 7시 40분 인사동을 빠져나오면서 나는 오랜만에 남산순환로1927였다가 소월길1985로 개명된 길로 운전했다. 그냥 남산을 통과하고 싶었다. 노란 버스가 즐비한 리라초등학교1965를 지났고, 남산에 부착된 대학 중동국대학교 숭의여전의 하나인 숭의여전1903도 지났다. 남산케이블카가 시작되는 지점에 사람들이 돈까스를 먹고 가라는 손짓도 보았다. 나는 운전을 하면서 생각에 잠겼다. 만약 그자가 떨어진 새우깡을 주워 먹으려는 것이 아니라 나를 위협하려는 것 말이다. 또 이른바 '묻지마'처럼 나를 끝내기라도 할 것이었다면 나는 어떻게야 할지도 같이 말이다. 나는 〈인디아나존스〉Raiders of the Lost Ark 1981에서 존스Indiana Jones가 칼을 들고 돌진하는 터번 무어인을 총 한 방으로 해결한 것을 떠올렸다. 흉기가 없다면 몸싸움이라도 했었겠지만 만약 그자가 무어인처럼 돌진했다면 내 선택은 존스처럼 격발되는 것 말고는 없을 것 같았다. "그럼 정정해야겠어! '어찌 되었건 난 총기 소지는 절대 동의할 수 없어요.'에서 '절대at all'를 빼야지!" 나는 운전하면서 오래전 노먼 교수와의 대화를 떠올리며 말해 봤다. 미국의 독립이 상식이었듯이 우리의 해방도 상식이었다. 미국의 실용주의 개발이 상식이듯, 우리의 실용주의 채택도 상식이었다. 그러나 전쟁은 결코 상식이 아니듯 석기시대 같은 해결법은 결코 상식이 아니라는 내 상식은 여전히 맞다. 그러나 약간의 절충이 필요했다.

나는 형의 메이커병을 역으로 따라 했다. 형이 나이키 운동화면 나는 푸마Puma 1948 운동화로, 형이 프로스펙스1981 책가방이면 나는 미즈노Mizuno 1906

책가방으로 대항했다. 형과의 형평성을 맞추려고 나는 어머니에게 진열된 미즈노라도 오늘 당장 꺼내라고 졸라댔다. 어머니는 아들의 이런 비상식적 행동에 난감해 하면서도 진열 가방 속 종이뭉치를 꺼내는 점원을 도왔다. 그 이후 나는 G7 국가 출신의 메이커들을 중단하지 않았다. 그런데 유난히 미국 출신의 것은 싫었다. 왜냐면 지나치게 유명했고, 무엇보다 형은 물론이고 친구들이 싫어하지 않는 최상의 메이커였기 때문이었다. 나름대로 스놉^{Snob}을 고집한 것이자 애증 같은 것이었다. 물론 일곱 개의 선진 된 국가에 속하지 않았던 프로스펙스도 마찬가지로 나는 제외했다. 당연히 이도 형의 메이커였고, 스놉 맥락에서 결코 나의 스타일을 대의하는 1등 국가는 아니었기 때문이었다. 사실 지하철에서 중학 동창의 진로 선언으로 내게 확 다가온 미국이란 삼류 국가에서 사는 내가 지향해야 할 목표이자 이상이었다. 대학이라는 것을 성취하고 난 후 청년들이 공유했던 가장 그럴듯한 다음 단계는 단 두 가지의 길이었다. 하나는 공룡기업에 몸담는 것이거나 일곱의 리더 국가 중에서 제일 리더인 미국이라는 나라로 고행의 길을 떠나는 것이었다. 나는 공룡보다 그 고행길이 칭찬받을 우리 20대의 진일보라고 정의했었다. 왜냐면 돈 벌기보다 공부는 어디서든 치켜세워 줄 명분이었기 때문이었다.

"여러분, 그럼 우린 어떨까요? 한국은 아직 멀었죠."
"교수님, 이만하면 선진국 아닌가요?"

팬데믹이 있기 전 한 수업에서 그동안 지나치게 얌전했던 여학생이 한국이 아니라 대한민국은 선진국이라고 힘주어 말했고, 대외 관계에서 한국을 저평가하지도 않았다. 여학생은 가르치는 자의 자국 저평가 기조에 반격을 가

한 것이었다. 얌전이 수강생은 한국을, 아니 대한민국을 매우 좋아했다. 학생과 달리 대학생 때 나는 미국에 앞서는 것이 하나도 없는 한국을 그리 좋아하지 않았다. 다시 말해서 한국은 분명히 선진국이 아니었다. 한국은 모든 것을 미국의 것으로 여전히 이식해야 하는 처량한 세계순위였다. 나는 늘 거창하고 멋있고 합리적인 무언가는 미국이 죄다 갖고 있다고 생각했었다. 심지어 미국 체화로 돌아온 학자들 주도의 학회마저 나는 모두 인정해 버렸고, 지성의 최전선이라고 생각했었다. 나는 그자들의 주장을 섞어가며 글쓰기에 여념이 없었다. 그야말로 어쩌다 나도 이렇게 멋있는 학자버거(Peter Berger 사회학자 미국 1929-)는 자신의 학문적 인생 행적을 『어쩌다 사회학자가 되어』(Adventures of An Accidental Sociologist : How to explain the world without becoming bore 2011)라는 제목으로 출간함가 되었는지를 미국스럽게 만끽할 그날을 향해 쭉 갔다. 그래서 나는 한국 땅에 있는 연구실에서 미국 땅에서 정리된 주장을 곱씹으며 살았다.

　내가 그런 G7 학자들의 부스러기로 씨름하는 동안 한국은 대한민국으로 변해 있었다. 시대의 최전선에 있다고 자부한 나는 학생들의 폭넓은 시야를 놓쳐버린 것이었다. 이들은 더 이상 한국을, 아니 대한민국을 제3세계 국가로 분류하지 않았다. 그리고 그렇게 분류되지도 않는 한국에서, 아니 대한민국에서 학기마다 오히려 제3세계 학생들은 두세 명씩 섞여 있었다. 나는 그간에 나에게 미국이 다가온 것이 아니라 내가 미국에 다가갔던 것을 깨달았다. "예? 별거 없어요, 성조기와 부시George Walker Bush 정치가 미국 1946- 사진이 걸려 있었고…." 김 교수는 아주 오래전 미국 비자 면접 때 그 높은 담장 안으로 들어갔던 이야기를 해 주었다. 몇 겹의 문을 지나 은행 창구 같은 유리 너머 심사관과 선 채로 10분 남짓의 얘기를 했다고 했다. 김 교수는 텍사스행 이유를 잘 대답할 고민부시 대통령 가문이 있는 텍사스 거론을 고민했다고 함으로 채워 냈던 교보문고에서의 반나절이 오히려 허무했다고 했다. 간단히 끝났다는 것이다. "전 대사관보다 미국인들 속내가 더 궁금해요!" 나는 김 교수에게 응수했다. 김 교수는 말이 나온 김에 한국 속에 미국을 둘러 봐주길 원했다. 미국대사관이 그립다는 것이다. 겉모습만이라도 말이다. 사실 나는 김 교수와의 인연이 있기 전 미국인 속내를 보기 시작했다. 안식년 과제를 위해 미국 대학들에 뿌려진 내 커리큘럼Curriculum Vitae들은 반가운 결과로 돌아오지 않았다. 그런 중에 교직원식당에서 이상한 식사를 하는 한 파란 눈의 교수를 보았다. 그는 국·밥·반찬들을 번갈아 먹는 머리 검은 사람들의 식사가 아니라 반찬을 다 먹은 뒤에 국을 먹는 이상한 순서의 식사를 지키고 있었다. 나는 그러한 식법食法·Table Manner의 속내가 궁금하기도 했고, 내 빈약한 커리큘럼의 영문 점검도 필요했다. 나는 용기를 내서 그 파란 눈동자의 교수에게 말을 걸었다. 그는 교육철학이라는 멋있는 학문을 공부하는 노먼이라는 교수였다.

"그럼 총 다 쏠 줄 안다고요?"
노먼 교수는 설마 하는 표정으로 내게 물었다.
"그럼요. 여기 남자 교수들 다 군인이었어요!"

참고로 그때 노먼 교수는 겨우 이립而立 30대의 나이였고, 나는 프로스펙스 운동화를 신고 있었다.

사진은 풀숲에 자리한 것 같은 대사관의 모습이다. 그러나 사실 그 풀들은 국립역사박물관의 것이다. 대사관 정면을 당당히 사진 찍어도 되는지 아닌지는 나는 잘 모르겠다. 그러나 대사관 주변에 경찰들의 그 수많은 눈치는 당당히 사진 찍지 않기를 경고하는 듯했다.

백설공주와 백설론
— 센트럴파크동물원Central Park Wildlife Center

"거기 동물원이 있다고요?"

"예. 몰랐어요?"

자연농원1976-1996 · 현 에버랜드의 전신은 서울 사람들에게 동경의 대상이었다. 왜냐면 거긴 시내버스로 놀러 가는 만만한 어린이대공원1973이 아니었기 때문이다. 그런데 저 멀리 용인1895이라는 곳에 자연의 모든 것동물 식물 괴물 등을 볼 수 있다던 그곳을 나는 이미 다녀왔다는 놀라운 이야기를 들었다. "너 거기 가봤어." 어머니는 늘 놀리듯 말했다. 그런데 나는 그 꿈의 동산을 절대 다녀온 적이 없다고 반박할 수도 없었다. 왜냐면 나는 자연농원이 확실한 두 조각의 기억이 있었기 때문이었다. 먼저 첫 번째는 자동차 안에서 무서운 동물들을 구경했던 사파리의 기억이고, 두 번째는 돌고래 쇼로 저장된 기억이다. 사실 어린이대공원에는 그런 길거리 배회 동물 구경은 아예 없었고, 끊김 없는 내 필름으로 봐서 국민학생이 되어서야 나는 비로소 서울대공원1984 돌고래의 입성을 확인했기 때문이었다. 나는 자연농원에 명백히 가봤지만, 어떻게 시작해서 뭘 보고 어딜 통해 집으로 왔는지의 기억은 다 지워진 사파리와 돌고래가 내 생애 첫 번째 동물원으로 저장된 것이었다. "그럼 어떻게 가는데? 에이 너 안 갔어!" 동네 한 녀석은 자연농원도 못 가 봤다는 의혹을 내게 항상 제기했다. "갔다 왔다고!" 나는 짜증을 내며 대답했다. 믿어주지 않아도 내 기억은 나를 속일 수가 없었다.

보통 일어나자마자 그날 바깥세상 만남은 사람인 경우가 많다. 내 경우 강의를 하든 모임이든 아니면 어디를 방문하든 죄다 인간들이 버티고 있었다. 그러다 보니 내 아침 머릿속은 늘 인간들로 채워지기 마련이었다. 수업에서는 수강생들에게 무언가를 더 쉽게 전달해야 한다는 태도, 모임에서는 내 위치에 맞는 행동과 사고는 무엇인지에 대한 고민, 방문지는 그때그때 달라지겠지만 먼저 주둔한 누군가에게 맞추는 전략 등 말이다. 물론 당도하면 상당한 경우가 뜻밖으로 흘러갔지만 늘 일어나서 씻고 식사하기까지 나는 그 대상들을 염두에 두는 아침을 살아왔다. 말하자면 그날그날 내 아침의 다짐을 채우게 하는 인간들이란 보통이 아닐 약간의 피곤함인 것이다. 그런데 오늘 아침은 그런 강박 아닌 강박을 떨쳐 내는 홀가분한 날이었다. 외출은 마치 뒹구는 일요일이나 휴일처럼 나의 사회성 무장에서 해제되어 있었다. 사실 오늘은 그런 인간 사회성이 필요 없이 금수들과의 만남이 있는 날이다. 동물원이란 인간들의 피곤함이 없는 곳임이 확실하다. 사회를 몰라서 사회에 대한 경영전략을 짤 필요도 없었던 몰 전략이자 무계획의 어린 시절로 돌아가는 것 같았다. 문 교수의 센트럴파크 동물원Central Park Wildlife Center 1884 지시는 내게 그런 어린이의 아침을 만들었다.

이번에는 빠른 걸음으로 버스 정류장까지 15분도 채 걸리지 않았다. 익숙한 발걸음은 시간을 단축하게 했지만, 그래서 더욱 아쉬움이 컸다. "좀 늦게 걸을걸!" 나는 중얼거렸다. 오늘의 주제는 동물이어서 이름도 모르는 새들이 나를 반겨주는 것 같았다. "훨훨 나는 저 꾀꼬리 암수 모두 정답구나, 외로운 이내 몸은…." 황조가Before Christ 17가 나도 모르게 떠올라 외워 보다가 입을 다물었다. 동네에 안 어울렸다. 예쁜 새는 물론이고 여기 숲속에 온갖 동물사자 호랑이 늑대 여우 불곰 버펄로 독수리 멧돼지 등은 제한됨이 백설공주 주변으로 몰려든 그런 느낌이 더 맞을 것 같았다. 만화영화에서 본 것 같은 그 공주의 기분이 딱 이런 기분일 것이 아닌가도 싶었다. 때마침 공주 치맛자락에 매달려도 될 것 같은 실제 토끼 가족들이 일찍 식사 중이었다. "아침부터 나왔구나!" 나는 토끼에게 말을 건넸다. 걷기와 새들, 그리고 토끼로도 충분한데, 보슬비까지 내려 부드럽기로 충만함이 내 아침 기분을 더했다. 사실 이런 단독의 맨하튼 행은 이제까지 살면서 느껴보지 못했던 감정이었다. 지난번 시청사 버스길부터 그랬다.

적어도 나는 이렇게 백설이나 들먹이는 그런 참한 인간은 아니다. 여인이 알면 놀려댈 것이 뻔했지만 문 교수의 숙제는 어느 순간부터 부드러울 수도 있는 나를 만들어 놓고 늘 종결되었다. 그러다 보니 운전으로 신속하게 지나버렸던 마을이 보이기 시작했다. 정류장 부근 고등학교는 늦게 등교하는 학생들을 불러 모았다. 비가 조용히 오는 아침 풍경이 언제나 궂은 것만은 아니었다. 신호등 봉사 아저씨도 고마웠다. "안녕하세요." 나는 우산도 없이 봉사를 즐기는 아저씨에게 넘치는 내 여유를 표현했다. 사실 이런 낙천적 인사성이 내게는 여전히 낯설지만여전히 나는 길거리 사람들에게 내가 먼저 인사를 하지 못함, 추정컨대 오래전 개척민들의 너그러운 사회성에서 온 것은 아닐지도 싶었다. "그래 맞지?" 그런 낙천성이 하나 더 있음을 떠올리며 나는 내게 말을 걸었다. 바로 오늘도 우산 없이 터벅터벅의 학생들이다. 이도 개척에서 온 행동인지는 모르겠지만 나는 그런 비에 대한 너그러운 경지에 아직 이르지는 못했다. "음 그것도?" 나는 한 번 더 내게 말을 걸었다. 봄철 알레르기 말이다. 나는 꽃가루가 온 얼굴을 그토록 퉁퉁 부어오르게 하는지 몰랐다. 그래도 개척민들은 그에 너그럽게 군다. 잔잔한 비가 그 수많은 알레르기를 잠재워서 그런지 개척민들은 더 홀가분한 너그러움을 보였다.

강 건너 맨하튼에도 비가 부슬부슬 내렸다. 수만 개의 빗 바늘이 허드슨강을 찔러대고 있었다. 25마일40km의 속도는 젖은 맨하튼을 감상하게도 했다. 버스는 허드슨강을 끼고 맨하튼과 평행선을 이루다가 갑자기 방향을 틀어 링컨 터널로 들어갔다. 맨하튼행은 비에 대한 내 변심을 만들어냈다. 젖은 교통 체증, 어둑한 빗방울, 일그러진 전조등 불빛들, 그리고 맨하튼으로 향하는 다짐들이라는 출처 없는 이 결연함 말이다. 그래도 굳건히 버티고, 잘 적응하고, 이제는 꽤 능숙하게 감당하는 실제 '맨하트너'임을 내게 느끼게 했다. 물론 나는 놀러 가지만 그 복합·다중·밀집의 섬을 잘 운영하는 통근자들을 나는 응원해 주고 싶었다. '당신들은 세계 최고기업 물가 지가 문화 예술 방송 패션 스포츠 인종 시건 사고 등의 도시에서 활약하고 있습니다.'라고 말이다. 출근 시간을 넘겼는데도 적지 않는 승객들이 맨하튼에 볼일이 많았다. 사실 네 개의 해저 경로 Holland Tunnel 1927 · Queen's Midtown Tunnel 1940 · Lincoln Tunnel 1945 · Brooklyn Battery Tunnel 1950는 그런 활약의 승객들을 위해 뚫어졌다. "영화 〈데이라잇〉Daylight 1996 터널이 이 링컨 터널인가요?" 문 교수는 링컨 터널을 지나면서 느닷없이 터널의 영화 출현을 물었다. 나는 그때 모른다고 했고, 지금도 모른다. 네 개의 터널 중 하나가 아닐지를 오늘도 추정해 봤다. 버스 전용차선이라는 특혜로 달리는 버스는 링컨 터널부터 평등해졌다. 터널은 출근 시간 맨하튼항만버스터미널에서 모두 뱉어낼 차량들을 버거워 했다.

사실 센트럴파크 주변의 여러 장소는 구별하기도 힘들고 다 비슷하게 보인다. 더욱이 직사각형의 어딘가가 지하철의 어느 역인지를 가늠하기는 그리 쉽지 않다. 물론 찐 뉴요커는 그렇지 않겠지만 말이다. 그래서 나는 이왕 비효율적으로 진행해 보는 오늘이라면 동물원까지 무작정 걷기로 했다. "테라스 박사PhD Terrace라!" 드림호텔Hotel Dream Group 1993 꼭대기 층 야외 술집의 상호를 나는 소리를 내서 읽어봤다. 저 전망 좋은 테라스에서 와인을 즐기는 홀가분한 기분을 박사급으로 격상시킨 이름이었다. 분주하고 조급하게 움직이는 사람들을 내려다보는 한가로움이란 박사후과정Post Doctor 박사학위를 취득하고 모종의 연구원 과정이라도 모자랄 것이 없어 보였다. 익숙한 카네기홀Carnegie Hall 1891을 지나, 저기 내게 다가오는 브루클린 델리Brooklyn Deli 카페에서 커피를 마실까도 싶었다. 동물들을 만나기 위해서는 정오까지 어느 정도의 시간을 쓸 수 있었다.

"카네기홀도 졸업식 하나?" 나는 분주한 흐름을 발견하며 말했다. 홀 앞에서 꽃다발을 파는 사람들, 건물로 들어가는 잘 차려입은 정장들도 보였다. 나는 에이오엘aol.com에게 물었다. 코넬대학교 의과대학Weill Cornell Medicine of Cornell University 1898 졸업식이었다. "코넬 의대는 맨하튼에 있구나! 또 맨하튼 호텔들이 동나겠어!" 나는 문 교수를 떠올리며 혼잣말을 했다. 미국은 5월만 되면 시내 호텔에 빈방이 하나도 없다. 물론 대학이 많은 도시에 한해서다. 졸업 가족 대이동 시작이다. 문 교수는 5월이 되자 등산하자는 내 제안을 거절하고 짐을 싸서 보스톤으로 이주했었다. 그러나 보스톤 터미널South Station 1899 땅한 번만 밟아보고 문 교수는 먼 오지 말보로Marlborough 1890로 밀려나 벡베이역Back Bay Station 1880까지 통근자 놀이를 했다고 했다. 원체 대학이 많은 보스톤은 5월이면 호텔이 하나도 없다는 것은 상식이다. 맨하튼도 오늘 그 상식에 속하지 않을까도 싶었다. "혹시 청개구리 기질이 좀 있으신지?" 나는 문 교수를 떠올리며 향후 재회 때 꼭 물어볼 질문을 말했다. 드디어 센트럴파크 분위기가 났다. 자전거 타는 사람, 인력거 끄는 사람, 마차를 대기시킨 마부, 그냥 뛰는 사람. 비는 그치고 공원은 더 감성적으로 변했다. 유치원 아이들은 벤치에 앉아 간식을 먹고 있었다. 가만 보니 요 꼬마들의 오늘 일정이 나와 같았다.

드디어 대공원 분위기가 났다. 우리 중학생들에게 서울대공원은 정작 서울에 없어서 번거로운 공원이었다. 일단 당도하면 대공원은 어디에도 보이지를 않았다. 대공원 측은 공원 내부를 보여주기 위해서 많은 난관을 우리 중학생들에게 만들어 놓은 것 같았다. 내부로 진입하면 진이 다 빠진 후였다. 보아하니 유료의 코끼리 열차는 우리 학교 학생들은 물론이고 타교생들까지 다 실어 나르기에는 역부족의 교통수단이었다. 열차를 포기하면 연못이라고 하기에는 너무나도 큰 호수과천저수지를 빙 한 바퀴 돌아가는 행군을 하는 수밖에 없었다. 그것 말고는 방도가 없었다. 앞으로 다가올 대공원이라는 큰 선물을 기대하며 나는 반 친구들과 기꺼이 걸었다. 그러니까 앞으로 놀아볼 기대는 힘든 걷기를 어느 정도 감당하라는 것이다. 드디어 당도한 대공원 입구는 학생들로 꽉 차 있었다. 우선 우리 학교, 우리 학년 그리고 우리 반을 찾는 게 급선무였다. 찾아낸 학생들 앞에는 한 번도 본 적 없는 차림운동복 점퍼 청바지 브랜드 티셔츠 등의 선생님들이 서성이고 있었다. 나는 흐트러진 행색의 선생님들이 어색했다. 저기 익숙한 녀석들이 있는 속으로 나는 내 몸을 익명으로 만들었다. 반장은 속속 도착하는 아이들 인원을 파악했다. "누가 동물 보러와? 놀이기구 타야지!" 친구가 우리 중학생의 소풍을 정의했다. 나도 오랜만에 만나게 될 두 번째의 동물들과의 조우를 무시했다. 범퍼카와 바이킹을 타고도 탈것이 이만저만 많은 것이 아니었다.

벤치에 앉은 내게 다람쥐 한 마리가 겁도 없이 자꾸 다가왔다. 옆에 앉아 있던 아이들이 간식을 조금씩 던져주니 곧잘 받아먹는 다람쥐는 아이들을 경계하지도 않았다. 녀석은 빈번한 '얼음 땡Freeze Tag' 행동으로 아이들을 현혹했다. 아이들이 현혹하는 것인지는 모르겠지만 신기하게도 다람쥐들은 달아나지도 않고 아이들과 잘 어울렸다. "나도 저런 애들 마음이 있었나?" 나는 혼잣말로 했다. 확실히 내게는 다람쥐와 노는 것보다 다람쥐와 놀고 있는 아이들을 보는 것이 더 익숙했다. 그리고 그 아이들과 다람쥐와의 결별까지 지켜봤다. 사람들은 오전부터 젖은 날씨와 달리 동물원을 많이 찾았다. 나는 서성이는 직원에게 다가갔다. "어 저 저는 아직 일한 지 얼마 안 돼서…. 저는 빨리 나갈 수 있는 출구가 어디냐고 물으면 속속들이 다 알려줄 수 있어요." 직원은 느닷없는 내 궁금증에도 합당하지도 못한 대답을 했다. "그런데 구경하다 보면 동물 이야기를 많이 하는 분이 있어요, 저 말고 아마 20년 넘게 근무하신 분도…." 어린 직원은 계속 말을 이어나갔다. 동물원 신입의 말에 세뇌되어 나는 계획에도 없이 그분이라는 자를 찾아 나섰다. 그러나 어디에도 없었다.

내가 뉴욕을 통보할 때마다 문 교수는 늘 보고서 이야기를 좀 더 길게 해달라고 했다. 가지 못한 자와 가본 자의 궁금증은 상대적으로 큰 것 같다. 그러니 내게는 이야기가 더 필요하긴 했다. "김 교수님 그리고 또요? 또요? 그것만 보지 않으셨을 텐데요! 그게 다예요?" 문 교수는 늘 뉴욕에 목마른 듯이 되물었다. 따라서 과연 숙제에 가까운 이 소풍은 소풍이라기보다 특파에 가까웠다. "완전 다르네!" 동물원에 들어서는 순간 나는 떠들썩한 자연과 조용한 자연으로 구분된 극명한 차이를 느끼며 혼자 속삭였다. 동물원 안은 센트럴파크와는 전혀 다른 세상이었다. 당연히 동물원이니 다르겠지만 동물원이 센트럴파크에 안에 있다는 것은 이상할 정도로 전혀 다른 센트럴파크의 얼굴이었다. 동물원은 높은 빌딩들과 경적이 울려대는 맨하튼 도심이라는 바깥세상을 완전히 차단하듯 동물들의 섬이었다. 이는 마치 천둥 번개를 동반한 폭풍을 차단하는 품질 좋은 방음 창처럼 나의 시각과 청각 모두를 갑자기 자연주의, 아니 동물주의에 집중하게 하는 것과도 같았다. "여기 정말 정말 좋은 곳이구나!" 나는 혼자 감탄했다. 뉴욕은 거대하고 냉혹한 비즈니스 빌딩 숲 한가운데 꼼작 못하는 자연을 만들어 놓은 것도 모자라서 움직이는 자연을 만들어 놓은 것이었다. "뉴욕커들 센트럴에 뭘 해 놓은 거지!" 나는 혼자 또 감탄했다.

드디어 우리는 사파리에 왔다. 그것도 우리 차를 타고 말이다. 내 세 번째의 동물원은 테네시동물원Tennessee Safari Park 1858이었다. 아이들과 동물원은 숙명이다. 그러다 보니 나도 그 숙명을 따라야만 했다. '농업과 상업Agriculture and Commerce.'이라는 테네시의 별명답게 테네시동물원은 그야말로 농업 속에 동물들을 보여주는 상업이었다. 차라리 동물원이라기보다 동물들 서식지라고 해야 더 맞을 것 같았다. 더 묘사하자면 집에서 보이는 저기 야산에 '보였다 안 보였다.' 하는 동물들의 출몰 말이다. 아이들을 태운 내 출근 차는 동물원으로 그대로 질주했다. 물론 여러 가지 입장 과정소지품 점검, 입장료 수령, 먹이 준비 등마다 멈춰야 했어도 우리는 아프리카 사파리와 흡사한 놀라운 시간을 보냈다. 물론 위험한 맹수는 내가 운전하는 대평원 경로에서는 제외되어 있었다. 그렇다고 해서 그것들이 다른 평원에 있는지는 나는 알 수 없었다. 내 생각에 동물원 측은 그 사악한 무리 자체를 취급하지 않는 것 같았다. 정해진 경로를 천천히 운전하면서 나는 착한 동물을 다 만났다. "꺅!" 처음에는 어수선한 원숭이를 만났고, 다음은 충혈된 눈의 타조도 봤다. "꺅!" 타조는 작은 얼굴을 차 안으로 밀어 넣을 것 같았다. 그래서 우리는 차창을 아주 조금만 열어 주었다. 뭉툭한 주둥이가 쿵쿵 들어오다가 말다가를 했다. "꺅!" 기린은 검은 혓

바닥만을 날름날름 댔다. 이내 아이들이 내민 당근을 바로 채가 버렸다. 씹는 소리가 필요 이상으로 컸다. "꺅!" 톰슨가젤은 저 멀리서 멀뚱멀뚱 보고 있을 뿐 다가오지는 않았다. "다른 차들이 너무 많이 줬나 보다." 나는 아이들에게 이유를 말해야 했다. 다행히 동물들은 우리에게 잘 다가와 동물성을 충분히 보여주었다. "꺅!"

　맨하튼과 격리된 동물원의 시작은 우선 나를 어두운 쪽으로 안내했다. 어두침침한 투명한 유리 공간에 아무것도 없었다. 이내 무언가가 꿈틀대고 있었다. 박쥐였다. 삼 면의 귀퉁이에 몰려 있는 박쥐들은 형체를 알 수 없게 서로 겹쳐 있었다. "비싸게 구네!" 나는 중얼댔다. 아마 박쥐 구경을 좋아하는 사람은 없을 것이라고 본다. 요 박쥐인지 공놀이로 변신하는 동물Pangolin인지가 팬데믹 괴롭힘의 원인일 수 있다는 뉴스를 보았었다. 물론 우리의 잘못이 더 크다고 하겠지만 그래도 나는 요 베트맨들이 그리 달갑지 않았다. 나는 박쥐 종류도 확인 없이 패스했다. 다음은 검고 작은 정육면체에 담긴 뱀 차례였다. 역시 어디 붙어 있는지 알 수가 없었다. 오전에 내 천진했던 어린이 태도는 사라지고 이들의 형체를 찾아내야 하는 번거로움 때문에 나는 짜증이 났다. "에이 귀찮아!" 나는 또 궁시렁댔다.

　이들도 동물이기에 동물원에 있겠지만 나는 이렇게 밤을 좋아하는 것들을 꼭 구경해야 하는지에 대한 회의감이 들었다. 구경 시간은 이 동물들이 자야 하는 시간인데, 그러면 우리가 없는 밤에 이 동물들을 또 재우는지, 아니면 마구 활동하게 놔두는지가 나는 더욱 궁금했다. 그렇다면 나는 이들을 동물원에서 뺏으면 어떨지도 생각했다. 박정하게 나는 동물들을 편애하고 있었다. 뭐든 근거가 필요하지 않은가 싶었다. 우상론Idol 1620 · 베이컨(Francis Bacon 철학자 영국 1561-1626)을 그 편애의 근거로 어렵게 끼워 봤다. 좀 이상하고 별로였다. 그러면 백설이가 '이리 오거라.' 하면 몰려오는 것들이면 되겠다는 생각도 문득 했다. 박쥐와 뱀은 백설이가 쓰다듬기 좀 그렇고, 원숭이는 백설이를 할퀴고 난리 칠 것 같았다. 나는 오늘 아침부터 생각해 낸 백설이를 또 꺼냈다. 이른바 백설론Snow White Theory · 불쌍한 백설 공주 주변에 모여들어 쓰다듬기 좋은 숲속 동물만을 동물원을 채우자는 지극히 개인적이고 즉흥적인 오늘 나만의 이론 아닌 이론을 동물원 구성에 썩 적합할 것 같았다. "그게 뭐야…! 유치해!" 나는 여인의 조소를 상상하며 대신 말했다.

　오전에 동네에서 나를 즐겁게 해줬던 새들의 공간을 만났다. 뻥 뚫려 있는 이 새들의 나라는 나무와 꽃 그리고 풀이 잘 조화를 이룬 동산 같은 곳이었다. 여러 가지 종류가 자기들이 가장 좋아하는 위치에 모여 지저귀거나 울부짖고 있었다. 만질 수만 없는 거리에서 새들은 그물이나 벽에 붙어 있었다. 종류는 말할 것도 없이 다양한 것 같았다. 그러나 나는 그 종류를 규명하는 것보다 이 새 동산을 더 즐겼다. 동화에서 아이들이 뛰어노는 숲속 마을의 분위기를 살려주는 모리소드Alain Morisod 음악작가 스위스 1949- 스위트피플Sweet People 1980 음악을 연상하게도 했다. 나는 모리소드의 작곡 당시의 느낌을 조금 알 것 같았다. 소리 없는 얌전한 새들은 자기들을 볼 테면 보라는 태도로 한자리를 고정하고 있었다. 나는 망고처럼 강한 색들이 들어가 있는 아주 큰 앵무새를 보자마자 듣기 좋게 지저귀는 목소리와 보기 좋게 자랑하는 깃털로 공평한 조류의 관상 태생을 분류해 보았다. 윤무부Mooboo Yoon 조류생물학자 한국 1941- 서울에서 어린 시절 공부를 아주 열심히 하면 나중에 어떤 어른이 되는지를 깨닫게 했던 어른 아저씨가 있다면 제법 조류학적으로 칭찬해 줄까도 싶었다. "너무 나갔나." 나는 혼자 중얼댔다. 어린이들 등쌀에 날짐승 구경을 양보해야 했다. 그러나 동물원은 어른들의 것이 아니라 아이들의 것이니 그 떠들썩함도 나는 좋았다. "그러면 까마귀는 뭐지? 에이 까마귀도 백설론으로 제외 대상." 떨쳐버리려고 했지만 나는 자꾸 그 웃기고 창피한 백설론대로 동물들을 평가하는 말을 해 대고 있었다.

포유하는 동물 중에 원숭이는 한 마리 개체보다 그들 사회가 느껴졌다. 가족 단위로 보였지만 '혼자라도 괜찮아.'도 있었는데, 그런 만큼 녀석은 전혀 고독해 보이지 않았다. 그 한 마리를 또렷이 쳐다볼라치면 녀석은 눈길을 피하는 사람 같이 동공을 굴렸다. "네 행동을 봐. 넌 사람이야." 나는 원숭이에게 말했다. 원숭이는 물에서 살지도 않으면서 전용 수영장도 갖는 호사를 누리고 있었다. 보기에는 각자 자유로운 생활인 것 같지만 인간의 눈치는 물론 자기들끼리의 눈치도 보는 것 같았다. 그래서 그런지 요 원숭이들은 '즐겁게 춤을 추다가 그대로 멈춰라Dance happily, and then stop right there.'를 한꺼번에 했다. 그때는 소리까지 쩌렁쩌렁 질렀다. "너희들 엉덩이가 원래 그렇게 늘어졌더냐?" 나는 원숭이 엉덩이를 빨갛기만 한 것으로 기억하며 또 원숭이에게 물었다. 곰의 크기를 가늠해 보라는 집채만 한 사진 구조물과 달리 실제 곰 확인이 쉽지 않았다. 붉은 세 마리의 움직임 같았는데, 같은 녀석인지 아니면 방금 나타난 새로운 녀석인지 구분하기가 어려웠다. 사람들이 '다시 나왔어He is back.'라며 웅성거렸다. 불곰들은 번갈아 나와의 만남을 인색하게 굴었다. 곰이 야행성이 아닌 것으로 알고 있지만 움직임은 거의 없었다. 곰이 움직일 때마다 관람객들은 일제히 소리를 질렀다. 나도 동조했다. 그러나 매일 찾아오는 관심에 질린 둔함도 나는 이해하기로 했다.

그러나 바다에 사는 포유류는 전혀 반대였다. 녀석들은 나를 반겼다. 이 물고기 아닌 물고기는 동물원 중앙 분수대에 아예 들어가 신나는 수영으로 물을 튀겼다. 이들이 동물원의 하이라이트라고 나는 생각했다. 그런데 이게 물개인지 바다사자인지 나는 모르겠다. 사실 나는 바다코끼리·바다사자·바다표범·물개를 구별할 줄 모른다. 크기별로의 차이라면 이들은 아마 바다표범 정도에 가까울 것 같았다. 수영을 저렇게 열심히 하는 이유는 손과 발이 바보 같아서 땅보다 더 멋있게 보여주고 싶어서가 아닐까도 싶었다. "물고기도 아닌 너희들에게 왜 손발을 안 줬을지…. 참! 무심하기도 해라!" 나는 조물주에게 이들을 대신해서 호소해 줬다. 사실, 이 센트럴파크 동물원은 땅에서 생활하는 동물들만 만나게 할 거라고 나는 예상했었다. 그러나 이 바다에 사는 육중한 동물까지 다 보게 되니, 없는 게 없이 다 갖춘 동물원이 이 센트럴파크 동물원이 아닌가도 싶었다. 원래 뉴욕의 대표 동물원은 브롱스 동물원 New York Zoological Park 1899이라고 알고 있었다. 그래서 나는 이 센트럴파크에 동물원이 있는 줄도 몰랐던 것이었다. 오래전 뉴욕 시장은 빌딩 숲이 너무 삭막해서 중앙공원을 만들었고, 또 중앙공원만은 또 밋밋해서 동물의 땅을 꾀했던 것이 아닐지를 나는 생각해 보았다. 그도 그럴 것이 하늘 높은 줄 모르는 맨하튼의 날카로운 스카이라인이 동물원 하늘을 메운 가운데 여기 동물들의 존재는 맨하튼의 또 다른 부드러운 면모였다.

"맞아! 뉴욕이 그리워서. 짐승들!" 나는 만화영화를 떠올리며 혼자 중얼거렸다. 여기 동물 식구들 입장에서 보면 드림웍스DreamWorks Animation 1994의 아이디어〈마다가스카〉(Madagascar 2005)가 왜 탄생했을지도 나는 알 것 같았다. 그래서 나는 맨하튼에서 아프리카 직항 선박이 정말 있는지도 궁금하기로 했다. 구글지도google.co.m/maps에게 물었다. 지도는 센트럴파크 동물원에서 가장 근접한 마다가스카르Madagascar 1960의 항구도시 톨리아리Toliary 1897까지 뚜벅이는 물론이고 자가용·버스·지하철 모두 결코 갈 수 없다고 했다. 물론 맞는 말이지만 나는 구글 경로의 단점을 발견해 냈다. "선박 아이콘 자체가 없나요!" 나는 구글이 내 옆에 앉아 있다는 듯이 소리 내어 물었다. 그리고 또 수소문하여 실제 양국 도시 간의 무역선Merchant Vessel을 바로 알아보았다. 나는 뉴욕항만청the Port Authority of New York & New Jersey 1921에 감히 전화까지 하려는 정신이 이상해진 나를 발견했다. 그리고 지금 내 이 과한 호기심은 과연 누구를 위한 것인지 서울의 누군가를 떠올렸다. "에이 참!" 나는 감탄사로 말 대꾸했다. 항만청은 자동응답으로 넘어갔다. 그래도 나는 혹시 응답이 올지도 모른다는 신념에 착하게 음성 메시지를 남겼다. 과연 누구를 위해 이 음성 메시지까지 남겼는지 나는 또 서울을 떠올렸다.

돌아가는 길도 나는 변함없이 터미널 쪽으로 걸었다. 걷다 보니 내 눈과 생각하는 내 머리는 따로따로 진행되고 있었다. 눈으로는 화려한 맨하튼 거리를 보면서 머리는 센트럴파크 동물들로 향했다. 더 구경하고픈 미련이라기보다 내가 다가서자마자 동물들의 소리란 적어도 내게 전하는 메시지가 아닐까도 싶었으니 말이다. 다시 말해서 '우우 우우우 우우우; 봐라 봐, 너 같은 사람들 이제 지겨워 죽겠다.'가 아닐지 말이다. 서울 아파트에 살면서 개를 키웠다. 아파트에 개는 이웃끼리 그리 환영받을 일은 아니었다. 그래서 나는 그 개의 이름도 오늘 기억하지 못할 정도로 녀석을 잊고 살았다. 나에게 동물이란 '넌 거기 있고, 난 여기 있을 뿐.'으로 나는 기억한다. 우리는 서로에게 아무런 흥미가 없는 동거를 했다. "방울이!" 나는 그 개의 이름을 뒤늦게 기억해 내어 불러봤다. 오래전 내 동물 취급과 달리 오늘 아침부터 내게 나타나고 마주했던 동물들 언어가 나는 갑자기 궁금해졌고, 오래전 동거 견은 나를 또 어떻게 생각했었는지도 새삼 궁금해졌다. '멍멍 멍멍멍 멍멍?; 넌 우리 집 하숙생이냐?'라는 것으로 말이다. 문 교수는 센트럴파크 동물원 숙제를 내주면서 인생에는 최소한 세 번의 동물원 방문이 있다고 했다. 첫 번째는 어릴 때, 두 번째는 둘이 연애하면서, 그리고 세 번째는 아이들이 생기면서 또 가게 된다고 했다. 그러면서 또 하나를 더 덧붙였다. 은퇴하고 만약 사이가 좋으면 한 번은 더 가게 된다는 것이다. 그러니까 우리 사람은 최소한 네 번의 동물원을 가게 될 운명에 놓여 있다는 것이다. 다시 말해서 우리의 인생은 3주기나 4주기로 동물을 궁금해 하는 것이다. "한번 동반해서 가보세요." 문 교수는 여인과 가볼 것도 권장했다. 생각해 보니 나는 동물원을 여인과 단둘이 가본 적이 없는 것 같았다. 나는 여인에게 소홀했던 것인가도 싶었다. 그리고 내 공부 때문에 쓸쓸하게 내버려 둔 둘만의 시절도 미안했다. 아침에 내가 발견한 백설론에 따르면 여인도 백설이라고 해도 모자랄 것이 없으니까 말이다지극히 개인적인 견해임. 여인은 흔쾌히 갈 것이라고 나는 확신했다.

"오붓하게 동물원 갈까?"
나는 여인에게 물었다.
"뭐...? 안 가! 나 동물 원래 안 좋아하잖아!"

여인은 인간의 말을 할 줄 알면서 동물과 흡사한 소리로 '꺅꺅.'거리던 이유가 있었다. 내 인생에서 네 번째의 동물원이 흔들리기 시작했다.

특정한 동물을 찍는다는 것은 동물들에게도 공평하지 못했다. 그래서 동물원내도만 찍었다. 원내도 왼편 아래쪽을 자세히 보면 이 센트럴파크 동물원의 또 다른 이름인 '야생동물보존협회 동물원a Wildlife Conservation Society Zoo'도 있다. 물론 나쁘지 않다. 그러나 동물을 구경하라고 붙잡아두는 동물원과 동물을 보존하는 것은 모순인 것 같다. 명칭상 이상한 양립이었다.

PART 6

SEOUL

NEW YORK CITY

기억 속에
닭고기와 맥가이버

타임캡슐에 넣지 않았던 것들
— 대학로Daehakno Street

닭고기 요리는 미끄러운 것과 바삭한 것으로 크게 두 가지로 나뉜다. 우선 미끄러운 요리란 땀구멍을 내보이며 소름 돋음을 알리는 자들의 그 '닭살'이 미끌미끌 흐물흐물 너울거리는 요리다. 그리고 바삭한 요리는 그 닭살이 과자같이 부서지는 요리를 말한다. 전자는 삼계탕과 닭도리탕도리(とり)는 한국어 고어(古語)로서 날아갔다가 돌아온다는 새를 의미하는 옛 한국어임 · 닭도리탕이라는 음식명은 일본으로 건너간 한국어가 돌아온 것임 · 국립국어원은 닭도리탕을 닭볶음탕으로 강요하지만 닭도리탕은 엄연한 한국어임 정도이고, 후자는 닭강정과 후라이드치킨우리말로 닭튀김이지만 국립국어원의 무관심으로 후라이드치킨임이다. 그리고 그 경계에 있는 것이 바로 통닭1960이다. 왜냐면 이 통닭은 껍질이 바삭하면서도 쫄깃한 맛이기 때문이다. 하얀 비닐 끈의 양회 봉투에는 바로 그것이 담겨 있었는데, 급한 마음에 봉투를 찢어도 바로 그것이 나오지는 않는다. 왜냐면 또 하얀 모조지로 그것이 잘 감싸져 있기 때문이다. 모조지 옆에는 작은 정육면체로 절인 무도 있다. 무는 하얀 실로 묶인 투명비닐에 액체들과 돌아다닌다. 개운하려고 비닐을 뜯고 싶지만 그랬다간 형과의 통닭 투쟁에서 지고 만다. 오히려 개봉하는 시간에 닭다리 투자가 훨씬 효율적이다. 누군가 비닐을 뜯을 때 무임승차하면 될 일이다. 결국 개봉은 누나의 몫이 되고 만다. 형에게서 배운 이른바 '어버지술취한날신나는통닭먹기법'이다. 아버지는 술 냄새를 풍기며 이불 위로 쓰러진다. 방문이 닫히고 짝짝 때리는 소리가 들린다. 씻으라는 얘기와 벗으라는 외침도 섞여 있다. 아버지는 어머니의 소음과 폭력을 참지 못하고 갑자기 방문을 연다. 깜짝 놀란 형과 나는 술 냄새가 섞인 아버지의 무언의 동어반복아버지는 술 취한 날 항상 두 형제를 앉혀 세웠

음을 피해 통닭을 물고 들고 달아난다. 어머니는 비틀비틀 메리야스 아버지를 목욕탕 물가로 인도하신다.

"어 피검사는 방금 했고, 기계가 간호사에게 계속 문의하라고 해서요."
"환자분, 오늘 진료 맞나요?, 환자분 영수증 좀. 에이 내일이에요."

"그럼 그렇지!" 나는 혼잣말을 했다. 혈액검사를 오전에 하고 진료를 또 이른 아침에 할 수는 없는 일이었다. 2022년 6월 29일 7시 반 시계가 울려 벌떡 일어났다. 나는 급히 씻고 대학병원으로 향했다. 얼마 전부터 장마여서 거리와 공기 그리고 마을버스조차 온통 물기였다. "정말 맛있었어!" 나는 안식년을 보냈던 뉴욕을 떠올리며 말했다. 거기서 처음 맛본 랍스터롤Lobster Rolls은 풍성한 맛이었다. 꽃게 살보다 더 도톰한 살이 버터에서 볶아지고, 빵에 얹어진 맛은 내게 다른 차원의 고급이었다. 그 랍스터롤 가게가 쉬는 날이면 차선책으로 나는 버터밀크 크리스피 치킨버거Buttermilk Crispy Chicken Burger Mcdonald's 2015도 즐겼다. 반질반질한 빵 속에 버터가 발라진 도톰한 닭살도 맛있었다. "어? 또 숨이!" 귀국 후 나는 동네를 걷다 혼자 중얼댔다. 나는 다시 입원 수속을 밟았다. "하나 더 넣어야 할 것 같습니다." 담당 의사는 또 제안했다. 이번에는 팔목 피부만을 째는 심장 스텐트시술Coronary Stent을 했다.
　그동안 랍스터 살에 듬뿍 발라진 버터는 내 입을 즐겁게 했지만 내 심장을 또 힘들게 했나 보다. 의사는 퇴원 전 식단 교육을 꼭 받으라고 당부했다. 기름기가 많은 고기는 물론이고 우유와 치즈 그리고 버터에 이르기까지 내가 좋아했던 음식들 모두는 먹어서는 안 되는 음식으로 분류되었다. 오늘은 그에 대한 정기 검진으로 아침 식사를 걸렀다. 나는 검사 후 병원 편의점에서 여덟 가지 반찬으로 나열된 즉석식 전주비빔밥 도시락을 샀다. 설치된 전자 레인지에 밥만 데워서 종종걸음으로 병원 정문 벤치로 갔다. 팬데믹은 아직 도 병원 식당을 허락하지 않았다. 물론 먹는 이도 있었겠지만 내게는 아직이 었다. 손 소독을 하고 뚜껑 밑에 팔첩 반찬을 밥에 확 쏟았다. 그리고 참기름 주머니를 찢고 고추장을 조금만 떠 넣고 쓱쓱 비볐다. 지나가는 어르신은 마 구 뒤섞여진 내 밥을 개밥 인양 내려다보고는 병원으로 쏙 들어갔다.

이왕 진료시간을 잘못 안 거라면 오후 3시쯤으로 계획된 대학로<small>서울 종로구 종</small> <small>로5가사거리에서 혜화동 일대의 거리 1975</small> 방문을 오전부터 가 보기로 했다. 사실 나는 오 후 2시에 코엑스<small>1979</small>에서 신문방송 전공 학생들 견학<small>Korea International Broadcast</small> <small>Audio & Lighting Equipment Show 1992</small>을 인솔하기로 되어 있었다. 그래서 나는 한 시간가량 학생들과 시간을 보내다가 3시경 대학로 혜화역<small>1985</small>으로 이동하려 했었다. 그러나 비빔밥으로 아침을 해결했으니 나는 바로 오렌지색 3호선 충 무로역<small>1985</small>으로 움직였다. "어! 뭐야?" 나는 완전히 뒤바뀐 지하철역에 실망 의 감탄을 했다. 내가 마지막으로 이용했던 충무로역은 곡괭이로 마구 파 놓 은 화강암 역이어서 가까이 보면 금광석을 뿌려놓은 듯 빛나는 극적인 지하 동굴이었었다. 물론 손가락 중지를 뒤집어 퉁퉁 두들기면 마치 '전 암석이 아 니라 속이 빈 플라스틱이랍니다.'라고 또 퉁퉁 반응해 주던 인공동굴이었다. 기괴한 모양의 역이었지만 그래서 나는 충무로역을 좋아했었다. 변모한 이 충무로역에 바로 정을 떼고 나는 파란색 4호선으로 갈아탔다. 이윽고 바로 혜화역에 신속하게 도착했다. '켄츠'가 여전히 버티고 있는지부터를 나는 확 인하고 싶었다. 도착하자마자 급히 지상으로 올라갔다. 그런 조급함에 '워워.' 라도 하듯이 출구 앞에서 폭우가 나를 붙잡았다.

나는 대학생이 된 것이 정말 기뻤다. 합격의 기쁨도 기쁨이겠지만 더 이상 교실이 아니라 강의실, 반장이 아닌 과대표, 무슨 뜻인지도 몰랐던 씨에이에서 뭘 하는지 확실히 아는 써클, 그리고 소풍과는 차원이 다른 엠티, 무엇보다 형 누나들의 대학가요제1977-2012가 내 가요제라는 것이 무척 마음에 들었다. 게다가 나는 말로만 듣던 그 대학로까지 내 것이어도 된다는 사실이 어색하면서도 놀랍고 감격스러웠다. 이는 마치 세상이 나를 중심으로 돌아가기 시작한 것 같은 느낌이었다. 그런데 그것은 나만의 착각은 아니었다. 진정 세상은 나를, 아니 좀 더 정확히 말해서 우리의 행동들 일거수일투족을 공인하듯 나에게, 아니 우리에게 이름까지 붙여 주었다. 이른바 엑스세대 X-Generation 1991라고 말이다. 저 먼 북미에 사는 커플랜드Douglas Coupland 문학작가 캐나다 1961- 는 서울에 보잘것없는 날, 아니 우리를 어떻게 알고 그랬는지 나는 놀라웠다. 나의, 아니 우리의 세상이 드디어 온 것을 나는 마땅하다고 생각했다. 왜냐면 나는, 아니 우리는 누구같이 고리타분하지도 않고 충분히 합리적이고 매우 적극적이었기 때문이었다. 나는 수업시간에 포스트모더니즘 Postmodernism 1950s- 을 꽤 마음에 들어 했다. 정확히 말해서 나는 포스트모던하기로 했다. 나는 매우 의기양양했다. "어때! 난 나야!" 나는 늘 나를 강조하고 중시하는 말을 했다.

그런데 그 의기는 2학년 대학로에 입성하면서 꺾였다. 그간의 우리들의 비합리적 만남들은 우리가 흩어질 무렵 강남역에서 대학로로 옮겨졌다. 2학년 가을 구로공단역2004에 건물을 소유한다는 의혹을 샀던 동기는 대학로에서 입대 송별회 테이프를 끊고자 했다. 처음에는 종로와 신촌도 거론되었다. 그러나 종로의 피맛골을 아는 녀석은 하나도 없었고, 신촌도 쉬운 발걸음이 아니었다. 차선책으로 우리는 대학생의 거리로 알려졌지만 한 번도 모여본 적이 없는 대학로를 선정했다. 그도 그럴 것이 이제부터 하나둘씩 학업이 끊기는 마당에 불야성의 강남역보다 무엇인가 고급의 문화예술이 꿈틀댈 대학로로 가 보자는 판단이었다. 그에 나도 동감할 수밖에 없었다. 왜냐면 그해 겨울 나도 그 제복 입기가 예견되었기 때문이었다.

수업시간에 아이들이 '대학로 켄츠에서 보자.'라는 쪽지를 돌렸다. 사실 대학로 결정은 입대와 상관없는 여학생들의 입김이 센 결정이었다. 더군다나 여학생들은 한사코 켄츠에서 만나자고 했다. 거기가 대학로에서 제일 찾기 쉬운 장소라고 했다. "켄츠가 어디야?" 나는 모르는 눈치로 대답했다. "어? 몰라. 가면 2번 출구에 바로 빨갛게 보이는데." 과천 출신 동기 녀석도 나와 마찬가지로 친구들에게 전했다. 우리는 켄츠 2층에 하나둘씩 다 모였을 때 하나 같이 그 켄츠의 실체를 묻지 않았다. 사실 반가워서 그럴 겨를도 없거니와 비집고 앉기 바빴다. 우리는 켄츠에서 배불리 먹고, 술을 마실 것인지 카페에 갈 것인지를 의논했다. 우리는 어리숙한 1학년 때처럼 모든 만남이 술판이기를 원치 않았다. 아니 좀 질렸다. 우리는 입학했을 때 어리둥절했던 애송이와는 다르게 이제는 어른답고 싶었다. 그리고 다시 만날 우리를 더 얘기하고 싶었다. 카페가 우세했다. 그러나 몇몇 녀석들은 카페 이후에 정신이 혼미해질 계획도 잡고 있었다. 그러나 나는 모른 척하면서도 살짝 기대했다.

역시 여학생들의 입김이 셌다. 대학로 안쪽으로 들어가 약간 반지하 같은 하얀 카페를 골랐다. 거기서 우리는 아주 많은 얘기를 기억해 내고 만들었다. 그러나 스토리는 다 날아가 버리고 마음에 드는 신곡 하나가 우리를 흔들었다. "까스Patricia Kaas 대중가수 불란서 1966- 야. 제목Mon mec à moi 1988은 몰라." 이제까지 들어본 적 없는 멜로디에다 가수의 독특한 발성은 내게 깊은 인상을 남겼다. "헤헤헤 까스가 뭐냐? 돈까스도 아니고." 예술을 모르는 구로공단역 친구는 무식쟁이같이 말했다. 그러나 나는 노래가 매우 가을답다고 평했다. 그러다 보니 노래는 기성세대가 가장 혹독하게 마련했다던 그 군대라는 관습에 진입할 영혼들을 웅변해 주는 느낌 같았다. 막무가내 구로공단역 친구도 결국 공감한다고 해 주었다. 이 공감들은 당분간 우리의 거센 포스트모던을 잠시 접어도 될 위로가 아닐 수가 없었다. 우리는 장기간의 방학 아닌 방학에 맞선다는 다짐으로 다시 큰길로 나갔다. 구로공단역 친구는 보도와 화단 사이에 튀어나온 경계선을 휘청 뒤뚱 걸었다. 나도 따라 해 봤다. 곧장 다른 녀석들도 따랐다. 우린 남학생 학번들의 마지막 연대였다.

"아직도 있구나!" 2번 출구를 돌아 다다른 벽돌 건물에는 빨간 켄츠가 있었다. 그런데 오늘 대학로는 그 켄츠 말고 새 인물들을 내게 소개했다. 안중근 Junggeun An 항일운동가 한국 1879-1910과 타고르Rabindranath Tagore 문학작가 인도 1861-1941 그리고 함석헌Seokheon Ham 사회운동가 한국 1901-1989까지 위인들이었다. 우선 안중근은 그가 만든 흥사단1913 본거지가 여기 대학로로 모셔진 것 때문이었다. 그러나 '동쪽의 등대the Lamp of the East.'로 조선인에게 희망을 심어준 타고르주 한인도대사관의 타고르 탄생 150주년 기념설치와 '생각하는 사람이라야 산다People who should think for life.'로 우리에게 누누이 당부해 왔던 함석헌함석헌기념사업회 기부채납 설치은 왜 여기서 만나는지를 나는 밝혀내지 못했다. 종로구청1943도 모른다고 했다. 비가 질질 내리는 날이었지만 꽤 감상적인 발걸음이었다. 운동화의 앞부분이 살짝 젖어가는 느낌과 한증막같이 뿌연 습함, 거기에다 입과 코 가리개가 없는 것은 두 해 만에 맛보는 원래 여름 느낌이었다. 안쪽 마을로 들어갔다. 관류하는 정신답게 내부는 서울대1946만이 아니라 다양한 대학성균관대 1398 · 서경

대 1947·덕성여대 1920·홍익대 1946 등이 도심 캠퍼스를 드러내고 있었다. 사이사이에 작은 지하극장들도 숨어 있었다.

"낙산공원2002?" 나는 이정표를 읽어냈다. 보도 층계 아래에 '미일 이발관'은 멋있다기보다 그리운 곳이었다. 그래서 나는 가랑비쯤은 하는 심정으로 우산을 잠깐 내버리고 이발관을 찍었다. 그런데 이 낙산공원 이정표들은 건물과 건물 사이에 숨어 있다가 내게 자주 나타나고는 했다. "낙산공원이 어디 있나요?" 나는 지나가던 누군가를 무작위로 선택해서 물었다. "예? 저기로 곧장 가세요." 삼성전자 이름표를 달고 있던 행인이 대답했다. 급한 발걸음으로 일하는 직원을 나는 멈춰 세운 것이었다. "일하는 사람에게 한가하게!" 나는 조금 미안한 생각으로 혼잣말을 했다. 비가 오니 더 무거워 보이는 벽돌 건물이 눈에 들어왔다. 밝은 연두색 편의점 간판은 그 무거움을 명랑하게 완화하고 있었다. 빗줄기 속에 산책 걸음은 어느새 등산 걸음으로 바뀌었다. 버펄로의 움직임같이 나는 김 나는 호흡을 한동안 지속했다. 안경에 김이 서리고, 숨이 가빠지고, 피부가 끈적이는 이 즉석 인내를 정상에서의 무언가가 과연 보상해 줄지 나는 의문스러웠다.

보슬비는 멈췄고 시원한 큰바람 떼가 몰려 왔다. 손수건으로 축축하고 간질간질한 목덜미를 닦았다. 순간 나는 아래 속옷에까지 그 바람들이 확 들어오는 것을 느꼈다. "또 올리지 않았어." 나는 지퍼를 확인해 보며 말했다. 그러나 확실한 단속이었다. "원래 산꼭대기 바람이 이런가!" 정상에 올라 본 경험이 없는 나는 원래 이것이 등산의 느낌인지 의문스러운 듯이 내게 물었다. 그러고서 나는 나중에 전문 산악인을 만나게 된다면 진지하게 한번 물어볼 일이라고 생각했다. 낙산공원은 낙산 정상으로 가는 길의 공원이었다. 사실, 이 낙산은 오래전 한성1395을 둘러싼 성곽에 걸려 있는 네 개의 산봉우리북악산·낙산·목멱산(남산)·인왕산 중의 하나였고, 풍수지리 사신좌청룡·우백호·남주작·북현무에서 좌청룡에 해당하는 언덕 같은 산이었다. 단계별 풋말이 내게 그렇게 설명해 주었다. 그러나 그런 역사적 사실에도 힘들게 오르는 내게 이 낙산은 오늘 갑자기 융기한 전혀 새로운 서울의 산이었다. 저기 성곽을 뚫은 상하 직사각형 구멍이 있었다. 그리고 혜화문이라고 쓰여 있었다. "혜화문1397." 나는 한 번 소리를 내서 읽어 보았다. "저 구멍이 혜화문인가요?" 나는 이슬비 철봉운동을 하는 어르신에게 물었다. 어르신을 어이없다는 동공으로 내 행색을 훑었다. "아니지, 나가서 쭉 내려가야 나오지." 어르신은 표정과 다르게 친절한 말투로 말했다. 멀어질 대학로를 각오하고 나는 성곽 뒤편으로 나갔다.

　"똑순이KBS 서민 드라마인 〈달동네〉 (1980)에 등장하는 똘똘한 꼬마 테마파크인가!" 성곽에 뚫린 구멍을 나와 나는 새로운 동네를 만난 신기함을 그대로 표현했다. 대부분의 정겨운 작은 양옥집들이 서로서로 의지하고 있었다. 게다가 그런 밀집은 성곽의 턱밑까지 다가와 있었다. "저게 국민대1946인가요?" 성곽 밖의 세상을 다정히 걷는 두 명의 어머니들에게 물었다. "아니죠, 한성대1972지요. 국민대는 저기 정릉1409에 있지요." 어머니들은 말도 안 된다는 듯이 대답했다. 한강 이북의 오랜 구성을 잘 모르는 나는 어떤 산에 숨겨져서 가 보기 힘든 대학상명여대도 그런 곳에 있다고 들었음이 그 국민대라고 어렴풋이 알고 있었다. "그럼 혜화문도 남대문 같은 모양인가요?" 나는 두 어머니를 붙잡고 궁금증을 더 물었다. "음…. 좀 작아요." 어머니들은 애석한 표정을 지으며 말했다. 나는 혜화문을 찾아 성곽 밖의 길을 계속해서 오르내리며 걸었다. "그래! 단순히 혜화동이어서 혜화역이 아니었어. 혜화문 때문에 혜화동이고, 혜화역이겠지." 나는 혜화동에 대한 느낀 바를 혼자 이야기했다. 그러던 중 저 앞에 치히로만화영화 〈센과 치히로의 행방불명〉 (the Spiriting Away Of Sen And Chihiro 2002)의 주인공가 행방불명 되었을 법한 양옥집 하나를 발견했다. 그 집도 멀리서 치히로가 아닌 나를 현혹하기 위해 등롱 같은 따뜻한 백열등을 잔뜩 매달고 있었다.

"어서 오세요."
"아예. 커피 말고 따뜻한 차도 있나요?"

마실Masil이라는 양옥찻집을 홀로 지키는 점원은 입안 가득 뭘 씹고 있었다. 내가 들어서자마자 꿀꺽 삼켜 버렸다. 음산한 부슬비가 내리는 가운데 아무도 없는 이 공간에 오히려 내가 점원 아가씨를 불편하게 하는 것은 아닌가도 싶었다. 그래서 나는 잠시 머물러도 되겠냐고 청유했고, 유자차를 주문했다. 비 오는 창문을 보면서 끽다하는 제법 우아한 자리였다. 그러나 나는 그리 우아하지 않게 자꾸 입에 걸리는 유자를 먼저 긁어 모두 다 씹었다. 성곽을 걷는 우산 행인들이 간간이 지나갔다. 젖어도 상관없는 이슬비 운동광도 지나갔다. 찻집의 안쪽은 근대 한옥과 같았다. 미니 대청마루 그리고 창호지 대신 유리를 댄 나무 격자 사이로 작은 안방도 보였다. "수고하세요." 나는 점원에게 인사를 하고 혜화문을 다시 찾아 나섰다. 비는 여전히 가랑비였다. 저기 절벽 위로 남대문 같은 문이 돌아앉아 있었다. 혜화문이었다. 역시 좀 작았다. 무엇보다 기대에 못 미치는 점은 문의 어깨가 절단되어 있다는 것이었다. 혹시 일제가 쭉쭉 지나는 창경궁로를 내느라 그런 것은 아닌지를 나는 추정해 보았다. 황실이 그랬을 리가 없으니 말이다. 문은 절벽 위에 올려진 기이한 모양이었다. 위용보다 처량했다. 다시 혜화역 연결 길을 찾아 혜화동성당1927과 동성중학교1907를 만났다. 대학로 분위기에 동참하려는 성당과 중학교의 빨간 벽돌이 나는 고마웠다. 폭우가 또 쏟아졌다. 이목이 없는 틈을 타나는 굵은 빗물 통에서 나오는 물줄기를 우산으로 막아보는 짓을 했다.

"그냥 전화했어, 뭐하나."
"뻔히 알면서, 오랜만이면 몸이 봐줘? 바빠 전화 끊어!"
그녀는 내 점심 먹기에 경고를 해댔다.

나는 오랜만에 고대했던 그 켄츠라는 곳의 2층에서 점심을 시도하려다 그녀의 저지로 실패하고 말았다. 폭우를 뚫고 저 멀리 보이는 쌀국수집으로 뛰었다. 메뉴판에는 '뉴욕 스타일 아시안 요리New York Style Asian Cuisine.'라고 내세운 반포식스2015라고 되어 있었다. "예 그거 주세요. 저 그런데 반포식스가 무슨 뜻이지요?" 나는 웨이터에게 물었다. "예! 반은 빵이고요, 포는 국수라는 말이고, 그런데 원래 반포역 6번 출구예요." 웨이터는 준비된 친절 말투로 자세히 설명해 주었다. 의외의 조합이었다. 반포역에 가면 6번 출구에 정말이 쌀국수집이 또 있는지를 확인해 볼 일이었다. "뉴욕에도 이게 있나요?" 나는 국수를 내 온 웨이트리스에게 또 물었다. "아예! 그냥 한국에서 먹는 쌀국수와 같아요." 웨이트리스는 난처한 표정이다가 별다를 것이 없다는 표정으로 대답했다. 사실 음식점 분위기는 뉴욕의 노란 택시와 회색 빌딩 숲 그리고 무엇보다 무수히 빛나는 뉴욕의 야경을 연출해 놓고 있었다. "그냥 뉴욕 느낌이었구나!" 나는 혼잣말을 했다. 밖은 습하고 미적지근해 보였지만 안에는 시원하다가 추웠다. 뜨끈한 국물이 좋았다.

나는 닭 껍질을 좋아하지 않았다. 더욱이 삼계탕과 닭도리탕에 너풀거리는 그 닭 껍질을 다 제거한 후에야 먹고는 했다. 그래서 나는 밥상을 지저분하게 만드는 유일한 가족 구성원이었다. 어머니는 별스러운 짓이라고 뭐라고 했고, 아버지는 주의의 눈빛을 주곤 했었지만 아무 말도 없었다. 나는 어머니의 보이는 주의보다 아버지의 말 없는 경고가 더 싫었다. 물론 어른이 되면 그 너풀이를 삼키는 비위를 갖게 될 것을 기대하기는 했었다. 그런데 '어버지술취한날신나는통닭먹기법'에는 그 닭 껍질 제거하기란 없었다. 먹으면서 껍질 관념을 잠재우면 기꺼이 먹을 수 있는 맛있는 물질이 바로 통닭이었다. 그런데 그 대학로에서 우리 엑스세대 중에서 닭 껍질에 대한 문제 제기를 하는 동기는 아무도 없었다. 아니 적어도 나는 안 했다. 친구들 앞에서 내 까탈을 드러내는 것은 덜 자란 나를 광고하는 것과 다름없었다. 더군다나 이는 머지않아 입대할 내게 어울리지도 않는 밥상 버릇이거니와 특히 여학생들에게는 더더욱 들키지 말아야 할 치부 훈련소에서 나는 닭 껍질이고 뭐고 할 것도 없이 다 맛있게 먹었음였다.

사실 닭 껍질의 실체가 육안으로 확인되지도 않았을 뿐더러 그냥 뛰긴 과자가 닭살에 붙어 휘감겨 있을 뿐이었다. "김 교수님, 그런데 대학로에 왜 가라 그랬어요?" 나는 김 교수에게 물었다. 추정컨대 김 교수의 대학로는 수준 있는 그리운 고급문화였을 것이라고 나는 짐작했다. 그렇지만 내 대학로는 수준 낮은 그 닭 껍질로 연루된 식탐이 마지막 기억이다. 엑스세대가 일단 해체되던 날 나는 맨손으로 쩝쩝대던 기억이 오래전 내 대학로의 전부인 것이다. 김 교수는 하버드스퀘어 Harvard Square에 갈 때마다 이상하게 대학로를 떠올리게 된다고 했다. 이제는 어떤 모습일지 궁금하다는 것이다. "이유 없어서 죄송." 김 교수는 한사코 이유는 없다고 했다. 분명 모종의 이성과의 고급 기억이 있는 것 같았다. 조용히 물어볼 일이라고 나는 생각했다.

닭고기 요리는 두 가지로 크게 나뉘듯이 대학생도 크게 두 가지로 나뉜다. 입대 전과 후이다. 물론 이는 남학생만의 해당이지만 나는 전후 대학생 중에서 하나를 고르라면 단연 입대 전이다. 왜냐면 입대 전 나는 내 미래를 크게 기대해도 되는 진정한 대학생이었기 때문이었다. 물론 전역 후 현실 선견의 대학생도 그리 나쁘지는 않다. 그러나 미래가 선명치 못함은 선택의 재미가 펼쳐진 낭만이고 감성이다. 그래서 대학로는 예비역 대학생들에게는 그리 환영받을 장소는 못 된다. 군대라는 독한 맛을 본 대학생은 마음이 결코 풍요롭지 못하다. 그러니 대학로의 풍요란 사회 진입의 불안감을 뒤로한 불꽃놀이일 뿐이다. 나는 켄츠를 마지막으로 중단된 내 엑스세대 근성이 전역만 하면 본격 발휘할 것이라고 별렀다. 그러나 잔 밥을 먹어본 내게 그 정신은 사라지고 없었다. 나는 닭 껍질을 먹게 되었고, 포스트모던을 버렸다. 기성세대가 우리 엑스세대에게 마이크를 들이대는 세상이라면 미래를 그렇게 꾸려도 될 것 같다던 입대 전의 나를 고쳐먹었다. 그야말로 나는 '성인병이제 어른이니 아무도 건들지 말라며 흡연, 음주, 외박, 연애, 향락 그리고 진로 등의 간섭을 강하게 거부하는 섣부름의 병을 내가 명명함'을 앓다가 나은 것이었다. 이미 오래전부터 기성으로 결정된 사회는 엑스라는 것이란 그냥 흥미로운 수다거리였을 뿐이지 이제는 정신 차리라고 했다. 아무런 훈계의 말도 없었음에도 말이다. 이런 기성의 지적이 내게는 들리기 시작했다. 따라서 나는 입대 전 단 두 해만이 내게 가장 온건하고 아름답게 빛났던 대학생 시기가 아니었는가 한다.

엔Net Generation이든 엠제트Millennial Generation든 부디 조심하기를 바란다. 원래 기성세대란 이런 영문 이니셜에 포함되는 영혼들의 말을 잘 들어주다가도 돌변한다. 이를테면 흐물거리든 바삭하든 모두 먹는 것이니 가리지 말고 먹기나 하라든가, 아니면 그럴 거면 먹지 말라고 뺏어버리는 경고도 분명히 해 댄다는 것이다. 나도 이제는 기성세대로서 그런 경고를 할 수도 있다. 그러나 나는 함구하련다. 왜냐면 들지도 않을 뿐만 아니라 해도 좋은 소리 못 듣거니와 이니셜들에게 놀림감이 되니 말이다. 그러나 오늘 내가 대학로에서 꺼내 본 타임캡슐에는 듣기 싫어도 한번 고려해 볼 것이 있다. 누구나 타임캡슐을 꺼내는 시기가 온다. 그때 캡슐 안에 넣은 것뿐만 아니라 넣지도 않았던 것이 스며든 것을 알게 되는데, 바로 싫어서 미웠던 쓴 기억들이다. 그리고 이상하게도 그 쓰디쓴 기억들은 곰삭아서 단내 나는 맛으로 들어와 있다는 것이다. 사실 야심 찼던 나만의 엑스세대를 접게 만든 기성세대 장본인은 다름 아닌 아버지였다. "이제 뜬구름 그만 잡고 철들어라!" 다시 대학생으로 돌아온 내게 아버지의 눈빛은 늘 그런 쓴소리로 말하고 있었다. '어버지술취한날신나는통닭먹기법'을 써먹던 날, 그리고 닭 껍질 밥상머리의 날은 대학로 캡슐에 넣어두지도 않았는데도 스며들어 있었고, 쓰지 않고 달았다. 사실 아버지에게서의 그 무언의 경고들은 쓴 것이 아니라 싫어할 아버지가 있어서 좋았다는 고당도였다. 당신이 사라질 때가 점점 오고 있으니 진지하게 너를 갈고 닦아내라는 걱정이었다. 그러나 이니셜들의 시대에는 절대 모른다. 알 수가 없다. 그냥 미울 따름이다. 나는 20분 전 2시에 삼성역으로 출발했다.

"야 여기 혜화역 2번 출구 맞아?"

"어…. 맞아 그런데 켄츠가 어딨어?"

"야 켄츠가 저 켄터키프라이드치킨Kentucky Fried Chicken 1952 · 서울 1984 아니야! 줄여서 켄츠."

"그런가…. 저기 빨갛잖아. 걔들 꼭 그렇게 줄이더라!"

구로공단역 친구가 대답했다.

대학로 뒤에 이런 신기한 찻집이 있는지 누가
알았겠는가 말이다. 만약 한번 들러보고 싶다
면 부디 이슬비가 오는 날을 선택하길 바란다.
즐거운 내가 아니라 진지한 내가 될 수 있는
대학로에 숨겨진 보물이다. 독자들과 두 저자만
공유하기로 하자.

맥가이버는 봐도 되지요?
– ABC방송국American Broadcasting Company

"〈육백만불의 사나이〉the Six Million Dollar Man 1974 몰라요?"

〈맥가이버〉MacGyver 1985는 다른 외화와 달랐다. 맥Angus MacGyver은 갑자기 솟아나는 힘도 없었고, 다년간 연마되지 못해서 싸움 실력도 별로였다. "나중에 저런 지프를 사면?" 나는 맥가이버를 시청할 때마다 미래의 내 지프를 상상하며 중얼거렸다. 하루가 온통 공부이어야 하는 고교생에게 맥가이버는 지식으로 해결하는 세상사의 힌트도 주었다. 이상하게 매일 다니던 동네도 반나절 학교 가는 토요일이면 새삼 궁금해지고는 했다. 그러나 나가 보면 별것 없고 심심하고 후진 녀석들 천지였다. 남은 반나절이라도 공부로 채워 내면 기특했겠건만 괜히 들뜬 토요일은 공부로 달래지지 않는 것은 당연했다. 그러다 뜻밖에 만난 맥가이버 재방송은 그러한 토요일을 가라앉게 하는 놀고먹기과자가 동반된 텔레비전 보기의 시간이었다. 말도 안 되어야 하는 만화영화와 달리 저 태평양 너머에서 온 외화는 말이 되는 그들의 일상과도 같은 현실이었다. 거긴 눈감아 주고 봐주고 보호해 주고 쉬쉬하는 체면으로 버무려 버리는 우리끼리의 드라마가 아니었다. 모든 게 다 노정되어야 힘차게 돌아가는 원래의 세상과도 같았다.

"역시나 전혀 예상하지 못했던 ABCAmerican Broadcasting Company 1943방송국이라!" 나는 문 교수의 주문을 받고 또 감탄했다. 뭇 사람들이 전혀 관심 없는 구석의 뉴욕을 저렇게 잘 찾아내는지 말이다. 텔레비전이 눈에 들어오지 않았다. 일단 최근에 내 방송 접근성은 현저히 떨어져 있었다. 그렇다고 열심히 책을 들여다보는 것도 아니었다. 그러나 그 어느 때보다 내 사회연결망Social Network 활동은 활발했다. 나는 방송에서 네트워크로 옮기는 중이었다. 생각해 보면 과업에서 눈을 뗀 내 시선은 늘 방송이 아니라 그 그물들에 걸려 있었다. 나는 문득 오래전 다음 편 기대의 텔레비전 귀갓길을 떠올렸다. 수퍼볼Super Bowl 1967 중계는 운전 속도를 높이게도 했었다. 그러나 그런 즐거운 신경 쓰기가 내 생활에서 사라졌다는 생각은 문 교수의 방송국 주문을 통해 알았다. 분명히 지난 주말 나는 뒹굴며 텔레비전 끄기도 안 했다. 지지난 주도 그 지지난 주도 말이다. 그러다 보니 요즘 방송 프로그램이 뭐가 있는지 깜깜했다. "스케치코미디 〈쎄러데이나잇라이브〉Saturday Night Live 1975 · NBC 아직 하나?" 나는 아무런 상관없는 천장을 보며 중얼댔다. 생각해 보니 얼마 전 5월에 전국을 들썩였던 〈아메리칸갓탤런트〉America's Got Talent 2006도 있었다. "몰라요!" 아이들은 아무 얘기도 해 주지 않았다. 대답 하나로 아이들도 더 이상 방송 흐름 타기의 재미를 모른다는 것을 알아냈다. 지붕 안테나를 바로 잡아 본 지도 오래전 일이다.

ABC는 내게 〈지엠에이〉Good Morning America · GMA 1975를 바로 떠오르게 했다. 그리고 그 쇼는 사람들이 많이 오가는 맨하튼 웨스트44번가West 44th Street 와 브로드웨이가가 만나는 곳, 그러니까 타임스스퀘어에 ABC 길거리 스튜디오ABC Times Square Studios 1999도 생각나게 했다. 이른 강의가 없는 날 집에서 떠들어 대는 스테펀George Stephanopoulos 정치평론가 미국 1960- , 로버츠Robin Roberts 방송앵커 미국 1060- 그리고 스트라한Michael Strahan 풋볼선수 미국 1971- 의 수다는 활발하게 흘러가는 맨하튼의 아침을 보여주고는 했었다. 문 교수의 주문은 이런 내 뒤늦은 흥미와 잘 어울렸다. 나는 그 길거리 스튜디오부터 먼저 가 보기로 했다. 2022년 7월 8일 금요일 나는 맨하튼항만버스터미널를 통과해 타임스 스퀘어에 또 당도했다. 그런데 광장은 그간에 지엠에이가 보여준 것과 달리 좀 어색했다. "어? 뭐야?" 나는 당황하듯 조용히 말했다. 많은 야전 의료시설 이 광장을 채우고 있었다. 여긴 맨하튼에서 가장 많은 사람이 출몰하는 만큼 방역의 강한 흔적을 만들어내고 있었다. 그러다 보니 여전히 팬데믹은 맨하 튼의 활기를 아직 허락하지 않은 듯했다. "확진 검사는 무료인가?" 나도 모르 게 의료시설로 발걸음을 옮기며 말했다. 뉴욕이 심각했을 때 국적과 출신에 상관없이 입성한 누구라도 무료로 검사해 주던 관대함은 백 불로 이미 바뀌 어 있었다. 그래도 이는 숨 돌릴 만하다는 것을 의미하기도 했다. 그도 그럴 것이 붉은색 빅 버스Big Bus Tours 2011는 사람들을 거의 다 채워 돌아다녔고, 길 거리 먹을거리도 나타났다. 새삼스럽게 저기 뉴욕 땅콩New York Honey Roasted Peanuts 아저씨의 목에는 이름표가 걸려 있었다.

"허가됐어도 당장 이름표 보여줘야 해요, 없으면 벌금 세지요!"
경찰 쳉Chaeng은 진지하게 말했다.
"맨하튼 회복 아직이지요?"
"음…. 여기 오랫동안 지켜보니 한 반 정도요."

스컬리Dana Scully는 에프비아이Federal Bureau of Investigation · FBI 1908 요원으 로 스키너Walter Skinner 국장의 지령을 따랐지만 우선 분석부터 하는 요원이었 다. 그녀는 결코 멀도Fox Mulder 요원에 의존하지 않았다. 오히려 멀도를 극적 으로 돕는 모성애, 그래서 그녀는 의사로서 오히려 멀도의 무지를 보완했다. 〈엑스파일〉the X-Files 1993은 세상에 양처의 여성과 현모의 여성만이 이상이라고 믿었던 내게 의탐Medical Exploration · 의학탐사의 여성도 있음을 알게 했고, 그런 여성의 진찰 없는 생계도 있음을 알려주었다. 알 수 없다는 파일들에 등장한 다량의 외계 사건들은 '지구과학'이라는 교과목을 멋모르게 좋아하게도 했었다. 절대 O가 아닌 X파일들은 매번 개운치 않게 끝났다. 그러나 내게는 그래서 더 흥미로웠다. 특히 검은 우주에 대한 분량은 종결이 불명확해도 더욱 강한 여운이었다. 학교에는 분명히 엑스파일에 관련된 교과목은 있었건만 그에 대한 현업은 우리에게 존재하지도 않았다. 이를테면 실제 콜롬비아호Space Shuttle Columbia OV-102 1981와 디스커버리호Space Shuttle Discovery OV-103 1984를 우주로 올려내는 세상 말이다. 나는 이런 현업을 보여주는 세상을 세계 최상으로 단정했다. 외화라는 편린으로 전달받은 그런 세상은 단순한 흥미조차 사제私製로까지 실현시키고 있었다.

타임스 광장의 거대 옥외광고판 중에 카타르월드컵FIFA World Cup Qatar 2022과 한국문화유산방문Visit Korean Heritage · Cultural Heritage Administration of Korea이 눈에 들어왔다. 두 아시아는 번쩍번쩍 아메리카 맨하튼의 화려함에 일조하고 있었다. 한 나라는 앞으로 할 것, 또 다른 나라는 오래전에 했던 것을 보러오라는 다른 꼬드김이었다. "앞으로 할 것." 나는 매정하게도 모국의 부름을 거부하는 말을 했다. 타임스스퀘어는 맨하튼에서 가장 주목되는 무대인 만큼 방송도 항상 떠들썩하다. 다시 말해서 여긴 항상 불 켜진 온에어 뉴욕 스튜디오나 마찬가지인 것이다. 그래서 길거리 스튜디오가 여기 있는 것이 아닌가도 싶다. ABC 길거리 스튜디오 입구 앞에는 지난 세기에 봉인된 타임캡슐Good Morning America Time Capsule 2000이 묻혀 있었다. 나같이 중요한 임무를 띤 관찰자가 아니라면 인지하지 못할 평평한 디딤이었다. 약간 배부른 황동

위에는 '과거는 최고의 미래 예언이다－바이런 경the best of prophets of the future is the past - Lord Byron(George Byron 문학작가 영국 1788-1824).'이라고 주조되어 있었다. "바이런이 그런 좋은 말을 한 사람이구나." 나는 위인의 명언을 외워대며 말했다. 그리고 '1999년 12월 봉인 2100년 1월 전에 열지 마시오Sealed December 1999 Do not open before January 2100.'라는 글귀도 있었다. 이전에 열면 저주라도 받을 듯이 내게는 경고 같았다. 계산해 보니 나는 경험하지 못할 개봉이었고, 둘째가 아흔 살이 되는 해에 볼 수 있는 것이었다. 앞으로 88년 후였다. 사실 나는 두 세기를 두 눈 뜨고 거쳐 봤기에 지금 열어도 그때 열어도 무방하다. "둘째야, 무럭무럭 커서 건강하게 오래오래 살 거라." 나는 혼잣말을 했다. 스튜디오는 곡선의 유려한 여러 층의 전광판을 이고 있었다. 그러면서 노랑 바탕에 검은 지엠에이 로고를 계속 흘려보냈다. 이는 마치 저기 5번가5th Avenue 센트럴파크에 붙어 있는 하얀 달팽이미술관the Solomon R. Guggenheim Museum 1937을 연상케 했다. 활발하게 움직이는 뉴욕 같았다. "이런 게 뉴욕이지!" 나는 나에게 말했다.

나는 천진한 이방인처럼 스튜디오 유리에 바짝 붙어 있었다. "어!" 바로 내 앞에서 자전거 사고를 보며 나는 외쳤다. "괜찮으." 나는 넘어진 사람에게 빨리 다가가 물었다. 발 빠르고 착하게도 나는 주저앉은 뉴요커를 도우려는 동작을 취했다. 그리고 '혹시 오늘 ABC뉴스 기사가 되는 게 아닌가.'를 상상하며 말이다. 다행히 자전거 라이더는 훌훌 털고 일어서더니 몸 이곳저곳을 살피고 바로 인파 속으로 사라졌다. 적어도 할아버지로 보이는 스케이트보더가 또 휙 지나갔다. "아이고!" 나는 또 놀라서 몸을 피하며 작은 소리를 냈다. 그리고 또 주인을 데리고 온 두꺼운 발바닥 개도 터벅터벅 지나갔다. 출근 시간 최고로 복잡한 이곳에 나 말고 다양한 뉴요커들도 참 많았다. "저기, 그 여잔가?” 나는 스튜디오 유리 안에 보이는 검은 여성이 로버츠인가 싶어서 속삭였다. 사실 내게 지엠에이 하면 떠오르는 사람이 바로 그 로버츠인데, 그녀는 스포츠 중계에 아주 능한 방송인이기도 하다. 그도 그럴 것이 그녀는 운동도 꽤 잘하는 선수였고, 직접 운동해 본 말솜씨는 그리 흔하지 않은 탤런트였다. 그러다 보니 외모를 앞세운 방송인과는 차원의 다른 여성이기도 한 것이다. 남다른 그녀의 방송 특기는 이 스튜디오 앞마당에 명판Plaque 장식까지 하게도 한 것이다. 그런데 오늘 그녀를 보는 행운은 없었다.

  “저.” 장소가 장소다 보니 이방인 청년 두 명이 내게 사진을 찍어달라고 요구했다. 온라인 전시주의Digital Exhibitionism에 사활을 거는 작금의 젊은이들은 사진 찍기 표정용 동작에 하나도 민망하지 않은 듯했다. 이 도이치 청년들은 카메라를 보자마자 아주 능숙하게 역동적 행동과 환한 표정으로 바꿔내는 순발력을 보였다. 괜히 내가 부끄러웠다. “독일에서 휴가로 왔어요.” 청년들은 물어보지 않았어도 대답했다. 뉴욕을, 맨하튼을, 더 나아가 타임스스퀘어를 한 번만 보기는 부족한 것이 아닌지를 생각했다. 왜냐면 나조차도 오늘 새롭기 때문이다. 역시 이 게르만 청년들은 어린 시절 이후 두 번째의 방문이라고 했다. 사진을 찍어달라는 요청도 내게는 아주 오랜만의 부탁이었다. 그런데 이 사진 찍어주기는 낯모르는 이들을 바로 돕는 분명한 선행이지만 괜히 카메라 실력을 검증받는 순간이기에 약간의 머쓱한 일이기도 하다. 원망이 두려워진 나머지 나는 뒤도 돌아보지 않고 걸었다. 66번가West 66th Street 쪽으로 발길을 돌렸다. “어! 센트럴파크 끄트머리에.” 나는 혼자 중얼거렸다. 걷다 보니 정작 북미대륙에 와 보지도 못한 컬럼버스Christopher Columbus 항해사 이태리 1451-1506가 컬럼버스 서클Columbus Circle 1892 위에서 뉴욕항을 바라보고 있었다. 나는 그 서클을 빙 돌았다.

"신기하지!" 나는 떠오른 생각을 중얼거렸다. 뉴욕은 소리를 낸다. 더 정확히 맨하튼은 특유의 소리를 갖는데, 어느 하나라기보다 곳곳에 종합적 공사 합주이다. 맨하튼에 입성했다는 신호이다. 그런데 더 희한한 것은 일단 들어서기만 하면 그 토건 소리는 익숙해져서 고요로 바뀐다는 것이다. 그러다가 뉴욕을 벗어나면 또 바로 맨하튼에서 빠져나왔음을 귀가 알아낸다. "어! 피터제닝스길." 나는 길 이름을 소리 내어 읽었다. ABC 사옥이 있는 66번가 푯말 아래에는 아예 피터제닝스길Peter Jennings Way이라는 이정표가 붙어 있었다. 제닝스Peter Jennings 기자 뉴스앵커 미국 1947-2005는 요즘 디지털 ABC뉴스 중간중간에 나타나는 인물이기도 하다. 그가 죽기 전에 활동했던 화면이 재생되는 것이다. '컴퓨터 시대가 열립니다.'로 오래전에 앵커맨으로서 오늘을 전망하는 영상이자 향수인 것이다. 그는 20세기 방송 3사의 이른바 '뉴스 시대ABC World News Tonight · CBS Evening News · NBC Nightly News'를 주도했던 대표 앵커이자 ABC 뉴스의 간판이었다.

사실 문 교수의 ABC 요구는 이 전설의 앵커라기보다 내게 보내온 신문 기사 하나ABC방송 본사 근처에 거주하는 한 주민은 방송국 이전에 대한 도시의 변신에 대하여 아름다운 지역에 고층 흉물스러운 유리빌딩이 들어서서 뉴욕의 모습이 점점 사라지고 있다고 말했다 · 아시아경제(asiae.co.kr) 2022년 6월 4일자로 시작되었다. 그러면서 문 교수는 〈육 백만불의 사나이〉와 〈원더우먼〉Wonder Woman 1975-1979 · ABC CBS 중에서 누가 더 좋은지를 대뜸 물었다. 어린 시절 같은 질문에서 문 교수는 원더우먼을 좋아하는 감정을 숨겼다는 이야기도 해 주었다. 물론 문 교수도 사나이의 능력을 충분히 인정했었다. 그러나 여자아이의 편을 들 수는 없는 노릇이었다고 했다. 그런데 그 두 인물에서 '좋다수영복 성인 여성에 대한 묘한 감정.'는 의미를 좀 더 깊이 들어가야 함은 나도 모르는 바는 아니었다. 사실 우리의 외화 선호는 합의되었지만 시대는 잘 맞아떨어지지가 않았다. 그래서 사나이에 대한 문 교수의 설교를 나는 듣기만 했지 맞장구는 거의 없었다. 나는 문 교수의 설교 재미를 그냥 누리게 했다. 그러다가 문 교수는 ABC에 가서 주인공들을 만나 달라는 농담도 했다. 사실 문 교수는 사옥 보기를 놓쳤었는데 사라진다니 더욱 방문해달라는 것이었다. 디즈니the Walt Disney Company 1923 휘하에 들어간 ABC는 서쪽 허드슨스퀘어 부지Hudson Square in New York City에 더 멋있는 미래의 사옥을 발표했었다. 맨하튼 주민과 문 교수는 유리빌딩이 싫은 게 아니라 사나이와 우먼이 사라지는 게 싫은 게 아닌가도 싶다.

　피의자를 마구 다루는 막무가내 형사가 아니었다. 형사들은 강인하고 멋있어야 하는 것보다 논리적이고 차분했다. 국장 그리섬Gilbert Grissom은 내가 알고 있는 고정된 형사 관념과 너무나도 다른 행동을 했다. 〈씨에스아이 과학수사대〉CSI: Crime Scene Investigation 2000에서 그는 형사와 과학은 같은 분야라는 것을, 아니 같이 붙어 있어야 하는 것을 알려 주었다. 그렇다고 그는 직면된 긴박한 상황을 차분하게만 수행했던 것도 아니었다. 그는 고정된 경찰 관념대로 강인함도 보여주었다. 물론 차분하게 분석하는 드라마 분량이 훨씬 많았다. 그를 비롯한 경찰들 모두는 각자의 과학지식을 지속으로 대입해 가며 간교한 흔적을 간별했다. 확증이랍시고 무조건 디밀지도 않았다. 과학에 기반한 증거라도 '딱 걸렸어.'가 아니라 추정에 머물렀다. 따라서 용의자에 대한 그리섬의 태도는 정중하기 그지없었다. 형사들의 근무 공간도 대단했다. 경찰서는 우악스럽지 않은 분위기에다 은은한 조명에서 과학을 충분히 활용하는 곳이었다. 경찰이, 아니 형사가 존재함은 가해자를 때리고 혼내 줘야 하는 것보다 피해자를 온전한 생활로 이르게 함을 배우게 했다. 나는 실제 형사를 만나 본 적은 없었고, 내게 보일 리도 없었다. 그러나 북미에서 온 형사들은 적지 않은 배움으로 과학적이고 배려하는 자들이었다.

　ABC 사옥ABC News Headquarters Buildings 1948은 흐린 적벽돌과 하얀 대리석이 입체적으로 어우러진 약간 클래식의 13층 건물이었다. 그런데 층들은 모두 같은 표면으로 높아지는 것은 아니었다. 하늘로 올라갈수록 작아지는 형태였다. 물론 층으로 좁아질 뿐이지 대놓고 대각선 기울기는 아니었다. 현관에 들어서기 전 동그란 대리석 원 안에는 영문 소문자 에이비씨라는 로고도 있었다. 우직한 방송기업임을 증명해 주는 것 같았다. 사옥의 몸집은 서쪽 컬럼버스가Comlumbus Avenue까지 한 블록을 다 차지했다. 현관 앞으로 할당된 보도는 일반 빌딩 앞 보도 폭과 크게 다르지 않았다. 넓지 않았다. 그러다 보니 KBS한국방송공사 1973 사옥같이 위엄 있게 오르는 계단도 없었다. "방송국이라고 해서 뜸 들이지 않게 바로 들어가라 하네!" 나는 혼잣말을 하며 현관에 들어섰다. 타임스스퀘어 스튜디오와는 달리 여긴 한산했다. 나는 둘러볼 것도 없이 바로 만나는 데스크로 다가갔다. "혹시 방송국 볼 수 있나요?" 방송국 출입 명분이 하나도 없는 나는 천진한 질문을 하나 골라서 말했다. 예상대로 오늘 당장은 둘러 볼 수는 없다고 했다. 그러나 홈페이지에 시청자 견학 이메일 요청을 해 보라는 자세한 정보는 큰 덩치의 안전요원에게서 제안되었다. 안전만을 위한 자로부터 예상하지 못한 친절함이었다.

　나는 어쩔 수 없이 방송국 내부는 하나도 구경하지 못하고 다시 방송국 껍질로 나왔다. "어쩌지! 교수가 또 겨우 그거냐고 하면." 나는 문 교수의 실망을 떠올려 혼잣말을 했다. 건물 벽면에 무엇인가를 보고 걸음을 멈췄다. 사실 멈춰야 할 사건이 있는 것보다 멈춰야겠다는 부담감이 머리에 스쳤다. 나는 문 교수의 궁금증을 채워 주려면 건물 껍데기라도 아주 면밀하게 관찰해야겠다는 생각을 했다. 평소라면 그냥 유명인의 흔적에 시큰둥했겠지만 익숙해 보이는 한 인물은 내게 '정 그러면 그렇게 하나하나 다 뜯어 보시오.'라는 듯했다. 필빈Regis Philbin 방송진행자 배우 대중가수 미국 1931-2020이었다. "죽었구나! 쯧쯧." 나는 안타까운 말투로 말했다. ABC는 그를 방송에서 가장 노력하는 인물the hardest working man in show business임을 역시 명판으로 확인시켜주었다. "팬데믹 때 가셨군!" 내 안타까운 말투는 계속 이어졌다. 끝이 보이지 않았을 때 가족들은 얼마나 절망이었을지도 나는 떠올렸다. 그의 위트는 기발했었다. "음 교수가 누구냐고 물어보면…. 송해Song Hae 방송진행자 배우 대중가수 한국 1927-2022 정도, 이제 둘 다 없네!" 나는 문 교수가 육 백만불 한다던 사람을 설교했던 것처럼 나도 설교할 인물을 한 명 찾아낸 아이디어랍시고 중얼거렸다. 사실 어떤 분야든 그 분야를 가득 채워 냈던 사람이 사라짐은 공허함이다. 그간에 무관심했었어도 어딘가에서 왕성하다는 안심은 더 이상 쓸모가 없었다. 나는 미안했다.

외화 시청의 기억은 의외로 직장 동료들에게서 약간의 공감대를 만들었다. 동료 교수들은 맥가이버의 본명 앤더슨Richard Anderson 배우·작곡가 미국 1950- 을 정확히 아는 나를 당연하게 여겼다. 그러나 나는 그런 미국적 향수까지 거리낌 없이 아는 내게 더 놀랐다. 서울에서 즐겼던 단순한 기호 하나가 단번에 공감을 형성하는 것 말이다. "수상가옥에 살던 맥가이버는 건강할까…? 스컬리는 방송에 또 나왔나…? 그리섬은 거기서도 정중한 역할이었나…?" 나는 미안한 마음으로 나 자신에게 질문했다. 그동안 나는 무관심했다. 서울에서 포장된 이 미국 사회 맛보기는 내게 이들의 나라에서 배워보는 것에 조금이라도 영향을 미쳤을 것이다. 적어도 그들의 활약은 분명 잘 마련된 배움을 거쳤다는 것은 물론이고 그런 사회기반을 내게 추정하게 했다. 그러나 막상 외화 세상에 들어온 나는 온전하게 미드미국드라마 한편조차 끝마치지 못했다. 물론 시청하긴 했어도 서울에서의 시청과는 매우 달랐다. 더빙되지 않은 목소리는 그리 극적이지 않았다. 이해와 공감은 굴곡진 한국식이 아니라 평평한 미국 식에 가까웠다. 더빙이라는 포장이 벗겨진 드라마는 더 이상 대단한 외화가 아니었다. 그저 그런 방화邦畫였다. 언제나 켜면 나오는 흔한 방송 드라마에 지나지 않았다.

지금도 코를 막고 말하면 양지운Jihoon Yang 성우 한국 1948- 의 그 극적인 목소리를 나는 흉내 낼 줄 안다. 그러다 보니 한국 목소리에 미국 주인공들 근황이 나는 갑자기 궁금해졌다. 외화이자 방화 속 그 이름들을 구글google.com에게 물었다. 아이엠디비IMDb · Internet Movie Database 1990가 바로 맥가이버 주제음악과 영상을 열어 주었다. 나는 이들의 그때 그 시절이 아니라 생사가 필요한 것이기에 바로 위키en.wikipedia.org에게 다시 물었다. 그러고 보니 나는 맥가이버 말고는 이들의 본명도 몰랐다. 이들의 활약에 남다른 애정을 갖는 사람으로서 나는 알고는 있자고 생각했다. 위키는 맥가이버의 본명을 앤더슨이라고 또다시 확인시켜 주었고, 적지 않은 나이에도 만화박람회GalaxyCon Raleigh 2019에서 푸짐한 모습을 보여 주었다. 또 스컬리는 맥가이버 성씨와 같은 앤더슨Gillian Anderson 배우 문학작가 미국 1968- 이었고, 최근 베를린영화제67th Berlin International Film Festival 2017에서 역시 지성미를 드러냈다. 그리섬의 원래 이름은 페터슨William Petersen 배우 방송기획자 미국 1953- 이었고, 20년 전 모습으로 현재를 알 수 없게 했다. 페터슨은 아쉬웠지만 건강한 모습으로 믿고 싶었다. "다 연기자만은 아니었구나. 더 멋있다." 나는 위키가 말해준 드라마 주인공들의 또 다른 정체를 알아내며 말했다.

맥가이버는 뉴욕 채널 7번 ABC에서 볼 수 있었고, 서울에서는 채널 11번 그러니까 MBC문화방송 1961였다. MBC는 맥가이버뿐만 아니라 그리섬도 보여준 곳이었다. "이 주인공들 미국방송 출생지는 어디지?" 나는 문 교수에게 더 생색내기를 위해 중얼댔다. 그러니까 ABC가 그 맥가이버를 만들었고, 그리섬은 서울에서 주한미군 채널AFKN(American Forces Korean Network 1957-1996) 2번과 같이 여기 2번 채널인 CBSColumbia Broadcasting System 1927에서 탄생했고, 5번 채널을 갖는 FOXFox Broadcasting Company 1986가 의사 스컬리의 친정이라는 위키의 기록은 내 수첩에 옮겨지고 있었다. ABC앞 길거리에서 한참을 긁적이다 보니 나는 오늘 ABC 방송국 견학 미련보다 몇 배나 더 많은 맨하튼 방송국들의 볼거리를 늘려 놓았음을 깨달았다. 맨하튼을 나만의 방송국 편으로 한 번 더 탐방하기로 나는 결심한 것이다. 그러니까 CBS의 위치, FOX는 어떤 스튜디오일지, 또 4번 NBCNational Broadcasting Company 1926까지 말이다문 교수는 사나이와 우먼의 방송국 말고는 관심도 없었고, 채널 정보도 평가절하 했음. "신청해야지!" 방문 신청의 의지를 나는 속삭였다.

등잔의 밑은 또 정말 어두웠다. 서울 사람들은 뉴욕 사람들에게 세계정세를 물어오고는 한다. 그러나 정작 뉴욕커들은 세상을 모른다. 아니 관심이 없다. 그들은 뉴욕에서 바삐 살 뿐이지 지구의 움직임을 알아볼 여유가 없다. 물론 이도 나만의 착각일 수 있겠지만 말이다. 문 교수가 육백만 불짜리 남성을 신나게 보던 시절에 나는 누워서 천장만 보며 살았을 것이다. 더 정확히 말하자면 아버지와 어머니가 그 고가의 사나이를 틀어놓았을 뿐이지 나는 옹알거렸을 것이다. 설사 내가 알았어도 이렇게 방문까지는 없었을 것이었다. 나는 터미널로 이르게 하는 브로드웨이로 걸었다. 다시 타임스스퀘어에 다다를 때 뉴욕에 몹시 익숙해진 내가 새삼스러웠다. 뉴요커와 별반 다를 게 없는 이런 내 일상은 어느 시점부터인지 나는 한번 따져봐야겠다는 생각도 들었다.

"엄마, 맥가이버는 봐도 되지요?" 나는 어머니에게 허락을 구했다. 어머니는 토요 공부를 잠시 접어도 되는 향락을 맥가이버로 허락해 주었다. 어머니가 보기에도 맥가이버만큼은 참 인간상이었다. 그러나 정작 나는 그 참인간을 만들었다던 뉴욕과의 인연은 생각하지도 못했다. "와 이게 엠파이어스테이트빌딩이구나! 빌딩 대단하다!" 나는 처음 본 뉴욕에 감탄했다. 오래전부터 빽빽하고 촘촘하게 심어진 장신의 건물들이 각자의 개성을 유감없이 드러내고 있었다. 그래도 최선을 다해 잘 차려입었다고 자신했던 나는 나보다 몇백 배 더 세련된 뉴욕에 당연히 잘 어울리지 않았다. 나는 테네시에서 온 촌사람이었기 때문이었다. 늘 불꽃 터지는 스카이라인 맨하튼에 나는 드디어 발을 내디뎠다. 세계가 어떻게 돌아가고 있는지 다 알고 있을 것 같은 뉴요커들과 나도 옷깃을 스쳐본 것이다. 쓸쓸한 면접을 마친 나는 공항 출발 전 남은 반나절을 이 타임스지 앞마당Times Square에서 다 썼다. 그 떠들썩한 미국 한가운데 나는 놓여본 것이었다. 그때 나는 흰 머리가 나기 시작했고, 이제 막 구직처를 찾아다니는 두 아이의 가장이었다. 당도하자마자 뉴욕은 내게 많은 것을 묻는 것 같았다. 그 질문들은 내게 상념이라는 거창한 것도 하게 했다. 가장 굵직한 질문은 뉴욕에 와야 하는 건지 오고 싶은 것인지였다. 나는 그 결정을 모종의 대학에 맡기고 뉴욕에서의 이 짧은 기억을 모두 지워 버리고 떠났다.

"저 아래 환하게 빛나는 뉴욕을 내가 다시 볼 수 있을까?"

사진 왼쪽 건물 벽에 영문 소문자 abc가 둥그
라미 안에 들어가 있다. 이 이니셜 안에는 미국
이 다 들어 있다. 7번을 틀면 오늘의 미국이 아침
부터 생생하게 방송된다. 유리관 안에 들어
가서 이것저것 살피고 싶었지만 참아야 했다.
파랑 바탕에 움직이는 '뉴욕제일뉴스New York's
#News'라는 화면은 끊임없이 방송을 진행하는
생방송국 같게 했다.

PART 7

SEOUL

NEW YORK CITY

가기 싫은 도시

'그라나다 인생게임'도 모르는 친구에게

— 관악산Gwanaksan Mountain

"어서 일어나."

어머니가 큰 소리로 깨웠다.

    나는 13반 덩치의 경준이가 관리하는 애향단 소속이었다. 애향단이란 즐겁고 싶은 토요일 이른 아침부터 동네청소를 해야 하는 싫은 모임이었다. 물론 이 조직은 학교에서 강제로 결성해 준 가입하고 말고도 없는 집단이었다. 모임에는 같은 반이 아닌 낯모르는 애들도 수두룩했다. 물론 얼굴 정도는 익숙한 녀석들이자 여학생들이었지만 그리 친한 아이들은 아니었다. 따라서 애향단은 이름만 애향이지 귀찮은 동네청소가 제거되면 애향은커녕 무의미한 어린이 떼였다. 우리는 등교 전 빗자루 하나씩을 들고 나와 '직매장수퍼마켓' 앞에 나타나야 했다. 어머니는 허연 주둥이_{옆으로 자서 침 흘린 자국}와 흰머리_{역시 옆으로 자는 버릇으로 바가지 머리는 오른쪽 바깥으로 휘어짐}의 나에게 빨강 파랑 노랑이 섞인 플라스틱 빗자루를 줘 주었다. 여름 방학 전까지 우리 동네 아이들은 한동안 길거리를 쓰레질하는 그야말로 뜻깊고 기특한 일을 성실하게 해냈다. 경준이는 6반인 나를 거의 마지막으로 확인한 뒤 청소를 시작했다. 왜냐면 나는 종종 늦게 도착했기 때문이었다. 단장은 끝날 때도 아이들 반과 이름을 꼭 재확인했다. 나는 지각은 했어도 도망치지는 않았다. 사실 경준이는 학교에서도 칭찬이 자자한 학생이었다. 녀석의 담임선생님은 몸이 불편했다. 경준이는 그런 선생님을 키 크고 거대한 몸으로 늘 도왔다. 6학년 중에 경준이 이름은 몰라도 얼굴을 모르는 아이들은 없었다. 따라서 단원들은 이래라저래라로 그에 대항할 수 없었다. 아니 못했다. 나는 녀석이 은근히 미웠다.

김 교수의 숙제로 관악산은 무더운 7월에는 좀 무리라고 생각했다. 그래서 나는 김 교수에게 어떤 그리움이 있었는지를 물었다. "한 번도 못 가 봤어요, 그런 의미에서 대신 올라가세요!" 김 교수의 대답은 나를 더 놀라게 했다. 그런데 나는 '왜 나더러.'라는 이메일을 보낼 참이었다. 그런 조짐을 알았는지 김 교수는 '가깝게 살았지만 한 번도 정복하지 못한 산, 어렸을 때부터 기회는 많았지만 제대로 보지 못한 산, 관심 없었는데 나이를 먹으니 서울에 살았다면 분명히 정복했을 산.'이라는 시조 같은 보강 메일을 보냈다. 나는 김 교수도 이른바 '산싫어하는인간Mountain Haters'이 아닐지를 우선 의심했다. 그러다 보니 나도 가기 싫어졌고, 7월 한 달 내내 망설였다. 그 어느 때보다 낮 뜨거운 햇빛이 절정인 7월 28일 나는 어쩔 수 없이 산행을 시도했다. 반바지와 운동화에다 물병, 야구모자, 약과 그리고 우산산자락에서 갑자기 소나기를 만났다던 소년 소녀 이야기를 생각했음을 준비했다. 그런데 내게 이 관악산의 핵심 문제는 가는 방법을 모른다는 것이었다. "도봉산역1986처럼 관악산역도 있을까?" 나는 혹시라는 희망으로 중얼거렸다. 초보 관악산러에게는 더없이 고맙게도 정말 관악산역2022도 극적올해 관악산역이 개역했음으로 있었다. 관악산에 이르는 행로는 4호선을 타다가 사당역에서 2호선을 갈아타고 신림역1984까지 간 다음 바로 신림선2022이라는 노선으로 갈아타는 코스였다.

"신기하네!" 나는 최종 지하철을 타자마자 감탄했다. 마지막 지하철 노선은 어느 번호도 부여받지 못한 그냥 신림선인데, 이는 마치 부산1914 지하철 크기에다 세 개의 전동차만을 옮겨 놓은 귀여운 친구였다. 그러다 보니 지하철 안의 공간은 유난히 좁았다. 맞은편 승객이 지나치게 가까워서 살짝 웃겼다.

친한 사람과 탑승 시 대화는 옆자리보다 앞자리도 될 것 같았다. 그런데 그런 웃김은 이내 놀라움으로 바뀌었다. 지하철 운전기사만의 특권이었던 어둡고 끝없는 주행 터널을 승객인 나도 쭉 볼 수 있다는 것이었다. "운전기사는 어딨지?" 나는 혼잣말을 했다. 이 지하철은 그야말로 자율 주행 지하철이었다. 어디선가 원격으로 조정을 하든 아니면 알아서 인공지능으로 태워 주든지 간에 이는 놀라운 기술이 아닐 수가 없었다. 신기한 나머지 나는 지하철의 머리와 꼬리 사이를 왔다 갔다 하며 다가오는 동굴과 멀어지는 동굴을 감상했다. 맞은편에서 빠르게 지나치는 반대 차량의 굉음은 볼륨을 꺼 놓은 것처럼 생략되었다. 아나나 다를까 지하철은 멈출 때마다 둥둥 떠 있는 느낌을 주었는데, 사실, 이 지하철은 타이어 바퀴로 움직이는 지하 전기버스였다. 어쨌든 나는 이 첨단 지하 타이어가 대수롭지 않은 듯이 휴대폰 열중이들이 야속했다.

관악산역의 지상으로 오르자 문짝 없는 거대 단청 한옥이 나왔다. 거기에는 '관악산공원'이라는 현판이 붙어 있었고, 현판 바로 아래에는 등산자들을 시원하게 해 주려는 안개가 뿌려지고 있었다. 그러나 너무 높은 탓인지 바람에 날리는 탓인지 물보라는 내 머리에도 닿지 못했다. 시원할 것이라는 기대를 버렸다. 평평하고 검은 아스팔트의 길은 산길이라기보다 차도였다. 그 차도에 하산하는 사람들이 더 많았다. 하산인들 절반은 마스크를 착용하고 있었다. 그러나 미세한 경사로에서 이제부터 헐떡거릴 오르막 등산인의 특권을 주장하며 마스크를 벗었다. 오르려는 사람은 저 앞에 빨간 등산모의 여성 한 명과 왼쪽 팔의 휘저음이 부자연스러운 어르신이 내 뒤를 따랐다. 우선 나를 포함한 세 명의 순위를 의식하며 나는 아직 평평한 관악산을 오르기 시작했다.

오른편 경사지에는 작은 물줄기를 받들고 있는 물레방아가 보였다. 꼭 정신 나간 물레방아 같았다. 몇 초간 오른쪽으로 돌다가 또 몇 초간 왼쪽으로

도는 이상한 행동을 취하고 있었다. 물의 양이 일정치 않은지 제작이 잘못되었는지, 아니면 의도된 것인지를 고민하게 하는 물레방아였다. 나는 딴청을 피우다가 아까 그 어르신에게 순위를 내주고 말았다. 준비해 간 모자도 필요 없이 가로수는 시원한 그늘 터널을 만들어 주었다. 그러나 내 목덜미와 얼굴에는 쉴 새 없이 땀이 흘렀다. "까먹었다!" 나는 나에게 말했다. 티셔츠의 끄트머리를 끌어올려서 목덜미를 닦았고, 짧은 소매를 끌어올려 또 얼굴을 닦았다. 손수건, 아니 수건이 절실했다. 나를 추월했던 어르신을 다시 만났다. 어르신은 돌담에 앉아 작은 기계를 통해 음악을 듣고 있었다. 노래의 형체는 알 수가 없었지만 남진Jin Nam 대중가수 한국 1945- 의 목소리임이 분명했다. 어르신은 빠르게 지나는 내 눈을 마주쳐 주었고, 그리곤 살짝 웃어 주었다. 어르신의 불편한 신체 그리고 산행, 게다가 그 미소는 나 따위가 섣부르게 단정 지을 수 없는 산악인의 관대함 같았다.

"아이고 가려워!" 나는 가려움을 말로 표현할 정도로 긁었다. 걷다가 긁다가를 반복했다. 실체를 알 수 없이 그냥 종아리가 따갑고 가려웠다. 산행이라서 풀벌레가 있을 법도 한 것을 나도 안다. 그러나 아직 이르다. 왜냐면 등산로는 도심 차도와 다를 바 없는 데다 풀도 없고 벌레는 육안으로 확인되지도 않았기 때문이었다. 유령 벌레들이 있는 것처럼 어느 순간 가려움증이 슬그머니 나타나고는 했다. "산에 갈 때 긴 옷 입나?" 나는 둘러보면서 말했다. 그러고 보니 하산인 들은 긴 팔과 긴바지 아니면 반팔에 피부와 밀착된 무언가를 감싸는 복장이었다. 나는 준비되지 못한 등산 미숙자임을 또 드러내고 말았다. 산행길 왼편으로는 계단식 물놀이 계곡이 있었다. 젊은 가족들이 울긋불긋한 차림으로 놀고 있었다. 높은 층으로 오를수록 젊은이들이 어슬렁거리는 모습이 풀숲 사이로 보였다. "연주대677로 가야지!" 나는 혼자 중얼거리며 등산 의지를 다졌다. 왜냐면 등산의 모든 갈림길풋말은 내게 연주대라는 꼭지가 정상임을 알렸기 때문이었다. 나는 관악산 꼭대기에서 보면 과천1413이 손톱 크기로 보인다던 얘기를 떠올렸다. "나도 빠께스 리스트bucket list 그런 거 하나쯤은." 나는 조금 헐떡이며 말했다.

약간 가팔라지는 길목 풀숲 안으로 어르신들이 게이트볼에 열중하고 있었다. 묵직한 공들이 부딪히는 소리가 가끔 관악산에 탕탕거리며 울렸다. 볼 게임에 전념하는 어르신들을 뒤로했건만 공들이 부딪히는 소리는 계속 들렸다. 마치 스님들이 졸면서 두드리는 목탁처럼 간격이 일정치 않았다. 드디어 차도 같은 넓은 길이 끝나고 코코넛 멍석이 깔린 가파른 길이 나왔다. 그리고 고정된 운동기구들이 숲속에 다량으로 설치되어 있었다. 꼭대기에 이르는 체력을 가늠하라는 운동기구들의 경고 같았다. 멍석 길은 끝나고 돌부리가 솟아 있는 아주 급한 경사길이 나왔다. 사실 나는 덥디더운 한여름이니 야간 산행을 각오하고 있었다. 그러나 그건 역시 등산 미숙자의 착각이었다. 돌부리 길부터는 가로등도 없었다. 나는 등산을 밝디밝은 가로등이 켜진 동네 걷기쯤으로 생각했던 것이었다.

"저 연주대가 여기서 멀어요, 지금 가도 되지요?"
"어머 못 가요, 이제 어두워져서, 사당에서 오르면 모를까?"
전문 산악인 같은 차림의 여성이 대답했다.

여름 방학이 가까워진 어느 토요일 나는 애향단을 마치고 등교했다. 그날은 이유 없이 6학년 전체가 아무것도 안 했다. 우리는 운동장으로 집결했고, 1반부터 13반까지 4열 종대로 줄줄이 정문을 나섰다. 물론 반마다 시작되는 지점에는 담임선생님이 동행했다. 그러나 선생님들은 이웃 반 선생님들과 얘기하며 걷기를 위해 반의 끝이나 시작점에 있었다. 우리는 그에 아랑곳하지 않고 툭툭 치기와 안 넘어질 정도의 발 걸기의 장난을 반복했다. 사실 확실한 발 걸기는 행렬에서 금세 표가 나고, 더욱이 여학생들이 선생님을 불러들여 혼나기를 자초하는 꼴을 만드는 것이었다. 그래서 우리는 발 장난의 수위를 잘 조절하며 걸었다. 간간이 뛸 줄은 애들도 있었다. 대부분이 나뭇가지였다. 그러나 나뭇가지 소지는 바로 여학생들이 또 선생님에게 이르는 빌미를 제공했다. "거기, 어서 버리지 못해!" 선생님이 외쳤다. 꾸지람과 반 아이들의 주목은 기분 좋은 일이 아니었다. 그래서 나뭇가지는 팔 길이 안쪽으로 숨겨졌다 나왔다 했다.

학교에서 관악산을 가기 위해서는 남태령이라는 고개를 만나야 했다. 그런데 그 고개의 양옆은 거대한 산이 절개된 곳이기도 했다. 절개하고 나서 통행할 수 있어서 남태령인지 절개 전에도 남태령이었는지는 모를 일이었다. 그러나 두 동강의 끝자락에는 여름에는 가느다랗지만 하얀 폭포를 만들었고, 겨울에는 빙벽이 생기는 볼거리였다. 그날 우리는 딱 거기까지 갔다. 애초에 선생님들은 관악산으로 산책 간다고 했다. 물론 이 집단 행군을 산책이라고 함은 조금 어색했지만 반 녀석들과 장난치면서 걷기란 나쁘지 않은 즐거움이었다. 게다가 공부하기 싫은 토요일 외출도 좋았다. 그러나 우리는 관악산이라는 곳의 정면도 가보지 못하고 그 남태령 절개지를 끝으로 회군했다. 아마 오전 수업의 토요일이었기에 선생님들은 즉흥적으로 돌아선 것이 아닌가 한다. 1반부터 행렬이 굽어지는 가운데 우리 6반이 굽어졌고 마지막 13반이 우리 반과 겹칠 무렵 나는 행렬에서 갑자기 나가떨어졌다. 선생님의 감시는 행렬 저편으로 보이지는 않았다. 선생님의 부재를 이용해 친구 녀석이 나에게 확실한 발 걸기를 시도한 것이었다. 나는 그간에 내 장난을 받아준 친구의 복수라고 생각하며 대수롭지 않게 천천히 일어서고자 했다. 그런데 갑자기 경준이가 뛰어오더니 내 친구의 멱살을 잡았다.

"야 너."
경준이는 눈을 크게 뜨고 내 친구를 위아래로 경고하듯 쳐다보며 말했다.
"어, 왜 그래."
내 친구는 당황한 듯 말했다.

나는 차라리 잘됐다고 생각했고, 김 교수에게 나의 노고가 은근히 포함된 '관악산정복실패'의 궁리도 각오했다. "그때 산오래전 김 교수는 호수도 보고 곰도 보고 애완견들도 보는 동네 산에 같이 오를 것을 제안했음에 갈 것을!" 나는 갑자기 김 교수의 미국에 있는 모종의 산에 등산 제안을 떠올리며 혼잣말을 했다. 그렇다면 교수는 나같이 '산싫어하는인간'이 아님이 확인된 셈이다. 사실 손수건도 없었고 종아리는 가려웠다. 더욱이 나는 등산 신념도 없는 뼛속 깊이 해발 1미터 정도의 사람이 아니던가 말이다. 적어도 내가 그리워할 수 있는 관악산은 관악산 문어 다리 끄트머리쯤에서 절단된 남태령이 아닌가 한다. 나는 발바닥을 아프게 하는 돌부리 길에서도 계속해서 다리를 긁었다. 그러고는 아까 보아둔 그 계단형 계곡에서 종아리를 씻어보려는 심산으로 하산을 시작했다. 사실 하산이라고 할 것도 없이 등반이 아닌 산책 정도였다. "너무 가려워서요⋯." 나는 김 교수에게 뭐라고 변명할지의 변명을 말해봤다.

하산의 결정까지 한 번도 쉬지 못했다. 다리가 아파서 저기 다가오는 육각정에 한 번 쉬어 보기로 했다. 그러나 육각정은 총 네 명의 등산인들이 다 차

지하고 있었다. 우선 세 명은 등산을 마치고 쉬려던 장년의 등산객이었다. 그 세 명 중에서 두 명은 부부 어르신이었고, 또 한 명은 부부 중의 아내의 친구로 추정되었다. 아저씨는 동행한 아내의 친구를 의식한 듯 마루에 반쯤 엉거주춤 앉았다. "왜 떨어져 그래, 이리 가까이 와 누워요." 남편의 불편함을 풀어 주시고자 아내는 애교 섞인 말투로 말했다. 아저씨는 마지못해 아주머니 옆에서 두 여성이 쉬는 간격과 똑같은 거리로 와상 휴식에 합류했다. 또 한 어르신도 있었는데, 정자 기둥에 기댄 채 독서 중이었다. 그런데 이 어르신의 특이점은 작은 몽당연필로 책에다 줄을 긋는 것이었다. 나는 내 책 읽기 버릇과 너무 닮아 반가웠다. "어르신 무슨 책을 그렇게 열심히 읽으세요?" 나는 천진하게 물었다. 어르신은 눈동자만을 치켜뜨며 별 반응을 보여주지 않았다 "으흠." 나는 다소 민망한 호흡을 했다. 책 제목은 몇 해 전 교수들과 독서 토론용으로 읽었던 유시민Simin Rhyu 정치가 문학작가 한국 1959- 의 『어떻게 살 것인가』2013였다. 어르신은 실용주의Pragmatism하면 떠오르는 듀이John Dewey 철학자 미국 1859-1952의 인상처럼 옆모습이 넓고 날카로웠다상상이 안 간다면 디지털에서 찾아보기 바람.

유령 벌레의 실체를 알게 되었다. 검은색으로 모기와 달리 다리가 짧은 놈으로 흡혈 현장을 목격했다. 녀석은 내 허벅지에 살며시 앉아 있었다. 나는 손바닥으로 '탁!' 소릴 내서 죽여 버렸다. "교활한 녀석, 소리도 없이!" 나는 후련하게 혼잣말을 했다. 마음만 후련하지 가려움은 여전했다. 물가로 급히 내려갔다. 또 다른 육각정에는 두 여성 어르신들이 정자 마루에 올라 음악도 없이 진지하게 춤 연습을 하고 있었다. 조금 웃겼다. 내가 지나가는 것에 의식도 않는 당당한 태도였다. 유난히 주목되는 하얀 양말은 둔탁한 소리를 내며 사뿐사뿐 움직임에 큰 도움이었다. "파란 공은 안 된대." 자갈돌 물가에서 다섯 살 정도의 여아가 열 살 정도 오빠의 심부름을 수행하지 못했다는 이유를 말했다. "파란 공은 안 될 게 뭐람, 파래서 안 될 것도 아니고, 누가 사용하고 있어서 안 될 것도 아니고." 나는 종아리를 씻으며 중얼댔다. 오빠는 하얀 공을 티셔츠 속에 배부르게 넣고 물속으로 들어가고자 했다. 그러나 공은 계속 티셔츠를 빠져나와 하늘로 튀어 올랐다. 저 멀리서 어디선가 파란 공이 던져졌다. 오빠가 떠내려가는 파란 공을 채더니 그 여아에게 주었다. 여아는 금세 파란 공으로 오빠를 따라 했다. "파란 공은 왜 안 되었던 걸까?" 나는 양말 주둥이로 발가락의 물기를 닦으며 또 중얼거렸다. 그리고 물가 옆에 가지런히 벗어두었던 운동화를 신었다.

우리 때문에 행렬이 멈춰 설 수도 없었고, 멈춰도 안 되었다. 그랬다가는 선생님이 알게 될 것이고, 문제를 일으킨 애들로 주목될 것이 틀림없었다. 경준이는 내게 괜찮냐는 듯이 흙을 털어주었고, 내 친구에게는 앞으로 지켜보겠다는 눈빛으로 쏘아보았다. 그러고 나서 경준이는 다가오는 자기 반으로 복귀했다. 아니 급히 복귀해야만 했다. 왜냐면 경준이는 오늘 동행하지 못했던 13반 선생님을 대신해서 마치 담임처럼 반 행렬을 진두지휘했기 때문이었다. 나는 그런 경준이가 싫었다. 그리고 그런 경준이가 창피했다. 아니 아이들에게 경준이와 같이 주목되는 게 싫었다. 녀석과는 마치 친구들과 즐겁게 지내는 것이 아니라 어른들과 있는 것 같았다. 물론 경준이와 놀아본 적은 없다. 그도 그럴 것이 나는 녀석과 같은 반이 아닐 뿐더러 6년 내내 우리는 한 번도 같은 반이었던 적도 없었다. 다만 우리는 그 알량한 애향단의 단장과 단원인 게 전부였다. 그 후로도 경준이는 13반 선생님의 거동을 돕는 중에도 나와 몇 번 마주쳤다. 그때마다 경준이는 내게 손을 흔들었다. 물론 마지못하게 나도 손을 흔들어 주고는 했다. 그러나 못 본 척도 여러 번 했다. 애향단에서 녀석은 내가 뭘 좋아하는지, 형제는 어떻게 되는지 등등 뻔한 질문을 했다. 그때마다 나는 최소한의 대답만 해 주었다.

관악산역이라는 표기 괄호 안에는 '서울대'라고 명시되어 있었다. "여기가 서울대인가?" 서울대가 있을 법한 길로 들어서며 나는 말했다. 서울대가 아주 근거리에 있다는 의미였다. 나는 대학이 바로 역에 있는지를 확인하기 위해서 몇 걸음 더 걸어 보았다. 포장된 김밥과 떡 그리고 번데기 좌판을 쨍쨍한 햇빛에 내놓으신 아주머니 두 분은 남성 어르신을 가운데 앉히고 싸우는 언성으로 얘기하고 있었다. 남성은 소싯적 이야기를 해 주는 것 같았다. 두 아주머니는 남성의 얘기에 경쟁적으로 감탄 답례를 해 주고 있었다. 보아하니 어르신은 손님 같았지만 파는 이처럼 좌판 안쪽으로 아예 자리를 잡고 앉았다. 나는 이 혼성 3인조의 수다를 뒤로하고 서울대가 가까운지를 확인하고 싶었다. 뾰족지붕에 기다란 굴뚝 모양을 하는 이른바 '샤탑'을 확인했다. 관악산은, 아니 관악산역은 서울대 바로 옆에 있던 것이었다. 사실 나는 지역에 어떤 도시를 방문하면 그곳 대학을 하나 골라 꼭 방문해 보고는 했다. 대학은 그 도시가 앞으로 어떻게 될 것인지에 대한 예언자라고 생각해 왔기 때문이다. 그런데 이상하게도 서울에서만은 그럴 탐색 열정이 도통 생기지않았고 오늘도 마찬가지였다. 이유는 간단한데, 다시 가보지 못할 곳도 아니고 결정적으로 나는 서울의 미래보다 서울의 과거를 더 선호하기 때문이 아닌가 한다. 나는 다시 그 최첨단의 지하타이어를 탔다. 이번에는 나도 승객들과 마찬가지로 무인의 신기함에 의연하게 굴었다.

나는 경준이가 어느 중학교에 갔는지조차도 관심이 없었다. 그런데 오늘 나는 관악산을 다녀가면서 경준이를 조금은 알 것 같았다. 경준이는 나와 그냥 아는 사이가 아니라 친한 친구가 되고 싶은 것은 아닌가 말이다. 사실 녀석의 어른스러운 행동들, 특히 선생님을 도와야 한다는 무게는 또래 친구들과 철없는 즐거움을 만끽할 수 없게 하는 불가피한 조건이 아니었을까 한다. 학교 어디에서건 내가 경준이를 보았을 때 녀석은 언제나 선생님을 돕고 있었다. 그래서 그런지 나는 친구들과 어울리는 녀석의 모습을 한 번도 본 적이 없었다. 동네 어디에서건 내가 노는 유치한 방식으로 어울리는 경준이도 못 봤다. 경준이는 철없는 녀석들과는 많이 달랐다. 그러다 보니 나는 경준이를 내 앞에 나타날 필요 없는 어른으로 인식해 버렸다. 그러나 분명한 것은 경준이는 우리와 다를 바 없이 국민학생용 가방을 멘 국민학생이었다는 것이다. 나는 반에서 있으나 마나 한 익명의 아이였다. 동네에서도 나타나면 반드시 끼워줘야 하는 친구도 아니라 인원이 모자라야 끼워주는 별 영향력 없는 그야말로 '그 녀석'이었다. 보잘것없는 애향단원인 내게 친근감 책임감 정의감 의리감 등등이 뒤섞인 녀석의 관악산 눈빛이 선명하게 떠올랐다. 나같이 어리숙한 아이는 가질 수 없는 눈빛 말이다. 이제야 경준이를 한번 알고 싶어졌다. 지금 같아선 벌떡 일어나 경준이에게 무슨 친근한 말이라도 해 볼걸 후회를 해 본다.

"경준아, 너 '그라나다 인생게임1982' 모르지?"

단순히 산에 오르려는 것인데, 이렇게 궁궐 같
은 한옥 진입은 등산에 대한 사회적 경외감에
서 비롯된 것이 아닐까 한다. 물론 '산싫어하는
인간Mountain Haters'으로서의 생각이지만 말이다.
잘리지 않게 찍으려니 현판 아래로 뿌려지는
안개가 하나도 보이지 않는다. 길바닥에 내려
놓은 우산의 손잡이도 찍혀버렸다.

아들에서 아버지가 되기까지
– 뉴욕메츠구장New York Mets Citi Field Stadium

"이번엔 양키스구장 다녀오시길."

"아예 저…. 그런데."

문 교수는 7월의 방문지를 그래도 내가 좋아하는 곳으로 지정했다. 사실 나는 야구를 무척 좋아한다. 그래서 야구장 방문은 하루빨리 가고 싶었다. "가만있자 경기가 언제지?" 나는 휴대폰으로 7월의 경기 일정을 확인하며 즐겁게 중얼거렸다. 나는 뉴욕의 양대 팀인 양키스와 메츠New York Mets 1962에 관심이 많다. 물론 동네에도 페트리어츠Somerset Patriots 1998가 있긴 하다. 그러나 이 팀은 마이너리그로 양키스와 메츠에 대등하지 못하다. 그래서 나는 뉴욕의 두 산맥만을 예의하고 주시하는 메이저한 선입견을 갖는다. 당분간 페트리어츠가 성장하는 것을 지켜보면서 두 거대 구단을 구경할 작정이다. 그런데 이 뉴욕 대표들에서 메츠에 나는 조금 더 쏠린다. 솔직히 나는 뉴욕메츠의 팬이다. 이왕 가볼 거면 메츠구장이 낫지 않을지를 고민했었다. "저 양키스보다 메츠구장은 어떨까요?" 나는 문 교수에게 재차 물었고, 교수는 흔쾌히 허락했다. 나는 문 교수가 큰 의미 없이 양키스구장을 거론한 것임을 확인하고 어린애처럼 흥분되는 마음을 드러냈다. "아예 알겠습니다. 하하하." 나는 필요 이상의 웃음까지 내보이며 대답했다. 뉴욕에 익숙하지 못한, 또는 야구에 흥미가 크지 않은 사람들은 뉴욕 대표 야구팀을 양키스만을 기억하고 그 모색을 접는다. 물론 양키스는 뉴욕의 야구이자 야구의 뉴욕이라고 할 수 있다. 그런데 어떤 프로스포츠 종목이든지 한 도시에 한 팀은 스포츠의 즐거움을 단순하게 만든다. 그래서 서울 야구도 베어스1982와 트윈스가 나란한 것이 아 닌가 싶다.

　어느 정도는 설레었다. 통째로 조망되는 야구장이라기보다 조각난 벽돌 건 축물을 다닥다닥 이어 붙여 놓은 것 같았다. 철제로 얼기설기 세워놓은 관중 석 기둥은 당분간의 버팀으로 공사 중이라는 생각도 들게 했다. 그러나 이것 이 실로 완성된 구장의 모습이었다. 겉으로 보이는 야구장은 옛것의 아름다 움보다 그냥 오래된 물건 같았다. 초록색의 티Green Line T 1897 · Massachusetts Bay Transportation Authority · MBTA를 타고 나는 캔모어역Kenmore Station 1932에서 내 렸다. 뉴베리가Newbury Street와 렌즈다운가Lansdowne Street 구간의 별 볼 일 없 는 철조망 다리도 건넜다. 이제는 오리츠다리David Ortiz Bridge 2016가 된 브루 클린가다리Brooklin Avenue Bridge를 지나 나는 펜웨이파크Fenway Park 1912로 걸 었다. 열 번이나 올스타상Major League Baseball All-Star Game 1930 · American League & National League과 일곱 번의 실버슬러거상the Silver Slugger Award 1980 American League & National League · 홈런과 타율 그리고 타점 모두를 합하여 가장 점수가 높은 타자에게 주는 상까 지 수상한 빅 파피Big Papi 오리츠David Ortiz 야구선수 도미니카미국 1975- 도 나는 몰랐 었다. 나는 오로지 박찬호Chanho Park 야구선수 한국 1973- 말고는 잘 몰랐다. 물론 오리츠는 물론이고 다른 선수들도 알아낼 수도 있었지만 언어부터 생각까지 완전히 이 세상으로의 세척에 들어가야 하는 나는 그럴 수가 없었다. 내게는 생활보다 고행이 더 필요했다. 어느 날 나는 절지切齒하는 내게 상을 주고 싶 었다. 나는 내게 〈매트릭스〉the Matrix Reloaded 2003를 보여줄지 야구를 구경시 켜 줄지를 고민했다. 나는 야구경기를 선물했다. 펜웨이파크라고 불리우던 이 세상의 야구장은 비정형에다 기형적이었다. 배치된 관중석은 마운드를 바라보는 방향이 제각각이었다. 심지어 2루와 3루 사이는 그냥 담장으로 관중석이 없었다. 홈런이 나와도 관중은 잡아내지 못하는 구조였다. "행인이 맞으면?" 나는 외톨이었기에 혼자 중얼거릴 수밖에 없었다. 그래도 이 펜웨이파크는 신대륙 야구의 시초였기에 나는 받아들였다. 몇 시간 후면 나는 다시 미국어 브레인워싱으로 들어갈 무거운 마음이었다. 오랜만의 야구는 즐거워야 했지만 그렇지 않았다.

2022년 7월 22일 금요일 퀸스 구역 플러싱에 있는 메츠의 홈구장으로 갈 것을 나는 결정했다. "곤란한데 플러싱선7 Flushing Local 1915!" 나는 지하철 관전을 꾸려보며 내게 문제 제기를 했다. 사실 메츠 홈구장은 맨하튼에서 승객들이 가장 붐비는 노선에 걸려 있다. 매일 아시안이 이 노선으로 맨하튼으로 들어가는 양은 어마어마하다. 당도한 지하철 출입문이 열리면 그야말로 아시안이 쏟아진다는 표현이 적당하다. 그래서 플러싱선은 내게는 친숙한 노선이지만 그래서 피하고 싶은 노선이기도 하다. 사실 그렇게 뚱뚱하게 달리는 지하철로 경기장을 찾는 이유는 문 교수의 주문만은 아니었다. 나는 또 다른 이유가 있으면서 문 교수에게 거론하지는 않았다. 물론 문 교수가 거부할 성품은 아니지만 나는 내 사적 이유로 메츠로 바꾸는 나도 별로라고 생각했다. 그도 그럴 것이 아직 미확정된 이유에서였다. 그러나 미확정이건 뭐건 두 아이가 관중 앞에서 〈별이 빛나는 깃발〉the Star Spangled Banner 1931 · 미국국기을 부른다는 사실은 내게는 놀라움이었다. 물론 합창단에 섞인 아이들이지만 나는 경기보다 아이들을 더 기대했다. 어찌 되었건 나는 자랑삼아 얘기하고픈 기막힌 사실을 하나 갖게 된 것이다. 아비로서 세상에서 가장 흐뭇함이 아이들 자랑임을 알기도 하지만, 또 역시 세상에서 가장 속물 짓기에 나는 점잖게 굴었다. "아버지도 이런 마음이 있었을까?" 나는 서울 아버지를 떠올리며 중얼거렸다.

　사실 이목이 많은 지하철 플러싱선에서 한복 아이들은 조금 부담스럽다고 생각했다. 더욱이 90도33℃가 넘는 기온으로 한복 착용 활보는 청소년 학대나 다름이 없었다. 할 수 없이 나는 터미널부터의 지하철을 포기하고 마을부터의 운전으로 조지워싱턴다리를 건너 플러싱으로 향했다. 그리고 트라이브로다리Triborough Bridge · Robert F. Kennedy Bridge 1936를 하나 더 건너서 뉴욕메츠구장인 시티필드구장New York Mets Citi Field Stadium 2009을 만났다. 구장은 오래전 허문 셰이스타디움Shea Stadium 1964과는 달랐다. 오랜 것은 시카고피자에서 한 조각이 잘려나간 콜로세움Colosseum 80이었다면 새것은 박물관이나 교회의 수많은 아치 창에 올려진 듯했다. 경건해 보이는 새 구장이지만 여전히 시끄러웠다. "주차비가 좀 비싼걸!" 나는 주차장에 진입하면서 투덜댔다. 그러나 조수석과 뒷좌석에 앉은 누구도 받아주지를 않았다. 섭섭했다. 그러나 오늘은 섭섭해도 괜찮다. 왜냐면 아이들의 긴장을 나는 알기 때문이었다. 아이들은 미국인으로 컸지만 한국인이라는 대열도 마다하지 않았다. 그리고 메츠는 그런 아이들 히스토리의 팬들을 위해 오늘 '한국의 밤2022 Korean Night'을 만들어 낸 것이었다. 사실 메츠의 집이 있는 플러싱은 유독 한국인을 비롯한 아시안이 많다. 그래서 그런지 메츠는 한국인에 관심이 적지 않다. 영어만이 난무하는 예전의 웅성거림과 달리 오늘은 가나다라도 많이 들렸다. 여기저기 터지는 익숙한 언어에 나는 이유 없이 즐거웠다. 서로를 다 안다는 반가운 눈빛들이 오갔다.

　"곰Doosan Bears과 양말Boston Redsox이면 모를까?" 나는 혼자 중얼댔다. 펜웨이파크에서의 경기는 눈에 들어오지 않았다. 나는 응원 팀이 부재한 경기라도 흥미롭게 관전할 줄 알았다. 사실 내게 야구 흥미가 보일라치면 나는 나를 꾸짖으며 살았다. "네가 야구나 보러 다닐 때냐?" 나는 늘 나에게 한심하게 물었다. 내게는 축적된 그 무언가가 하나도 없었다. 나는 더 이상 보살펴 주기만 하면 당연히 살이 오르는 돼지일 수 없었다. 어른들이 나를 만드는 것이 아니라 드디어 내가 나를 만들어 내야 했다. 그런 시장기 가득한 금욕에서 내가 나에 대한 연민으로 마련해 준 브레이크타임은 나를 결코 즐겁게 해 주지 못했다. 안타가 나와도 탄성을 지를 명분이 내게는 없었다. 한정된 여가는 자리를 들썩이는 관중들을 둘러보게 하는 정도였다. 즐거운 웅성거림의 의미를 알아내서 정확히 이해하고 넘어가야 한다는 것도 나는 피곤했다. 내 마음을 절대 모르는 그들만의 리그라는 생각이 더 컸다. 달아오른 경기를 보면서도 머리에 솔솔 들어오는 딴청을 나는 명징하게 걸러냈다. 보스톤에서 의지할 내 팀이 하나 없다는 것과 설사 팀이 있다고 해도 나는 그 팀을 좋아할 메이저한 상태가 아직 아니라는 것 말이다. 곰이 양말을 신고 설치는 별 볼일은 없었고 시종일관 마음이 편치 않았다.

파드레스San Diego Padres 1969에 김하성Haseong Kim 야구선수 한국 1995- 이 온다고 짐작하고 있었다. 지나치는 한국인들로부터 '삼 만 명이 입장할 겁니다.'라는 얘길 들었다. 응원 팬들이 적으면 사실 야구 보기는 이상하게도 재미가 떨어진다. 그러나 메츠의 이번 전략은 참 좋았다. 거대하게 들어선 한국인들에 대한 메츠 마케팅은 재미를 가득 예고하고 있었다. "표한국의 밤를 보여주면 메츠 모자 준대!" 여인이 어디서 정보를 얻어와 말했다. 한글로 장식된 모자는 무척 마음에 들었다. 공식적인 물건에 새겨진 한국 문자는 예뻤다. 작게 수놓아진 태극기의 세련은 수많은 경기 중에서 이번 한 경기만을 위한 메츠의 철저한 준비를 읽어내기에 충분했다. "메츠 얘들 뭐지?" 나는 감탄할 수밖에 없었다. 메이저리그에서 메이저가 아닌 우리를 메이저로 끌어 올리려는 좋은 대접 같았다. 물론 의도는 경기 흥행을 위한 다분히 상업적인 의도로 치더라도 나는 과연 기분 좋은 대접이라고 생각했다. 더 정확히 말하면 미국은 인류학대로 생각하고 행동해야 동네가 작동된다는 것을 이미 알고 있는 것이 아닌가도 싶었다. 갑자기 온통 한국어로 불러대는 한국가요가 나왔다. 내가 떠나올 때보다 몇 배는 더 멋있어진 한국이 영상으로 틀어지고 있었다. 나는 너무 신이 났다.

"라이트David Wright 야구선수 미국 1982- 가 뛸 때 올 것을!" 나는 메츠에서 가장 좋아하는 라이트선수를 떠올리며 혼잣말을 했다. 그는 근래에 들어 메츠 팬들에게서 가장 사랑받는 선수가 아닌가 싶다. 그는 3루수로 오래전 세계야구대회World Baseball Classic 2013에서 '캡틴아메리카'라는 별명도 얻었다. 더욱이 그의 겸손은 그를 더욱 좋아하게 만든다. "어어어?" 갑자기 어두워지는 기운에 관중들이 일제히 웅성거렸다. 마른하늘이 날 비를 퍼부었다. 나는 그래도 이런 난리가 좋았다. 무더운 김에 오히려 더 시원했다. "죄송합니다. 금일 경기는 30분가량 지연될 예정이오니…." 장내 방송이 두 번 크게 이어졌다. 나는 방송이 일러준 여유를 틈타 핫도그를 샀다. 게임 중간에 더 맛있게 먹으려고 일단 입에 대지도 않았다. 그러나 핫도그는 내게 따뜻하니 지금 바로 먹으라고 했다. 나는 아이들도 아직 나오지 않았고, 더군다나 아비가 되어서 핫도그 소스나 입에 묻힌 채로 토끼들을 보고 싶지는 않았다. 뭉클했다. 아주 많이 뭉클했다. "녀석들!" 나는 여인이 못 듣게 중얼댔다. 저기 멀리서 커다랗게 입을 벌리고 최선을 다하는 저 아시안 아이들이 나는 대견하고 슬펐다. 매일매일 집 안팎으로 두 문화를 오가는 혼란스러움이었건만 투정 없이 열심인 저 아이들의 숙명이 나는 갑자기 미안했다. 그러나 그럼에도 손색없이 저기 자리한 아이들은 내게 큰 안심이었다. 나는 감격이 뭔지 알 것 같았다.

애국가1936도 불렀으면 좋을 법도 했다. 국가 대항전도 아니고 나는 내 이 지나친 욕심을 접었다. 사실 나는 오래전부터 위대한 단어들만 나열해 떠들어 대는 사회운동가들을 경시해 왔다. 그야말로 내게는 소음에 불과했다. 그러나 그들이 거론해 왔던 수많은 단어 중에서 내가 신대륙을 밟으면서부터 내게 꺼내진 단어는 '다양성Diversity'과 '포용Toleration'이었다. 그리고 그 두 단어는 오늘 평소와 다르게 깊게 다가왔다. 위대한 말이긴 해도 그들의 노고가 없으면 결코 그 위대를 누릴 수 없음도 나는 또 깨달았다. 나는 그들과 아무것도 같이 하지 않았으며, 그들의 외로운 외침도 그냥 내버려 두었었는데도 말이다. 미국산 동화『위니더푸』Winnie the Pooh 1926에서도 각자의 단점을 각자의 장점으로 포용함을 나는 아이들을 재우며 배웠다. 역시 미국산 동화『오즈의 마법사』the Wizard of Oz 1900는 말할 것도 없다.

미국은 뭐든 하나도 정돈되지 못한 상태에서 세상의 모든 인종을 들여와 개문발차했다. "어째서 고생을 자처했을까?" 나는 한국의 개문을 상기해 가며 중얼댔다. 적어도 우리끼리면 훨씬 순조롭고 일사불란하게 추진될 한국을 나도 안다. 우리끼리의 오랜만의 느낌을 오늘 메츠구장에서 만끽한 나는 그렇다고 해서 저기 착석한 나와 다른 이목구비들이 없는 우리끼리도 싫다. 미국에서 한인들끼리의 잔치 참여는 오늘 감격보다는 덜하다. 끼리끼리는 편하지만 금방 지루해지기도 한다. 그래서 이질의 즐거움에는 두 단어의 화학적 결합이 필요한 것이 아닌가 싶다. 다양하니 포용하자는 것이다. 만약 이런 조건을 거부한 북미에서의 거주라면 재미없고 지루한 생활의 연속이었을 것이다. 나는 그 이질을 찾아오지 않았나 싶다.

　사실 상상도 하지 못했다. 멋있는 메츠구장과 저기 아이들 그리고 내가 좋아하는 야구와 한국의 밤 이런 것들이 다 한자리에 모두 모아진 것 말이다. 극도로 고조된 내 이 심경은 거창한 무대에 내가 올려진 것 같았다. 그래서 나는 핫도그도 먹기 시작했다. 선수들이 각자 수비 위치로 뛰어나갔다. 마운드에 세워진 시구자는 나와 같은 시대를 사는 장혁Hyuk Jang 영화배우 한국 1976- 이었다. 한국 친구가 다녀가는 반가움이었다. "한국 친구? 아버지?" 고향에서 온 유명인은 양키스구장을 아주 오래전에 다녀간 내 영원한 친구인 아버지와 연결되어 있었다. 아버지는 양키스구장에서 '지하철시리즈Subway Series'가 뭔지 궁금해 했었다. 잠실구장에서 젊은 아버지가 내게 설명해 주었던 수많은 야구 지식에 비하면 아무것도 아닌 야구 통념 하나를 나는 늙은 아버지에게 소개했었다.

　본래 뉴욕에는 양키스와 메츠만 있는 것이 아니었다. 브루클린 다저스 Brooklyn Dodgers 1883-1958 · 창단 명 Brooklyn Atlantics와 뉴욕 자이언츠New York Giants 1883-1958 · 창단 명 New York Gothams도 있었다. 그러니까 뉴욕은 네 개의 팀뉴욕 메츠 · 뉴욕 양키스 · 브루클린 다저스 · 뉴욕 자이언츠으로 더 흥미로운 시절이 있었다. 다저스는 브루클린에 에베츠필드Ebbets Field 1913-1960 홈구장을 가졌었고, 자이언트는 맨하튼 섬 내륙 쪽에 폴로그라운드Polo Grounds 1880-1963라는 구장을 쓰고 있었다. 그런데 이 구장들은 야구광들이 지하철로 몇 분 안에 당도할 거리였기에 이른바 지하철시리즈가 탄생한 것이었다. 물론 지금 다저스는 로스엔젤레스Los Angeles 1781로, 자이언트는 샌프란시스코로 가 버려서 서부 내쇼날리그 National League 1876로 묶여버렸지만 나는 더 즐거웠던 뉴욕 야구를 상상해 보고는 한다. 그러나 아버지는 그 상상의 흥미보다 설명하는 내 눈을 바라보고는 했었다. 아버지는 아들과 어울리기 위하여 이야기 하나를 서울에서 찾아 온 것이었고, 부자간의 대화를 연장하고 싶었음을 나는 오늘 비로소 또 알 것 같았다. 초로의 아버지는 지하철시리즈가 정말 궁금했던 것이 아니었다. "문 교수는 왜 양키스구장에 가라 했지?" 나는 갑자기 문 교수가 양키스를 거론 한 원래 의도를 묻지 않음을 중얼거렸다.

  미국 국가만 아는 아이들은 서울을 동경할 줄 모른다. 물론 아이들 머릿속 에는 내 관심이 세어나가 쌓여 있긴 할 것이다. 그러나 여기서는 소수자인 아 이들이 정작 다수자로 넘쳐나는 서울 미련을 나만큼 느끼지는 못할 것이다. 그런 아이들의 빈약한 한국 정서는 당연하다. 태어나 보니 온통 동물의 왕국 에서 한 종의 동물만 안다는 것은 고집불통이고 오히려 손해이다. 그러나 나 는 한 종만 살아도 괜찮았던 그런 서울도 그립다. 박철순Cheolsun Park 야구선수 한 국 1954- 과 최동원Dongwon Choi 야구선수 한국 1958-2011 그리고 선동렬Dongyol Sun 야구 선수 한국 1963- 등 까만 눈동자에 까만 머리의 야구인들이 내게 만들어 준 서울 야구 시절을 나는 잊을 수가 없다. 그러다 보니 뉴욕에서의 관심도 메이저보 다 케이비오리그Korea Baseball Organization League 1982에 자주 다가가는 것도 사 실이다.

  솔직히 그립다는 온순함보다 궁금해 죽겠다는 욕망이 더 크다. 작년과 달 리 올해 베어스 성적은 심상치가 않다. 그동안 좋은 선수들이 많이 빠져나갔 으니 카리스마의 감독이라도 힘든 것이 아닌가의 외람된 평도 해 대고는 했 다. 이런 해외 관심은 늘 그 본거지인 잠실구장에 무슨 일이 일어나고 있는지 로 연결된다. 지난봄 나는 문 교수에게 잠실구장을 살펴달라고 부탁했다. 그 런데 문 교수는 정작 곰은 살피지도 않았다. 심지어 문 교수는 거인과 쌍둥이 들의 결판이 나기도 전에 경기장을 빠져나가 백화점에서 놀았다고 했다. "경기장만 둘러보면 되는 줄로만…" 문 교수는 미안하지도 않다는 듯이 말했다. 문 교수가 뉴욕에 있을 때 나는 양키스구장 관전을 권유했었다. 그런데 문 교수는 그리 흥미로운 눈치가 아니었다. 그래서 나는 이번 문 교수의 뉴욕 야구장의 궁금증이 조금 이상했다. 문 교수가 보내왔던 일련의 메일 메시지를 훑어봤다. '야구장 가는 거 별로, 근데 그냥 가야 할 것 같아서.'라는 메시지를 발견했다. 나는 문 교수의 아버지와 뉴욕양키스의 상관관계를 뒤늦게 파악했다. "아! 껌이구나!" 문 교수는 그렇게라도 없는 아버지를 상기하고픈 것이었다. 나는 약간의 후회를 했다.

절해고도絶海孤島였다. 외딴 것도 아닌데, 나는 개방된 고립을 느꼈다. 펜웨이파크 가는 길도 즐거워야 했건만 잠실구장만큼은 훨씬 못했다. 서울보다 뭔가 앞서 있을 거라 기대했던 보스턴 구장은 많이 현대적이지 않았다. 보스턴이라는 고도古都에서 글로벌 전위를 기대하는 것도 무리였겠지만 이 정도로 오래된 것이라고는 나는 예상하지 못했다. 처음 본 보스턴 레드삭스Boston Red Sox 1901구장에서 무턱대고 빨간 양말을 응원하는 것도 이상했다. 분명 명문 구단이기는 했겠지만 내게는 남의 팀이었다. 태어난 서울에서 서울구단 지지는 당연히 자연스러웠다. 아버지의 선호는 당연히 나에게 전수되었고, 야구를 모르는 어머니와 누이도 우리 부자의 구단쯤은 모를 리가 없었다. 이 정도라면 베어스는 내 팀이 확실한 이치였다. 그러나 보스턴에서 나 홀로 야구는 두 가지의 선택을 하게 했다. 하나는 디지털로 곰돌이를 확인하는 것. 또 하나는 야구판을 아예 다시 짜는 것. 그런데 자처에서 천연 영어마을에 던져진 나는 여기서까지 잠실을 허락하기는 싫었다. 참다못해 경험한 미국 야구 하나는 내 하루를 후회하게 했다. 돌아오는 길 나는 올리버디킨스(Charles Dickens 문학작가 영국 1812-1870)에 나오는 소설 『올리버 트위스트』(Oliver Twist 1838)의 고아 소년 주인공처럼 비콘힐Beacon Hill 벽돌집에서 흘러나오는 소리를 들었다. 아니 들렸다. 열린 창으로 수돗물이 틀어지고 식기가 부딪치는 그 하찮은 소리가 나는 좋았다. 웃는 소리는 저녁 식사를 상상하게 했다. 갖고 싶은 소리였다. 보스턴 가족 소리를 훔쳐 들은 나는 애잔한 마음이 들었다. 〈작은 기다림〉the Small Wait 1995이 많이 듣고 싶었다.

할리우드 영화의 키포인트는 가족주의Familism이다. 가족주의란 세상 어디서든 마다하지 않는 사상이다. 비통하고 참혹한 여운이 남는 영화 보기를 선호했어도 귀갓길이 비통치 않을 이유는 그 여운을 들어줄 가족들이 기다리고 있기 때문이 아닌가 싶다. 아이들과 나는 빛나는 깃발을 불렀다. 그러나 나는 서울에서의 기억도 잊지 않았기에 애국가도 떠올렸다. 정말 윤택수Taeksoo Yoon 문학작가 한국 1961-2002의 말대로였다. "나중에 나중에 고요한 시절이 오면." 나는 중얼댔다. 정말 나중에 나중에 내게도 고요한 시절이 왔고, 아이들은 메츠구장 한복판에서 그야말로 찬가를 불렀다. 핫도그도 맛있었다. 이따가 우리는 다 같이 집에 가면 된다. 차가 밀려도 많은 얘기를 하게 될 것이다. 안타깝게도 메츠가 졌다. 숙적 양키도 아니고 빨간 양말도 아닌 수도사에게 진 기분은 좋을 리가 없어야 했다. 그러나 패배한 관전을 끝낸 나는 이상하게 마음이 들떠 있었다. 그리고 보니 나는 오래전 펜웨이파크와는 전혀 딴판인 내가 되어 있었다. 나는 보스턴에서와 전혀 딴판으로 아버지가 되어 있었다.

"내 핫도그까지 다 먹었어?"
여인이 강하게 항의했다.

키스톤까지 일일이 박혀 있는 구장의 창문 안을
바라보면 좋을 것 같다. 저 얼기설기 거대한 철
재 빔들이 위에 가득 메운 관중 모두를 다 떠받
들고 있는 기둥이자 갈비뼈이다. 얼핏 보면 조용
한 박물관처럼 보이지만 속을 다 보여주는 야한
야구장이다.

PART 8

SEOUL

NEW YORK CITY

디지털 숲속에
아날로그 장터

특이점은 이미 왔다
— 광장시장Gwangjang Market

    나만 그런 게 아니다. 위층 꼬마 진용이도 옆집 개가 궁금했던 모양이다. 하얀 털이 많은 이웃집 개는 강아지 시절도 없이 어느 날 나타나 있었다. 녀석은 담장에 붙어 있는 현관 층계로 늘 주인을 따라 다녔다. 계단 아래 터를 잡은 그 개는 나를 늘 꺼렸다. 여러 번 선한 부름을 해 왔건만 작지 않은 녀석은 늘 주인 뒤로 숨었다. 나는 야속하고 때론 밉다는 생각도 했다. 그런 녀석을 한 번만이라도 어린이에게 소개해 줘도 되겠건만 어른들로 구성된 이웃집은 늘 바쁘게 왔다 갔다 했다. 나 같은 어린이가 있었으면 어머니들끼리 가깝겠지만 이웃집은 그런 이웃이 되지 못했다. 그러다 보니 그 새침한 개는 내게 더욱 궁금한 동물이 된 것이다.

    어느 날 나는 모른 척하는 녀석을 한 번만이라도 만질 계획을 세웠다. "그래! 형." 진용이도 그에 동의했다. 우리는 동그랗게 쉬고 있는 녀석을 살폈다. 마당에 그 개 말고는 아무도 없었다. "야, 쯧쯧." 우리는 우선 개의 소리를 냈다. 그리고 낮은 철봉 높이의 담장이웃집 현관과 집 마당은 높이가 같음을 넘어 녀석의 소굴로 갔다. 우선 다리를 잡고 밖으로 끌어냈다. 녀석은 얼굴을 외면해도 저항 없이 우리에게 오고 말았다. 진용이는 꼬리 부분을 들었고, 나는 얼굴 부분을 들었다. 우리는 무거운 개를 우리 마당으로 내려줬다. 개는 이리저리 머뭇거리다가 꼬리를 숨긴 채 가만히 앉았다. 그러나 개는 순하다 못해 우리에게 아무런 반응을 해 주지 않았다. "형 어쩌지, 다시 올려 줄까?" 쓰다듬어도 반응이 없는 개를 바라보며 진용이는 말했다. 이토록 반응이 없는 개에게서 나는 그 어떤 대답이라도 듣고 싶었다. "저기, 넣어 볼까?" 나는 더 이상 물을 채우지 않은 마른 연못에 녀석을 넣자는 제안을 했다. "어? 개가 어디 갔지? 메리야 메리야." 이 순둥이 개 주인 아주머니가 나타나 소리쳤다.

디지털이 전면화된 팬데믹 세상은 더 간소화된 언어 사용을 강하게 요구했다. 마스크로 가린 채로 장황한 구두소통은 실용적이지 않다는 것에도 일리가 있었다. 불필요하다고 판단해서 조사를 빼기도 하고, 앞글자만으로 조합된 줄임 문자전달이 훨씬 현실적이기도 하다. 나는 처음에는 관망하는 정도였다. 그러나 이제는 블레어Eric Blair 문학작가 영국 1903-1950의 『1984』Nineteen Eighty-Four 1949의 예언을 넘어설 정도로 상당한 양의 신어들이 쏟아지는 것 같다. 나는 숨 가쁘게 쫓아가는 것이 불만이었지만 격리되느니 적응하는 쪽으로 얼마 전 급선회했다. 기원후 2022년까지 다량의 사자성어Four Character Idiom로 현학 과시를 누렸던 지식인들을 생각하면 오히려 이젠 디지터리안Digitalian들의 차례가 아닌가 한다. 그렇다면 이러한 현상을 디지털리스트들의 디지털 사자성어Pseudo Four Character Idiom 쯤으로 해 두면 적당할지도 모르겠다.

그런 의미에서 내가 아는 '시장'이라는 단어는 이상하게도 그런 신어처럼 줄여지거나 잘려나가기는커녕 더 어려워지는 것은 디지털 사자성어의 역행이 아닐 수가 없다. 하늘이 훤히 보이는 가운데 좌판이 벌어진 길거리에다 시끄러운 외침, 버려진 채소와 구정물로 찌걱찌걱한 거리, 게다가 사람들이 오가는 바쁜 곳, 물론 흥정하려고 멈춘 자들도 있다. 기다란 막대기를 세워 천막 그늘을 들쑥날쑥 만들어 놓은 곳. 그런 그곳이 바로 내가 알고 있는 시장이라는 표기의 의미였다. 그런데 어느 날 이 단어는 디지털 한국에서 더욱 복잡하고 풍성해졌다. '재래시장'이거나 아니면 '전통재래시장'이거나 더 아니면 '동네전통재래시장'으로 말이다. 과연 번거롭지 않을 수가 없다. "다음 정차할 곳은 이수중앙시장입니다." 나는 마을버스 방송을 한번 따라 했다.

"그럼 이수시장1979이 그냥 시장이지, 동네전통재래이수중앙시장이야?"
"지겨워 또 또, 거긴 이제 마트야 마트, 몰라 마트?"
그녀는 또 쏘아붙였다.
"몇 마리 사 올까?"
"…"

김 교수로부터 광장시장1905을 통보받자마자 나는 바로 움직였다. 왜냐면 월추 준비기가을학기 강의계획과 교재 준비 등가 다가오고 있었기 때문이었다. 그래서 2022년 8월 4일 목요일 몹시 더운 날에 나는 나도 잘 모르는 종로로 갔다. 사실 나는 서점이 있는 광화문과 버스노선이 많은 롯데백화점1970을 늘 종로 길들의 기준으로 삼아왔다. 그런데 광장시장은 그 두 기준과는 전혀 관련 없는 위치였다. 그래서 나는 고속버스터미널역1985 역무원이 일러준 대로 3호선 지하철로 종로3가역1985을 선택했다. 대낮 3호선에는 유난히 어르신들이 많았다. 잠원역1985에서 익숙해 보이는 사람들이 탔다. 마스크로 정확하지는 않았지만 통 아저씨 이양승Yangseung Lee 연체곡예사 한국 1953- 씨가 들어온 것 같았고, 동행한 여성은 풍성한 백발을 정갈하게 올린 우아한 어르신이었다. 분명 두 사람은 일반 승객 같지 않아 보였다.

3호선이 달리면서 역명을 호명할 때마다 나는 이 역들에서 내가 남긴 마지막 기억들을 떠올렸다. 우선 섣불리 진학한 석사 시절 교수로부터 함량 미달의 세미나 준비로 혼났던 양재역1985부터, 강남역에서 놀다가 돈 떨어지면 갔던 이모 댁의 신사역1985, 생애 최초의 취업 면접을 가장 멍청한 말만 골라서 내뱉었던 옥수역1985, 진양상가 앞 무단 횡단 딱지 거부로 같은 또래 경찰에게 끌려갔던 충무로역1985, 타교 수업을 마치고 몰려갔던 월드컵 응원 호프집의 동대입구역1985, 그리고 해도 해도 같은 점수의 토플시험 신청의 안국역1985에 이르기까지 오랜만의 이 오렌지 선은 내게 휴대폰 세계로 들어가지 못하게 했다. 오래전에 내가 직접 만들었던 3호선의 내 이야기들을 계속해서 들려주었다.

"저 실례합니다만, 광장시장 어느 방향인지…?"
트럭에 물건을 싣는 동년배 남성에게 물었다.
"예. 여기 이 길이 종로3가고, 두 칸 더 가면 종로5가고, 크게 광장시장이 보일 겁니다."

어디가 어디인지 알 수 없는 동네였다. 그러나 오랜 동네인 것은 맞았다. 그도 그럴 것이 오늘 생기지 않은 귀금속만 파는 가게들이 일제히 늘어서 있었다. 가게 안에서 따뜻한 호객 눈빛들이 나와 마주치고는 했다. "와?" 나는 새로운 공원 하나를 발견한 기쁨을 터트렸다. 그러나 최근 공원이 아니라는 듯이 키 크고 굵은 나무도 즐비했다. 안쪽으로 메마르고 넓은 황톳길도 펼쳐졌다. 저 멀리에는 대가댁보다 조금 더 큰 한옥 문이 보였다. "저긴 뭐냐? 나는 내 호기심을 해결하라고 나에게 물었다. "창경궁1418?" 나는 아무 말이나 내뱉었다. 가까워질수록 기와집은 세자가 살았던 작은 궁궐 같기도 했다. 일단 나는 지체 높았던 양반댁으로 간주하고 걸었다. 마른 흙가루 바닥에 부딪히는 신발 소리는 마이크에 댄 것처럼 컸다. 대문은 활짝 열려 있었다. 그리고 스무 명 정도의 사람들이 들어가지 못하고 서성였다. 그런데 그 무리는 유난히 조용했다. 물론 출입을 통제하는 노란 사람들도 있었다.

분명 고궁처럼 보이는 이 한옥은 어떤 고궁인지 현판도 없었다. 보다 못해 나는 이 기와집의 정체를 물었다. "종묘1394요 종묘, 종묘 몰라요?" 노란 사람은 오히려 모르는 내가 한심하다는 표정으로 대답했다. 어린 시절 내내 방영되었던 〈조선왕조오백년〉500 Years of the Chosun Dynasty 1983-1990 · MBC 드라마를 갑자기 떠올렸다. "종묘사직을 보존하고서." 나는 그 드라마에서 들어본 대사를 말해봤다. 그 종묘가 이 종묘가 맞는지 나는 확신이 안 섰다. "이 종묘는 뭐 하는 곳이었지요?" 나는 천진을 넘어서 무식을 드러내는 질문을 해 버렸다. "조선 시대 임금 모신 곳이요…! 자 그럼 2시 20분 바로 입장하겠습니다." 또 다른 노란 자는 내가 한국인이 맞는지 위아래로 훑어보며 대답했다.

나는 계획에도 없이 급히 천 원의 표를 끊고 관람객들의 꽁무니를 따랐다. 출입문에 들어서자마자 오른쪽으로 수로 같기도 하고 연못 같기도 한 깊은 고랑이 있었다. "야! 넌 닭이냐?" 나는 모종의 동물에게 질문을 던졌다. 너무 탁해서 깊이를 알 수 없는 물에 하얀색에다 갈색으로 뚱뚱한 새 한 마리가 둥둥 떠 있었다. 풍채와 행동이 거의 닭에 가까웠다. 깃털을 뚱뚱하게 부풀린 그 새는 목욕을 들킨 선녀처럼 놀란 눈을 하고 비둘기가 되어 날아가 버렸다. "아무도 모를 줄 알았지. 어림없지. 내가 다 찾아내지…." 나는 길거리 동물들의 은밀한 비행을 들통 내기라고 한 쾌감을 비틀어서 말했다. 왼편에는 여섯 마리의 오리가 연못다운 연못에 또 둥둥 떠 있었다. 그런데 요 오리들은 다가서자마자 물 위에서 '무궁화 꽃이 피었습니다Red Light, Green Light Play'라도 하듯이 미동도 없었다. "움직여 봐?" 나는 오리들에게 물었다. 관람 무리에서 벗어난 나는 해설자의 눈총을 감지했다. 나는 서둘러 다시 노란 해설자를 따랐다.

너무 더웠다. 게다가 마스크는 너무 답답했다. 손수건으로 계속 땀을 닦으며 나는 해설자의 지시를 잘 따르는 편에 섰다. "그러니까 유교Confucianism란." 해설자는 어려운 유교를 귀에 쏙쏙 들어오게 설명했다. 그러니까 내 생각에 부모님이 돌아가시면 자연으로 다시 돌아가는 신으로 떠받들어야 하는 게 바로 유교였다. "그럼 아버지도 신이 된 건가!" 나는 혼자 중얼거렸다. 제를 올릴 때도 날것을 바치는 이유가 바로 돌아가신 자의 자연 상태 회귀 때문이라는 것이다. '돌아가셨습니다.'의 어원이 추정되는 깨우침이었다. "그런데 우리는 왜 익혀서 명절 음식을 바쳤나요?" 나는 큰댁 어머니에게 질문하듯 말해 봤다. 정말 제상 모형들은 날것이었다. 해설자는 진짜 제를 올릴 때 와서 구경도 할 수 있다고 했다. "흥, 이미 왕조가 끝나 박물 된 '종묘대제the Joseon Dynasty Ancestral Rites'를 얼마든지 볼 수 있는 게 좋은 건가?" 나는 해설자의 귀를 피해 속삭였다. "흥, 아직도 덕인Hironomiya Naruhito 군주 일본 1960- 의 '대상제the Japanese Dynasty Ancestral Rites'는 절대 구경 불가는 놔두고!" 나는 또 해설자가 못 듣게 조용히 말했다. 모순이 아닐 수가 없었다. 관상용 신세와 불가침의 권세를 누리는 것에 울화가 치밀었다. 깜짝 종묘 방문은 내게 뜻밖의 대오와 각성의 거리를 남겼다. "내 성씨도 아닌 두 가문에 뭐 하러 열을 올리나!" 나는 다시 생각을 고쳐먹으며 말했다.

나는 오늘의 숙제가 광장시장이라는 것을 알면서도 종묘에서 무려 두 시간 이상을 써버렸다. 관람한 무리 중에 내가 제일 먼저 퇴궐을 향해 걸었다. 아까 전 연못에서 꼼작 않던 그 오리들 모두는 경박하고 얌전치 못하게 두 다리를 하늘로 휘저으며 물속을 뒤지고 있었다. 뭔가 다를 것 같았던 궁궐 오리들의 천색이 드러나는 순간이었다. "아까는 고고한 척하더니!" 나는 오리에게 한소리하고 출입문을 나섰다. 그리고 급히 걸었다. 방향을 일러준 남성의 말대로 광장시장은 이름표를 아주 크게 달고 있었다. 진입한 시장 출입구는 서쪽으로 트인 곳이었다. 시장 내부는 2차선 정도의 넓은 폭에다 지붕이 설치된 곳이었다. 그러나 찌는 더위는 시장 내부에서도 그대로였다. 나는 실내도 실외도 아닌 이 시장의 애매한 방역상태에 마스크를 썼다가 벗었다가를 반복했다. 그러나 시장 상인들은 마스크로 입을 모두 가린 상태였다. 나는 착용으로 가닥을 잡았다.

가게마다 빛나는 별들을 여러 개 매달고 있었고, 천장에는 비닐 만국기가 만국도 넘게 펄럭이고 있었다. 초입은 먹을거리와 상관없이 한복과 그릇 등의 물건을 팔았고 중앙으로 추정되는 사거리로 갈수록 생선이나 푸성귀 등을 내보였다. 그러나 정작 중앙은 음식을 만들어 파는 난전이었다. 목이 말랐다. 그리고 배가 고픈 것 같았다. 아니 고파야 했다. 음식들이 지글거리고 익혀지는 길거리 주방에서 목만 축이는 것은 어리석은 결정이었다. "떡볶이 주세요, 물도요." 나는 떡볶이 아주머니에게 우선 말로만 주문했다. 그러고서는 바로 나무판 의자 한자리가 비었음을 확인하고 털썩 앉았다. 내가 더 빨랐다. 난전들의 자리들은 비어 있기가 무섭게 신속하게 착착 채워졌다. 자리 경쟁자는 못내 아쉬운 듯 다른 곳을 기웃거렸다. 떡볶이는 먹음직스러웠다. 어슷하고 굵게 썰어진 하얀 떡이 무려 여섯 개가 나왔다. 물론 얇은 어묵도 떡하니 떡 밑에 몇 장 숨겨져 있었다. 고추장에 잘 익혀진 쌀떡이 입에서 쩝쩝 쩍쩍 소리를 내며 목구멍으로 금세 넘어가 버렸다. 나는 마스크를 다시 쓰고 이리로 저리로 움직였다. 중앙 길가에 10대들로 보이는 흑인 학생 다수가 마스크를 쓴 채 나란하게 앉아 있었다. "오예, 또뽀끼! 빈대뜩!" 안내자는 먹을거리를 큰 소리로 제안하고 있었다. 학생들 전원은 한식 이름이 호명될 때마다 모두 큰 소리로 환호했다.

남쪽으로 트인 시장으로 가보았다. 청계천 변에 광장시장이 붙어 있다는 것을 나는 오늘 알았다. 그리고 이 청계천 건너에는 방산시장1976이라는 곳도 있었다. 방산시장은 광장시장 못지않게 큰 이름표를 자랑하고 있었다. 나는 방산시장도 많이 들어본 시장이라고 생각했다. 그렇다면 북쪽은 또 무엇이 있는지 빠른 걸음으로 가보았다. 두 세기를 걸친 라디오 광고의 오랜 주인공인 보령약국1957도 바로 차도 맞은편에 버티고 있었다. "아! 종로5가 보령약국, 보령약국은 종로5가에 있습니다." 나는 또렷하게 기억나는 약국 광고 문안을 되뇌어 보았다. 보령약국은 유명세와 달리 그리 크지 않았다. 초록색으로 주름진 지붕이 이마처럼 점포 반 이상을 차지하고 있었고, 양옆으로 플라타너스가 가지치기를 당해서 굵기만 했다. 나는 동쪽으로 터진 곳도 가보았다. 동쪽에서는 저 멀리 흥인지문1396이 보였고, 평화시장1962도 보였다. 그러고 보니 광장시장은 서울의 유명한 시장 중앙에 있는 시장의 시장이었다. 나는 어머니가 오징어 한 축을 사 오고는 했던 중부시장1957도 여기 있는지가 궁금했다. 휴대폰을 꺼내 광장시장과 연결해 보았다. 그러나 중부는 종로구에서 중구로 바뀌는 버스로 가는 시장이었다. 그러나 그간에 내 머릿속에 흩어져 섬처럼 존재했던 서울의 시장들이자 동대문시장1905 · 광장시장은 동대문시장의 기원임 가족들이 한꺼번에 그려지는 순간이었다.

어제저녁에 오징어를 삶아서 초장에 찍어 먹는 방송을 나는 기억해 냈다. 야식 금지 나이에 익혀진 통통한 오징어 살은 참 먹음직스러웠다. 나는 진입했던 초입 시장 길목으로 되돌아갔다. "이건 두 마리에 만 원, 이건 세 마리에 만 원." 생선가게 주인은 신나게 호객했다. '마릿수가 왜 다르냐.'는 내 말도 안 되는 질문에 주인 양반은 내 얼굴을 뻔히 쳐다보았다. "이건 크잖아요!" 어처구니없다는 표정으로 주인장은 다시 대답했다. 나는 뭣도 모르면서 흥정이라는 걸 흉내 내본 것이었다. 큰 것 두 마리를 샀다. 서울 시내에서 생선을 사본 적은 처음이었다. 아니 내가 생선을 사본 적도 처음이었다. 이윽고 나는 이 생선과 함께 귀갓길을 상상해 보았다. 버스 안에서 비린내가 나거나 줄줄 물이 흐르는 걱정이 퍼뜩 들었다. 그래서 나는 포장을 잘해달라고 부탁했다. 주인장은 오징어 두 마리를 종이로 한 번 싸고 비닐봉지에 넣고 꼭 묶은 뒤에 또 검은 비닐에 담아 주었다. "얼음도 넣었습니다!" 생선 장수는 최선을 다한 서비스를 생색냈다. 세심한 포장은 고마운 일이었지만 얼음이 녹는 걱정은 그때부터 시작되었다. "저 앞에서 202번을 타세요." 이 거리에 익숙해 보이는 장보기 아주머니는 롯데백화점에 가는 버스를 친절하게 일러주었다. 보령약국 앞에서 타는 쉬운 일이었다. 그래도 나는 돌아가는 길을 시내버스로 시티투어 해 보기를 그려보았다. 나는 차창 밖으로 서울 시내를 담백하게 구경하는 꽤 낭만적인 귀갓길을 기대한 것이다. 이는 시대극에서 새끼줄에 생선을 끼운 채 집으로 향하는 아버지의 아버지 시절의 아버지, 그러니까 지지난 세기의 아버지들처럼 말이다.

　동대문시장과 남대문시장1911을 포함해서 내가 서울에서 정확한 위치를 아는 시장은 총 아홉 개나 되었다. 오늘 다녀간 광장시장과 드디어 위치를 알게 된 방산시장과 평화시장 그리고 기억해 냈던 중부시장, 202번 버스 안에서 또 생각해 낸 경동시장1960, 그리고 마지막으로 동네의 이수시장과 그녀의 영동시장까지 말이다. 나는 서울에 시장을 많이 아는 사람이 되었다. 그러나 내 손을 타지 못한 오늘 시장들은 위치만 확인되었을 뿐이지 잘 안다고 할 수는 없었다. 더욱이 서울에 훨씬 오래 산 자로서 나는 김 교수에게 좀 더 아는 척한강 이북을 많이 아는 서울 사람에게서는 기품이 느껴짐을 하고 싶었다. 그러기 위해서는 좀 더 생생한 정보가 필요했다. 종로구청과 중구청 사람들을 나는 또 괴롭혔다.

근무자들은 자세히 알아보고 문자를 주겠다고 했다.

얼마 지나지 않아 위키백과ko.wikipedia.org와 한국민족문화대백과사전 encykorea.aks.ac.kr 홈페이지 문자가 나란히 도착해 있었다. 생생한 정보가 아니었다. 불요불급의 요구였지만 내심 섭섭했다. 두 집단지성은 중부시장은 건어물 시장이지만 그 시작은 오히려 숭례문과 흥인지문의 중간 수요였고, 그러다가 유독 건어물 집결이었다고 전했다. 평화시장은 더 이상 전쟁이 아닌 평화를 희망한 실향민들이 청계천 판자촌에서 재봉 생계에서 비롯되었다고 했다. 그러고 보니 이 평화시장은 전태일Taeil Jeon 노동운동가 한국 1948-1970의 흔적이 깊은 시장이었다. "열사는 영등포 어디가 아닌가?" 나는 또 무식한 주장을 속삭였다. 끝으로 방산시장은 방산국민학교1922-1976 폐교지로서 이름이 방산이었다. 미군 주둔의 미제 판매지로 쓰였다가 먹을거리가 제거된 철물로 재탄생한 시장이 바로 방산시장인 것이었다.

"너희들 우리 개 못 봤니?" 옆집 아주머니는 우리를 내려다보며 물었다. "어 여기 연못에 있어요." 나는 메리의 행방을, 아니 우리의 범행을 숨긴 채 말했다. 아주머니는 놀란 듯이 집 마당으로 급히 건너와 개를 끄집어냈다. "어 이상하다, 개가 여기 올 리가 없는데." 아주머니는 의혹을 제기했다. "여기 혼자 그냥 있었어요." 진용이가 맞장구를 쳤다. 진용이는 내 함구를 도우며 그 겁 많은 개가 담장을 뛰어넘어 여기 연못까지 스스로 들어가 얌전히 앉아 있었다고 했다. 아주머니는 극도로 온순한 메리의 이상 행동을 이해할 수 없다는 듯이 고개를 갸웃거렸다. 그러고서는 바로 담장 위로 메리를 올려내고 대문을 통과해서 가버렸다. 진용이와 나는 어른들이 알면 혼날 이 못된 짓을 더 이상 언급하지 않기로 합의했다. "형 이따 애들이랑 짬봉타자 스스로가 고무

공을 주먹으로 쳐서 1루로 뛰는 놀이로서 야구와 유사함해? 내가 형들 모아 올게." 진용이는 우리의 오늘을 더 이어가고 싶어 소리쳤다. 진용이는 내 말을 잘 듣는 착한 녀석이었다. 어떤 때 나는 녀석의 과감한 행동을 보면 형으로까지 착각할 때도 종종 있었다. 다시 말해서 녀석의 몸에는 가끔 형만 한 아우가 내재된 동생이기도 한 것 말이다. 사실 개를 끌어내자는 내 범죄 제의가 떨어지기도 전에 진용이는 이미 담을 오르고 있었다. 진용이는 확실히 대범한 녀석이었다.

어느 날 나는 현관에서 신을 신다가 진용이 어머니와 마주쳤다. "어머니 계시니?" 진용이 어머니가 내게 물었다. 진용이 어머니는 어머니 손을 잡자마자 울었다. "어제 진용이가 집에 안 들어왔어요." 나는 현관문을 나서면서 진용이의 외박 사실을 알게 되었다. 나쁜 형들과 어울리더니 어제는 집에도 들어오지 않은 것이었다. 겨우 국민학교 2학년 아이가 귀가하지 않았다는 것은 나도 놀랄 일이었다. 진용이 어머니는 이수시장에서 누가 봤다는 얘기도 했다. 나는 바로 죄책감이 들었다. 진용이가 나쁜 길로 빠질 물고를 그날 내가 터 준 것은 아닐지 말이다. 나는 그날 점심도 거르고 이수시장에 가봤다. 덴부라てんぷら · 원래 덴부라는 일본어로 튀김 · 나는 몸이 아파도 얇은 덴부라를 얻어먹고자 어머니의 장보기를 따라다니기도 했음도 눈에 들어오지 않았다. 지하로 펼쳐진 이수시장은 너무나도 환해서 진용이 같은 어린애들은 하나도 없음을 나는 바로 알 수 있었다. 꼭대기 롤러장에 들어갈 엄두는 아예 나지 않았다. 왜냐면 중학생 누나를 대동공부를 전문적으로 안 했던 형을 시장 꼭대기 롤러장에서 잡아 오라던 어머니 특명은 중학생 누나를 반드시 붙여주는 조건이었음하지 못했기 때문이었다. 나는 쌩쌩 달리는 중학생 형들 기세에 눌려 있었다. 나는 과감하게 고개를 들어 누군가를 찾아낼 행동을 취할 수가 없었다. 헛수고였다.

202번 버스는 아주 짧게 롯데백화점으로 나를 안내했다. 두세 명의 202번 승객들은 오징어 봉지에 신경도 쓰지 않았다. 그리고 나도 신경 쓰지 않았다. 어렵지 않게 롯데백화점을 발견한 나는 502번을 갈아타기 위해 신세계 1930 앞으로 걸었다. 502번 승객들은 좀 다른 것 같았다. 아니, 더 정확하게 내가 신경이 쓰여서 못살 정도였다. 날생선을 가지고 버스에 올랐다는 것을 들키지 않으려고 나는 매우 조심했다. 빈자리가 나면 바로 앉고 싶은 그 간절한 속마음을 숨기는 나처럼 승객들은 다 초연했다. 그러나 나는 봉지에서 곧 떨어질지 모르는 생선 물기로 그 초연이 오히려 더 두려웠다. 오늘은 차창 밖 낭만은커녕 승객들 사이로 보이는 정거장만을 확인할 뿐이었다.

물이 조금씩 떨어지기 시작했다. 생선 물이니 드디어 걱정이 시작되었다. 그래서 나는 바닥에 봉지를 내려놓고 두 발을 약간 벌려 움직이지 못하게 했다. 들었다가 놓았다가를 반복했다. "다시는 다시는 사지 말아야지!" 나는 후회하고 또 후회하는 혼잣말을 여러 번 했다. "내가 어쩌자고 오징어를 사 간다고 했지?" 나는 그녀에게 남긴 말을 후회하는 독백도 했다. 장보기 놀이를 하고 싶었던 것인지, 아니면 오징어를 먹고 싶은 것인지, 그것도 아니면 약속을 지키려던 것인지 나는 지난 내 결정이 싫었을 뿐이었다. 마음고생은 드디어 창문 자리로 보상되었다. 우선 봉지는 승객들이 못 보는 의자 밑 구석으로 신속히 밀어 넣어졌다. 서 있을 때 놓였던 봉지 자리는 큰 물기의 점을 만들었다. 나는 승객들의 눈치를 살폈다. 그러나 다행히도 승객들은 휴대폰에만 열중할 뿐이지 다른 것에는 관심조차 없었다. 다행한 디지털 세상이었다.

요즘 시장의 호명은 오래전 시장이 아님에도 부뚜막 시절의 부엌에나 붙여질 법한 그 '재래'가 꼭 들어간다. 적어도 내게는 그런 느낌이다. 그래서 그렇게 지칭될 때마다 나는 약간 불편하다. 이는 시장 구분의 불편함이 아니라 시장 수준이 강등되는 반발 같은 것이기도 하다. 내가 아니라 사회가 교정한 시장은 더 이상 축축하지도 않고 삐뚤빼뚤하지도 않고 버려진 배추가 이리저리 밟히지도 않는다. 다시 말해서 내가 사회를 통해 아는 서울의 시장들은 현재 대단한 진보와 개선이 거듭됨이 확실하고, 게다가 나는 그 사실을 오늘 서울 시내에서도 확인했다. 그런데도 사람들은 그 시장을 오래되고 더 오래전 초가집 수준으로 '전통과 재래'라는 말을 덧붙여 명명한다. 이는 분명히 보강될 필요 없는 과잉이다. 물론 그 과잉에는 아날로그의 정겨움이 첨가된 것이기도 하겠지만, 이는 멀리 가도 너무 멀리멀리 간 것 같다. 서울을 한양₁₃₉₁₋₁₃₉₄쯤으로 끌어내린 처사다. 원인은 마트라고 불리는 대형할인점이 서울에 입성하면서부터인데, 이들이 서울 곳곳에 생겨나면서 시장의 입지는 흔들렸고, 그래서 시장들은 전통이라는 슬로건으로 마트의 편리함에 맞섰다. 그러나 그 대항은 오히려 시장을 지나치게 시전_{조선시대 난잡한 시장을 통제하고자 관아가 허가한 상점들의 시장} 신세로 만든 것이 아닌가 한다.

오늘 광장시장을 선두로 내가 아는 서울에 있는 시장 모두는 당당하게 'ㅇㅇ시장'이라는 세련된 이름표를 붙여 놓았을 뿐이지 결코 전통과 재래라는 불필요한 신어를 덧붙이지 않았다. 나는 시장은 시장이고 마트는 마트로 확실히 대립됨에도 왜 시장에는 이름 조정이 더 필요한지를 당분간 모르려 한다. 왜냐면 나는 내가 좋아하는 시장들을 결코 하대하고 싶지 않기 때문이다. 디지털 사자성어들은 보통 축약되고 짧아지는 것이 일반적인데, 이 시장이라는 곳은 내게, 더 나아가 우리에게 해명도 없이 정말 낙후되어서 보강이 필요한 호명으로 더 길어져 버렸다. 물론 내 불만을 별난 투정으로 바라보는 대다수도 나는 존중한다. 그러나 진용이를 찾아 헤매던 그 시장이 나도 경험하지 못했던 오래 하고도 오래전의 호랑이가 나타나면 '어이구머니!' 하던 시대 정서는 분명히 아니다. 그래서 나는 호명 하향조종이 못마땅하다. 진용이를 막연히 기다리던 그 시장은 엄연히 '나'라는 가교로 연결된 현재이지 결코 사적지가 아니다. 내게 시장이란 여전히 현재이고 현대이고 현실이지 결코 전통이고 재래이고 장터가 아니다. 진용이와 나, 아니 우리는 지난 세기의 사람들이지만 결코 재래와 전통으로 살지 않았다. 이 얘기는 안 하려고 했는데, 진용이네는 '봉고차Bongo Coach 1981'도 있었고, 우리 집에는 '엑설런트Excellent Television 1988'도 있었다. 우리는 꽤 현대적인 사람들이었다.

"받아, 광장시장 기념품!"
"사 오지 말라니까, 뭐 하러. 다 손질된 거 지마켓1999 · 온라인 쇼핑몰에 시키면 되지, 못살아."

김 교수는 디지털로 광장시장 영상을 여러 번 만났다고 했다. 그리고 거기서 먹어보고 싶다고 했다. 추정하건대 김 교수는 서울에 살 때 시장에 대한 그리움을 멀리서 달래는 것 같다. 그리고 맨하튼처럼 빌딩 숲이 되어버린 서울 안에 그런 시장은 꼭 살아남기를 바라는 마음도 클 것이라고 본다. 21세기 초반 커즈와일Ray Kurzweil 미래학자 미국 1948- 은 기술이 인간을 초월하는 순간인 '특이점Singularity'이 곧 온다고 했다. 그래서 그는 그 지점에서 밀리거나 누리거나를 조심하라고 했다. 그녀는 언제부터 그 특이점을 잘 잡아 기술을 누리는 미래가 되었고, 나는 언제부터 그 특이점을 놓친 동네전통재래가 되었을까 한다. 분명히 우리의 시작점은 비슷한 시대였는데도 말이다. 그런 벌어짐이 무색하게 김 교수는 그 지점 경계에 있는 것 같다. 디지털로 아날로그를 만나니 말이다.

광장시장 천장에 만국기도 찍고, 유명 브랜드 약국인 '보령약국'도 찍었다. 그러나 종묘 전체를 짓물로 주조해 놓은 이 입체 모형이 독자들에게 더 유용하다고 판단했다. 왜냐하면 우선 종묘하면 아무런 그림이 그려지지 않는데, 이 입체는 확실한 모형으로 종묘를 각인시킨다. 안에는 조선 황제(한반도에 있는 국가를 다 통합했으니 조선도 제국이라고 한번 해 보자)들의 위패가 다 모셔져 있다. 종묘란 이런 것이다.

김방경은 2002년 태평양을 건넌다
— 메이시스백화점Macy's

"어디 가? 네 차례잖아."

길거리에서 퍼레이드라는 것을 본 적도 없었다. 퍼레이드라면 퍼레이드일 수 있는 연막차 따라가기는 안 그래도 궁금한 하얀 구름 속 달리기였다. 물론 '준비 땅Get Ready, Go'도 없는 채로 말이다. 예고 없이 나타난 이 피리 부는 소독차는 절정에 이른 길거리 놀이를 파투나게 했다. 물론 잠시 휴정의 틈도 있었겠지만 우리 무리는 승패를 없애버리거나 아예 집으로 흩어지는 시점을 이 연막 퍼레이드 등장으로 했다. 따르지 못하고 질질 우는 아이들도 있었다. 그러나 그 애들을 데리고 갔다 간 무리를 놓칠 것이 뻔했다. 동네에 갑자기 나타났다가 사라지는 이 구름 차는 평온한 동네 녀석들을 일대 난동을 부리게 한 축제였다. 거대한 도랑으로 꽁무니를 빼는 차를 끝까지 따라가는 아이들도 있었지만 나는 그러지 않았다. 신나는 구름 소리에 동참했다가 이웃 아주머니의 이목이 보일라치면 나는 바로 빠졌다. 왜냐면 어머니에게 들키면 혼날 일이었다. 잠깐 따라갔던 사실도 우리는 서로서로 쉬쉬했다. "야 너 어디까지 갔었어?" 선두에 섰던 영민이의 성취를 축하하며 나는 물었다. 그러나 영민이는 갑자기 구름도 없어져서 그냥 돌아왔다고 했다. 사실 녀석에게 더 중요한 포기 사유는 모르는 길로 접어들었기 때문이 아닐까 싶다. 우리들의 이 극성 반경은 고척동을 넘지 못했다. 고척 어린이들에게 막 더워지면 찾아오는 이 밴드왜건은 동네 퍼레이드였다.

"메이시스Macy's 1858가 궁금해요, 그때 퍼레이드도 놓쳤고, 여기 연등회Yeon Deung Hoe · Lotus Lantern Festival 866 보니까 거기 것도 궁금해요."

"퍼레이드는 추수감사절이어야 하는데….."

"그럼 일단 백화점 살펴주시고, 그런 다음에 퍼레이드도 또 보고하시면 되지요."

"그럼 11월 두 번 나가라고요? 그건 좀….."

"나 참…! 백화점을 이렇게 아침 일찍 가다니! 이게 무슨 일이람." 아침 8시 나는 맨하튼행 버스를 타면서 투덜댔다. "이름이 왜 메이시스야?" 버스 안에서도 나는 계속 투덜댔다. 이번 달 나는 광장시장의 방문을 요구했고, 문 교수는 백화점 가 보기를 지시했다. 완벽한 대등함은 아니었지만 시끄럽게 떠드는 시장과 우아하고 조용한 백화점은 재밌는 차이를 보여줄 것 같긴 했다. 이제는 42번가 맨하튼항만버스터미널은 내 친구가 되었다. 운전으로 움직이지 않는 맨하튼 입성 때는 이 42번가에서 늘 시작이다. 물론 번거로움이 없이 맨하튼 섬으로 쭉 운반해 주는 경로도 있긴 하다. 그러나 나는 어느 정도 숨 고르기를 할 수 있는 이 동쪽 터미널 중간 기착지가 더 좋다. 정이 들었다. 이 터미널은 목동이 아침에 양 떼들을 풀어놓는 집결지와도 같다. 저녁이 되면 사람들을 또다시 잘 모아 집으로 또 잘 보내 주는 착한 곳이 바로 이 터미널인 것이다. 물론 남쪽은 배로 풀어 주고 배로 한데 모아 주는 더 선한 곳이 있기도 하지만 말이다. 사실 요즘 직통보다 약간의 머무름이 있는 맨하튼이 좋다는 생각이 들었다. 이는 신속이 점점 싫어지는 내게 친구 같은 느낌이다. 그래서 나는 이 루트에서 너그러운 나를 발견하기 시작했다. "좋은 아침, 〈통근자들〉

the Commuters 1980." 나는 터미널 표 파는 곳에서 세 명의 통근자 조각상^{쇼핑백주}부 숙녀 신사의 조형물에게 인사를 했다. 그러나 저들은 영원히 터미널 문을 나서지 못하고 있었다. "이봐 들, 난 나가네!" 30년째 터미널을 나가지 못하는 승객들에게 나는 우쭐댔다. 전날 계절학기 야간 수업으로 나는 약간 피곤했다. 또 푹푹 찌는 더위가 피곤함을 더했다. 그러나 온종일 백화점 안에서 시원할 맨하튼을 생각하니 나는 터미널 동상들에게 말을 거는 여유도 부렸다.

점점 아비가 없어도 재미있고 괜찮은 가족들이 야속했다. 여름 방학의 막바지를 물놀이로 기념하려는 결정에 나는 동참할 수가 없었다. 나에게도 문교수의 숙제가 8월 막바지였기 때문이었다. 나는 물놀이를 미뤄 달라고 할수가 없었다. "그냥 9월에 방문하고 8월에 갔다고 거짓말할까!" 속 고민을 나도 모르게 발설하고 말았다. 정직하지 못한 내 계략을 가족 아무도 듣지 못했음을 확인하고 나는 입 밖에 내지 않는 정신 고민만을 했다. 예전에 문 교수는 그달 방문지가 밀리면 숙제가 되어 버려서 재미가 하나도 없어진다는 보고서를 보내왔다. 그런데 오늘 나는 백화점보다 물에서 노는 것이 더 재미있을 것 같다. 그러나 나는 할 수 없이 내 손길이 필요 없는 가족에 대한 홀가분을 위안으로 백화점을 선택했다. 그래서 우리의 마지막 여름 방학 날은 재미있는 팀과 홀로된 팀으로 갈렸다. 개강 전 마지막 황금요일 26일을 나는 독신으로 채우기로 했다.

등잔 밑이 어두운 뉴욕을 알아가는 즐거움과 내 생각만으로 하루를 채워가는 뿌듯함, 그리고 오래전 일들을 떠올리고야 마는 정겨움 이런 장점들을 나는 계속 떠올렸다. 그런데 오늘은 더워도 너무 더웠다. 게다가 나는 백화점을 좋아하지도 않는다. 설사 그냥 둘러본다고 해도 물건만 고르면 내게는 백화점에 머물 이유는 전혀 없었다. 따라서 오늘 메이시스는 서둘러 나오고 싶을 것이 뻔했다. 무더위를 걸으면서 나는 도시 탐험에 의미를 두자고 계속 나 자신을 달랬다. 미국백화점 대표선수를 만날 기회가 생겼다고 나는 더 세게 나를 자위했다. 부디 무아로 진행되는 오늘인 만큼 뜻밖의 지경이 거기 백화 점에서 벌어지기를 기대한 것이다. 백화점은 42번가에서 정확히 여섯 블록 을 걸어야 나왔다. 브로드웨이와 34번가34 Street가 만나는 지점이었다. 옛날 펜실바니아역Pennsylvania Station 1910-1963 자리와 메디슨광장가든Madison Square Garden 1968과도 멀지 않았다.

"요즘 운동도 못 했는데." 나는 내 발걸음의 합리화까지 해 댔다. 꾸준한 활 보는 백화점을 바로 직면하게 했다. 자주색 벽돌과 하얀 기둥이 어우러진 고 전 건물이었다. 오른쪽 모퉁이에는 빨간 쇼핑백에 하얀 별이 들어간 커다란 옥외광고가 꽤 과감한 존재임을 짐작하게 했다. '세계에서 가장 큰 가게the World Largest Store.'라는 문구는 혹시 '세계에서 가장 오래된the World Oldest Store.' 도 아닐지를 의심하게 했다. 그러다가 나는 오래전 삼성전자1969가 런던 헤로 즈백화점Harrods 1849이라는 곳에 물건을 들여놓고서 떠들어 대던 것을 기억 했다. 그리고 파리Paris 390 쁘랭탕Printemps 1865이라는 백화점도 을지로입구역 1983에서 목격된 것도 떠올렸다. 둘 다 내가 아는 오랜 백화점이 아닐까도 싶 었다. 어떤 것이 더 먼저일지 나는 약간 궁금한 마음이 생겼다. 태생적으로 유럽을 부러워하는 미국이니 미국이 골찌이기를 예상했지만 그래도 메이시 스만의 세계기록이 뭔가 있지 않을지의 야심도 품어봤다.

"어! 1층 2층 3층." 나는 층수를 세어 보는 혼잣말을 했다. 백화점은 10층 높이였는데, 꼭대기 층은 뒤로 들어가 있었다. 그러니 육안으로 보기에는 꼭 9층 같았다. 쇼핑백 큰 별은 무슨 뜻인지가 궁금했다. 바로 맞은편에는 타겟 할인점Target Corporation 1902이 내게 빨간 외 눈동자다트판과 같은 형상화의 상표를 똑

바로 뜨고 있었다. 내내 걸었으니 좀 쉬기로 했다. 마침 백화점 옆구리에는 헤럴드스퀘어Herald Square 1895도 있었다. 타임스스퀘어에 비하면 꽤 작았지만 있을 것은 다 있었다. 이 작은 공간에 심지어 의미심장한 지혜의 여신 미네르바도 있었다. 여신은 애완 치효 부엉이를 앞세워 두 노동자에게 종 치기를 명하는 시계탑을 관장했다. 그런데 주변에는 뉴욕헤럴드New York Herald 1835-1924는 없었다. 타임스스퀘어에는 뉴욕타임스가 있는 것과는 대조적이었다. 놓여 있는 많은 테이블 중 한 곳에 자리를 잡았다. 아침부터 개점을 기다리며 앉아 있는 나는 마치 블랙프라이데이Black Friday 1924 · 추수감사절 다음날 11월 마지막 금요일 · 판매자 장부가 흑자(Black Figure)가 되는 날에 백화점이 열리기만을 기다리는 극성스럽거나 아니면 알뜰한 그 쇼핑객들과 크게 다르지 않아 보였다. "별일이군." 나는 혼자 투덜댔다. 비둘기들도 개점을 기다리는 듯이 일단은 얌전했다. 나는 무료한 시간에 이 하찮은 비둘기의 생각까지 읽어내고 있었다.

이렇게 지루할 거면 디지털을 뒤지자는 생각이 들었다. 나는 정문에 새겨진 '알 에이치 메이시'를 통해 요 백화점의 정체를 파헤쳐 보고자 했다. 지금 당장은 위키en.wikipedia.org에 의존할 수밖에 없었다. 예상했던 대로 메이시는 누군가의 가문 명이었다. 메이시Rowland Macy 사업가 미국 1822-1877라는 인물은 메이시스들 중에서 이 맨하튼에서의 가장 큰 번성을 꾀했다. 따라서 이 지점은 대단한 메이시스인 것이다. "아! 퍼레이드도 있지!" 나는 문득 문 교수의 원래 요구가 생각나서 작게 소리쳤다. 무엇보다 메이시스의 그 화려한 명성 뒤에는 그간에 만들어온 '메이시스 추수감사절 퍼레이드Macy's Thanksgiving Day Parade 1924'가 있다는 것 말이다. 퍼레이드는 한 세기 동안 뉴욕커들의 추수감사절을 풍성하게 만들어 준 대단한 연간행사였다. "그렇군! 알고도 몰랐어, 헤로즈나 쁘랭탕은 댈 것도 없는 세계기록 하나 있는 셈이네!" 나는 미국의 메이시스도 유럽에 대항할 무엇인가를 갖는 기쁨을 나도 모르게 말하고 있었다.

백화점을 배경으로 사진 찍는 사람들이 많아졌다. 한낱 백화점인데 기념의 자세를 취하는 사람들을 보니 갑자기 그간에 내가 정의해 놓은 백화점을 나는 재정의해야겠다는 생각이 들었다. 저들의 행동은 구매만은 아닌 것 같았다. 사실 백화점이라는 고급, 자동차들은 일절 들어오지 못하게 하는 마당, 거기에다 보기에도 멋있는 의자에 앉기, 그리고 정성스럽게 심어진 예쁘고 다양한 꽃, 마지막으로 커피 냄새를 즐기는 것이란 단순히 돈 쓰기가 아닐 수도 있다는 것으로 말이다. 수업이 끝나면 바로 강의 준비, 강의실에서 고함과 핏대, 과학적 포장의 글쓰기 그리고 그 외의 활동을 부차로 취급해 온 나는 지나치게 무거운 삶으로 가는 것은 아닌가 싶었다. 나는 이런 성실하고 진지한 효율이 인간다운 생활인 줄로만 알았는데, 그런 생활의 사이사이에 오늘 아침의 백화점 같은 여유도 끼어 있으면 어떨까도 싶었다. 학교도서관에는 내 공부에도 관련 없는 책들도 많고, 캠퍼스 벤치에 지켜볼 풀들도 너무 많다. 갑자기 나는 배고팠다.

추수를 감사하는 추석에 우리의 감사 대상은 우리 아버지를 낳아준 아버지와 그 아버지의 아버지인 선조였다. 한 번도 추수해 본 적 없는 우리는 추수를 감사하러 당숙_{아버지의 사촌 형제}댁으로 이동했다. 나는 당숙이라는 호칭이 어떤 친척 거리인지 감이 잘 오지를 않았다. 아버지가 누차 설명해 줬건만 나는 금세 까먹었다. 추석은 추수 감사보다 아버지의 아버지와 어머니, 그래서 내게는 할아버지 할머니를 뵙고 친척들도 많이 만나는 만남의 광장이었다. 그런데 나는 그 선조에게 감사하는 행동인 '절Deep Bow'을 일절 하지 않았다. 왜냐면 내가 국민학생이 되던 해 부모님의 개종은 우리의 감사 대상을 아버지를 낳아준 흑목과 직모를 가진 선조가 아니라 색목과 이모를 가진 성인聖人이었기 때문이었다. 할아버지의 인기는 많아도 너무 많아서 방문한 친척들의 수로 알 수 있었다. 익명이고도 남을 내게 할아버지는 늘 생밤을 깎아서 입속에 넣어 주었다. 할아버지는 생밤의 아삭한 맛을 내게 일찌감치 알게 했다. 식사에서 제시간 못 지키기와 자리 이동은 거의 허용되지 않았다. 왜냐면 속속 도착하는 친척들을 위하여 연속적으로 이루어지는 식사 순서의 준수는 우리 가문의 배려이자 미덕이었기 때문이었다. 그리고 무엇보다 그래야 어머니와 누이를 포함한 여성들의 식사가 원활했기 때문이었다.

아주 작은 가게Wafels & Dinges 2007는 고소한 냄새를 풍기는 와플을 먹음직하게 내 보이고 있었다. 나는 커피만으로의 아침보다 도톰한 와플도 있으면 더 좋을 듯싶었다. 개장시간이 되려면 아직 30분이나 더 기다려야 하니 와플을 아주 조금씩 먹으며 기다리려 했다. 그러나 그런 다짐을 잊은 채 나는 가벼워진 종이컵과 와플 기억만 남기고 탁자에 올려진 내 빈손을 쳐다보았다. "벌써 다 먹었어!" 나는 허탈한 마음을 말로 표현했다. 먹을 재미가 사라진 나는 또 지나가는 맨하튼너를 상관하기 시작했다. 이번에 빨리빨리 출근자와 느릿느릿 여행자로 행인들을 걸러내기 시작했다. 버려진 플라스틱 생수통과 알루미늄 캔 줍기의 한 뉴요커는 사람들 이목에 아랑곳하지 않고 휴지통마다 이동했다. 빨간 제복의 시티투어버스 세일즈맨은 느릿한 사람에게 접근했다. 보드 타기의 뉴요커도 있었다. 아침부터 시내에 나와 신중한 보드 연마는 어떤 것인지 나는 감이 잘 오지를 않았다. 그러나 무료한 내 이 기다림을 흥미로 채워주는 저 운동광을 이해하지 못함은 예의가 아니라고 생각을 고쳤다. 맨하튼 입성 이유란 반드시 생산이 수반된 과업이 아니어도 되는 자들과 그렇지 못한 자로 분류해 본다면 나도 그 보드 훈련자 편에 속해 있었다. "나도 그렇고 다 한심들. 아니야! 꼭 그렇게 볼 것만도 아니야. 그 유명한 사람 독일인Martin Heidegger 실존철학자 독일 1889-1976 말대로라면 우리는빠른 걷기 출근자·느린 걷기 여행자·한가한 나·휴지통 호기심자·시티투어 세일즈맨·보드연마자·비둘기 등 2022년 8월 26일 오전 9시 43분 오늘 맨하튼 메이시스 백화점 야드에서…." 나는 꽤 의미 있고 귀한 발언을 하고 내게 놀랐다. 나는 우리의 이 진지한 메이시스 마당 활동을 '세계 어디에도 없는 우리만의 인드라망 세속 역사를 쓴 것.'이라는 실존을 열심히 필기했다.

그야말로 '무궁화 꽃이 피었습니다.'였다. 공작새 머리에 솟아 있는 그 꽃술의 무궁화가 사방에 피어 있었다. 그런데 서울에서 보던 것보다 조금 컸다. 사실 어린 시절부터 나는 이 무궁화의 아름다움을 몰랐다. 아니 몰라야 했다. 무궁화란 꽃이라기보다 함부로 접근하기 어려운 신성함이었다. 문화재에 가까웠다. 따라서 맨하튼에서 대하는 오늘 무궁화에 대한 내 태도란 반갑고 즐거운 마음과는 거리가 있는 무궁해야 하는 어색함이었다. 이 귀하지 못한 취급은 내심 나를 놀라게도 했다. 사실 동네 길거리에서도 흔한 이 꽃은 동네에서만 자생하는 우연이라고 나는 생각했었다. 그러나 여기 맨하튼 길거리까지는 좀 의미가 다른 것이 아닌가도 싶었다. 어떤 세상에서는 성화 대접을 받지만 어떤 세상은 길거리 대접을 받는 처우에 나는 친근하면서 이상했다. "무궁화 무궁화 우리 나라꽃…." 나는 기억나는 가사대로 작은 소리로 흥얼대봤다. "자앙미장미 자앙미장미 우리 나라꽃…." 나는 미국화로도 바꿔서 흥얼대봤다. 그런데 영 운율이 잘 안 맞았다. 나는 마음에 들어 버렸다. 이렇게 무궁화까지 다양하고 세심하게 맨하튼을 관찰하게 하는 이 헤럴드스퀘어 말이다. 타임스스퀘어의 어수선함보다 훨씬 좋았다. 여긴 그 디씨Detective Comics

Characters나 디즈니Disney Characters를 뒤집어쓴 사람들도 없었다. 정리하자면 타임스 광장이 놀이동산 같은 소란 광장이라면 헤럴드 광장은 정원 같은 사색 광장이었다. 백화점 창문에 반사된 햇빛이 강렬했고 마침내 10시가 되었다.

3부재시계 부재, 창문 부재, 1층 화장실 부재라는 백화점의 음모를 알게 한 대학 마케팅 수업은 그간 내가 백화점을 멀리하는 요인이 아니었나 싶었다. 그러나 오늘 내게 출입이 직면된 이 메이시스는 여전히 가기 싫은 백화점이 아니라 가야 하고 관찰하고 놀아봐야 하는 백화점이었다. 나도 모르게 그때 그 신중한 음모론을 실로 오랜만에 떠올렸다. 사람들은 출입문 앞에 조금 축적되어 있긴 했지만 그리 극성스럽지는 않았다. 최대한 점잖고 조용하게 들어가려고 했지만 나는 금세 즐겁고 신나 버렸다. 왜냐면 출입구에 줄지어 선 점원들은 활기찬 라틴 음악을 크게 틀어놓고 얼굴 높이의 박수로 즐거웠기 때문이었다. 나를 축하해 줬다. 축하받을 일이 전혀 없는 내게 충만하고 격앙된 이 분위기는 백화점 음모를 말끔하게 씻어내게 했다. 이런 환호조차 음모일지도 모른다는 생각도 바로 스쳤다. 들어서자마자 나는 백화점 안내도를 찾았다. 그리고 층별 구조도 파악했다. "9층까지 파는 곳이고, 1.5층이라는 곳도 있고, 1.5층에는 커피 캔디 뉴욕방문자센터NY City Visitor Center구나!" 나도 모르게 백화점을 분석하는 말을 하고 있었다. 이런 한심한 나를 발견하자마자 나는 앞으로 어떻게 구경해야 할지 난감했다.

"언제 사람들이 가장 많이 오나요?"
나는 여직원에게 물었다.
"음…. 크리스마스요."

"혹시 하루 평균 방문객 숫자를 대략이라도 아시나요?"

좋은 향으로 샤워한 듯한 점원을 보내고서 나는 오늘 아시아에서 온 백화점 연수자이거나 조사관 같다고 자조했다. 백화점 개방을 기다리며 가졌던 그 부드러운 각오들은 온데간데없이 나는 다시 딱딱한 선생으로 돌아와 있었다. "어? 와!" 나는 친근하면서 놀라우면서 귀한 무언가를 보며 감탄했다. 둔탁하면서 부드러운 소리를 내는 에스컬레이터가 내게 말을 걸었다. 에스컬레이터는 온통 나무였다. 니스가 발라진 듯한 이 낡은 광택은 끊임없이 나무와 나무가 부딪히는 좋은 촉각 같은 청각을 주었다. 백화점의 오랜 명성을 체감하기에 충분한 평범이었다. 가끔 덜컹거리는 나무 소리는 백화점이 내게 오랜 나이를 알리는 점잖음과도 같았다. 갑자기 내게 다가온 이 목재 전동층계 하나는 뭐든 최신 새것이어야 하는 백화점의 모순이었다. 그러나 나도 이제 새것이 아니기에 나는 더한 친근감을 받았다. 사실 내가 새것일 때도 나는 나무 에스컬레이터를 본 적은 없었다. 그러나 나보다 더 오래전에 태어난 이 백화점의 이런 움직임은 강의실 인지도에도 벗어나지 못하는 나보다 훨씬 아는 것이 많은 것 같았다. 더욱이 나는 그런 인문적 물건을 자랑 않는 이 세계적인 백화점의 여유가 갑자기 꽤 마음에 들었다. 이 진귀한 물건으로 나는 반 층을 오른 다음 어디론가 냉정하게 가버리고 싶지 않았다. 그래서 요 물건이 나를 운반해 주는 대로 나는 다시 반 층을 내려왔다. 그러고 나서 이목을 살피다가 오르내리기를 계속 반복했다. 덜그럭덜그럭 소리가 좋았다.

생각다 못해 아버지 것을 하나 사야겠다는 마음을 먹었다. 메이시스가 북아메리카를 나가본 적이 없어도 그 유명세는 글로벌한 브랜드를 많이 보유하기 때문이 아닌가도 싶었다. 그런 면에서 나는 중화인민공화국People's Republic of China 1949이 미국 그러니까 아메리카주연합국United States of America 1776과 대등하고자 하는 노력의 결과는 국제 정세를 모르고 싶은 자들에게는 이 백화점에서 만나고 싶은 브랜드로 결판나지 않을까도 싶었다. 전 지구적 브랜드의 인기는 단순히 브랜드의 인기라기보다 특정 국가의 인기일 수도 있기 때문이다. 그런 의미에서 여긴 아메리카주연합국 브랜드가 가득했다. 물론 국내이기에 당연한 배치였겠지만 서울 아버지에게 선물할 청바지는 중화인민공화국에서 만든 역시 중화인민공화국브랜드가 아니라 비록 중화인민공화국에서 만들었어도 아메리카주연합국 브랜드가 떠오른 것은 나도 그 인기를 취득하고 싶었기 때문이 아닌가 싶다.

'리바이스Levi's 1853'를 사기로 했다. "중화민국Republic of China 1925도 미국에 리바이스 만들어 주나?" 나는 문득 중화민국을 떠올리며 혼잣말을 했다. 나는 좌고우면 없이 말머리에 눈가리개를 한 듯이 리바이스를 찾아다녔다. 그러나 이내 차분하지 못한 나를 깨닫고 천천히 걸었다. 브랜드에 혈안이 되어서 내 돈과 물건을 물물교환으로 끝내는 것보다 최대한 점잖게 걷다가 '어! 리바이스네.' 하는 백화점에 어울리는 사람처럼 행동해야겠다는 생각으로 고쳐먹었다. 빨간 박쥐날개Batwing가 나왔다. 노년임에도 역병을 잘 견뎌준 서울 아버지를 기념하기 위하여 나는 마음을 담았다. 미듐 36인치에 넓은 505의 무난한 색으로 샀다.

물건도 샀으니 백주로 빨리 나오는 것이 내 백화점의 승리전략이었다. 생각하니 누구한테 이긴 것이고 누구와 싸웠던 것인지 그 대상이 모호했다. 나는 다시 백화점이 내준 이 부드러운 작품들을 감상하기로 했다. 한 층 한 층 들러보다가 여성 공간이 훨씬 많이 허락된 것을 알게 되었다. 나를 우유부단하게 만드는 물건들이 바로 여성들이 걸고 쓰고 입는 물건들이 아닌가도 싶었다. 물론 그렇다고 해서 남성 것에 안목이 있는 나도 아니었다. 원래 나는 물건을 고를 줄 모른다. "나갈까? 어 저기요, 아이고! 아니구나!" 나는 마네킹에게 길을 물을 뻔했다. 마네킹은 온통 삭발이었다. 인종에 상관없이 마네킹 모두는 머리털이 없었으며, 심지어 눈 코 귀 모두가 생략되어 있었다. 인체에서 내부로 통하는 모든 부분이 생략된 외계인과도 같았다. 바로 떠오른 비슷한 물건은 바로 소피아Sophia 2016 · AI Robot였다. 나는 소피아가 정작 할 일이란 인간 생각 흉내 내기가 아니라 백화점 마네킹이면 딱 적당할 것이라는 생각이 들었다. 왜냐면 목적 없이 누빈 탓에 나는 출구를 알아야 했고, 이 많은 텅 빈 인간에게 길을 물으려 했기 때문이었다. 그렇다면 소피아는 챗봇으로 길 안내 정도는 해줄 것 같았다. 몸통도 그럴듯하게 끼워서 하루빨리 백화점에 배치되길 기대해 봤다. 그런데 참 이상한 것은 이 마네킹들과 달리 인간을 하나도 닮지 않고 생각도 없이 말 한마디 못 하는 그 나무 에스컬레이터와 나는 아까 전 무언의 대화를 한 것 같다는 생각 말이다. "이건 또 웬일이냐!" 나는 입을 약간 벌리고 말했다. 백화점으로 들어오려는 사람들은 그냥 많은 것이 아니라 쳐들어오고 있었다. 또 배고팠다.

진짜 퍼레이드는 구름을 뿌려대지도 않았다. 무작정 구름을 쫓아갈 필요도 없이 퍼레이드가 우리 앞을 재밌고 신나게 지나가겠다고 차례차례 행진했다. "언제 저기 가면 잘 보이는 곳에 미리 자릴 잡자!" 나는 아이들에게 다짐하듯 말했다. 아침부터 텔레비전은 할리우드 영화와 한복연예인이 아닌 온통 퍼레이드와 퍼레이드로 채워졌다. 추수감사절 눈을 뜬 우리는 습관처럼 텔레비전을 켰고, 어김없이 뉴욕으로부터 중계되던 메이시스 추수감사절 퍼레이드를 시청했다. 그러고는 뉴욕에 가면 꼭 보러 가자는 합의도 했다. 그래서 우리에게 메이시스는 늘 우리를 들뜨게 했던 디즈니월드Disney World 1971와 거의 동급이었다. 그런데 문제는 정작 뉴욕이라는 그늘에 당도한 우리는 퍼레이드에 무관심했다는 것이다. 물론 가족 기조가 어린이에서 청소년으로 변한 탓도 있었겠지만 누구 하나 퍼레이드의 현장을 희망한 적이 없었다. 게다가 우리는 메이시스가 맨하튼에 있다는 것을 아예 잊고 살았다. "칠면조 스테이크는 너무 텁텁해!" 나는 명절 때마다 칠면조 음식 타박을 했다. 우리는 추수감사절 칠면조 먹기를 그만 멈췄다. 물론 초반에는 추수감사절 흉내를 내 보기도 했었다. 그러나 우리 마음에 추수감사절은 그리 쉽게 장착되지 못했다. 우리는 여느 때와 다르지 않게 추수감사절마다 평범한 아침을 먹었고, 각자 편하게 지냈다. 그렇다고 추수감사절과 대등한 추석을 떠올리지도 않았다. 오히려 우리는 서울 추석에 맞춰 떡국을 차려냈다.

사람들로 가득해질 메이시스에서 빠져나온 나는 바로 학교로 향했다. 그리고 또 곧장 대학 도서관으로 갔다. 메이시스의 그 나무 전동계단 하나가 내게 백화점이라는 인문적 호기심을 강하게 자극했다. 페리William Ferry 역사학자 미국 1925-1981의 『백화점의 역사』a History of the Department Store 1960라는 서적은 다소 찾기가 어려웠다. 지난 세기의 서적은 사서의 도움을 필요로 했다. 오래전 이 페리를 찾은 학생의 흔적도 흥미로웠다. 그러니까 페리의 글은 35년 만에 내 연구실에서 다시 펼쳐진 것이다. 페리는 백화점이라는 것을 세상에 등장시킨 국가는 프랑스라고 했다. 그러니까 쁘랭탕이 먼저일 가능성이 컸다. 그러나 탄생순서는 헤로즈가 먼저였고 다음 메이시스였다. 그리고 페리는 쁘랭탕을 거론조차도 하지 않았다. 그렇더라도 메이시스가 빛나는 이유는 백 년이 다 되어가는 그 퍼레이드를 보유함이 아닌가도 싶었다. 나는 이 퍼레이드라는 것은 서울에서도 있었을지가 궁금했다. 퍼레이드는 한국어로 뭔지도 궁금했다. 페리는 더 이상 내 이 확증된 궁금증을 채워주지 못했다.

할 수 없이 나는 네이버naver.com를 뒤졌다. 네이버에 따르면 한국어로 퍼레이드란 또 퍼레이드였다. "뭐야?" 나는 실망하듯 헛웃음을 지으며 자문했다. 네이버 국어사전은 행사하는 사람들 '행렬'로 그치고 만 것이다. "행렬! 정조San Yi 군주 한국 1752-1800가 무슨 행차를…." 나는 서울 동네를 빛내주고 싶은 마음에 또 중얼거렸다. 나는 희미한 한국사를 떠올리며 네이버를 또 뒤졌다. '정조'와 '행차'라는 단어를 검색 창에 한 칸씩 띄어 올렸다. 향토문화전자대사전grandculture.net/korea이 열렸다. 사전은 '정조는 죽는 날까지 행행을 하였다.'라는 글귀와 함께 '1797년 8월 정조 행차'라는 타이틀을 내보이고 있었다. "지나가길! 지나가길!" 나는 조마조마하며 되뇌었다. 정조는 서울 동네에서 지척인 도랑 넘어 시흥1914을 지나간 것으로 추정되었다. 임금이 지난다면 물길을 건너서라도 동네 사람들은 구경 나왔을 것이다. 화려한 행차였을 것이다. 음악도 거했을 것이다. 조선왕조의 퍼레이드인 것이다. 신나는 서울 동네 길거리를 나는 상상했다. 그런데 정조 이 양반은 뭐 하러 서울 변두리 동네까지 행차한 것인지 나는 알 수가 없었다.

즐겁고 설렌다는 생각보다 어려웠고 조심스러웠다. 추석 방문은 그간의 성과를 공개 발표하는 무대와도 같았다. 더 이상 생밤을 깨무는 꼬마가 아닌 어른의 모습을 갖춰야 하는 나는 늘 그 어른 모습이 숙제였다. "어서 오너라." 당숙의 여전한 환대는 변함이 없었다. 그러나 그 환대에 예를 갖추는 어른으로서의 미숙한 나는 나 자신을 미워하기도 했다. 배려의 차례차례 식사가 끝나면 어색한 우리를 한데로 묶어 줄 그 무엇인가는 없었다. 얼마든지 둥글게 될 수 있는 추석이었건만 내게는 네모로 변하는 날이었다. 어려워서 더 효율적인 장소로 어서 이동하고 싶게 하는 날이 내 명절이기도 했다. 돌아오는 길에 명절이란 어떤 것이길래 우리를, 아니 나를 이렇게 어색하게 하는지 의문이었다. 방송은 친척들을 만날 기쁨을 숨김없이 만끽해 보라고 했건만 그 공감 빈도는 지난해보다 지지난해보다 점점 덜했다. 칭찬받을 무언가를 들고가는 자리라는 생각이 더 컸기에 명절 즈음은 호평 될 무언가로 나 자신을 성찰하기도 했었다. 시동 거는 순간 나는 어떻게 말씀드리고 또 어떻게 행동하는지 그리고 이렇게 하면 부모님을 곤란하게 하지 않을 것인지의 고민 소리가 발동하는 것 같았다. "이번에 거르면?" 나는 시동 소리에 묻힐 정도의 크기로 중얼대고는 했다.

백 년이 세 번이나 지나간 추석에도 정조행렬이 고척 동네를 지나갔다면 우리는 차례차례 식사하면서부터 온통 정조행렬 담소를 나누지 않았을까 싶다. 어서어서 먹고 손에 손잡고 거리로 나가 귀한 국왕을 구경하는 것 말이다. 더욱이 정조의 성품을 닮은 21세기 군주라면 모두 엎드릴 것을 명하지도 않았을 것이다. 중계방송으로 체험한 메이시스 추수감사절 퍼레이드는 온 나라의 모든 나이가 즐길 수 있는 고급문화에다 고급예술이었다. 텔레비전 안에서 저 멀리 뉴욕이라는 곳에서 벌어지는 행진은 분명 맨하튼 섬을 뒤흔드는 판타지였다. 메이시스의 별이 신나는 불꽃놀이인 것처럼 말이다. 내 청년 추석의 그 밍밍한 시간을 타개할 방안을 미국에서 나는 찾아봤다. 그러나 이는 불가능한 상상일 뿐이었다.

다른 세상에서의 시간 축적은 서울에서의 어색한 추석이 아니라 다량의 염려들에 대한 덜 된 그릇의 태도가 아닌가를 재고하게 한다. 다시 말해서 나를 곤란함으로 몰고 갔던 고척마을 명절은 종합선물조율이었다는 것이다. 미숙한 어른을 진짜 어른으로 만드는 손길들 말이다. 사실 내가 백날 나 자신을 세련해 봤자 한계가 있다. 어른들의 관심이 없다면 미완성되거나 삐걱거린다. 할아버지는 생밤을 깎아주지 못하는 곳으로 갔다. 친척들을 아예 볼 수 없는 여기 형편은 서울 아버지와 어머니를 더욱 뭉클하게 한다. 그 많던 대화가 사라진 여기서 고작 우리 네 명의 추수감사절과 추석은 담담한 하루로 채워진다. 정조 행차의 상상도 필요 없이 고척동 동네 녀석들과 따랐던 구름 차가 더 아름다웠다는 말도 안 되는 생각도 든다. 가족같이 얽혀 있던 동네에 나타난 저급문화에다 저급방역 퍼레이드가 나는 더 아름다웠다는 생각이 들었다. 철이 든 것은 아닐까 싶다.

　대뜸 문 교수는 자신의 씨족은 고려왕조 시대925-1399 송국960-1279에서 건너온 사람들이라고 전했다. "그걸 어떻게 알아요?" 나는 한국사도 아닌 성씨의 역사가 정말 궁금해서 물었다. 문 교수는 어린 시절 동방생명1957-1989·현 삼성생명의 전신 보험 아줌마가 준 문 교수 성씨에 대한 인류학적 기록을 아직도 기억하고 있다고 했다. 물론 어린 시절 기억이어서 정확성은 떨어진다는 조건도 달았다. 나도 서울 아버지에게 이메일로 물었다. 아버지는 아들의 이 기특한 질문에 정성스럽게 응답했다. 아버지는 우리 가문도 고려왕조 시대부터의 기록이 있고, 무관 김방경Bangkyung Kim 정치가 한국 1212-1300 할아버지가 정확한 시조로 조선왕조 시대까지 자세하게 엮어주었다. 우리는 압록강이나 두만강을 건너온 다른 민족일 가능성은 아예 없어 보였다. 동아시아 끝 한반도 중간 안양천 유역 고척동에 자리를 잡은 것이 우리 씨족의 최종이었다. 그런데 나는 그렇게 터를 잡은 우리 씨족을 드디어 대양을 건너 북아메리카로 이주시켰다. 그 원년은 정확히 서기 2002년이었다.

구름 낀 하늘이었지만 결코 흐린 날이 아니었다. 이날은 너무 한가로웠다. 백화점 중간층에 성 조기가 있다. '백화점에 뭐 하러 국기야?'도 싶다. 그런데 뉴욕에는 성조기들이 참 많이 걸 려 있다. 애국심인지는 모르겠지만 국경일만 국 기도 서울사고인 것 같다. 확실히 이방인들에게 이 성조기는 약간의 막강함을 느끼게 한다. 나 도 처음에는 그랬으니 말이다.

PART 9

SEOUL

NEW YORK CITY

서울시 유럽동과
뉴욕시 유럽동

서울에서 가장 갖고 싶은 건물

― 충현교회|Chunghyeon Church

"김 교수님 충현교회1988라는 교회 아세요?"

서울에서 가장 갖고 싶은 건물이 뭐냐고 묻는다면 나는 세 개의 건물을 꼽을 수 있다. 우선 한국의 고유 건축 양식이 전혀 아니어서 오히려 빛나는 평화의전당1999과 충현교회가 차례대로 1위와 2위이다. 이 두 건물은 마치 유럽을 서울에 옮겨 놓은 듯이 웅장하고 세밀한 건축이다. 그래서 나는 두 작품을 싫어할 서울 사람은 아마 없을 것이라고 확신한다. 물론 거창한 양식의 건축물을 다량 보유하고 있는 유럽인들이 보기에는 그리 대단할 것도 없겠지만 나는 서울 촌사람으로서 두 건물을 늘 좋아하고, 어떤 면에서는 갖고 싶기까지 했다. 설사 이 건물들이 정말 내 것이 된다 해도 나는 원래 용도인 예술과 종교를 변경할 생각은 전혀 없다. 그만큼 두 건물은 그 정체가 건물로도 잘 드러났음을 나는 감히 평가해 본다.

그렇다면 3위도 역시 우리식에서 보기 드문 건축물인데, 혹자는 성낼지도 모르는 중앙청1926-1996이다. 사실 나는 중학교 사생대회 때 이 물건을 처음 만져봤다. 한 교복 입은 여고생 누나는 아무거나 입은 우리 중학생들에게 중앙청에 올라서지 말 것을 당부했다. 그러고서는 녹색 둥근 뚜껑 꼭대기는 정말 만들기 힘든 문화재라며 그 몸통에 손대는 우리에게 죄책감을 심어주었다. 그런데 본디 이 중앙청은 조선인 괴롭히기의 핵심이었던 조선총독부1910-1945 청사였다. 그래서 내 순위가 몹시 불경스러울 수도 있다. 그러나 아무리 그렇더라도 한국 정부는 짧지 않은 기간 동안 이 불경을 다양한 용도로 번듯하게 활용했었고, 주상 끝에 제거해 버렸다. 사실 일제라는 찜찜한 의미를 차치한다면 건물 자체는 남다른 매력이다. 그도 그럴 것이 지난 세기 중반까지 건물은 아시아에서 가장 컸고, 외양도 고대 로마를 되살렸다던 르네상스 양식Renaissance Style 1400s-1500s에다 루이Louis Dieudonné 군주 프랑스 1638-1715가 좋아했다던 바로크 양식Baroque Style 1600s-1700s까지 온갖 고급을 부렸다. 그래서 나는 철거보다 일제식민기록을사늑약 · 자원수탈 · 전쟁위안부 · 강제징용 · 이조단멸 등으로 공개 활용의 아쉬움이 있는 것도 사실이다.

박정희Chunghee Park 정치가 한국 1917-1979가 사망한 다음 날 아이들은 내게 겁을 줬다. "야 너 교회 안 갔지?" 동네 아이 중에서 가장 깔끔한 녀석이 물었다. "북한에서 내려와 교회 안 믿는 사람만 다 쏴 죽인데, 어쩔래?" 녀석의 여동생이 버릇없이 나를 위협했다. 나는 덜컥 겁이 났다. 사실 지난주에도 안 갔고 지지난 주에도 노느라 나는 빠졌었다. 그렇다고 아예 안 나가지는 않았다. 가다가 말다가를 반복했기에 남매 말은 내게 적지 않은 걱정을 안겨줬다. 어머니는 대낮에 박정희 장례 방송을 보다가 뜨개질하다가 울다가를 번갈아 했다. 그래도 어머니는 구역예배는 물론이고 아버지의 눈치를 피해 주일은 꼭 지켜왔다. 그러나 아버지는 그런 어머니를 못마땅해 했고 교회도 미워했다. 누나는 어차피 교회가 있는 학교 학생이기에 구제될 것이고, 형은 교회와는 반대의 장난질과 말썽만을 피우고 다녀서 과연이었다. 나는 이 모든 지경을 냉정하게 계산해 봤다. 그렇다면 어머니와 누나만 봐줄 것이고, 나머지는 다 북한놈들에게 죽임을 당하는 결론이 나왔다. "어떡하지!" 나는 교회 빼먹기 사실을 숨겨야 했기에 속삭였다.

사실 교회 가기 싫은 이유는 교회 자체가 너무 어둡고 음침하고 재미없다는 것이다. 특히 기도실이라는 곳은 더 칠흑이었다. 늘 빛이 없이 캄캄한 데다가 기분 나쁜 색과 싫은 색이 합쳐진 곳이 바로 기도실이었다. 기도실 커튼은 안감이 빨갛고 창문 쪽은 검었다. 방석조차도 어두운 색들이었다. 그런데 나는 친구들이 그런 기도실에서 놀자는 제안을 마지못해 받아들이고는 했다. 사실 가기 싫다는 것이 모순이게도 짙은 어둠을 몇 분만 참아내면^{조금 기다리면} ^{어둠에서도 형체가 보이기 시작함} 땀에 흠뻑 젖게 뒹굴고 잡고 잡히기의 이채로운 놀이터가 바로 이 기도실이었다. 따라서 우리는 좋지 못한 색으로 가중된 공포를 이겨내고 대낮에 시끄러운 동네 '다방구^{Duck Duck Goose · 술래가 잡아들인 아이들이 전} ^{봇대에 길게 손을 잡고 늘어서면 이를 술래 몰래 끊어 내는 놀이}'와는 전혀 다른 조용한 난리 부리기를 했다. '띵!' 소리의 강대상 종이 울릴 때면 놀이는 선전과 휴전이 반복되었다. "야 땀나! 나가자!" 이름 모를 친구의 호소가 있을라치면 알을 깨고 젖은 채로 나오는 병아리처럼 우리는 난장을 멈추고 유순한 어린이가 되어 빛을 보러 갔다. 그러나 아무리 그런 기도실이라고 해도 북한군을 피해 혼자 숨어 있는 것은 상상만 해도 무서웠다.

나는 꾀가 났다. 이메일 서신으로 서울에 충현교회라는 곳을 김 교수가 아는지부터를 물었다. 김 교수는 이모 댁 근처라서 지나가 보기는 했어도 예배는 없었다고 했다. 김 교수는 별다른 기억이 없다는 듯이 그리운 기억도 없다는 간단한 메세지를 보냈다. 지시에 따르는 것에 싫증이 나버린 나는 내가 궁금한 서울 하나를 떠올려 일방적으로 통보했다. 김 교수는 '네!! 알겠습니다.'라는 이메일을 바로 보내 줬다. 요 충현교회는 직사각형의 밋밋한 아파트 동네에서 보기 드문 주목이었다. 그녀도 어린이 때 이 교회가 궁금한 나머지 도둑 예배해 봤다고 했다. 나도 김 교수와 같이 충분히 둘러보지도 못한 채 지나쳤던 교회 하나를 그리운 서울이 아니라 궁금한 서울로 바꿔냈다. 나는 이번 달 김 교수의 그리움을 차단했다.

"추석 아침부터 어디가?"
그녀가 물었다.
"교회…! 교회 다니려고 생각 중."

교회를 생각 중으로 취급하는 것은 바람직하지 않겠지만, 교회를 더 이상 다니지 않는 그녀는 내 뜻밖의 행동에 내심 못마땅한 반응이었다. 2022년 9월 11일 추석 당일이자 일요일에, 아니 주일에 나는 11시 예배를 위해 9시 반경에 집을 나섰다. 아침은 너무나도 조용해서 나는 세쌍둥이 벤치에 잠깐 앉아 있고 싶었다. "또!" 당했다는 심정으로 나는 투덜댔다. 거미 덫^{나만 당하는 것인지 다른 사람도 당하는 것인지 확인되지 않았음}에 나는 걸리고 말았다. 거미의 항문을 통과한 긴 줄이 얼굴에 들러붙는 것은 그야말로 더럽게 기분 나쁘다. 나는 거미줄을 막 헤집어 놓았다. 노랗고 까만 줄이 반복되는 가는 다리의 거미 내외가 하늘로 뻗은 나뭇가지 쪽으로 급히 달아났다. "원래 거미줄은 부부가 치는 건가?" 나는 두 마리의 거미 협공은 처음 당하며 말했다. 밤새 부창부수로 쳐댔던 모양이었다. "겨울 오면 너희들 싹 다…" 나는 계절이 복수해 줄 것을 기대하며 중얼거렸다. 4212번 초록버스로 사당역까지 가고 역삼역까지 갈 방법을 생각했다. 그러나 역삼역까지의 버스 번호는 선뜻 생각나지 않았다. 나는 이미 갈 길이 훤히 그려지는 지하철을 이용하기로 했다. 물론 가기 싫은 지하 통로지만 말이다.
역삼역의 개찰구를 나와서 말끔하게 차려입은 어르신을 일단 따랐다. 일요일 아침 반듯한 차림의 노인이 향하는 곳이란 분명 교회일 것이라고 나는 확신했다. 따라간 7번 출구는 지상의 사정을 지도로 보여주고 있었다. 교인으로 추정되었던 그 어른은 금세 어디론가 사라져 버렸다. 7번 출구는 왼쪽으로 한 번 오른쪽으로 한 번 그리고 또다시 왼쪽으로 한 번 몸을 급히 틀게 하는 가파르고 재미나는 암벽 등반형 출구였다. 출구 바로 앞에 상표가 아예 없다는 노란 햄버거 가게No Brand 2015가 나왔다. 아침을 거른 내게 노란 햄버거 포스터는 딱 한 입만 먹어볼 것을 유혹했다. "배고프니 딱 한 입만 꼭꼭 씹어 먹고 많이 남겨야지!" 나는 그녀의 성인병 잔소리를 피해 햄버거가 아닌 바질이 듬뿍 들어간 샌드위치Basil Chicken Ciabatta Sandwich와 오렌지 주스를 주문하면서 혼잣말을 했다. 물론 그녀는 내 식생활을 모두 실토하게 하는 비상한 문답 능력을 지니고 있었기에 나는 조금 신경 쓰이기는 했다.

기계 인간Kiosk은 나의 주문을 바로 확인하고 번호표와 영수증을 토해 냈다. 말할 줄 아는 마스크 덮인 내 입은 그 기계와 한마디도 않고 주문을 끝냈다. 두 쌍의 어르신 내외가 내 앞과 뒷좌석 너머에서 먹고 있었다. 덥수룩한 수염을 검게 길러낸 청년도 무언가를 맛있게 씹었다. 청년의 옆에는 거대한 넝마 같은 가방이 있었다. 청년은 내게 눈길도 주지 않고 치각·시각·촉각에 전념하고 있었다. 씹으며 휴대폰을 보며 엄지손으로 '띡띡' 소리를 내는 것 말이다. 그러나 두 쌍의 할머니 할아버지는 내가 뭘 먹는지 관심 있게 쳐다보다가 당신들 일에 다시 열중했다. 앞 분들은 샐러드 그릇을 공유했고, 뒤편 어르신들은 다리를 꼬고 커피를 천천히 즐겼다.

주일 교회를 빠지게 하는 또 다른 원인은 〈은하철도999〉the Galaxy Express 999 1978와 〈천년여왕〉Queen Millennia 1980 때문이었다. 북한군에게 총살당하지 않을 방법은 아주 간단하다. 만화영화를 끊으면 될 일이었다. 그러나 내게는 그 간담함을 이겨내는 인내란 없었다. 다시 말해 총살을 면할 교인이 된다는 것은 한 주도 거르지 않는 고결한 신념이 있어야 했는데, 내게는 그럴 성령은 무척 버거운 사안이었다. 뜨뜻미지근했던 교회 가기는 어른으로 진입하면서 성가대로 재탄생했다. 사실 나에게 주일 아침을 이끄는 것은 학창 시절 음악 시간에 대한 향수에서 비롯됨이 더 컸다. 음악수업은 미술과 체육처럼 늘 즐겁게 노는 시간이었다. 그야말로 반주에 따라서 노래만 부르면 되는 여가의 시간이 바로 내가 취급하는 음악수업의 정의였다. 물론 잘 부르는 친구들도 있었겠지만 못 부르면 더 재미있는 시간이 바로 학교 음악수업인데, 바로 교회 성가대란 딱 그런 친교의 시간이자 동년배 청년들과 한때를 보내는 뜻깊은 연대였다. 물론 이미 경지에 이른 대원들을 따라 부르는 정도의 그저 그런 나의 실력이었겠지만 말이다.

언덕을 오르니 기대한 대로 웅장하고 거대한 교회가 나왔다. 개신교회 특유의 단조로운 외모와 다르게 이 교회는 천주교회의 화려함을 그대로 따르는 아이러니이기도 했다. 다시 봐도 굉장한 양각으로 세워진 교회였다. 백색 화강석을 정교하게 조각한 뾰족 장식은 분명 모종의 유럽 건축 양식과도 같았다. 조각된 돌들은 하늘로 불쑥 솟아오른 두 개의 초록색 첨탑과 썩 잘 어울려 보였다. 일곱 개의 정문 출입구는 뾰족한 아치형으로 여덟 개의 기둥들을 떠받들고 있었다. 또 그 위에 아치형 여섯 개의 창문은 수직으로 우아하고 길게 솟아 있었다. 거기에다 꽃 창은 내부가 스테인드글라스임을 기대하게 했다. 일찍감치 은퇴하고 저 아래 울산1413으로 이주해 버린 중학 동창에게 '유럽'이라는 문자와 이 충현교회 전경을 찍어 보냈다. '유럽 어디?'라는 문자가 바로 왔다. 나는 'Yeoksamdong Chunghyun Church'라고 영문으로 또 보냈다. '서울의 두오모Duomo 1292!'라는 문자를 또 보내왔다. 나는 '울산의 도오모는?'으로 다시 보냈다. 친구는 '바로 나다!'라는 기발한 문자를 주었다. 팬데믹이 어느 정도 걷어진 세상에서 진짜에 가까운 가을이라는 계절은 교인들을 아주 많이 불러 모았다. 그래서 그런지 교통을 통제하는 정장 차림의 교인들도 나와 있었다. 여러 개의 하얀 천막에는 구역별 교인들에게 스낵으로 추정되는 것을 나눠주고 있었다. 나는 받을 명분이 없었다.

드디어 단단하고 촘촘한 돌충계를 가진 현관을 느릿하게 올랐다. 오전 10시 52분임을 확인하고 내부로 들어섰다. 거대한 나무 출입문은 양방향으로 활짝 열려 있었다. 물론 교인들은 내 진출 방향과 상관없이 종횡무진 오고 갔다. 열린 문을 통해 저 앞에 보이는 내부는 화려한 빛과 풍성한 음악 그리고 한 교인의 성가로 빛을 내고 있었다. 들어서는 순간 나는 명동성당1898을 떠올렸다. 기억하기로 긴 복도식 공간에 차분하고 다소 어두운 분위기가 명동성당이라면 이 충현교회는 좌우로 넓고 환했다. 그러나 기다란 창은 기대와 달리 스테인드글라스가 아닌 단순하고 기다란 빛을 그대로 통과시키고 있었다.

"혹시 충현교회가 어떤 건축 양식에 따른 건가요?"

나는 교회사무국에 전화했다.

"아 네…. 제가 알기로 독일의 쾰른성당Cologne Cathedral 1248을 참고했다고 합니다."

나는 생각을 바꿔 회당을 좀 더 멋있게 조망하기 위해 위층으로 올라갔다. 2층 천장에 달린 세 개의 검은 샹들리에는 결코 섣부른 디자인이 아니었다.

꺼져 있어도 전등은 충분히 유럽에서 온 모양이었다. 위층에서 바라본 단상은 더욱 화려했다. 교인들은 모두 마스크를 쓴 채 우아한 목소리를 감상하고 있었다. 물론 묵도의 시간이었겠지만 내게는 애석하게도 감상의 시간이었다. 백색에다 검은 선이 들어간 가운을 입은 백여 명의 성가대원들은 양옆으로 퍼져 있었다. 주보에는 이들을 '할렐루야 찬양대'라고 했다. 오르간을 두들기는 것이 확인되었지만 거대한 파이프 줄기는 보이지 않았다. 전면에 거대한 동영상 화면이 교인과 성직자와의 거리를 좁혔다. 그러나 나는 작게 보이는 성직자만을 보기로 했다. 붉은 바닥은 누군가를 상징하는 듯이 유난히 강렬했다. 주보에 표시된 대로 나는 예배에 잘 따랐다. 비록 내게는 고립무원孤立無援이었겠지만 오랜만의 예배는 팬데믹에서 느껴보는 한 줄기의 빛이었다. "창립 69주년이니 선물 받아가세요." 축도 전에 공지가 있었다. 가는 날이 장날인 것이다. 나는 내용물교회 로고가 인쇄된 수건이 몹시 궁금했다. 선물을 받자마자 개봉하는 것은 도둑 예배자이자 이교도로서 할 행동은 아니라고 생각했다. "감사합니다!" 나는 착하게 답례했다.

평화의전당을 자세히 살펴보면 아시아적, 더 나아가 한국적 부조가 새겨져 있다. 사라졌지만 중앙청도 특히 내부를 살펴보면 일본 고전 양식을 곳곳에 드러내고 있다. 충현교회의 내부도 한국 기독교인 특유의 방식으로 환하고 명랑하게 구성됨을 알 수 있게 한다. 다시 말해서 이 건물들은 서울에 있는 유럽이기는 하지만 아시안이 만든 유럽인 것이다. 한국에서 유럽이라는 이국 건축물이 내게 매력이라면 상대적으로 유럽인이 유럽에서 아시아를 만들고 싶지는 않았을까도 나는 생각해 보았다. 지금까지 나는 런던이나 베를린Berlin 1237 아니면 파리에 아시아 건축을 따른 무엇인가가 있다는 뉴스를 들어본 적이 없다. 물론 그렇다고 해서 이 디지털시대에 사이드Edward Said 인류학자 미국 1935-2003의 '오리엔탈리즘Orientalism'을 끌어내리려는 것은 아니다. 오히려 사이드와 상관없이 미려하지만 보존에 취약해서 불에 타 없어지는 목조보다 비가 와도 눈이 와도 견고한 돌덩이 유럽 내구성을 나는 일단 선호하려 한다. 물론 유럽과 아시아 각자가 갖는 건축 매력과 유용성은 분명히 있을 것이다. 그러나 현재 서울에서 높아서 눈에 뜨이는 키다리 빌딩 말고 내게 주목받는 건축물은 단연 서울의 유럽이다. 정말 북한군이 교회 안 다니는 사람들을 처단하려고 내려와서 불바다북한이 남한을 위협하고자 자주 쓰는 정치적 발언를 만들어도 서울의 유럽은 전소되지 못할 재질이 아닌가 한다.

확실히 북한군에게 총살당하지 않을 어머니는 아버지가 싫어하는 교회를 빌라도Pontius Pilate 총독 정치가 로마제국 ?-?에게 핍박받으사 초대교인들처럼 다니셨다. "아버지도 목사님 손을 잡으셨다!" 어머니는 배우자를 잃고 나서 유교를 버리며 말했다. "더 이상 추석과 설날에는 오지 말거라, 추수감사절과 부활절만 챙기자 성탄절 놀러 오고 싶으면 오고." 어머니의 지령은 단호했다. 그날 이후 우리 가문에서 유교 의례차례 제사 세배 등는 역사 속으로 사라졌다. "아버지 기일은요?" 나는 다시 물었다. "아버지를 맘속으로 그리워하자." 어머니는 당신 배우자의 마지막 날이니 당신이 기억할 일이지 자식들에게는 부담이 없기를 당부하며 말했다. 어른답지 못하게도 내 종교관은 어디인가에서 찬송이 들리면 정겨울 뿐이지 신을 찾는 수준까지 이르지 못했다. 나는 불경스럽게도 봉은사에 가면 한옥을 구경하고 싶을 뿐이지 예불을 드려야겠다는 고급도 못 된다. 다음번에는 점심용 절밥을 시도해 보기를 별 의도 없이 다짐하고는 했다. 큰댁으로 몰려가 차례상에 절하면서도 내 종교가 기독교인지 유교인지도 정확히 모르고 그냥 따라 했다. 나는 더 맛있는 큰집 음식이 좋았을 뿐이었다. 대학생 때는 선한 두 명의 몰몬교Mormonism 1820도들을 따라가 영어로

된 〈세일러문〉Sailor Moon 1991을 그냥 따라 불렀다. 나는 이국으로 체화된 파란 눈들이 궁금했을 뿐이었다.

이 정도면 나는 아버지와 어머니의 중간 정도의 종교관이 아닌가 한다. 나는 유신론자도 무신론자도 아니며, 그렇다고 해서 해박한 지식으로 가득한 이신론자일 리도 없다. 유교의 기념일인 명절을 철폐한 어머니의 주장은 겉으로 보기에 합리적인 어르신으로 보일 수도 있다. 특히 명절을 두려워하는 자들 사위, 며느리, 수험생, 미취업청년, 미혼자, 삐딱한 청소년 등에게는 더더욱 말이다. 이미 오래전에 죽은 고다마Siddhartha Gotama 왕족 성자 네팔지역 Before Christ 560s-Before Christ 480s, 크리스투스Yeshua Christus 목수 성자 팔레스타인지역 Before Christ 4-30, 마호메트Mahomet Mohammed 목동 성자 사우디아라비아지역 570-632 더 나아가 우리 아버지를 향한 신념God에 신념Belief이 있다면 그들이 사라진 날은 성스러운 날일 것이고, 기대하는 날로 여기는 것도 당연하다. 그러나 어머니는 아버지에 대한 신념God에는 동의하지 못했다. 사실 신념God이 부재한 자에게 신념Belief에 맞는 의식 요구는 핍박이고 낭비이다. 남의 교외 예배를 끝내고 돌아오는 길의 느낌은 역시 아까웠다. 교회가 아니면 다른 방식으로 즐겁게 보냈을 오늘 하루라는 후회는 오늘도 마찬가지로 들었다. 맞바꾼 휴일 시간은 고행을 참아내는 느낌도 여전했다. 예배로 써버린 일요일 시간이 얼마 남지 않았음을 견주어 보는 여전히 철없는 나를 발견했다. "어차피 신이 될 연장자들을 사방에서 늘 만나면서 왜 교회도 다니는 거지?" 나는 유교와 기독교를 교차시키며 중얼댔다.

21세기에도 유교 도시로 분류되는 서울은 무신념자들에게는 불편한 도시가 아닐지를 생각해 봤다. 더 정확히 말하자면 합리적으로 살아오다가 갑자기 비합리적 생활로 일시 정지해야 한다는 느낌을 지울 수 없다는 뜻이다. 그런데 분명한 것은 그것이 나만의 느낌이 아닐 수도 있다는 것이다. 왜냐면 즐거운 척해야 했던 날이 끝나면 각자의 부글부글했던 마음을 탕비실에서 풀어내는 것도 서울의 일상이기 때문이다. 이쯤 되면 우리는 어머니처럼 유교를 버리고 싶은 것은 아닐지를 나는 의심해 본다. 종교는 문화에 깊게 주조된다. 나는 태어나면서부터 24시간 365일 유교 문화가 만연된 서울에서 키워졌다. 내게 서울이 시큰둥한 이유도 그 유교에서 비롯된 형상화들에 질린 탓은 아닐까 한다. 나는 근정전1396 〈이룡희주〉1396가 귀중하다고도 보지만 이를 죽기 전에 꼭 볼 것으로 선뜻 떠오르지는 않는다. 그러나 시스티나성당The Sistine Chapel 1481의 〈천지창조〉Sistine Chapel Ceiling 1508는 귀한 것임을 떠나서 걸어 다니기 힘들기 전에 한 번은 확인하고 싶다.

엄밀하게 말해서 나는 유교에 질렸다. 그렇다고 해서 유럽에서 제조된 종교에 매력을 느끼는 것도 아니다. 다만 유럽에 뿌리내린 종교가 또 뿌려내는 문화를 나는 선호하는 것뿐이다. 충현교회 교인들은 한 주도 거르지 않고 잘 차려진 유럽 클래식을 만나는 셈이다. 게다가 고딕 양식의 유럽도 일 년에 쉰하고도 여섯 번 구경하고 오는 호사를 누린다. 적어도 내 수준에서 일 년에 한 번일지 모르는 고가의 예술의전당1993이나 세종문화회관1972에 비하면 교회라는 고급 일상은 문화 자본이 풍성하게 축적되고도 넘칠 감상이자 생활이다.

그날 성탄절 우리는 베토벤Ludwig Beethoven 음악작가 독일 1770-1827의 합창교향곡Beethoven Symphony No. 9. 1824이 섞인 성가를 준비했다. 한 달 전부터 지휘자는 정성을 다해 우리를 지도했고, 이런 노래 구성을 메시아Messiah라고 설명해 주었다. 주일 아침 일찍 일어날 명분은 내가 그 거대한 성가를 부른다는 즐거움으로 충분했다. 하얀 가운을 입는 것도 좋았고, 성가대의 일원으로 단상에 오르는 발걸음도 몹시 기특했다. 그리고 무엇보다 나는 채플이라는 그 멋있는 공간에서 어려운 성경이 아니라 부드러운 성가로 내가 존재한다는 그 자체가 뿌듯했다. 그래서 내게 성가는, 아니 합창은 썩 안정적인 심정을 갖게 하는 것이었다. 우선 음악이라는 그 너그러움이 그렇고, 가사를 놓쳐도 대원들이 채워주는 더 큰 너그러움이 더 그러했다. 정말 마음에 드는 노래를 종교라는 최고급의 사회적 명분으로 다 같이 즐겨 부른다는 즐거움은 내게는 형언하기 어려운 추억이었다. 특히 잘 준비된 우리의 성탄절 그날은 거창하고 화려한 문화참여의 의미가 더 컸다. 나는 그날 특별한 그 성가가 끝나도 다음 주를 더 기대했었다. 어떤 느낌으로 우리의 목소리가 악기와 어울릴지 나는 몹시 궁금했다.

"다음 주는 꽹과리도 들어갑니다!"
지휘자님이 말했다.

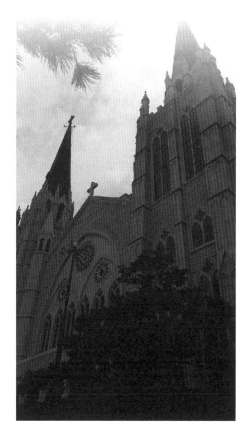

햇빛을 등지고 찍은 탓에 교회의 훌륭한 양각이 잘 드러나지 못했다. 그러나 표면에 세밀하고 복잡한 장식은 유럽에 그 어떤 성당에도 빠지지 않는다. 나는 무척 마음에 든다. 그러나 아무리 그런 이유로 교회를 다닐 수는 없는 법이다. 중학교 1학년 도덕 중간고사 때 학교를 사랑해야 하는 이유 중에서 '건물이 예뻐서'는 분명 틀린 답이었다.

뉴욕에서 맡은 런던의 향기
─ 미국성공회대성당Cathedral Church of Saint John the Divine

대성당답게 성당 옆쪽 동서로 뻗은 길은 내게 '대성당길Cathedral Way'이라고 정확히 일러주었다. 사실 여태까지의 뉴욕 방문에서 나를 반기는 사람은 단 한 사람도 없었다. 내가 말을 붙여야 비로소 느슨한 인연이라도 생겼을 뿐이었다. 따라서 내가 함구해 버리면 길거리의 우연한 만남은 하나도 이루어지지 못하는 것이다. 그런데 생각해 보면 어김없이 나를 반기는 누군가도 있긴 있었다. 바로 비둘기들이다. 이 비둘기들은 내게 인연을 만들어 달리는 듯이 떼 지어 몰려오고는 했다. 어떤 녀석은 내 주위를 다가서기도 했다. "저리 가지 못해!" 내가 소리를 지르며 손을 크게 휘젓기라도 하면 요 비둘기들은 점프하는 척만 했다. 그리고 나서 이놈들은 겁도 없이 또 내 발걸음에 관심이 많았다. 대성당길 앞에도 이 비둘기들은 구석구석 층계에 자기들 공간을 만들어 놓고 군집을 유지했다. 확 날려버릴까도 싶었다. 그러나 나는 오늘 한량인 나 자신을 '여기 있소.'라고 광고하는 것 같아서 내키지 않았다. "와 거대하다!" 맨하튼 섬에 이렇게 큰 성당이 세워진, 아니 세워지고 있는지에 나는 놀라서 감탄했다. 대단히 촘촘하고 정교하게 조각된 돌들이 성당을 가득 뒤덮고 있었다. 대성당길거리의 비둘기들은 모여서 그 굉장함에 대하여 각자의 느낌을 설왕설래하고 있었다. 심지어 의견이 부딪치고 싸우듯이 심도 있는 집회도 있었다. "가운데 먹을 게 있나!" 나는 혼자 중얼거렸다.

"문화예술도시Art Culture and International City라는 과목이요! 교수님도 애착 과목이 있나요?"

"전 국제스포츠기획International Sport Planning이 그래요."

그래도 주일날 방문했어야 했었다. 살아 있는 성당을 보는 것과 잠자는 성당을 보는 것은 큰 차이였다. 나는 늑장으로 9월을 단 하루만을 남겨 놓았고 주일도 놓쳐 버렸다. 할 수 없이 나는 말일을 피한 29일 목요일 미국성공회대성당the Cathedral Church of Saint John the Divine 1892- 으로 갔다. 조급한 마음은 버스와 지하철을 타는 낭만을 다 걷어치우게 했다. 그러나 그런 급한 마음에도 내게는 날씨가 보였다. "와 날씨 좋다!" 나는 혼잣말을 했다. 햇빛은 허드슨강 표면에 반짝이고 있었다. 바로 파란 하늘도 보았다. 출발할 때는 귀찮은 일을 급하게 치른다는 생각이었건만 맨하튼에 진입하면서 나는 뭔가 희망의 기운을 느꼈다. "어! 컬럼비아대학." 나는 뭔가 익숙한 경로를 보고 중얼거렸다. 내비게이션의 지시는 올봄에 방문했던 한 대학 부근임을 알렸다. 그러고 보니 나는 이 성당 근처를 수도 없이 지나가 봤다. 그간에 자동차와 내비게이션의 협동은 빠르게 도착하게 했을 뿐이지 주변을 한 번도 살피지 못하게 했던 것 같다. 그런 나머지 나는 오늘도 성당 주변 이야기를 하나도 모른 채 신속하게 오고 말았다. 내비게이션으로 '목적지만 향해서 가.'라는 지시는 얼마나 많은 것을 생략하고 놓치게 하는지 나는 오늘 알았다. 그간에 디지털 보고를 할 때마다 왜 문 교수를 더 궁금하게 했는지 나는 알 것 같았다. "아뿔싸!" 나는 뉘우치는 소리를 냈다.

급한 심정과 합쳐진 질주는 많이 지나쳤던 조지워싱턴다리에서 여기 성당까지의 기억들을 의미 없게 했다. 맨하튼 섬을 넘어오면 제일 먼저 어떤 집이 나오고, 그 집은 다음 집의 이야기를 알고, 또 그다음 가게는 그다음 음식점을 알고, 그리고 그렇게 이어진 컬럼비아대학도 알고, 비로소 성당을 알게 되는 재미는 내게 비어 있었다. 성당은 내게 그렇게 옆도 뒤도 돌아보지 않고 불성실하게 도착할 거라면 주차도 필요 없이 휙 보고 가라는 듯이 여러 번 성당을 돌게 했다. 주차 골탕을 먹인 것이다. 그러나 덕분에 나는 성당의 크기를 짐작할 수 있었다. 성당은 110번가110th Street에서 113번가113th Street까지 걸쳐 있는 큰 사이즈였다. 블록을 여러 번 돌면서 나는 성당을 조금씩 눈에 담았다. "쭉쭉 뻗은 빌딩 사이에 이렇게 큰 성당이 있나⋯." 나는 내리기의 흥분을 조금씩 흘려냈다. 그러나 현실은 일단 주차 자리를 먼저 찾으라는 듯이 계속 나를 돌려댔다. 성당 계단에 앉아 거룩한 점심을 즐기는 사람들처럼 빨리 나도 정착하고 싶었다.

수강생들과 나는 뉴욕에서 3461마일5570km이나 떨어진 런던 경기장을 찾았다. 말로만 듣던 첼시Chelsea Football Club 1905와 아스널Arsena Football Club 1886 그리고 토트넘Tottenham Hotspur Football Club 1882과 윔블던Wimbledon 187까지 나는 실제 경기가 치러지는 곳에 왔다는 감격보다 오랜 역사의 결과물들을 이렇게 간단히 만날 수 있음이 더욱 놀랐다. 웨스트민스터사원Westminster Abbey · Collegiate Church of Saint Peter at Westminster 960이 제일 그랬다. 사실 영국, 그러니까 연합왕국United Kingdom 1707의 왕권 신수의 황송한 공간에 평범한 내가 접근한다는 것이 어려울 것이라고 나는 예상했었다. 그러나 그냥 걷다가 또 그냥 바로 힐끗 보면 되는 오랜 석재가 바로 그 사원이었다. 물론 일정상 속을 들여다보지는 못지만 버텨왔던 사원의 기간을 아는 나는 대단하다는 마음을 감출 수가 없었다. 이렇게 대단하다 보니 오바마Barack Obama 정치가 미국 1961-도 여기서 연설했던가 싶었다. 사원의 흙바닥을 걸으면서 이 나라의 주인도 신발 바닥에 이 흙가루를 그대로 묻힐지의 지체도 떠올려 봤다.

런던은 연달아 나타나는 왕관 같은 건물로 넘쳐났다. 바로 발걸음을 멈추게 했던 의회Houses of Parliament 1860는 황금 철근을 수직으로 계속해서 붙여놓은 것 같았다. 그 감탄은 런던 길거리 물체들에 대한 시민들의 오랜 협조가 아니면 아닐 것 같았다. 부러웠다. 뉴욕 케네디 공항에서 온 우리는 인문 고민을 먼저 축적한 런던의 흔적들로 약간 위축되었다. 물론 처음에는 그러지 않았다. 온통 메이저리그와 수퍼볼 그리고 엔비에이National Basketball Association 1946에 휘감기다 온 우리는 오랜 도시 스포츠쯤이야 약간은 경시해 볼 가능성도 배제하지 않았다. 그러나 오래도 너무 오래전에 조성된 듯한 런던의 길거리는 영국의 모든 스포츠팀의 근거지를 섣부르게 볼 수 없게 했다. 바로 건드리기 힘든 뒷심이었다. 턱턱 걸리는 그들의 말투조차 가벼울 수 없는 매력이었다.

"뭘 그리나요?"
"숙제로 성당 조사하고 있어요."
"컬럼비아대 학생인가요?"
"아예…."
"아이비리그 학생이군요."
나는 학생의 자부심을 끌어냈다.
"예."
"무슨 과목인가요?"
"미술사Art History요."

대성당 계단에서 한 학생이 노트에 무언가를 열심히 하고 있었다. 성당을 스케치하는 것이었다. 인근 대학의 학생이었다. 브루클린 출신 컬럼비아대학 3학년 헤이든Hayden은 고교생처럼 어린 얼굴이었다. 특이하게도 사전 조사 없이 수행하는 과제라서 성당을 대충 보는 관광자와는 차원의 다른 감상이었다. 그는 무척 꼼꼼하게 부분 부분을 그려내고 있었다. 나도 오늘 숙제 아닌 숙제를 하지만 점수를 부여받는 헤이든과는 큰 차이였다. 나는 문 교수로부터 '겨우 그거에요.'로 끝나면 되지만 헤이든은 이번 학기 평점의 고저를 결정하는 중요한 작업이었다. 성당 보기는 같았지만 다른 숙제였다. 나는 헤이든의 최종 작품도 궁금했다. 헤이든이 수강하는 담당 교수라는 착각 중이었다. 나도 모르게 헤이든의 최종 완성을 볼 수 있는지 물었다. "이메일을 알려 주세요." 낯선 이의 궁금증쯤이야 가볍게 외면해 버릴 수도 있었겠지만 순수한 헤이든은 내 호기심을 해결하는 통 큰 대답을 해 주었다. "그럼 열심히 조사하길." 나는 친절하게 작별을 고했다. 그러나 헤이든과 나는 성당의 몸집과 표면을 둘러보면서 몇 차례 다시 마주치기를 반복했다. 계속해서 나는 성당을 머릿속으로 기록했고, 헤이든은 그림으로 기록했다. 우리는 재회할 때마다 서로 찡긋 웃었다.

미미한 국소 부분의 미완성이 아니라 확실히 미완성이었다. 왼쪽 석재의 부재는 성당을 아름답지 못하게 했다. 미뤄진 완성은 오히려 세월을 만들어 거무튀튀한 외피와 함께 혹시 버려진 것은 아닐지의 오해를 불러일으키기에 충분했다. 그러나 밀착된 육안으로 들어온 성당은 공들이는 기간이 만만치 않아야 함을 느끼게도 했다. 특히 오목하게 들어간 출입문 공간은 공간 모두를 겹겹이 입체 라인과 조각상을 번갈아 채워 넣은 세월 같았다. 종교와 예술이 가벼운 내게는 처음 보는 정교함이었다. 그래서 나는 출입문으로 들어가면서 고개를 거의 뒤로 직각으로 젖혔다. 만나는 여러 개의 꽃잎 안의 조각은 모세

Moses 성자 이집트 팔레스타인지역 ?-?인지 십자가에 못 박힌 성인인지는 모르겠지만 두 팔을 들고 있었다. "왼쪽 손에 구슬을 들고 있네! 구슬 맞나?" 나는 뭘 제대로 모르듯이 말했다. 같은 맥락으로 왼쪽 문에는 확실히 못 박힌 성인이 고개를 떨군 채 있었고, 지나치게 가까운 양옆에는 두 명의 여성이 그를 올려보고 있었다. 한 명은 그의 어머니이지만 또 한 명은 그 여성Mary Magdalene이 맞는지를 나는 찍었다. 더 이상 신뢰할 수 없는 내 성경 대입을 나는 그만 멈췄다.

 세 개의 문은 바닥만을 제외한 공간들에 십자가를 이고 가던 사건과 죽은 뒤 그를 따르는 사람들의 사건이 세 방향으로 조각되어 있었다. "거기까지! 그냥 보자." 나는 내 일천한 성서 지식으로 이 수많은 인물 모두의 정체를 알 아낼 재간이 없음을 깨닫고 작게 말했다. 다만 이렇게 그를 따르는 무리가 많다는 것은 성당 외장에 담을 이야기가 실로 넘쳐난다는 것이고, 또 이렇게 스토리가 넘쳐난다는 것은 두 세기하고도 21년 9개월 동안 신뢰를 거듭한 보통이 아닌 종교라고 평가해 봤다. 그러다 보니 나는 또 다른 종교의 건축물에 대한 궁금증이 생겼다. 오래전 배 가름을 받은 성인 말이다. 그 성인의 예배당 외장에는 그의 용안은 물론이고 그를 따르는 형상이 하나도 없다는 것을 떠올렸다. 복잡한 무늬만 반복된 예배당은 그 어떤 인물도 분명 없었던 기억이다. 물론 이도 방송과 디지털만으로 이룩된 편향된 소견이겠지만 뉴욕에도 이 종교의 모스크Mosque가 있는지도 궁금했다.

 내부로 들어가려는 내 옷자락을 잡으려는 듯이 사이렌 소리와 불빛문 교수는 뉴욕의 사이렌 불빛은 적색과 청색 그리고 백색이 오묘하게 번갈아 켜져서 서울 사이렌 불빛보다 예쁘다는 이야기를 했음이 요란했다. 덜커덩하는 문소리는 경건함으로 구분되는 듯이 바깥 소음을 완전히 차단했다. "와!" 나는 천장의 디자인이나 건축미 때문에 계속 보고 있자니 목이 아플 지경을 참아내며 감탄했다. 닫힌 문은 밖에서 미세하게 조각된 검은 무쇠 문과 달리 온통 황금 같은 문으로 변해 있었다. "밖은 지옥 안은 천국?" 나는 혼자 속삭였다. 물론 황금이 맞는지는 모르겠다. 깨물어 볼 수는 없었기에 나는 부디 황금이길 바랄 뿐이었다. 어두운 내부라는 기대와 달리 성당 안은 햇빛을 노랗게 바꿔내고 있었다. 일부 전등의 소행이었다. 한 칸에는 이 성당을 다녔던 신도들이 기념되어 있었다. 그들은 각자 한 문장씩 남기고 떠난 것으로 보였다. 나는 주제넘게도 내가 떠난 뒤를 한 문장으로 하면 과연 무엇으로 할지 싶었다. 순간 동네 공원을 돌아다니다 보면 심심찮게 벤치에 기증자의 이름과 그와 관련한 글들이 적혀 있는 것을 기억해 냈다. 이를테면 누구누구는 공원을 사랑했고, 어떤 이는 이곳에서 책 읽기를 좋아했고 등등 말이다. 나는 그렇게 멋있을 글을 남길 자격이 우선 내게 있는지부터 성찰했다. "강단에 서는 것만으로 부족해!" 나는 조용히 한탄했다.

저 멀리 스테인드글라스에 홀려 뚜벅뚜벅 걸어 들어갔다. 황금빛을 반사하는 깊숙한 끝은 십자가에 못 박힌 성인임을 짐작할 수 있게 했다. 그의 표정은 괴롭다기보다 무언가를 다짐하는 듯했다. 걸어온 길을 뒤돌았다. 들어왔던 저 앞과 달리 또 반대의 저 멀리는 절제된 면적으로 스테인드글라스 두 개가 있었다. 노랗게 밝은 공간에서 동그란 빛이 이제는 햇빛을 깊이 있는 청색으로 만들었다. 큰 동그라미와 그 아래 작은 동그라미로 총 두 개였다. 역시 아주 많은 이야기가 담긴 세밀한 유리 조각들은 다른 색인 듯 같은 색인 듯 차이를 내고 있었다. 그러나 '무슨 색이더냐?' 묻는다면 분명 청색이었다. 파란 달Blue Moon이 두 개 떠 있는 것 같았다. 양옆에 수직으로 쭉쭉 뻗은 하얗고 둥근 기둥을 끌어들이니 차가운 달이 쭉쭉 뻗은 큰 나무숲 사이에 보이는 이상한 분위기였다. 생전 처음 보는 달의 분위기였다. 감상은 또 목을 아프게 했다. 그런가 하면 높은 저 위 천장은 사각 만두가 다물려진 모양으로 반복되어 있었다. "사각 만두 천장과 대머리 돔 천장은 어떻게 다르지?" 나는 또 조용히 중얼거렸다.

사실 먼지 냄새로 돌아서 버리는 오랜 공간과 달리 이 성당은 진지하게 경탄하는 오랜 감상의 공간이었다. 건물이 아닌 작품의 감상은 모두 문 교수 탓이었다. 문 교수는 그리운 서울로 내가 내주는 과제를 궁금한 서울로 바꿔 리포트를 보냈었다. 그러면 나도 궁금한 뉴욕을 그리운 뉴욕으로 바꿔서 내 마음대로 보고할 수 있었건만 문 교수는 이번에도 또 궁금한 뉴욕을 이 성당으로 지정해 버렸다. 물론 나도 이 성당에 이야기를 듣고 나서 여느 소풍지와 달리 궁금하기는 했었다. 그러나 시큰둥한 척했다. 왜냐면 교수가 약간 얄미웠다. "김 교수님 내키지 않나요?" 문 교수는 친절한 말투지만 지시하는 눈빛으로 물었다. 그래서 나는 그리움이라는 감정과 궁금함이라는 감정을 관대함과 호기로움으로 바꿨다. 관대하게도 나는 문 교수의 호기로움을 채워주기로 했다. 사실 문 교수는 뉴욕 시절에 한인교회를 벗어나고 싶다고 했다. 싫어서라기보다 미국이 궁금해서가 더 컸다. 그러나 실천하지는 못했다. "미국에 성당이 있을 수 있나요?" 문 교수는 뉴욕의 탐색 지시가 있기 전 내게 물었다. 그리고 나서 교수는 용케 이 뉴욕 성당_{애석하게도 이 미국성공회성당도 로마 가톨릭의 통제를 받는 천주교회가 아니라 개신교회임}을 찾아내 내게 통보한 것이었다.

웬만한 별천지는 나이든 이에게 그리 큰 감동을 주지 못한다. 어딜 가든 뻔한 인간 시스템으로 돌아갈 것을 이미 알고 있기 때문이다. 물론 나도 그런 거만함에 조금씩 물들기 시작했다. 따라서 청년들이 어르신에게 느끼는 막무가내에는 오래 산 자가 '그게 다 그거야.'라는 넘겨짚음에서 비롯된 차이가 아니 일까도 싶다. 다양한 미연방 주들에서 어줍게라도 디아스포라를 경험해 본 나는 '그게 다 그거야.'를 많이 겪었다. 자신의 생애가 늘 새것으로 다가오는 아이들에게 '그게 다 그거야.'는 이른바 '그게 다 그거야가 아니야.'라는 갈등을 나는 잘 풀어가는 축에 속했다. 그래서 나는 학생들과의 갈등이 최소화하는 나에게 늘 안심했다. 그러나 내가 아는 '그게 다 그거야.'를 짐작할 수도 없게 또 다른 서구 도시는 사정이 조금 달랐다. 사실 서울과 뉴욕에서의 생활은 적어도 이제는 내게 '그게 다 그거야.'의 삶이 많이 겹친다. 그런 입장이란 해당 생활에서 어느 정도 깊게 들어온 자들이 느끼는 쉽고도 쉬운 '코호트Cohort'이기도 한 것이다. 그러나 완전히 딴 판을 갑자기 만난 초면은 그 편한 코호트도 일단 전혀 모색되지 못하고 안 보인다. 그래서 초반에는 당연히 많은 정신적인 에너지를 소모시킨다.

런던에서의 다른 코호트와의 결합 그리고 다른 세상과의 직면은 나를 난감하게 했다. 다시 말해서 '그게 다 그거야.'의 연륜이 하나도 먹히지 않았다는 것이다. 런던에서 수강생들은 내가 넘겨 짚어왔던 '그게 다 그거야.'에서 갑자기 벗어났다. 유사한 습성으로도 묶이지 않았다. 각자의 '미이즘Meism'이 지나치게 강했다. 둥글지 못함에 대한 지적은 수강생 모두 어른들이었기에 불가능했다. 다 이해했다고 믿어왔던 강의실 학생들은 저 먼 세기 흔적에서는 '그게 다 그거야.'를 따지기도 전에 또 다른 이질을 표출시켰다. 이들은 새로운 이해를 요구했다. 이는 마치 내가 아메리카대륙에 방금 입성했을 때의 까마득하고 어두운 곤란, 더 나아가 미움들과 유사했다. 추정컨대 런던에서 학생들은 적잖게 묵직한 역사 위세에 당황했다. 그리고 나는 그런 학생들의 태도를 읽어내지 못하는 실수를 드러냈다. "크리켓이 뭐길래 그런 극성을!" 한 학생은 특정 종목을 괜히 싫어하는 발언도 했고, "윔블던에서 하얀색 운동복만 입어야 할 이유도 없어, 그냥 그렇데, 그게 말이 돼?" 또 한 학생은 전통의 불

합리를 꼬집기도 했다. 여기까지 나는 어느 정도 감당할 만했다. "교수님 다 닐수록 기분이 별로에요!" 또 다른 한 학생은 향후 우리의 탐방을 불안하게까지 공론화시켰다. 우리는 다른 세상에서 막강한 우리를 낮춰야 하는 문화적 실망 중이었다. 그리고 나는 그 실망을 끌어 올려야 했다.

정해진 순서도 없이 용의주도하지 못하게 이루어지는 과업은 두 가지의 감정을 품은 채 진행된다. 하나는 막 나가도 되는 홀가분함이고, 다른 하나는 이렇게 해서 뭔가가 과연 만들어질지의 불안감이다. 그래서 이렇게 무계획의 소풍은 홀가분하게 나도 모르게 무언가를 만들어나가는 짜릿함을 주기도 하지만 약간은 마음이 걸리기도 한다. 왜냐면 학계 이목을 살펴 가며 일부러 심각해야 하는 가공된 과업과는 너무나도 다른 것이기 때문이다. 그런 익숙함에 젖어 있던 나머지 나는 뭔가 고차원이어야 한다는 성당 강박에 시달렸다. 만약 여기도 학계 보고로 전격 전환된다면 내게 연달아 보이는 성당 조각들은 자괴감 천국을 만들었을 걸이다. 사실 내게 성당이란 예술 작품을 '좋다!' 정도로 감상하는 낮은 수준에 머무를 수밖에 없었다. '오병이어five loaves of bread and two fishes'라는 사건은 대충 알고는 있었다. 그러나 성당 내피에 느닷없는 생선 가시 석상은 무엇이고, 사건과 관련은 있는지도 알 수가 없었다. 또한 좋은 것으로 넘쳐나도 모자랄 공간에 무엇 때문에 해골 두상인지 나는 더 알 수가 없었다. 그러다가 투박하고 미끈하지 못한 돌덩어리들 공간도 만났는데, 이는 누구라도 해석 가능했다. 일단 성당의 축성은 아직도 진행형이라는 것, 그리고 아직 다하지 못한 이야기를 담을 공간이 남았다는 것 말이다.

나는 동네에서 어느 날 바뀌어 있는 지붕과 문짝은 물론이고 나타났다가 사라지는 작업복 이웃 양반들을 여러 번 목격했었다. 그들은 달라지는 거처

품평을 원하는 듯이 오히려 내게 말을 걸었다. "더 좋아 보여요!" 나는 덕담을 했다. 나이가 많아서 어른이 아니라 어른이 되어가는 과정에 있어서 어른이 아닌가 싶다. 완성된 집에 살기만 하는 것이 아니라 내가 직접 집을 만들어가면서 사는 것 말이다. 물론 오늘 예배당이 어른으로 가는 진행을 보니 내 생애에 완결도 미지수인 것 같았다. 그러나 이웃집이건 성당이건 완성의 영광보다 완성해 가는 어른 과정의 즐거움도 행운이다. "이름이 세인트 존이라고 했지!" 나는 문득 성당의 이름을 떠올리며 중얼거렸다. 나는 날 공기를 마시고 싶었다. 출입문이 열릴 때마다 간간이 보였던 바깥이 이제는 궁금해졌다. 그리고 세인트 존이라는 자는 어떤 사람일지도 알고 싶어서 휴대폰을 열었다. "종말론의 뉴욕시Apocalyptic NYC! 타이타닉 침몰Sinking of Titanic!" 디지털 바다yahoo.com에서 나는 요 성당만을 건져 올리며 말했다. 흥미로운 헤드라인들도 같이 끌려왔다. 나는 문 교수에게 놀랄만한 특종 기사라도 발견한 듯이 갑자기 서둘렀다. "성당 어디에 숨겨 놨다는 거지?" 나는 성당을 다시 살피며 말했다. 아까 전의 무지한 감상 태도와 달리 나는 탐사적 분주함으로 돌변했다. 그러나 이미 성당을 나온 터였기에 다시 5불 5십 전을 낼 의지까지 끓어오르지는 못했다. 다시 방문할 미련을 남겨두기로 했다. 숙제는 또 숙제를 낳았다.

무지했어도 성당 관찰은 내게 뿌듯한 시장함을 주었다. 디지털 지도google.com/maps가 성당 맞은편 코너에 헝가리 빵집Hungarian Pastry Shop을 추천했다. 작은 가게는 밖으로까지 긴 줄의 꼬리가 대단했다. 감상과 해석의 경계에서 애써 본 내게 동유럽의 맛을 선물하고 싶었다. "모르는 게 죄는 아니잖아! 뭘 몰라도 먹고는 살아야지!" 나는 내게 역성을 들듯이 말했다. 길었던 줄서기가 끝나고 나는 주문을 했다. 사실 지극히 헝가리다운 메뉴를 원했었다. 그러나 사람들의 기다림이 만만치 않았다. 나는 흔한 것으로 빨리 주문 처리를 했다. 아메리카노와 치즈 케이크를 배당 받았다. 내가 좋아하고 내가 하고 싶은 것을 끝까지 고수하지 못하는 일이 잦은 것에 나는 버릇이 되어 버렸다. 이런 습관은 아메리카에 당도하면서부터가 아닌가도 싶다. 나는 내가 지나치게 너그러운 것인지 아니면 나를 잃어버린 것인지 요즘에는 그 기준이 있었는지도 불분명하다는 생각도 했다. 방금 대성당 안의 웅장한 크기에 호사를 누리던 나였다. 그런데 이 작은 가게에서 제대로 된 내 선물도 받지 못하는 내 신세는 측은했다. "뉴욕 소풍은 내 날인데!" 나는 살짝 우울한 투로 말했다. 나만 빼곤 모두 이 빵집에 만족스러운 듯했다. 빵집 줄은 여전히 줄지 않았고, 내 부는 분주했다. 나는 주문 음식을 다 싸 들고 벤치로 아예 나왔다. 사실 나는 나만의 시간이 확보되지 못한 이 인기 있는 분위기에 내가 견디지 못한 것이나 다름없었다. "음…. 쩝쩝." 나는 고민 없이 편하게 소리를 내서 먹었다.

나는 정성스레 완성된 수많은 성당들은 죄다 유럽에 있는 줄 알았다. 그런데 맨하튼에 그러한 성당이 있다는 것에 놀랐다. 사실 현재에도 짓고 있을지 모르는 유럽의 교회들은 건축하는 것이 아니라 작품을 만드는 것이 아닌가도 싶었다. 물론 속사정을 알면 여러 가지 원인으로 지체되는 것이겠지만 미완의 구설에도 심려치 않고 묵묵한 건설 지속은 역시 부지불온_{不知不慍}의 유럽으로 보이게 하는 것이 아닌가도 싶다. 따라서 고민하고 시도하고 세련 하는 공들이기 기간이 길어야 멋있는 작품이 나오는 유럽인 것이다. 이를테면 뉴욕과 다를 바 없는 노랑머리들이 만든 런던이라고 하더라도 오랜 기간에 손색없이 잘 다듬어 완성된 왕관과도 같은 세상 말이다. 그리고 어떤 꼬투리라도 잡아내려 해도 그런 역사에 수긍하는 무력감 말이다. 뉴욕이 청년의 자유로운 놀이터라면 런던은 그 청년들을 키워낸 저택으로 보면 될 것 같다. 물론 이런 나쁘지 않은 런던 후입견에 반대하는 후입견들도 있기는 있을 것이다. 그러나 누가 일러주지도 않았는데도 오래되고 고리타분하고 가라앉고 답답하고 고집불통이라는 당도하기 전 내 런던 선입견이 바로 교정된 것을 보면 불여일견不如一見이 맞긴 맞다.

사실 나는 서울에서부터 듀란듀란Duran Duran 남성 5인조 대중가수 영국 1978-1985도 존Elton John 대중가수 영국 1947- 도 뉴욕 어딘가에서 활동하는 미국인들인 줄로만 알았다. 런던을 보기 전 내 세계관은 잘 자란 런던보다 맘대로 자란 뉴욕의 놀라운 스태미너에 늘 가치를 두고 있었다. 그러나 학생들과의 런던은 나의 뉴욕을 약간은 부정할 수 있는 꼬투리도 생기게 했다. 런던에서 나는 공원을 걸어도 다리를 건너가도 지하철을 타더라도 다 좋은 경험이라는 마음으로 다녔다. 이들이 만들어 놓은 모든 것은 내가 함부로 건드릴 수 없는 영구성이기도 했다. 그들은 그 완성을 이미 오래전에 완전히 끝냈고, 이제는 그에 무르익은 성숙을 보여줬다. 그러나 오늘 미국성공회대성당은 유럽 비슷한 무엇인가 중에서 겨우 하나를 여전히 끝내지 못한 뉴욕이었다. "완성되고 나면 허탈해! 맞아 허탈해!" 나는 조용히 되뇌었다.

나는 런던에서 기가 죽은 학생들에게 우리 미국의 여전한 진행형에다 뉴욕의 왕성한 활동성의 용기를 불어넣어 주려고 시도했다. 웨스민스터사원은 이미 오래전에 완성되었다. 그래서 궁금한 점을 잘 찾아내기만 하면 다 끝이다. 다시 말해서 이미 끝을 내서 잘 정리되어 있기에 다 끄집어내기만 하면 저 바닥이 보인다는 의미다. 그러나 미국성공회대성당이 완성되려면 아직도 멀었다. 그래서 할 일과 할 이야기가 끊임없고, 그래서 끝을 알 수 없다. 나는 요 성당을 더욱 좋아하기로 했다. 아직 미완성된 나와도 닮았고, 아직도 완성으로 가는 뉴욕과도 닮았다. 그리고 가장 중요한 것은 삐죽삐죽 드높기만 한 빌딩 나무들이 즐비한 맨하튼에 이런 귀한 작품이 자라고 있다는 것 자체가 내게는 자부심이자 보물이었다. 한 번 왔다 간 문 교수가 여길 못 본 것은 당연하다. 처음에는 이렇게 숨겨진 보석이 잘 보이지를 않는 법이다. 문 교수에게 다시 방문할 유인책으로 이 성당을 나는 아주 조금만 보고할 참이다. 오늘 2시 20분 현재 나는 성당 밖에서도 찾아볼 수 있다던 그 종말론 뉴욕 조각을 찾아보기로 했다. 나는 뉴욕 브라이트해 바다yahoo.com를 항해하면서 동해 바다daum.net도 번갈아 항해하며 현장 공부를 다시 시작했다. "음…! 세인트 존은 세례 요한이었구나!" 나는 혼잣말을 하며 또 성당을 돌았다.

"교수님, 전 그 과목에서 학생들에게 서울 시티투어를 해보라고 숙제를 내줘요."

"그러세요, 전 수강생을 데리고 런던으로 갑니다."

"헉."

파란 달Blue Moon이 큰 거 하나 작은 거 하나다. 미국에서는, 아니 서구에서는 파란 달이 뜨면 아주아주 드문 기이한 징조이다. 그러나 파란 달은 태초부터 한 번도 없었다. 그냥 보름달을 기쁘게 부르지 않을 뿐이다. 성당 안은 정말 깔끔하면서 몽환적이었다.

PART 10

SEOUL

NEW YORK CITY

쓸쓸한 도시에 대한
우리의 자세

막연한 어린이 그리움이라!
– 김포공항Gimpo International Airport

김포공항1942을 통과해서 내 수중에 직접 전달된 미국산 물건은 경찰차, 크레욜라Crayola, 그리고 펜텔샤프Pentel Propelling Pencil 이렇게 세 가지였다. 우선 경찰차는 양방향 자석필통 크기의 묵직한 태엽 장난감이었는데, 몇 번을 뒤로 굴리다 놓으면 쏜살같이 달리는 기특한 장난감이었다. 그런데 나는 이 훌륭한 차를 이틀 만에 잃어버리고 말았다. 평상에 놓아둔 경찰차는 한참을 놀다가 돌아오니 사라지고 없었다. 열린 채로 내버려 둔 대문이 문제였다. 그런 안타까움은 누나의 책상나는 취학 전이라서 아직 책상이 없었으며, 누나의 책상 서랍 하나만을 허락받고 사용했음 서랍 속에서 똑같은 경찰차를 만나는 꿈을 여러 번 꾸게 했다. 다음 크레욜라는 지나치게 메마른 품질로 미술수업 준비물로 적합하지 않았다. "야 노란색 좀 빌려줘!" 옆 분단 녀석이 사정했다. 오렌지색 박스에 서른여섯 개가 층층이 담긴 이 대단한 색상 배치는 흐릿하게 칠해질 뿐 티티파스1980 색감에도 못 미쳤다. "야 이게 뭐냐? 너무 흐려!" 녀석은 나도 공감하는 품평을 했다. 그런 크레욜라는 어느 순간 우리 집에서 자취를 감췄다. 마지막으로 펜텔샤프는 진주 같은 청색이 은은하게 들어간 미끈한 금속표면의 샤프였다. 그간에 흔하게 봐왔던 검은 플라스틱에 거미줄 홈이 파진 펜텔샤프에 비하면 약간의 빛나는 중학생의 문구였다. 사실 펜텔의 국적은 미국이 아니라 일본이었다. 삼촌은 일본이 미국으로 수출한 것을 조카인 내게 사다 준 것이었다. 그런데 이 금속 샤프는 그 검은 것보다 그리 견고하지는 못했다. 얼마 가지 못하고 덜그럭덜그럭 소리를 내며 누르는 부분이 흔들리기 시작했다.

"야 이거? 어! 펜텔이 이런 것도 나와?"

"어! 삼촌이 미국에서 사다 준 거야."

2022년 10월 16일 일요일 1시를 조금 넘긴 나는 김포공항으로 출발했다. 나는 공항에서 더 맛좋은 것으로 해결할 심산으로 점심을 걸렀다. 동네 버스 정류장에 공항버스가 서는 것을 알고 있었다. 그런데 정류장은 인천공항 가는 버스만 있을 뿐 김포공항으로 안내하지는 않았다. 어쩔 수 없이 지하 통로를 여러 번 갈아_{지하철 4호선·2호선·5호선}타고 김포에 있는 공항에 도착했다. "어? 9호선을 타면 바로 오는데! 멍청하기는!" 나는 내게 뒤늦게 투덜댔다. 지하철은 세 명의 승객만을 남겨놓고 나를 포함해 네 명의 승객들만 내렸다. 공항 가는 자들은 별로 없었다. 9호선이면 좀 다를 수도 있었겠지만 5호선으로 도착한 공항은 지나칠 정도로 한산했다. 에스컬레이터를 오르니 노란 벽면에 수백 개의 종이접기 작품들이 일정한 간격으로 붙어 있었다. "그래! 기억난다." 나는 오래전 인상 깊었던 작품의 기억을 내뱉었다. 그러니까 벽면은 초보 하늘 여행자에게 즐거움을 더하는 어린이 마음 같이 들뜬 기분을 다시금 떠올리게 한 것이었다. 적어도 내게는 그랬었다.

국제선과 국내선의 갈림길에서 나는 더 굉장할 것이 많을 것 같은 국제선을 선택했다. 그러나 국제선은 폐쇄된 듯이 아무도 없었다. 갑자기 국제선 입국장에는 하얀 마스크의 검은 사람들이 떼로 몰려 들었다. 꽤 묵직한 카메라를 든 사람들도 많았다. 아예 사다리를 세우고 그 사다리에 올라가 있는 사람들도 있었다. 성별을 가릴 것도 없이 어찌 되었든 검은 사람들이 많았다. "여기 왜 사람이 많아요?" 나는 어떤 남성에게 물었다. 남성은 오히려 내가 이상하다는 표정을 지었다. "남자 남자 남자." 일본인이 문장도 뭣도 아닌 이상한 말만 되뇌었다. 나는 몹시 답답해서 확실히 한국인으로 보이는 한 부부, 아니 연인으로 보이는 이들에게 다가가 물었다. 유명한 사람이 온다는 대답이었다. 그건 나도 할 수 있는 대답이었다. 답답함은 여전했다. "예…! 에이티즈 Ateez 2018가 나온다나 봐요." 무등으로 아이를 동반한 한 아버지가 드디어 궁금증을 풀어주었다. 갑자기 여러 명의 고교생 정도의 남성들이 입국장에 후드득 등장했고, 바로 왼편 통로로 다시 서둘러 신속히 이동했다. 몰려 있던 검은 사람들은 전문 카메라든 휴대폰 카메라든 카메라만을 앞세워 달렸다. 고교생, 아니 연예인들을 또 후드득 쫓아간 것이다. 모두 다 기자들 같았다. 나도 빠르게 달려가 봤다. 그 에이티즈라는 자들은 속사정을 알 수 없는 검은 승합차에 올라타자마자 떠날 기세를 취했다. 그러나 따르는 검은 자들은 개미가 사탕에 몰린 듯이 끈적였다. 나는 부지불식간에 탄생한 이 신인가수들의 관심을 빨리 접었고, 내게 더 시급한 식당 찾기에 매달렸다.

"여긴 식사할 때가 없어요?"
나는 공항미화원에게 물었다.
"음…. 저기 롯데마트나 국내선으로 가요."

나는 롯데마트에는 관심이 없었다. 더욱이 김 교수는 김포공항을 가기를 원했지 마트를 원하지 않았다. 그러나 허기진 나는 롯데마트라도 가 볼지를 고민했다. "국내선으로 가자!" 나는 내 결정을 소리 내어 말했다. 수시로 다닌다는 공항 셔틀버스가 있음을 확인하고 조금 더 굶주려 보기로 했다. "겅내선 갈어트야 하는즈…." 막 중국에서 도착한 듯한 아주머니들이 셔틀버스 정류장 앞에서 촉박함으로 중얼거렸다. "택즈를 타야 하즈…. 택즈 오디서 타즈?" 두 아주머니는 내게 방법을 찾아주기를 요구하는 듯이 또 말했다. "저 건너 택시 보이네요." 나는 즉석 모색된 정보를 두 아주머니에게 주었다. 아주머니들은 금세 기세를 누그러트리고 셔틀버스는 안 오는지를 또 내게 아주 소극적으로 궁금해 했다. 나는 이렇게 갈아타야 하는 공항 시스템이라면 적어도 셔틀버스를 신속하게 이 아주머니들에게 공급해 줄 것이고, 국내선 비행기도 기다려주지 않을지도 생각했다. 다행히 셔틀버스는 곧 나타났다. 버스는 특별할 것도 없이 우리 동네 시내버스에다 도색만 달리한 것이었다. 나는 적어도 놀이동산의 호랑이 버스는 아니어도 멋있는 셔틀버스 정도를 기대했건만 실망했다.

생전 처음 김포공항을 통과해 처음 가본 졸업여행 여행지는 겨우 제주도였다. 그러나 생전 처음의 제주공항1942과 김포공항의 통과는 내게 암묵적인 다짐을 하게도 했다. 언젠가는 공항을 자주 들락날락하는 멋있는 직장인이 되는 것 말이다. 나는 비행기를 타야 할 구직보다 구직 이후에 이미 왕성한 내 국제 활동을 상상했다. 지나치게 바쁘지만 그런 가운데 한국에서도 구하기 힘들다던 외국산 선물들을 누군가에게 생각지도 못하게 '턱!' 하니 사다주는 장면 말이다. 더 풀어서 말하자면 제주도가 결코 아닌 외국 어디든 오랜 체류로 피곤하더라도 나는 더 견고하고 또 다른 멋있는 디자인의 펜텔을 꼭 고르고, 색이 따로 놀지도 않은 조금 더 기름진 크레욜라를 또 꼭 구해서, 그 고성능의 경찰차에다 바보 같은 동네 녀석들의 어설픈 트럭과는 차원의 다른 기가 막힌 트럭까지 두 개나 찾아서 공항을 밥 먹듯이 또 들어서는 멋있는 나 자신 말이다.

"야 넌 어디로 가냐?" 서울비행을 마친 예비역들은 시내 어디라도 놀러 가자는 분위기로 물었다. 여학생들은 하나같이 뒤풀이에 회의적이었다. "귀찮아!" 여학생들은 열 입 갖고 한 말여학생들은 예비역들을 태생적으로 싫어함을 했다. 나는 외국을 조금이라도 느낄 수 있는 이 김포공항에 더 머물기를 제안하고 싶었다. 특히 서울에서 외국과 바로 연결된다던 이 공항이라는 비상구를 나는 오늘 끝으로 하고 싶지가 않았다. 외국 도시 이름의 목적지로 바뀌는 공항 시간표도 구경하고 싶었다. 그러나 그에 호응해 줄 사람은 아무도 없다고 생각했다. 그래서 그러지는 못했다. "외국 어딜 찾아볼까." 나는 대답도 하지 않고 혼자 중얼댔다.

"인천공항이 난리래!"
"그래! 어제 부장님과 직원들이 갔다 왔는데 사람들이 난리야 난리!"

셔틀버스에 언제 탔는지 모르는 두 아가씨가 인천공항 인파를 사건처럼 얘기했다. 팬데믹으로 묶여 있던 근 두 해 동안의 여행 기대가 이번 가을에 폭발한 것이었다. 그러나 1500원이 넘길 기세인 달러화를 생각하면 하늘에 오를 시도란 내게는 어림도 없었다. 더욱이 항공여행의 명분도 없었다. 까마득한 얘기가 되어버렸지만 1000원 안팎의 달러로 비행기를 탈 명분이 충분했던 시절부터 나는 비행시간 여덟 시간 전에 공항에 도착하는 버릇을 떠올렸다. 왜냐면 항공여행을 허투루 여기지 말아야 할 것이기 때문이었고, 충분한 시간을 둔 출국 수속에 대처하는 합리적인 이유였다. 그러나 가장 유력하고 결정적인 이유는 외국 땅을 밟게 될 그 설렘을 더 오랫동안 유지하고 싶어서였다. 종일 공항 레스토랑에서의 별식과 간식은 너무나도 즐거운 데다가 곧 비행기를 타게 될 약속된 기대는 내게 즐거움을 잡아두는 연속이었다. 그런데 이상하게도 나는 정작 이국에 도착만 하면 시무룩해지고는 했다. "정작 가면 시큰둥해져. 왜 그래?" 그녀는 핀잔을 주고는 했다. 생각해 보니 나는 외국 여행을 좋아하는 것이 아니라 공항에서의 기대감을 더 즐기는 것이 나의 여행관이 아닌가 한다. 난리의 인천공항 사람 중에도 적어도 단 한 명쯤은 내 여행관, 아니 내 공항관에 공감해 주길 바랄 따름이다.

육칼이라는 음식을 먹었다. 뻘건 육개장에다 삶아낸 하얀 칼국수를 말아 먹는 요리였다. 쉽게 말해서 육개장 칼국수인데, 조금 매웠지만 맛있었다. 탑승 층에 국화꽃으로 포장된 커다란 항공기는 꽃향기가 대단했다. 다양한 색상의 국화가 항공기 외장을 모두 감싸서 비행기는 뚱뚱했다. 특히 종이를 접어 놓은 듯한 수많은 공항 천장의 금속 장식은 오래된 김포공항을 훨씬 화려하게 만들어 주었다. 그런가 하면 사람 키보다 훨씬 큰 백색의 화분들에는 자작나무가 한 그루씩 심어져 있었다. "뭐든 크네!" 나는 감상평을 말했다. 꽃비행기를 비롯해 뭐든 공항의 적당한 실내장식이었다. 나는 사람들이 항공기를 육안으로 볼 수 있는 라운지로 이동하는 것을 발견했다. 비록 철망으로 경계된 곳이었지만 마스크를 벗을 수 있는 바깥세상이어서 나는 좋았다. 가끔 들리는 항공기 엔진 소리는 떠나는 홀가분함과 보내는 쓸쓸함을 동시에 만들었다. 그런 내 감정을 아는 듯이 항공기들은 대형 새같이 호숫가에서 점잖게 쉬고 있었다. 조정석 창문 눈동자도 날 바라보고 있었다.

나는 잠시라도 한가롭게 쉬는 새들 중에서 언제나 아시아나Asiana Airlines 1988를 제일 좋아했다. 그 이유는 기내 서비스가 좋아서도 아니고, 건실한 기업이어서도 아니었다. 나는 그저 아시아나의 몸뚱이인 동체가 제일 맘에 들었다. 특히 꽁지에 색종이를 겹친 듯한 끝동은 항공여행의 기대를 더 돋우는 전식Appetizer과도 같았다. 나는 마침 아시아니를 발견했지만 동체를 휴대폰에 모두 담을 수가 없었다. 왜냐면 먹이를 먹는 머리 부분을 감추고 있었기 때문이었다. 어쩔 수 없이 철조망 사이에 동체 꽁지만을 찍었다. 여전히 아쉬운 것은 이 마음에 드는 아시아니를 나는 키울 수 없다는 것이다. 왜냐면 아시아니는 다 대형 새들로만 있기 때문이다. 아시아니는 내가 현재 키우고 있는 작고실제 민항기 동체의 1/1000의 크기 소박한 대하니Korean Airlines 1962, 아메리카니American Airlines 1929, 싱사포르니Singapore Airlines 1947, 노스웨스트리Northwest Airlines 1926-2008, 유나이티United Airlines 1934, 타일리Thai Airways 1952 그리고 브리티스British Airways 1974들과 사이좋게 지낼 수 없다는 판단에서다. 다시 말해서 이는 마치 몸집 큰 아시아니가 작은 것들을 차례대로 먹어 치우는 조화롭지 못한 모형모형 장난감 세상을 만드는 걱정 때문에서다. 물론 여행사들은 부담스러운 크기의 그 거대 아시아니아시아나는 작은 모형 항공기를 판매하지 않고 오직 큰 모형만 공급함를 진열하고는 있었지만 말이다.

혈혈단신으로 도착한 내 생애 최대 외국 공항은 관서공항Kansai International Airport 1994이었다. 친구 오카자키おかざき는 자기가 다니는 경도대학Kyoto University 1897에 한번 놀러 오라고 했다. 나는 즐거운 학부 생활과는 천지 차이인 쓸쓸한 석사 첫 학기를 보냈고, 그러던 중에 친구의 요구대로 그 경대로 향했다. 바로 일본의 혹한을 기대하며 말이다. "푹푹 빠지면 어쩌지? 그럼 고립돼 보지 뭐." 나는 겨울의 일본을 말로 가정해 보기도 했다. 전일본공수All Nippon Airways 1952로 관서공항에 도착한 나는 내리자마자 아주 은은한 석탄 냄새와 같은 외국, 아니 일본국의 공기를 느꼈다. "공기가 다르다!" 친구를 만나자마자 나는 냄새로 인사했다. 친구는 별다를 것 없다는 듯이 웃었다. 관

서공항 청사 승강기는 공중을 나는 유리관과도 같았다. 내장을 다 드러낸 채 오르내리는 승강기는 너무나도 이채롭고 선진스러웠다. 나는 친구의 통학용 자전거로 평평한 경도Kyoto 794를 한 달 내내 누볐다. 브라운관이 평평한 친구의 텔레비전이 신기했고, 그 평평한 텔레비전에서 내내 나오는 백화점 선전도 대단했고, 착물Kimono을 도심에서 일상적으로 입고 다니는 청년들은 대견했고, 벽을 보고 큰일을 보는 하숙집 화장실은 이상했다. 그리고 스롯머신 앞에서 하루를 채우는 어른신들은 측은했고, 남탕과 여탕을 거리낌 없이 드나드는 목욕탕 주인아줌마는 놀랍기도 했고, 정말 거지 같은 길전기숙사Yoshida Dormitory 1914는 뜻밖이었다. 그리고 결정적으로 나는 전깃줄이 목에 걸려 다치기가 십상이라던 일본국『설국』Snow Country 1956 · 강성(Kawabata Yasnari 문학작가 일본 1899-1972)은 작품에서 등장인물인 '구자(Komako)'를 통해서 그렇게 묘사하고 있음을 단 하루도 구경할 수 없었다. 실망나는 겨울 일본의 시골이란 눈이 많이 쌓이고 원숭이의 온천욕을 쉽사리 볼 수 있다고 상상했음이었다.

사실 내 겨울방학은 친구의 신학기 중이었고, 친구의 부재는 내게 경도대학은 물론이고 경도 곳곳을 뒤지게 했다. 나는 가짜 경도대생 놀이를 한껏 한 것이다. "한국도 저런 애들 있나?" 오카자키가 내게 물었다. 관서공항으로 향하는 지하철에서 치솟은 머리의 한 고교생의 탑승 태도를 친구는 문제 삼았다. 사실 나는 그런 파격적인 교복 학생을 본 적은 없었다. 그러나 강남역에는 충분히 있을지를 예상하며 있다고 말했다. 친구는 한국도 다를 바 없다는 듯이 안심의 표정이었다. 친구는 감히 내 수중에 돈이 있는지를 물었다. 나는 어제까지 여비의 바닥을 본 터라 있다고 거짓말을 했다. 그러나 친구는 내 눈빛에서 뭔가를 느꼈는지 엔화 지폐 몇 장을 내 손에 쥐 주며 악수를 청했다. 유리로 포장된 관서공항은 떠나려는 내게 대뜸 공항세를 내라고 했다. 나는

친구의 뜬금없는 질문과 걱정 어린 눈빛을 뒤늦게 깨달았다. 친구는 감히 무
례하게 나에게 온_{일본인은 누군가에게 '온(恩)'이자 '선행'을 행하는 것을 그 누군가에게 함부로 고마워해}
_{야 하는 채무를 떠안게 함으로 결례로서 경계함}을 입혔다.

나는 동네 근처라도 지나가는 공항버스가 있을지를 알아보기 위하여 버스
승강장으로 갔다. 2번_{기이하게도 1번 승강장이 없음}부터 11번 승강장까지 모두 샅샅이
찾아봤다. 그러나 동네로 가는 버스는 없었다. "시간이 너무 많이 남았네!" 나
는 혼자 중얼거렸다. 4시를 조금 넘긴 시간_{무슨 일인지 그녀는 더 늦게 들어오라고 했음}이
었다. 삼양이 아닌 크라운 짱구1973와 생전 처음 보는 고구마 맛 호빵1971을
하나씩 들고 11번 승강장으로 갔다. 짱구는 기대했던 고소한 맛이 아니라 설
탕의 단맛이었고, 호빵은 쑥 호빵의 기억_{어머니는 아버지와의 갈등으로 한동안 이모 댁에 몸}
_{을 숨겨 행적을 감췄다. 아버지는 한동안 막내인 내 끼니를 이 지겨운 쑥 호빵으로 챙겼음}을 떠올리게도
했다. 나는 두 가지를 순식간에 다 먹었다. 거대한 짐가방을 옆에 둔 이방인
들의 군상이 처음에는 신기했지만 뻔한 패턴_{버스가 오기 전까지 계속 휴대폰 보기}은 곧
흥미를 잃게 했다.

"아! 책이 있었지!" 나는 버스를 기다리는 옆 사람에게 얘기하듯 내게 말했
다. 공항에서의 북미인들처럼 준비한 책_{루이스(Sinclair Lewis 문학작가 미국 1885-1951)}
_{의 작품 『도즈워스』 Dodsworth 1929}을 꺼냈다. 스테인리스 벤치에서 과자와 빵 부스
러기를 떨어내며 나는 어제 읽었던 책의 끄트머리부터 읽기 시작했다. 공교
롭게도 이야기는 백 년 전 유럽을 여행하는 미국인 이야기였다. 주인공_{Samuel}
_{Dodsworth}은 많은 페이지에서 내게 여행에서의 '가짜 자유_{Fake Freedom}'를 설명
했다. 그는 혼자만의 여행이란 꽤 낭만적으로 기대될지 모르지만 이미 누군
가에게 익숙해진 홀로 여행은 무의미하거나 그리움이 더 함이라고 일러주었

다. "그래서 가짜 자유구나!" 나는 하늘을 올려보며 중얼댔다. 주인공 도즈워스는 내게 가짜 자유가 싫어서 배우자와의 동행을 다시 모색하고픈 심경을 그리 간단치 않게 털어놨다.

경도를 방문했을 때 가짜 자유를 설명하는 이 도즈워스를 만났다면 나는 결코 동의하지 못했을 것이다. 아니면 나는 자유가 가짜 자유가 있는지도 모를 정도로 이런 고리타분한 책이나 읽으며 한 달의 이국 생활을 채워나가지도 않았을 것이다. 그도 그럴 것이 멋모르고 아주 조금만 공부 더하기로 입성한 석사과정은 내게 적지 않는 고행이었다. 나는 그렇게 많은 책을 한꺼번에 읽어 대는 것이 대학원이라는 것을 전혀 몰랐을 뿐더러 그래서 내게 자유는 그냥 자유이지 가짜도 진짜도 아니었다. 사실 경도대학에서 선물 같은 무위도식無爲徒食은 자유로운 문화관찰과 문화모험을 지속하게 하는 완전한 자유였다. 그러나 오늘 이 짧은 김포공항에서의 자유는 가짜 자유를 어느 정도 공감하게 했다. 이제 막 김포공항에 내려서 그 어딘가로 가려는 사람들은 진짜 자유를 만끽하러 자신을 길들인 가족에게로 향하는 것이었다.

11번 승강장에서 책 읽는 내게 불어오는 찬바람은 도즈워스의 그 공허함을 약간은 체감하게 했다. 생각해 보니 지나치게 일찍 공항에 가서 이것저것을 만지고 놀기를 충분히 다 한 다음 탑승하자는 내 이 막무가내의 길들임을 선뜻 받아준 가족들에게 비로소 고마운 마음을 전하고 싶었다. 한 청년이 벤치 반대쪽에 앉아 휴대폰을 환하게 만지작거리고 있었다. 빛을 내는 폰은 땅거미가 지고 있음을 알게 했다. "그래 집에 갈 때는 9호선이 낫겠다!" 나는 자리를 뜨면서 어떤 경로로 가야 할지를 말했다. 그러면서 나는 그간에 그리운 서울의 어디든 매번 끝마치면 느끼는 내 이 회의감의 이유를 조금씩 알아가는 것 같았다. "선생 우린 진짜 자유를 누릴 방법을 이미 다 잃어버렸습니다! 아니 잃어버려도 된다고 가족을 만들지 않았나요? 그렇지 않나요?" 다시 유럽으로 돌아가는 도즈워스에게 나는 반문을 했다.

관서공항의 공항세를 무사히 해결한 나는 인천공항으로 무사히 들어왔다. 나는 빈털터리에다 짐가방에는 누군가를 기쁘게 할 그 무언가도 없었다. 더 정확히 말해서 나는 네 명의 조카에게 내밀 무언가를 준비하지 않았다. 사실 마련해야 한다는 의무감조차 느끼지 못했다. 그러나 아주 오래전 삼촌은 열 명이 넘는 조카들에게 무엇인가를 반드시 준비했었다. "삼촌처럼 공부하러 간 것도 아닌데 뭐!" 나는 중얼댔다. 공부도 아니라면 작은 것이라도 모색했어야 하는 것이 아닌지를 나는 또 바로 떠올렸다. "오래 몇 년 있던 것도 아닌데 뭐!" 나는 다시 투덜댔다. 오랜 세월도 아니라면 기대할 것을 고민했어야 하는 것도 아닌지도 또 떠올렸다. 존재가 흐려질 때마다 삼촌은 나타나 조카들에게 세 차례, 그러니까 서른 번의 고민으로 결정된 물건들을 김포공항으로 가지고 나왔다. 조카들의 특성을 고려한 삼촌의 세심함을 나는 오랜 시간이 지난 후에야 비로소 알게 되었다. 물론 그 정성은 삼촌 형제들의 조력으로 김포공항의 들락날락이 가능함에 대한 감사일 수도 있었겠지만 말이다. 그러나 나는 경찰차를 유난히 좋아했던 나를 관찰해 왔던 삼촌을 생각했어야 했고, 그 경찰차를 그림으로 그려대는 것까지 봐왔던 삼촌을 알아봤어야 했다. 그리고 무엇보다 중학교에 올라가면 드디어 샤프를 사용해도 된다는 내 오랜 숙원까지 다 읽어낸 삼촌의 독지를 깨달았어야 했다.

"삼촌 오면 그 경찰차에다 트럭까지 다 사오라고 해야지!" 나는 어머니에게 삼촌을 기다리는 마음을 전했다. 그러나 그 기대가 무뎌지고 없어질 무렵 국민학교 4학년 때쯤 삼촌은 김포공항으로 또 들어왔다. 삼촌은 내게 크레욜라를 내밀었다. 조금만 있으면 최고 학년이 되는 나는 마음에 들지 않았다. 이제 파레트를 쓰는 내게 크레욜라는 확실히 저학년용, 아니 취학 전 아이들이나 쓰는 그리 달갑지 않은 미국 물건이었다. 친구의 핀잔은 내게 크레욜라의 행방을 묘연하게 할 계획을 세우게 했다. 나는 크레욜라를 누나 책꽂이 뒤에 당분간 숨겨놓았다가 중학생이 되면 적합하지 못한 미술도구로 처분할 명분을 가족들의 만장일치로 얻어내려 했었다. 그러나 그러한 의견 개진이 있었는지도 모르게 크레욜라는 집에서 저절로 사라졌다.

삼촌은 중학교 1학년 여름 방학 때 또 나타나서 펜텔샤프를 주었다. 검은 머리의 파란 눈의 반 녀석은 프랑스라는 끈을 급우들에게 암시했고, 나는 녀석과의 이국적 교류를 희귀한 그 펜텔샤프로 가능할지를 은근히 기대했다. 나도 외국이라는 미국과의 끈을 공표하는 것 말이다. 그러나 내 공표는 우리 분단을 넘어가기는커녕 짝에서 멈추고 말았다. "야 하루만 바꿔 써보자?" 짝꿍이라는 녀석은 내가 받아들이기 힘든 요구를 했다. 너그러움으로 포장된 내 은근한 외제 자랑은 제안을 흔쾌히 허락하게 했다. 남의 집에서 하룻밤을 잔 내 펜텔샤프는 이유 없이 나사가 풀린 것처럼 흔들렸다. "몰라 어제 쓸 때부터 그랬어!" 짝 녀석은 변명했다. "하나 더 사달라지 뭐!" 나는 자비로움을 시종일관 유지하며 관대하게 말했다. 그러나 그런 과시조차도 프랑스와 확실하게 엮여 있는 급우에게까지는 알려지지도 못했다. 사실 내 이 빈약한 외제 사건이 반불반한 녀석에게 이르는 것은 만무했고, 확대될 이유도 없었다. 더욱이 파란 눈의 검은 머리의 녀석은 40번대였고 나는 10번대였다.

김 교수는 어릴 적에 김포공항에 자주 나갔다고 했다. 고모와 작은아버지가 그곳을 통해 미국 이민을 떠났고, 그런 계기로 할머니도 김포공항으로 미국과 한국을 자주 오갔다고 했다. 그런 이유로 김포공항에 자주 노출된 것이었다. 따라서 김 교수는 김포공항은 막연한 어린이 그리움이라고 했다. "막연한 어린이 그리움이라! 막연한 어린이." 나는 공감해 보고자 여러 번 입 밖에 내어 봤다. 당최 이해가 되지를 않는 느낌이었다. 이것은 빈번했지만 명확하지 않은 그리움인가도 싶었다. 열두 번의 어린이 소풍과 서른 하고도 여섯 번의 국민학교 월말고사 감정일 수도 있는 것이 아닌가 한다. 전자는 즐겁기는 즐거운데 특별히 꼽을 수 없는 날들, 후자는 싫긴 싫은데 또 구체적으로 싫은 게 크게 잘 안 잡히는 느낌 말이다. 다시 말해서 친근했지만 새로운 인천공항에 밀린 김포공항 신세가 아닐까도 싶었다. 나도 김포공항을 통해 대단한 외국을 알았다. 물론 삼촌을 통한 대리였지만 김포공항은 어렸을 때 골목 기억처럼 이제는 작아진 그리움이 아닐까 한다. 인천공항에 비하면 그리 대단해 보이지는 않으니 말이다.

9호선 김포공항역2009은 상상을 초월하는 거대한 구덩이와도 같았다. "언제 이런 거대한 공사를 해낸 걸까?" 나는 의외의 김포공항 토목 실적에 감탄했다. 김포공항에서 9호선의 진입은 에스컬레이터가 여러 층에 걸쳐서 내려가기가 반복되는 큰 땅 꺼짐이었다. 이는 마치 〈저스티스리그〉Justice League: War 2014에서 수퍼맨이 잠든 거대 싱크홀같이 굉장한 지하 월드였다. 나는 김 교수에게 작아진 김포공항이 아니라 그 끝없이 깊어진 김포공항이라고 보고하기로 마음먹었다.

"막연한 어린이 그리움 잘 있거라."

흑백사진으로 결정되었을 때 가장 아쉬웠던 것이 이 김포공항의 사진이었다. 많은 공항에 등장하는 대한항공은 '아침의 고요^{한들}(Arnold Landor 22 학자 문학작가 영국 1865-1924) · Korea or Chosen: the Land of the Morning Calm 1895'답게 맑은 아침 하늘을 연상케 한다. 그러나 아시아나는 색동이라는 그 화사한 끝동으로 전 세계 공항에서 가장 주목된다. 철조망에 갇혀 나는 꽁지만 찍었다.

비와 바다 그리고 가슴
─ 코니아일랜드Coney Island

큰 학회가 별 볼 일 없는 나를 어떻게 알고 발표 요청을 했을까 싶었다. 그 것도 한국에서의 초대였다. "나라고?" 나는 내게 물었다. 발표를 잘 준비할 것은 둘째 치고 나는 그간에 꾹 눌러왔던 무엇인가가 뚫리는 것 같았다. 좀 더 정확히 말해서 그간에 만나고 싶었던 사람들을 다 볼 수 있다는 생각으로 나는 가슴이 마구 뛰었다. 나는 이렇게 흥분하는 사람이 아닌데, 뜻밖에 주어 지는 선물은 내게 버거웠다. 몰랐었다. 정말 내 마음속 깊이 갖고 싶었던 선 물이 무엇이었는지를 말이다. 바로 서울이라는 선물을 받은 것이었다. 기내 에서 인천 바다를 내려다보았다. 별안간 '인천 앞바다에 사이다가 떴어도.'라 는 생전 외워 보지도 않았던 문구가 떠올랐다. 별것이 다 기억나는구나 싶었 다. 인천공항은 출발지 존에프케네디공항과는 달랐다. "역시!" 나는 소리 내 어 중얼댔다. 오래전부터 깨끗하고 정갈함을 아는 사람들이 만든 공항 같았 다. 뉴욕의 한식당과 마찬가지로 한국인의 손을 빌리면 다 그렇게 되는 것이 아닌가도 싶었다. 아직 서울 땅을 밟지도 않았는데도 공항은 입국 심사장으 로 가는 통로부터 비단과 단청 그리고 남산타워의 동영상으로 나를 계속 정 신없게 했다. 벌써 내게 서울을 채워주는 것이었다. 고마웠다. 무뚝뚝했지만 입국심사관도 깔끔한 차림이었다. 나는 심사라는 생각보다 다른 차원의 환대 라고 여겼다. 그래서 밝게 인사해 줬다. 금세 내 생각과 몸 그리고 언어가 원 래 서울 사람이었다는 듯이 빨리 적응했다. 짐가방이 담긴 카트를 힘차게 밀 고 공항 출입문 쪽으로 또 힘차게 걸었다. "문 교수가 아마 놀랄 거다!" 나는 피식 웃으며 중얼댔다. 유리문 밖에는 내 얼굴과 비슷한 사람이 서 있었다.

그런데 그는 늙었다. 그 늙은이 옆에 또 늙은 여성도 있었다. 그 여성은 갑자기 다가와 내 얼굴을 만졌다.

"기다려!" 기온은 서울과 비슷한 것 같다. 뉴욕의 강추위는 영하 5도-21℃까지 떨어지고, 또 너무 더울 때는 영상 85도30℃ 이상이 뉴욕의 최고기온이다. 나는 나도 모르게 서울과 흡사한 날씨의 아메리카를 찾았던 것이 아닌가도 싶다. 그러나 그런 비슷한 날씨에도 여긴 달라도 너무 다른 조건은 물이 사방에서 넘실댄다는 것이다. 그래서 이 너울거리는 물을 넘어야 비로소 집이나 근무지로 갈 수 있는 운명이 바로 뉴욕인 것이다. 그런 차원에서 본다면 뉴요커는 그런 바다에 민감한 기후조건을 늘 감수해야 하는 일상이 아닌가도 싶다. 뉴욕 하늘은 그래서 서울에서 본적 없이 눈보라와 느닷없는 비도 쏟아 낸다. 그런데 나는 그런 극적인 하늘에서의 물보다 뉴욕만을 영원히 감싸는 이 흔한 물에 미련이 많다. 왜냐면 그 물을 보기만 하는 것과 직접 만지는 것과는 큰 차이가 있기 때문이다. 맨하튼에 들어설 때마다 뉴욕만의 바닷물은 내게 만지러 온다던 약속들을 언제 지킬 것인지를 늘 묻는 것 같았다. 그래서 교각에서의 조각 파도는 좀 달리 보이고, 부둣가에서 찰랑대는 물은 뭐라 말하는 것 같기도 하다. 하늘에서의 하얀 칼바람과 투명 물벼락은 나를 괴롭히는 뉴욕이지만 뉴욕만에 가득한 이 물은 나를 기다리는 뉴욕이 아닌가도 싶다.

아무리 그런 의미 있는 생각이더라도 사실 나는 내륙과 똑같이 맨하튼 섬에서 일만 끝내면 얼른 가 버리고는 했다. 그래서 다리 횡단만을 제외한다면 맨하튼은 내게 그 물과 상관없는 육지 생활과 다름없는 곳이긴 한 것도 사실이다. 그래도 물은 항상 넓은 마음으로 나를 쳐다보는 것 같은 것도 여전하다. "코니아일랜드 가줘요?" 문 교수는 내게 영화 한 편을 본 적 있는지를 물으며 요구했다. 문 교수는 비인기 영화관용산 CGV 아트하우스 박찬욱관에서 본 뉴욕의 한 귀퉁이를 또 내게 소개했고, 〈원더휠〉Wonder Wheel 2017이라는 영화에서 본 뉴욕을 또 놓쳤다고 했다. 그런 요구 때마다 나는 그 쇠털같이 많은 날 동안 과연 문 교수는 뭘 했었는지 의문이 들고는 했다. 문 교수의 적응 기간의 숨 고르기는 길어도 너무 길지 않았나 싶고, 진득하게 뉴욕에만 있었으면 궁금한 뉴욕 보고서 반은 이미 해결했을 것이라고도 본다. "방송이든 영화든 자꾸 뉴욕을 찾아내요!" 어떨 때 문 교수는 내게 하소연을 하듯이 말했다. 사실 문 교수는 많이 남겨야 다시 온다는 의미심장한 말을 하기는 했었다. 확실히 미련은 인연으로 연결된다. 이물같이 말이다.

소풍날 비가 오면 마음이 아프다 못해 쓰렸다. 시작하기 싫은 새 학기를 견디게 해 준 것은 단 하루의 유일한 소풍이었건만 소풍 취소라는 상상은 생각도 하기 싫은 가정이었다. 소풍 때만 되면 이런 기대와 걱정은 반 아이들이 늘 감당해야 할 숙제였다. 우리는 비가 올 것 같은 하늘 아래에서 장백산 별장이라는 곳으로 걸었다. 출발은 뒤늦게 떨어졌다. 나는 교장 선생님의 결정이 고마우면서도 불안했다. 소풍 길 개구쟁이들의 장난질도 반만 즐거웠다. 나는 자꾸 손바닥을 하늘을 향해 펼쳐 보이고는 했다. 그러나 소풍 길 내내 어수선한 행동으로 내 걱정 어린 마음을 잊게 했던 친구는 덕진이였다. "어! 비!" 덕진이는 끝내 빗방울을 공표했다. 인정하기 싫은 통보였지만 현실이었다. 아이들은 모두 하늘을 쳐다보며 아까 전의 나처럼 손바닥을 펼쳤다. 별장에 당도하지도 못한 우리는 갑자기 후다닥 흩어져 가까운 나무 밑으로 자리를 잡았다. 억수 같은 비는 아니었어도 소풍을 망치기에 충분했다. "얘들아, 각자 흩어져서 도시락 먹도록 하자." 선생님은 큰 소리로 외쳤다. 용케 처마

밑을 찾은 무리도 있었다. 덕진이와 나는 잎이 촘촘한 나무 아래에 각자의 김밥을 꺼냈다. "야 우리 비 오는 거 처음이지!" 도시락 뚜껑을 열며 덕진이는 내게 물었다.

"장백산은 백두산 아닌가요? 서울에 있는 산 맞아요?"
"어! 그런가요….."
나는 서울에서의 내 초보 기억을 의심하면서 문 교수에게 대답했다.

"기다려!" 코니아일랜드Coney Island 1845를 우중충한 날씨에 가고 말았다. 2022년 10월 13일 비 오는 목요일 나는 아침부터 조금 들떠 있었다. 종일 비가 온다는 예보였어도 말이다. 허리케인이 아닌 이상에야 오히려 더 괜찮을 것 같다는 생각도 들었다. "비가 좋을 때도 있어!" 나는 여인에게 내게 어울리지도 않는 동의를 요구했다. 우걱우걱 소리를 내며 닦아대는 와이퍼는 나름대로 생각이 있는 동행인 같았다. 사실 나는 코니아일랜드 하면 떠오르는 모종의 인물들을 옐로우 페이지 종이를 계속 넘기듯 머릿속으로 계속 찾았다. 일방적인 계획이라서 모종의 만남은 무산될 수도 있었지만 몇몇 친구들을 떠올렸다. 출렁이는 조지워싱턴다리 밑에 물을 보았다. "기다려!" 하늘로 길쭉한 물체들이 맨하튼의 빗소리와 와이퍼 소리 그리고 바퀴에 튀기는 빗물 소리와 함께 시야에서 획획 지나갔다. 할램강Harlem River변길을 탔다. 검게 달리는 강물은 들쑥날쑥 출렁이면서 나와 곧 만날 것을 기대하는 것 같았다. "글쎄 기다려!" 할램강은 루즈벨트섬Roosevelt Island을 만나 이스트강으로 변해 계속 나와 같이 달렸다. 이스트강은 브루클린베터리터널을 통과해 브루클린으로 들어가면서 드디어 코니아일랜드 물을 만질 수 있다고 일러주었다. 예상했던 대로 나는 한 시간 넘게 소요된 점심쯤에 이 코나라는 토끼섬에 도착했다. 날씨가 주차 운을 줄 것을 나는 도착해서야 알았다. "바다구나!" 나는 크게 외쳤다.

밀려오는 파도는 발끝에 닿았다. 바람이 너무 세차다 보니 우산은 내게 꽉 잡으라고 후들거렸다. 거친 바람과 하얀 파도는 문뜩 오래전 어머니의 예언 _{물가는 바람이 세니 따뜻하게 입어라}을 기억나게 했다. 나는 한 손으로는 우산 손잡이 끝을 잡고, 또 한 손으로는 우산살 가까운 곳을 잡았다. 비가 오는 상황임에도 얼마 안 되는 사람들은 움직이고 있었다. 그러나 거의 없는 것이나 마찬가지였다. 나는 허전한 바다도 괜찮다고 생각했다. 그러나 거센 바람은 내게 과연 괜찮을지로 우산을 뒤집히게 했다. 우산살이 모두 하늘을 향했다. 그러나 금세 느슨해진 바람은 저기서 사람들을 몰고 왔다. 이 동네 사람임을 드러내는 복장들이었다. 운동으로 뛰는 이도 있었다. 젖은 날씨라도 바다는 사람들을 얼씬 못하게 하지는 않았다. "%$@@ &*%%$# @&%." 알아들을 수 없는 언어를 쓰는 사람들이 중얼거렸다. 그러나 어디서 끊기고 어디서 다시 시작되는지의 굴절은 알 수 있었다. 오래전 소련_{Soviet Union 1922-1991}으로 묶여 있던 국가들_{Georgia · Lithuania · Belarus · Kazakhstan · Ukraine · Uzbekistan · Turkmenistan · Armenia · Azerbaijan · Kyrgyzstan · Moldavia · Tajikistan · Latvia · Estonia}의 사람들이라고 추정했다. 이제 러시아어라고 함은 무의미했다. 다국적 어르신들이 아주 많은 말을 하며 지나갔다. "혹시 전쟁_{Ukraine-Russia Conflict 2022-}?" 나는 혼자 중얼댔다. 그러나 전쟁 얘기가 아님이 분명했다.

"밝은 인상들!" 나는 또 중얼거렸다. 이상하게도 나는 타 인종에 익숙하지 않을 때 그들의 얼굴이 다 비슷해 보이고는 한다. 그러나 그래도 구분되는 기준이 하나 있는데, 바로 미인이거나 아니거나이다. 만나는 인종마다 나는 인물 좋은 얼굴과 그렇지 못한 인상을 구분하고는 한다. 그러나 그렇다고 해서 그 기준은 별다른 태도를 만들어내지는 않는다. 왜냐면 명백히 나도 미인에서 한참 벗어나거니와 만약 거기에 속한다 해도 별다른 과시는 없을 나를 믿기 때문이다. 물론 이도 나의 주관적인 간별이겠지만 말이다. 지금 내 옷깃을 스치는 자들의 인상은 푸근했다. 아마 일시적으로라도 다가오다가 다시 물러나는 저 바다가 그런 너그러운 얼굴을 만들어 낸 것은 아닐지를 나는 단정해 보았다.

바닷가 저 멀리에 큰 화물선이 보였다. 배는 색색 가지의 컨테이너들을 싣고 천천히 움직이고 있었다. 뉴욕항을 막 떠난 상선은 대서양을 건너 유럽과 아프리카로 가는 중일 것이다. 비가 오고 거친 파도가 치는 가운데 어디론가 목적지를 향하는 화물들은 괜히 정겨웠다. 그러나 승선한 뱃사람들은 분주하기 짝이 없는 선적과 출항으로 내 기분과는 완전히 달랐을 것도 나는 안다. 나는 오히려 그런 상반이 더 좋았다. 왜냐면 긴박하고 열심히 일하는 사정이 가려진 채 전달되는 부드러운 감정이란 고마운 감정까지 결합 되어서 섣부르지 않은 인상을 남기기 때문이다. 그래서 이는 간단한 한가로움이 아니라 저들이 태만하면 결코 느낄 수 없는 깊이 있는 시간인 것이다. 나는 배가 안전하게 사라질 때까지 바라보았다.

"너희들 바통터치 했나?" 나는 허공에 대고 물었다. 여긴 더러워 보이는 비둘기 대신 깨끗해 보이는 갈매기들만이 내 방문에 반응했다. 이들은 호들갑스럽던 비둘기와 달리 미온적이나마 내 주위를 서성였다. 그런데 청결한 외모만큼 녀석들 눈매는 까다로워 보였다. 이 각선미들은 작지 않은 몸집을 가볍게 지탱하며 나를 안 보는 척했다. 찌푸린 날 갈매기 소리는 처연하게 들렸다. "아니 너희들 또 여기까지?" 나는 또 허공에 대고 물었다. 아니 외쳤다. 코니섬에 온다는 나를 어떻게 알고 물새도 아닌 요 비둘기들이 또 날아들었다. "너희들 여기저기서 구걸하니까 사람들이 무시하지." 나는 비둘기가 들을 수 있을 정도로 중얼댔다. 여기서까지 저 주책없는 새들을 만나고 싶지는 않았다. 고요한 해변 걷기는 뉴욕 어딘가에서 온 극성이들로 중단되었다. 애초에 어울리지도 않던 해변 걷기를 나는 그만뒀다. 비둘기와의 해변 씬scene을 더 이상 찍고 싶지 않았다.

독립기념일 난리에다 법석인 그 핫도그 대회의 맛을 먹어보기로 했다. 코니아일랜드 나단핫도그Nathan's hot dog · Nathan's Famous 1916를 찾았다. 가게는 생각보다 해변 길에서 멀지 않은 좋은 자리에 있었고 큰 규모였다. 나는 불에다 살짝 구워낸 따뜻한 핫도그와 감자튀김 그리고 소다수를 받았다. "어디 보자. 맞아!" 나는 그간에 나의 태도가 이상해서 한마디 했다. 사실 나는 가족들과 어디를 가면 주변 표정이 하나도 보이지를 않는다. 그러나 이렇게 혼자 나다니면 주변의 표정을 나는 쉽게 읽어낸다. 나는 바다에 와서야 그 차이를 비로소 깨달았다. 그래서 내게는 다른 테이블의 표정이 오늘 또 보였다. 직장인으로 보이는 일본인들은 독립기념일 핫도그 먹기 대회 이야기를 했다. 물론 나는 그들의 대화 속에서 영어만을 걸러냈다. 일본어에 묻어난 독립기념일 영어는 재밌었다. 한국어가 묻은 독립기념일은 저들에게 또 어떻게 들릴지를 나는 잠깐 궁금해 했다. 하늘은 비 내리는 것을 포기했다. 그러나 오늘은 비오는 날이 분명하니 기분은 책임 못 진다는 듯이 어둑어둑하면서 우울한 하늘색이 여전했다. 그러나 일본인들은 식사 시간을 즐겁게 만들어갔다. 흐린 날 코니를 방문하자는 그들의 합의는 우정이 아닌가도 싶었다. 나는 사실 그들과 어울리고 싶었다.

우리는 가끔 나뭇잎에서 떨어지는 빗방울을 피해 도시락을 이리저리로 움직였다. 빗물이 들어와도 어쩔 수 없었다. 덕진이는 내 도시락에 투하된 빗방울을 고소해 했다. 뚫린 지붕의 빗물이라면 예측이 되겠지만 나뭇잎과 나뭇잎 사이로 떨어지는 빗방울은 먹다가도 피하기로 우리를 바쁘게 했다. "이 검은 건 뭐냐?" 덕진이는 내 김밥 속 심지를 발견하며 물었다. 초록과 연두가 어우러진 시금치, 투명한 노란 단무지, 밥에 분홍을 묻어내는 소시지, 그리고 황토색 어묵 중심에 검은 것의 정체와 맛을 친구는 의심했다. "우엉! 맛있어!" 나는 천진하게 대답했다. 덕진이는 괴상한 표정으로 날름 먹더니 만족했다. 희열이의 김밥은 온통 노랑 김밥이었다. "김밥 맞어?" 덕진이는 또 물었다. 희열이는 달걀부침 옷을 입은 달걀 밥을 싸 왔다. 김이 떨어졌단다. 사실 어머니가 김밥 쌀 때 가장 골라 먹고 싶었던 김밥 심지는 그 계란 노랑이들이긴 했다. 같은 나무 밑에 둥지를 튼 반 녀석들은 희열이의 김밥에 젓가락 포크 칼쌈을 하듯 쑤셔댔다. 그러나 희열이는 우리들의 김밥을 원했다. 김밥 교환식은 약간의 떠들썩함으로 끝났다. 그리고 바로 과자 봉지가 터지는 소리와 캔 음료 따는 소리가 들렸다. 나는 새우깡부터 뜯었고, 사과 맛 피그닉팩1988에 빨대를 꽂아 홀짝홀짝 마셨다. 덕진이의 큰 봉지 포테이토칩1980과 희열이의 대형 콜라는 나눠 먹기에 충분했다. 국민학교 졸업 때까지 우리의 즐거운 이 도원결의桃園結義는 항상 어머니의 우엉 얘기부터 시작되었다. "야 놀자." 몇몇 애들이 소리쳤다.

사실 핫도그 맛이 거기서 거기 아닌가도 싶었다. 맨하튼, 아니 동네 어디서나 맛보는 소시지의 맛과 크게 다르지 않았다. 나는 독립기념일의 인기를 먹었다. 이지적으로 보였던 갈매기도 별수 없었다. 테이블 아래에서 물갈퀴 발의 첩첩첩첩 내딛는 소리를 들키지 않으려고 애를 썼다. 그러다가 우리가 자리를 뜨자 떨어진 나단의 부스러기를 울부짖으면서 재빨리 꿀꺽했다. 나는 엉뚱한 생각이 들었다. 사실 매년 핫도그 많이 먹기 대회는 놀랄 것도 없이 많이 먹는 이가 1등 하는 것은 신기할 것도 없다. 그런데 사람들의 눈치에 이렇게 익숙하게 기다리다가 물러설 줄도 아는 이 바닷가 새들에게 그 대회를 열어주면 어떨까도 싶었다. 배불러서 그만 먹으려는 갈매기의 표정은 어떨지도 궁금했다. 아마 독립기념일 대서양의 모든 갈매기가 모두 집결할지도 모를 일이다. 어둑한 날씨에 나 혼자의 바닷가는 확실히 생각이 많아지게 했다. 엉뚱한 생각까지 하니 말이다. 농담 같은 가정들은 내 청년 시절의 코니로도 이어졌다. 독립기념일 젊디젊은 내가 이 코니에 만약 입성했다면 기꺼이 대회에 나갔을지를 상상하며 말이다. 맛있는 소시지를 천 개라도 먹고 실신해도 좋으니 나는 저기 나단핫도그 앞에서 혈기 왕성한 나를 다시 보고도 싶었다. 그러고 보니 핫도그 먹기는 나와는 이제는 상관없는 행사가 아니라 상관될 기회를 이미 놓치고도 멀리 보내고 여기에, 아니 이 나이에 와 있다는 생각이 들었다. "내년에도 못 나가지!" 나는 자조하며 속삭였다.

나는 코니의 상징은 원더휠Wondewheel이라고 생각한다. 그도 그럴 것이 이 코니아일랜드 놀이동산의 정식명칭은 '디노의 대관람차 놀이동산Deno's Wonder Wheel Amusement Park 1920'이다. 문 교수가 코니아일랜드를 발견한 영화의 제목도 그 원더휠, 즉 대관람차이다. 사실 놀이동산에 당도하면 저 멀리서 보이는 대관람차는 무척 재미있어 보인다. 그러나 막상 타보면 하나도 재미없다. 더욱이 날씨가 춥거나 더우면 빨리 지상으로 닿았으면 하는 생각이 간절한 것이 바로 이 대관람차이다. 너무 추우면 닫힌 문틈에서 부는 바람은 정상으로 올라가면 올라갈수록 몸서리가 쳐진다. 너무 더우면 이 찜통을 돈 주고 왜 탔을지로 후회한다. 그래서 관람차 내부 온도와 바깥 온도가 별다른 차이가 없다는 단 며칠만이 사실 대관람차를 즐길 수 있는 길일吉日이다. 물론 날씨에 상관 없이 같이 올라탄 자와의 관계에 따라서 다르겠지만, 단언컨대 연인이 아닌 이상에야 대관람차 탑승은 아래에서 보는 낭만과는 매우 다르고 고생스럽다.

그런데 여느 도시의 대관람차와 달리 여기 코니 대관람차는 사실 좀 다르다. 여기 대관람차에는 지진이 동반된다. 마치 거대한 대관람차 바퀴가 밖으로 돌아다니는 꼴과 같다. 여기 원더휠은 그러한 체감과 흡사한데, 서서히 올라가서 언덕만 넘으면 지상에 당도하는 시시한 바퀴가 아니라 갑자기 중심 바퀴로 집결됐다가 해산되는 회전이 바로 여기 대관람다. 공중 지진 같은 혁신이다. 그런데 더 놀라운 것은 이 별미別美가 이미 지난 세기 초반의 골동骨董이라는 것이다. "혼자라도 타볼까? 에이 뭐야 한 명도 안 타잖아!" 나는 투덜댔다. 우중충한 날씨를 혁신하고자 했지만 나는 그만뒀다. 원더휠은 철컹철컹 쇳소리를 내며 혼자 돌기만 했다. 더 가까이 가서 동태를 살폈다. 분명히 돌아가기는 했지만 통제하는 사람은 아무도 없었다.

"어! 아차 수업시간!" 나는 서둘러 주차장으로 뛰며 중얼댔다. 사실 나는 인근 대학에 '스포츠경제Sport and Economy'라는 이브닝 강의를 진행하고 있었다. 나는 넉넉지 못한 시간을 확인하고 시동을 걸었다. "이거 늦겠어!" 나는 계속 중얼댔다. 그러나 그런 급한 상황에도 딴생각들이 또 나를 쫓아 왔다. 이미 오래전 흥미의 시기를 지났고, 혈기의 시기도 보냈고, 그리고 그리움의 시기에 와버린 내 일련의 신세가 슬그머니 들어온 것이었다. 운전하면서 결론을 내렸다. 코니아일랜드는 내게 놀이하는 어린이 동산이라기보다 오래전을 기억해 내는 회상의 바닷가로 말이다. "그래! 그 친구는 반가워하겠군!" 나는 눈을 희미하게 뜨고 내게 말했다. 아침부터 코니 근처에 오면 만나줄 사람에 대한 고민 결정도 끝냈다. 만난다는 기대감은 즐거운 일이었다. "시간이 없어서 잠깐 볼 수밖에 없겠어!" 나는 운전하면서 혼잣말을 계속했다.

김밥 교환식과 과자 먹어대기를 끝낸 친구들은 비가 와도 상관없이 자유롭게 뛰쳐나갔다. 물론 같은 배를 탔어도 젖을까 봐 배부른 채로 꼼짝 않는 나무 밑 친구들도 있었다. 그러나 나는 그러기에 너무 근질근질했다. 사실 소풍지의 이름에 따라붙었던 '별장'은 그 어디에도 없었다. 은근히 기대했던 『하이디』Heidi 1880네 통나무 집만화영화 〈Heidi. Girl of the Alps 1974〉에서 주인공 '하이디'는 여름마다 알프스 중턱 통나무 별장에 살았음 비슷한 것도 없었다. 게다가 보물찾기 게임도 무산된 것이 분명했다. 나는 순서가 뒤질세라 뛰어나갔다. 정식 놀이를 해내기에는 흙탕물이 튀고 어수선했다. 출발 전 걱정과 달리 비를 맞으며 막무가내로 뛰는 것도 나쁘지 않았다. 더욱이 선생님의 지시는 있는 둥 마는 둥이었다. 차라리 우리끼리는 즐겁기만 했다. 우선 저기 다른 무리 나무 밑까지 비를 덜 맞고 얼마나 빨리 뛰는지 달렸다. "나처럼 빨리 가봐?" 별것도 아닌 능력을 덕진이가 과시했다. 우리는 속도보다 점퍼를 펼쳐가며 빗물에 젖은 정도로 순위를 판가름했다. 이나무 저 나무를 옮겨가며 시합은 계속됐다. 느닷없이 질주해간 모종의 나무 밑은 나와 같은 날 태어난 경미의 나무 밑이었다. 이상하게도 덕진이와 나 그리고 경미 우리 셋은 모두 생일 동기였다. 그래서 이번 학년도 같은 반이 된 것이다. 나는 덕진이와의 동생상련은 우정의 강화로 좋았다. 그러나 경미와의 탄생 공유는 불편했다. 그렇다고 경미가 싫은 것은 아니었다. 물론 같은 반 스토리에 의미를 담아 이성끼리라도 좋을 수 있겠지만 나는 창피했다. 그런 어색함을 드러내는 것도 사내답지 못했다. 우리는 예쁜 그 애가 있는 나무 밑에 당도해 버렸다. 사고였다. 아니 어쩌면 우리의 무의식이 그 나무 밑을 찾아낸 것은 아닌가도 싶다. 나는 살짝 당황했다.

"안녕." 경미가 말했다.

"야 그런데 도대체 누가 구렁이를 죽였냐?"
덕진이는 느닷없이 횡설수설했다.
"어…. 수위아저씨 아니냐?"
나는 점퍼를 바로 벗어 보이는 놀이 순서도 잊은 채 바로 대답했다.

"이 몸이 죽어가서 무엇이 될꼬 하니 봉래산 제일봉에 낙락장송 되어 있어 백설이 만건곤할 제 독야청청하리라." 여러 번 같은 반을 지낸 덕진이도 경미도 마지막 어린이 국어 시간에 이 시조를 읊어야 했다. 링컨Abraham Lincoln 정치가 미연합국대통령 미국 1809-1865뿐만 아니라 미연맹국Confederate States of America · 미국 내전 당시 남군의 정식 국가명 사람인 데이비스Jefferson Davis 정치가 미연맹국대통령 미국 1808-1889가 말라리아로 죽었다는 것까지 알아야 하는 신세가 되어버린 나는 성삼문Seong Sammun 정치가 한국 1418-1456이 무엇 때문에 어떻게 죽었는지는 까맣게 잊고 그자의 시조만을 코니에서 발설했는지 모르겠다. "맞아 선생님이…." 나는 소풍날 우리를 방목했던 담임선생님을 떠올리며 중얼거렸다. 선생님은 차가운 머리와 가슴으로 생을 다했다는 성씨는 성이요 이름은 삼문인 자의 사담을 들려줬다. 나는 가슴이 뭔지도 모르고 종일 코니Cony · 베이지색 털의 토기 종류의 하나로 모피용으로 코니아일랜드에서 주로 사육됨처럼 뛰어다녔다. "야 가슴이 뭐냐? 킥킥." 덕진이와 나는 묘한 생각으로 웃고는 했다. 나는 오렌지족1990년대 서울 강남지역 거주의 부유층 가정에 왕성한 소비력을 과시하는 대학생을 일컬음에 보라는 듯이 오히려 적극적으로 캠퍼스를 누볐다. 가슴을 알 필요도 없다는 듯이 언젠가 코뿔소처럼 혈기지용血氣之勇할 나를 기대하며 대학 생활을 미련 없이 채웠다. 대학 경제학

시간에 나는 그 국민학생 덕진이 그리고 경미와 공유했던 그 '가슴'이라는 단어를 또 만났다. 교수님은 '차가운 머리와 따뜻한 가슴cool head and warm heart.' 이어야 함의 근거를 마셜Alfred Marshall 경제학자 영국 1842-1924이라는 위인을 통해서 또 일러 주었다. 그러나 그 가슴이란 내 청년 성장에 있어서 그리 중요한 조건은 아니었다. 졸업 후 나는 차가운 머리만이 나를 순조롭게 할 것으로 믿었다. 그리고 세상도 그래야 한다고 하는 것 같았다,

코니아일랜드 바닷물과의 약속은 내 가슴이 따뜻해야 성사되는 일이었다. 심지어 비가 오는 가운데 강행된 놀이공원 소풍은 문 교수에 대한 내 가슴이 미지근하기라도 해야 가능한 일이었다. 물을 만지는 것, 신나는 놀이공원에다 뜬금없이 연락해도 반갑게 만날 수 있는 오랜 제자 션Sean을 만나는 기대도 모두 가슴이었다. 션은 여전히 날 반겼고, 커피를 대접했고, 코니아일랜드에 혼자 놀러 갔었다는 연유를 기꺼이 들어줬다. 션은 서울이 더 궁금하다고 했다. 나는 오늘 제자까지 그간의 인연들을 분류해 보았다. 내가 좋은 인상자로 분류했던 사람들은 모두 그 가슴을 가진 사람들이었다. 그들은 내게 한 번도 차가운 머리를 보여주지 않았었다. 경미는 후다닥 들이닥친 우리를 차갑게 외면하지 않았다. 남학생과 여학생 간에 적개심을 드러내야 했던 시절 경미는 날씨와 다르게 반갑게 인사해 준 것이었다. 날씨로 보자면 망친 것이나 다름없는 소풍이었건만 나는 차가운 불평 하나 없이 따뜻한 김밥 교환식을 해냈다. 생각해 보니 성삼문에 대한 선생님의 설명이 없이도, 가슴이 뭔지 몰라도 어린 녀석들은 일그러진 소풍을 충분히 따뜻한 가슴으로 즐겼다. 선생님과 교수님의 설명이 무색하게 나는 이미 수많은 따뜻한 가슴을 만나온 것이었다.

"지난주 잘 지냈습니까?" 나는 강의를 시작하며 코니아일랜드 얘기도 꺼냈

다. 수강생들은 흥미로움보다 뜻밖의 불만을 제기했다. "거기 핫도그 너무 비싸요!" 대뜸 앞자리 수강생이 큰 소리로 말했다. 따뜻한 가슴으로 공감대를 형성해 보려고 했건만 차가운 머리를 내밀었다. 사실 우리는 가슴을 보여주기 위해 만난 것은 아니었다. 철저하게 차가운 머리를 갖는 방법을 교류하고자 모인 강의이자 수업이었다. 그러나 이번 학기가 끝나고 수강생들과 영원히 헤어지고 나면 나는 또 이 열다섯 주의 차가운 시간도 따뜻한 가슴으로 그리워할 것이 틀림없다. 나는 이제 차갑기 싫다. "제일 첫 번째로 따뜻한 인연은 누구였지?" 나는 내가 만나왔던 따뜻한 가슴들을 한 사람씩 한 사람씩 거슬러 올라가 봤다. 아주아주 처음으로 가봤다. 내가 아무리 차갑게 굴어도 따뜻했던 인연을 나는 떠올렸다. 내가 다섯 살 정도로 기억된다. 왜냐면 그때부터 내 의식은 살아 있었으니까 말이다. 바다에 도착하자마자 내게 당부하셨던 어머니와 나는 그때부터 만났다. 물론 어머니는 그 이전부터 나를 만났었겠지만 내게는 다섯 살부터가 타당할 것이다. 나는 따뜻한 인연들을 왜 늘 타인들에서만 찾아왔는지 모를 일이었다. 혈연이나 가족이라는 인연 말이다. 세상에 나오자마자 나를 안아준 정말 따뜻한 가슴을 나는 잊고 살았다. 내게 따뜻한 가슴을 내보이라고 오늘 내내 칭얼댔던 뉴욕 바닷물에게 나는 계속 '기다려!'라고 잘라 말했던 이유를 나는 알 것 같았다. 따뜻한 가슴을 바로 내비치는 것은 나에게 왠지 창피한 일이었다. 나는 물을 한번 만져보고 싶은 게 아니라 그리운 어머니를 불러보는 것이 어색했던 것이었다. 사실 나는 내 신발에 다가왔던 코니아일랜드 바닷물을 만지는 척하며 내 마음을 내보였다. "어머니… 엄마." 나는 어린이들의 호칭으로 어머니를 불러봤다. 하얀 바람과 거친 파도는 내 목소리를 숨겼다.

"맞아요. 교수님 장백산이 아니라 장택산이요, 장택산 별장이란 곳에 소풍 가곤 했죠."

"장택산이요? 서울에 그런 산도 있어요?"

네이딴 핫도그Nathan's hot dog · Nathan's Famous 1916를 나만 아는 재미일 것 같아서 원더휠Wonder wheel을 제 쳐두고 선정했다. 특히 여기 핫도그 대회는 7월 4일 독립기념일에 열리니 뉴욕에 방문한다면 핫도그 먹기 대회에 꼭 나가 보길 바란다. 나처 럼 늙어서 오지 말고 젊을 때 오기를 바란다.

PART 11

SEOUL

산에서 공부하기와
도심에서 공부하기

NEW YORK CITY

실제 무당벌레 사람을 보았어!

― 남산도서관Namsan Library

어린이 시절 내 생활 벌레들은 개미와 잠자리 그리고 나비 정도였다. 물론 장판을 들치면 나오는 집게벌레와 반질반질한 바퀴벌레, 그리고 수십 개의 다리를 가진 돈벌레도 있었지만 그 벌레들은 나타나면 모두 덜덜덜 떨게 했지 내 생활을 즐겁게 해 주지는 못했다. 다시 말해서 개미란 희롱하면서 막아설 수 있는 움직이는 장난감이었고, 잠자리는 정말 잡기가 쉬운 순한 벌레였고, 그에 비하여 나비는 다가가기가 살짝 어렵지만 일단 손에 넣으면 손가락에 분가루를 남기는 유일한 벌레였다. 그렇다면 매미와 메뚜기 그리고 귀뚜라미 등의 벌레도 물어 올 수도 있다. 그런데 또 이 벌레들은 그 앞선 두 부류 사이에 있는 준 생활 벌레쯤으로 해 두기로 한다. 왜냐면 매미는 여름에 나는 소리로 여겨졌을 뿐이지 녀석의 정체를 나는 잘 몰랐고, 궁금해 하지도 않았다. 메뚜기는 저 산자락에 비로소 당도했을 때 연두색과 지저분한 색의 것을 일견했을 뿐이지 동네에서는 쉽게 찾기가 어려웠다. 그리고 마지막 귀뚜라미는 어디선가 울기만 했지 내 앞에 거의 출몰하지는 않았다.

"이건 뭐냐?"
나는 동네 친구에게 생전 처음 본 벌레를 물었다.
"어? 어! 풍뎅이, 우리 형이 이런 거 풍뎅이래."

어디서 유입되었는지 모를 8절 크기257mm×364mm의 남색의 부직포 주머니'112th Anniversary Osan High School Since 1907'가 인쇄됨는 어느새 내 외출 가방이 되어 있었다. 나는 거기다 손바닥 크기의 수첩, 연필, 검은색 유선 이어폰 그리고 아주 짧은 접이식 우산까지 아무 생각 없이 현관을 나설 수 있는 간소함을 넣어두었다. 내일부터 추위가 온다고 해서 아직 온화한 월요일 11월 28일 나는 김 교수도 가본 적 없고, 나 역시 미지의 남산도서관1922으로 떠났다. "전 그리운 것도 그리운 거지만 못 가본 곳도 가고 싶어요!" 김 교수는 이제 가본 곳이 아니라 가고 싶은 서울로 바꿔 말했다. 과연 21세기에도 그 높은 곳까지 공부하러 오를지가 나도 궁금했고, 무엇보다 그 높은 곳에 도서관이 여전히 존재하는지도 궁금했다. "가 드리지요. 근데 큰 기대는 마세요." 나는 착하게 말했다. 비가 올 듯했다. 나는 철창에 동물처럼 골목을 왔다 갔다 했다. "그 주머니에 작은 우산도 있는데!" 나는 출처 모르는 주머니에 미련을 버리며 중얼댔다. 그냥 주차해 둔 차로 갔다. 그리고 지팡이 길이의 긴 우산을 꺼냈다. "어?!" 나는 무엇인가를 발견하며 한 단어를 두 가지 의미무엇이지?, 그렇게 쓰자!로 말했다. 그러니까 운전석에 검은 점 두 개가 있었는데, 빵에서 떨어진 건포도 두 알이었다. 건포도는 더 건포도가 되어 있었다. 나는 빈 땅바닥만 쪼는 비둘기들도 떠올렸다. 그러나 젖을 준비의 하늘은 비둘기의 출몰을 허락하지 않았다.

서울역을 지날 때 빌딩들 사이에 남산이 힐긋힐긋 보였던 것을 떠올렸다. 그래서 나는 4호선 땅굴 세계로 들어갔고, 지하 군상들을 어쩔 수 없이 또 구경했다. 하얀 삼선의 체육복 청년은 임산부석을 차지한 사정을 늘어진 자세로 호소했다. 청년의 몸통은 포개져 있었다. 바로 옆 노란 머리의 중년 부인은 고개를 쳐들어 눈에다 칠을 하고 있었다. "서울역 서울역 지하 서울역입니다." 나는 차내 방송을 마스크 속 입으로 따라 하며 내렸다. 지하철 오른쪽 허리 11번 출구는 남산 방향의 느낌을 주었다. 물론 묵직한 공사 담장GTX A(Great

Train Express-A) 공사현장이 서울역을 완벽하게 가려냈다. 그러나 서울역 분위기는 맞았다. "맞네!" 나는 어림잡아 발견한 남산자락이 맞는 것 같아서 기쁜 듯이 말했다. 든든한 표정의 상당한 양의 사람들이 등산인과는 다른 차림으로 하산하고 있었다. 떼 지어 몰려오는 인파는 직장인이라는 듯이 목걸이 이름표를 달랑거렸다. "지금 11번 출구인데 계속 가면 도서관 나와요?" 나는 도서관에 전화로 물었다. 도서관은 버스 타기를 권장하다가 쭉 걸어 올라와도 나온다고도 했다.

학교란 것이 임박했던 나이에 나는 동네 친구들과 이리저리 돌아다니다 축축한 검은 바위에 생전 처음 본 벌레무리를 만났다. 이 벌레들은 내 손톱 크기의 동그란 벌레로 떼 지어 있었다. 녀석들은 착하게도 내 손가락에 잘 올라타 줬다. 주황색에 가까운 노랑 바탕에 까만 점은 예쁘기도 했지만 이름도 귀여웠다. 나는 이렇게 귀엽고 착한 벌레를 풍뎅이라고 부른다는 것이 다행이라고 생각했다. "엉덩이 궁댕이 풍뎅이!" 나는 비슷한 말을 골라내서 되뇌었다. 콩을 반으로 자른 크기의 볼록 나온 이 귀여운 풍뎅이는 도랑에서 퐁당퐁당 돌 던지기 놀이하는 우리 어린이를 잘 상대해 줄 벌레였다. "어? 그래 무당벌레!" 한 녀석이 우기듯이 말했다. 국민학생이 되자마자 나는 친구들과의 대화에서 그 풍뎅이에 대한 말다툼을 벌였다. 내가 알고 있던 그 풍뎅이를 아이들은 무당벌레라고 했다. 녀석들의 대세에 밀려 풍뎅이는 결국 무당벌레로 결론지어졌다. 무섭고 기괴한 무당이라는 이름이 이 풍뎅이의 원래 이름이라는 것에 나는 몹시 실망스럽고 분하고 싫었다. 〈전설의 고향〉1977-2009 KBS에서나 나오는 무당이 이 착하고 작은 벌레의 이름일 리가 없다는 근거를 나는 찾아다녔다. 누나와 형에게 풍뎅이이어야 한다는 듯이 그림을 그려서 호소도

했다. 그러나 소용없었다. 녀석은 원래 무당이었다.

남산을 오르는 길은 오른편에 주택가와 찻집 혹은 식당이 빽빽이 조성된 거리였다. 21세기형 카페가 있었고, 빵 냄새가 좋은 베이커리도 있는가 하면, 느닷없이 20세기 밥집도 나왔다. 건널목 저 건너로 검은 얼굴에 노란 문틀과 브라운색 오닝으로 나를 반기는 '루터'라는 가게도 만났다. 크리스천 서적과 미술이라는 정체의 서점이었다. 이 루터를 지나 나는 좀 더 가파르게 걸어 올라갔다. "이쯤 되면 점심 줘야지!" 나는 나에게 맛있는 점심을 대접해야 한다는 혼잣말을 했다. 방향을 틀어 오르니 또 다른 20세기형 밥집이 문을 활짝 열어놓고 있었다. 앞치마 아주머니와 눈이 마주쳤다. "들어와요." 아주머니는 친절하게 나를 반기듯이 말했다. 이 정도의 친절함과 이 정도의 아날로그라면 맛있지 않을지를 나는 눈을 굴려 생각했다. "한 명인데…." 나는 내 사정을 확인했다. 아주머니는 아무 문제 없다는 반응에 걸맞게 아주 좋은 인상이었다. 밥집은 신발을 벗고 툇마루 같은 곳에 두 개의 밥상이 있었는데, 그 하나에는 건설노동자로 추정되는 이들이 식사 중이었다. 더 정확히 말해서 그 인부들은 각자의 휴대폰에 열중하며 같은 밥상 다른 식사를 하고 있었다. "백반이요!" 나는 남은 자리에 앉으며 말했다. 바닥은 따뜻했다. 오랜만에 느껴보는 비닐장판 위에 달아오른 아랫목이었다. 엉덩이는 뜨거워서 이쪽저쪽 방귀를 뀌듯 움직였다. 롯데월드타워의 끄트머리를 자른 모양의 고등어 덩이와 노릇한 소시지 부침, 그리고 다양하게 빛나는 반찬들, 거기에다 푹 고아진 북엇국은 넘치게 맛있었다. 굵은 북어에 계란이 뒤엉킨 뽀얀 국물이었다.

더 가파른 모퉁이를 지나자마자 오른편에 철 대문이 활짝 열려 있었다. 남산 가옥의 특성답게 깊이 들어간 마당 집이었다. 마음씨 좋아 보이는 한 아주머니가 늘어진 배추를 건져내고 있었다. 엎어진 고동색 다라 위에는 세 개의 절인 배추 산더미가 물을 줄줄 흘려내고 있었다. "김장철! 늘 어수선했어." 오래전 어머니의 김장 지휘를 나는 떠올리며 말했다. 학교에서 돌아오면 냉한 집안에 문이란 문은 죄다 열려 있었고, 묽은 고춧가루가 방문 손잡이에까지 묻어 있었다. "엄마 왜 이렇게 추울 때 해? 여름에 다 해놔." 나는 내가 옳다는 듯이 주장했다. 김장으로 방은 부엌의 연장이었고 미지근하고 써늘했다. 그런 방에서 〈독수리 5형제〉Science Ninja Team Gatchaman 1972도 나는 온전하게 보지 못했다. 어머니는 끊임없이 내게 심부름을 시켰다. 나는 국민학생으로서 훨씬 빠른 하교가 원망스러웠다.

그 오래된 원망을 마지막으로 갑자기 주택들이 자취를 감추고 시야가 뻥 뚫린 외길이 내 앞에 놓였다. 주택들은 더 이상 절벽에 붙어 있지 못했다. 그런데 얼마 못 가서 절벽에 건물 하나도 덩그러니 붙어 있었다. 용산도서관 1981이었다. 그리고 약간 더 올라간 맞은편에는 바로 고대하던 남산도서관도 보였다. "바로 앞에 도서관이 두 개나 있을 건 또 뭐야!" 나는 의아한 듯이 중얼거렸다. 내 머릿속에서 열심히 공부하려는 흑백 교복들이 캄캄한 새벽 줄서기의 이미지로 갑자기 떠올랐다. 아니, 하나 더 있다. 여름 김장을 주장하던 내 어린이 생활은 어떻게 그렇게 투철한 형과 누나들의 공부 생활로 바뀌는지의 의문 말이다. 다시 말해서 이른 아침 공부로 산을 오르는 그 정신은 나에게서 나오기나 할 것인지의 의문을 가졌던 나를 나는 기억해 냈다. 결국 그러한 철없는 생각을 공부로 고쳐먹은 내가 전혀 모색되지 않았다. 나는 언제부터 공부하게 되었는지가 남산도서관을 오르면서 계속 의문이었다.

작년에 산꼭대기를 깎아서 개교한 중학교는 6학년 같은 반 아이들도 만나게 했다. 생물이라는 중학생 자연 과목은 해부할 개구리 준비물을 요구했다. 국민학교 동문들만으로 구성된 우리는 모교 후문에서 다시 만났다. 뜻밖에도 우리 졸업생들은 6학년 담임선생님도 다시 만났다. 선생님은 반갑지 않은 인사만 받은 채 퇴근해 버렸고, 녀석들도 마찬가지로 무심했다. 나는 오랜만의 선생님 태도와 아이들의 반응을 이해할 수가 없었다. 그러나 지난 6학년을 그리워할 것이 아니라 직면한 중학 1학년에 대처함이 우리 중학 신입생들의 현실임을 나는 바로 깨달았다. 개구리는 동네에 분명히 없었고 본 적도 없다. "집 근처에 논! 거기 개구리 있지?" 과천으로 이사한 기열이가 제안했다. 우리는 부모님에게 새로 생긴 과천도서관1984에 간다는 연막을 쳤다. 책가방에 유리병 하나씩을 준비하고 말이다. 약간 물러진 논바닥을 걸으며 저녁까지 개구리잡이를 시도했다. 그러나 우리는 한 마리도 잡지 못했다. 사실 개구리를 어떻게 잡는지도 몰랐고, 논에는 늘 개구리가 있는 줄로만 알았다. 우리는 베란다라는 곳에서 손발을 씻고 어두워지기 전 사당행 시외버스를 탔다. 이날은 내가 부모님 없이 서울을 처음 벗어난 날이자 도서관이라는 곳을 처음 가본 날이었다. 아니 처음 가본 날이어야 했다.

남산도서관은 우선 정약용Yakyong Jeong 유교학자 한국 1762-1836을 소개하기 위하여 동상을 세워 놓았다. 나는 그 정 선생의 동상을 빙 한 바퀴 둘러본 뒤에 돌과 잔디가 뒤섞인 숲길을 통해 정문으로 진입했다. 도서관은 백 년이라는 나이답지 않게 특이할 것이 없는 4층의 각진 콘크리트 건물이었다. 현관 벽에는 훈민정음1443의 첫 페이지로 추정되는 부분이 크게 공개되어 있었다. 한지에 누렇게 색이 바랜 느낌까지 거대하게 연출된 거인용 훈민정음이었다. 도서관의 현관 내부는 도서관을 크게 느낄 수 있는 공간이라기보다 '지금부터

21세기형으로 꾸며놨으니 뭐든 만져보고 문의하세요.'라는 적극적인 공간이었다. 층별로 서적 분야도 나눠서 소장하고 있었는데, 나는 사회과학 층으로 갔다. 층계를 다 오르려는 순간 한 어르신의 행동에 흥미를 느꼈다. 어르신은 큰 디지털 신문 캔버스를 마구 문지르고 있었다. 나는 어르신의 행동을 계속 구경했다. 화면의 오른편 메뉴에는 신문사들의 로고들이 평등하게 터치를 기다리고 있었다. 어르신은 그중에서 조선일보1920를 선택해 밀어냈다. 나는 한동안 어르신의 관심거리에 따라서 오늘의 기사를 표제만으로 같이 읽었다. "美, 주한미군에 '우주군 사령부' 만든다." 나는 어르신이 급히 넘기기 전 표제 하나를 더 읽어냈다. 남산을 오르면서 시끄럽던 서울역 기사는 없었다.

『국화와 칼』the Chrysanthemum and the Sword 1946이라는 책을 연구실 책상에 덮어둔 것을 나는 떠올렸다. 마지막 읽은 부분부터 남산도서관의 책으로 읽어야겠다고 생각했다. 열람실은 공부만 하는 공간이 아니라 필요하면 같은 공간에서 책을 고르는 그런 진정한 열람실이었다. "어! 『일본유녀문화사』 Japanese Prostitute Cultural History 2013." 찾으려던 책 바로 옆에 더 흥미로운 책이 꽂혀 있음을 보고 나는 속삭였다. 넓은 식탁 같은 책상에 앉은 나는 그 일본 책 표지를 빨리 책상 면과 바짝 달라붙게 했다. 갑자기 뉴스 오프닝 음악처럼 휴대폰이 아주 크게 울렸다. "왜 빨리 못 나오는 거야!" 나는 허겁지겁 복도로 나가면서 투덜댔다. 휴내폰은 항상 급할 때 주머니에서 나오기를 꺼리는 것 같다. 그녀가 천을 끊으러 평화시장그녀는 비싼 목도리를 죄다 잃어버리는 나에게 아예 천을 끊어서 비슷하게 100개를 만들어 줄 테니 매일 마음 놓고 잃어버리라고 일갈했음에 왔다는 전화였다. 남산 일을 다 봤으면 짐이 많으니 그리로 오라는 지시였다. 나는 아직 한 글자도 못 읽었다고 언성을 높였다. 그러나 미래를 위해 순하게 끊었다.

열람실로 돌아온 나는 어르신의 눈빛 경고를 의식했다. 전화 소음 난리를 사과라도 하듯 나는 얌전히 앉았다. "어디 보자." 나는 그 흥미의 책을 읽어내며 중얼거렸다. 저자 左白純子Junko Saiki 비교문화학자 일본 1961- 는 유녀의 기원을 헤로도토스Herodotos 역사저술자 고대그리스 Before Christ 484-BC Before Christ 425를 통해 설명하기 시작했다. 그러니까 바빌론Babylon · 바그다드(Baghdad) 남쪽 고대도시 여성들이 일생에서 한 번은 아프로디테 신전Aphrodite · 사랑의 아름다움의 신 아프로디테를 기리는 신전으로 현재 그리스 로도스(Rhodes)에 위치에 지나는 아무 남성과 성교해야 하는 풍속으로 유녀는 시작된 것이었다. "진짜?" 나는 조용히 속삭였다. 한국 유녀의 책도 있는지 다시 책꽂이로 가봤다. 그러나 없었다. 나는 요 일본 책을 읽느라 원래 읽으려고 했던 책을 하나도 못 읽었다.

"과천도서관 좋지?" 형은 과천도서관에 자주 간다는 듯이 내게 물었다. 나는 시큰둥하게 대답했다. 그러나 형의 질문이 앞으로 연속된다면 오늘의 도서관 거짓말이 어머니에게 알려지는 것은 시간문제였다. 다음날 불편한 마음으로 나는 생물 시간에 놓였다. 그러나 선생님은 다섯 명에 개구리 한 마리씩을 공급해 주었다. 개구리를 준비해 가는 것이 아니라 준비해 준다는 것을 우리는 국민학생 수준으로 과천 모험을 감행했던 것이었다. 우리 조의 개구리 해부는 처참하게 끝났다. 처음에 집도한 친구의 조심성은 나에게도 어느 정도 답답했다. 그러다 보니 다른 국민학교 출신이 갑자기 나서서 개구리를 우악스럽게 난도질했다. 개구리는 사지가 조각조각 절단되어 너덜너덜하게 흩어졌다. "너 혼났다! 어쩔래? 참 잘한다." 나는 원망 같은 격노를 했다. 우리 조만 개구리의 장기가 어디가 어디인지 알 수 없게 되었다. 나는 녀석의 무자비함에도 화가 났다. "이게 뭐냐!" 선생님은 관대하지도 완고하지도 않은 반응이었다. 나는 이해할 수 없었다. 녀석과 나는 어엿한 중학생으로 물리적 싸

움까지는 가지 않았다. 다만 녀석은 실눈을 뜨며 주둥이를 내밀었고, 나는 못 본 척했다.

약이 오른 생물 수업이 있던 날 나는 방과 후 서둘러 과천으로 빠져나갔다. 나는 홀몸으로 서울을 처음 벗어났다. '엄마, 이 녀석 도서관 안 가고 또 놀다 왔어.'라는 형의 놀림 섞인 비난과 고발이 눈에 선했다. 폭로의 사전 차단을 위하여 나는 가보지 못했던 과천도서관이라는 곳을 속속들이 알아내야 했다. "과천도서관 안 가는데." 버스 안내양은 본 적도 없는 듯한 표정으로 말했다. 이미 탑승한 나는 개구리잡이로 탔던 10번 시외버스임을 확신했다. 나는 차라리 차창 밖으로 마구 지나가는 사정을 빠짐없이 살필 수밖에 없었다. "그때 기열이가 버스 안에서 과천도서관이라고 그랬는데." 나는 기열이를 상기하며 중얼댔다. 미지의 곳으로 더 멀리멀리 가고 있다는 불안감을 느꼈다. 안내양 누나는 내 불안을 감지하고는 과천청사에서 나를 내려주었다. 결국 나는 네 정거장을 걸어서 생전 처음 도서관이라는 곳을 찾아냈다. 도서관은 서울과는 사뭇 다른 정돈된 동네에 걸맞게 현대적이었다. 그러나 들어갈 수가 없었다. 그 많던 날 중에 하필 내가 혈혈단신으로 서울을 처음 빠져나온 날은 휴관이었다. '휴관'이 무슨 뜻인지 처음에는 몰랐지만 이해하는 순간 내게는 다급함과 좌절감에다 울분이 느껴졌다. 이는 처음 느껴보는 복합 감정이었다. 그러다가 홀로된 썰렁함까지 밀려왔다. 그런데 그런 내 앞에 국민학생 꼬마가 나타났다. 작은 체구의 아이가 떠멘 가방은 좌우로 동그랗게 튀어나와 있었다. "뭘 봐." 나는 화풀이를 했다. 꼬마의 무당벌레 가방은 너무 크다 보니 전신이 무당벌레같이 팔다리만 나와 있는 것처럼 기괴했다. 꼬마는 내 시야에서 사라지기 직전 빨간 혓바닥을 내밀었다. 사실 나는 그 애를 먼저 풍뎅이로 떠올리다가 무당으로 바꿔 이해했다. 괜히 그 아이가 미웠다. 타지에서 찐한 스트레스를 맛본 나는 오래전 내 1순위의 생활 벌레가 하나도 좋지 않았다.

　"레이디벅스 레이디벅스." 〈벅스라이프〉a Bug's Life 1998에서 깡패 벌레들은 무당벌레 프랜시스Francis를 마구 놀려댄다. 예쁘고 여성스러운 이름의 남충 무당벌레를 조롱하는 것이다. 그러나 프랜시스는 뭇 벌레들에게 그 고운 몸뚱이와 우아한 이름과 달리 자신이 얼마나 거칠고 폭력적인 벌레인지를 폭언과 폭행으로 경고해 댄다. 벌레들은 놀라서 숨거나 도망간다. 영미문화는 그런 무당벌레를 숙녀 벌레라고 정중히 부르기로 합의했다. 일본은 천도충天道蟲 · Sky Road Bugs이라고 해서 하늘길을 여는 길흉으로 최대로 격상시키자고 동의했다. 중국은 표의문명답게 표충瓢蟲 · Gourd Dipper Bugs으로 표주박을 엎어 놓은 모양대로 부르기로 했다. 그런데 한국은 무당을 연상케 하는 벌레로 명명해 버렸다. 실망이다. 어찌 되었건 무당벌레는 다른 벌레와 달리 주목되는 것은 사실이다. 그러나 나는 한국의 그 주목이 마음에 들지 않았다. 나는 결코 무당을, 더 나아가 무속인을 경시하거나 혐오하지는 않는다. 다만 나는 두려울 뿐이다. 그래서 무당벌레의 이름이 싫을 뿐이다. 나는 남산길을 다시 걸어 내려갔다. 내 앞을 가로지르는 내복 입은 고양이고양이를 비롯해서 특정 동물들(코끼리 곰 등)의 뒷모습은 마치 내복을 입은 것 같음를 만났다. "고양아." 나는 한국 사람들끼리 합의한 대로의 녀석의 명명을 불렀다. 고양이는 둥근 얼굴로 날 쳐다보고 금세 사라졌다. 그리고 내 앞에 청록색 목덜미의 비둘기가 또 날아들었다. 건포도 두 알을 던져 주었다. 비둘기는 내가 때리기라도 했다는 듯이 빨리 달아나다가 건포도를 찾지 못하고 바닥에 마구 헤딩하고 있었다.

　사실 딱 그 정도다. 무미하고 건조한 내 내리막길남산의 내리막과 생활의 내리막 그리고 인생의 내리막 모두에 이 동물들의 그 정도의 반응이라면 나는 딱 충분하다고 생각했다. 갑자기 고양이가 내게 달려들어 발톱을 드러내기라도 하면, 먹이를 더 달라고 부모 형제 모두 불러 모으는 비둘기라면 감당할 수 없는 나를 나는 이미 안다. 그러나 저 길거리 동물들은 내 생활에 적지 않은 분량이라는 생각이 들었다. "고맙다 이제라도 내 골목에 들어와 줘서." 나는 비둘기에게 감사 인사를 했다. 씨제이1953 앞 잘 꾸며진 정원에서 직장인 세 명이 담배 피우기 역할로 등장했다. 오늘 신문이 주목되지 못했던 주인공들화물연대노동자이 서울역광장에서 장엄한 음악으로 무언가를 호소하는 역할을 감당하고 있었다. 그리고 유난히 가파른 지하철 11번 출구에 한 할머니가 천천히 내려가는 연기를 했다. "내 무대에 등장인물이 제법 많은걸!" 나는 혼잣말을 했다.

나는 평화시장이 어디쯤인지를 알고자 디지털을 켰다. 그녀의 강한 명령을 따르기 위해서가 아니라 그냥 궁금해서였다. 나는 그녀의 한심한 요구나 따를 정도로 나약하지 않다. 나는 시간이 남으면 우주선Dongdaemun Design Plaza을 볼 나만의 계획이 확실한 강인한 주체성과 자존감, 게다가 독립심이 대단한 꽤 거친 남자이다. 갑자기 그녀에게서 전화가 왔다. 나는 몇 번을 받지 않았다. 전화는 계속 울려댔다.

"왜?"
"무겁다니까 어디서 뭐 해."
그녀는 연유도 묻지 않고 몹시 화를 냈다.

산속과 숲속에 있는 만큼 남산도서관은 크게 조망하여 사진 찍기에 수월한 모양이 아니었다. 그래서 도서관 안에 설치된 모형을 선정했다. 둥근 하얀 구는 근처에 나무 크기로 이해하면 될 것 같다. 앞에 튀어나온 현관은 원래부터 그랬는지 나중에 끼워진 것인지 모르겠다. 그런데 내가 보기에는 나중에 끼워진 것 같다.

제2의 나를 만들었던 곳
– 뉴욕공공도서관New York Public Library

　길거리를 스틸카메라 조리개를 열어놓고 찍으면 행인들이 하나도 나오지 않는다. 사람들로 북적였던 도시는 〈나는 전설이다〉I Am Legend 1954로 인화된다. "정말 한 사람도 없네!" 나는 불안하게 투덜댔다. 카메라 메커니즘을 배우면서 이 놀라운 재현은 핵전쟁으로 세상이 폭삭 망하는 아수라장이 아니라 조용한 멸망 같았다. 부모님을 따라 거리를 나서면서 세상이 어떤 것들인지 알게 되었다. 이를테면 자동차와 공중전화, 구멍가게와 나무, 누나 학교와 운동장 흙 등 이런 것들 모두 내가 눈으로 직접 확인해 나간 세상이었다. 그런데 카메라를 알면서 찾아낸 세상은 약간의 충격이었다. 사실 세상에서 가장 당연한 구성이라고 여겼던 우리 사람들이 없을 수는 없었다. 그러나 카메라는 오히려 사람이란 세상에서 가장 내구성이 떨어지는 연약한 존재라고 똑똑히 보라고 했다.

　소수인종으로 살아가면서부터 생일이 지나면 연말까지 무언가 허한 기분이 이어진다. 거기에다 나 자신이 혁신되는 한 해 한 해가 아니라 쇠퇴하는 한 해 한 해이다 보니 생일을 보내면 더욱 아쉽다. 기대 없이 다가온 생일들은 늘 무난하게 지나갔다. 그러나 내 축제에 모여들었던 사람들이 하나둘씩 이주하고, 내가 또 이주해 버리면서 그간에 무정했던 나 자신의 취급이 후회스럽다. "뉴욕공공도서관New York Public Library 1911 많이 가 보지 않았나요?" 나는 문 교수의 요구에 되물었다. 뉴욕공공도서관은 태풍의 눈과 같다. 대학도서관에 만족해 온 나는 맨하튼까지 책을 빌리거나 열람할 이유가 전혀 없었다. 사실 나는 말로만 뉴욕도서관을 알고 있는 것일 수도 있었다. 문 교수는 학교도서관보다 뉴욕공공도서관을 선호했다. 아니나 나를까 문 교수는 뉴욕도서관이 전무한 나를 간파했고, 차분한 뉴욕을 내게 소개했다. 입장이 뒤바뀐 것이었다. 그리고 보니 문 교수에게 뉴욕의 껍데기만 소개했을 뿐이지 내막은 곤란한 수준이라는 것도 나는 깨달았다. 운전하거나 걷다가 대리석이나 콘크리트 아니면 유리 표피만이 뉴욕에 전부라고 나는 단정했었다. 뉴욕공공도서관도 껍데기만 보고 나는 모두 안다고 착각했었다. "뉴욕도서관에도 마이크로필름 있어요." 나는 뉴욕도서관에 아주 익숙하다는 듯이 문 교수에게 말했다. 그러나 문 교수의 독심술은 대단했다. 나는 그간에 내 탄생일뿐만 아니라 뉴욕에도 무정했다.

"이렇게 일찍." 강의 시간을 뻔히 아는 여인이 물었다. 저 위쪽 버팔로 Buffalo 1797는 눈이 굉장했다. 그러나 뉴욕에는 아직 첫눈 조짐은 없었다. 나는 뉴욕공공도서관 속내를 확인하기 위해 2022년 11월 29일 화요일 오전 8시 30분경 일찌감치 맨하튼행 버스에 올랐다. 버스 안에서 아직 진입하지 못한 맨하튼을 바라봤다. 그리고 도서관 방문에 대한 오늘 내 태도를 고쳐먹었다. 나는 도서관에 늘 가보고 싶었지만 미뤄오다가 오늘 가는 것으로 말이다. 그러나 그게 그거였다. 사실 넘쳐나는 뉴욕 명승지를 확인하고 나면 나는 다시는 거들떠보지도 않았다. 물론 문 교수처럼 더 이상 가보기 힘든 뉴욕이라면 흥미가 남아 있겠지만 얼추 다 다녀본 나는 미련이 없었다. 그러나 문 교수로부터 누락 된 뉴욕이 하나둘씩 나타날 때마다 나는 미련 없음보다 아는 것이 없음을 느낀다.

SATScholastic Aptitude Test 대학 입학을 위하여 수학 언어 작문 비평을 표준화된 방법으로 측정하는 시험 1901를 치르는 수험생처럼 나는 도서관에 도착했다. 도서관은 공공답게 맨하튼의 가장 중심인 42번가와 6번가6th Avenue에 정문을 갖고 있었다. 태생적으로 들레탄티즘Dilettantism이 빈약한 나는 정문의 두 마리의 사자를 역시 그냥 돌덩이로 보려 했다. 그러나 오늘만은 아니기로 했다. 나는 머리를 짜내고 또 짜내는 중이었다. "이건 인내Patience고 저건 불굴Fortitude이래!" 도서관 공부 계획이 전혀 없는 여행자들이 웅성거렸다. 그들은 두 맹수의 이름을 나에게까지 알렸다. 적지 않은 인원의 여행 무리는 가족에 가깝게 연령대가 다양했다. 도서관에 진입하는 요즘 사람들의 인식이라면 일단 인내와 불굴보다 흥미Interesting와 기대Expectation를 지향해야 하지 않을까도 싶었다. 영상 지식이 넘쳐나는 요즘이라면 더더욱 그렇지 않을까도 싶다. 물론 모종의 아이들에게는 진정 그 인내와 용기, 게다가 사정사정이 수반되어야 진입이 가능할 수도 있겠지만 말이다.

"저 위 여섯 명은 누굴까?" 나는 도서관을 올려보며 중얼댔다. 옷도 뭣도 아닌 너풀거리는 천을 두른 여섯 명이 날 내려다보고 있었다. 누군가는 눈에 익은 얼굴이었다. 그중에서 맨 오른편은 라파엘로Sanzio Raffaello 회화작가 이태리 1483-1520가 〈아테네학당〉School of Athens 1510에서 아리스토텔레스Aristoteles 철학자 고대그리스 Before Christ 384-Before Christ 322와 나란히 세웠던 그자임에 틀림이 없었다. 바로 플라톤Plato 철학자 고대그리스 Before Christ 427-Before Christ 347 할아버지 말이다. 그리고 그 옆에는 〈장발장〉Les Misérables 1862 포스터에서 본 코제트Cosette의 얼굴 같았다. 그런데 코제트는 끔찍하게도 참수된 머리통을 들고 있었다. "코제트가 그런 막돼먹은 애가 아닌데!" 나는 내 짧은 인문 가방끈을 숨기며 말했다. 그러니까 도서관은 출입 전부터 내게 느닷없이 인문시험을 치르게 했다. 나는 한 문제만 풀고 거의 빈 답안지만 냈다. 시험은 도서관 내부로 들어가기 막바지까지 끝나지 않았다. 출입문 양옆으로 벗은 것이나 다름

없는 두 남녀가 각각 분수대에 들어가 있었다. 여성은 옷을 입을까 말까로 하늘을 응시했고, 남성 어르신은 땅바닥을 보며 옷을 벗을까 말까로 고민했다. 또 갈퀴를 두른 사자들이 머리통만 내밀어 맑은 물을 줄줄 토해 내고 있었다. 온통 사자들이 도서관을 지키고 있었다.

사실 놀라운 것은 모든 조각들이 실존처럼 흠잡을 것 없이 완벽한 사람이자 동물이라는 것이었다. 그래서 누군가가 영혼만 불어넣으면 금방이라도 벗은 채로 말을 걸거나 노호하러 일어설 것 같았다. "음 자네가 그 김 교수인가? 난 플라톤일세. 걔가 코제트인지는 모른다네." 나는 플라톤처럼 내게 말을 걸어봤다. 고상할 줄 몰라서 예술을 멀리했던 나는 사실주의 예술Realistic Art 1850s- 이라는 것이 이런 게 맞는지를 잠깐 생각했다. 그러고서는 일부러 난해한 조각을 만드는 것보다 훨씬 낫다는 무뇌No Brain같은 생각도 해 봤다. 나는 사실들로 잘 포장된 도서관 외관이 썩 멋있다는 감정 말고는 흠결을 찾아내지 못했다. 다만 나는 그 사실들의 정체를 정확히 모르고 통과해야 하는 내 인문 상태가 부끄러울 따름이었다. "요 사실주의를 막 뭐라 했던 독일인 Friedrich Nietzsche 철학자 독일 1844-1900 · 니체는 사실주의를 반예술주의로서 사실을 보여줄 필요가 없는 예술까지 구속한다고 했음, 물론 이런 조각들을 두고 하는 일갈인지는 나는 잘 모름도 있었는데…. 그 사람 조각도 있으면 바로 알 텐데!" 나는 문 교수에게 아는 척의 마지막 기회의 끈을 놓치지 않으려고 중얼거렸다.

방학이 생일인 자들이 부러웠다. 그러면 한 번쯤은 서울로 날아가거나 서울 사람들이 건너올 수 있는 여백이 생길 수도 있으니 말이다. 학기 중 생일은 단출하게 가족들뿐이었다. 식사 전 케이크 촛불의식 말고는 별다를 것은 없다. 선물로 그럴듯한 이야기가 오가는 것은 이미 치렀다. 그런 건조한 반복에서 이제는 내가 아닌 사람들의 생일이 바로 떠오르기 시작했다. 아버지와 어머니의 생일도 떠올랐다. 그리고 나는 두 사람의 그날들을 중단시켜 왔다는 것도 떠올렸다. 손을 잡아 드리며 경축해 드릴 기회는 이제는 요원한 상태다. 더욱이 평생을 이렇게 살 거라는 것도 당연해졌다. 새삼 어색한 생활이라는 생각이 들었다. 문 교수는 '이상한 감정'이라는 제목으로 메일을 보내왔다. 서울 사정이 잘 공유되는 미국인 '나'와의 대화는 가히 묘하다는 것이었다. 그러나 나는 신분상 미국인이지 내 머릿속에는 서울이 휘발되지 않은 채 늘 선명하다. 나는 당장 신촌역에 당도해도 대학가 낭만을 실토할 머릿속도 있고, 누가 서울 길을 물어도 안내에도 자신 있다. 그런데 더 놀라운 것은 그런 서울사고는 이제 쓸모가 없다는 것이다. 그러고 보니 내게 중단된 것은 부모님 탄생만이 아니었다. 나는 내가 시작된 모든 것을 어느 순간 중단시켜 버렸다.

커다란 외관과 대조적인 출입구는 당황스러웠다. 너무 작았다. 그런데 당황은 그것만이 아니었다. 날씨도 큰 몫을 했다. 사실 오전 10시에 개관한다는 것을 알면서도 나는 그냥 일찍 오고 말았다. 도서관을 오후에 가거나 들어서자마자 점심의 모색은 별로라는 생각이 들었기 때문이었다. 그러나 그런 기대가 무색하게 나는 도서관 앞에서 장시간을 떨었다. "공부하러 온 건 아닌데…. 으드드." 나는 이를 물고 말했다. 11월을 가을로 취급했던 나는 11월 29일을 12월이나 마찬가지를 봐야 했었다. 나는 SAT보다 수능^{적성에 따른 선택 과목의} ^{사고 능력을 표준 방법으로 측정하는 대학입학시험으로 궁극적 목적은 대학에서의 학습 능력 보유 여부 1994}을 먼저 떠올렸어야 했다. 몸을 녹이기 위해 뜨거운 커피를 샀고, 사자상 옆에서 후루룩 소리를 내며 마셨다.

조금 나아지는 한기는 휴대폰을 꺼내게 했다. "여길 찾아보자!" 나는 혼자

중얼댔다. 구글google.com은 뉴욕공공도서관 홈페이지nypl.org를 맨 위에 올려
놓고 있었다. 홈페이지는 수사자 갈귀가 멋있게 흩날리는 옆모습을 상징으로
미국에서 가장 큰 도서관시스템이라고 과시했다. "난 운도 좋지!" 나는 날 위
로하듯 내게 말했다. 세계적인 곳을 마음만 먹으면 언제든지 올 수 있음에 나
는 뿌듯해 했다. 그러나 오늘 처음 왔다는 것은 과연 뿌듯할 자격인지 의문스
러웠다. "오늘 말고 내가 또 올까?" 나는 나를 의심하며 속삭였다. 그래서 분
명 마지막일 오늘을 기념하기 위하여 나는 내 마음대로 도서관미국에서 가장 큰 도
서관은 민간인 출입금지의 워싱턴 컬럼비아지구(Washington, District of Columbia)에 의회도서관(Library
of Congress 1800)임을 승격시켰다. "그래! 엠파이어 라이브러리로 하자! 어! 내가
제일 먼저 왔는데…." 나는 딴청 피우다가 투덜댔다.

　오래되고 비좁은 정문 앞에는 사람들이 모이기 시작했고, 줄이 길어지고
있었다. "하나 둘 셋 넷…." 내 입장 순서를 소리 내어 세어봤다. 내가 공상에
넋이 나갔던 동안 내 순서는 열 번째 밖으로 밀려나 버렸다. 사람들은 여행자
인지 진정 공부하려는 자인지 구분하기 어려웠다. 구경과 공부가 혼재된 이
상황에서 공부인만 나는 골라내고 싶었다. 지루한 시간이 지났고 오래된 나
무창의 불빛은 성탄절같이 빛났다. "와! 기대된다." 나는 혼자 중얼거렸다. 그
러나 빛나는 분위기는 들어서자마자 냉랭한 공항 검색대를 만나게 했다. 현
관에 서 있는 경찰 같은 직원은 긴 막대기를 겨드랑이에 끼고 내 가방을 열어
보라고 명령했다. 나는 선량하게 가방 속을 열어 보였다. 검은 직원은 가방에
막대기를 집어넣고 구석구석을 살폈다. 형식상 하는 것 같지는 않았다. "거길
통과하세요." 직원이 또 명령했다. 검색대는 몇 초간이라도 이 도서관 출입의
제일 큰 산이었다. 통과에 성공한 나는 괜히 자랑스러웠다. "이렇게 까다로우
면 그냥 대학도서관을 가지 뭐 하러 여길…." 나는 순간 문 교수의 도서관 편

식을 떠올리며 또 중얼댔다. 거구의 남성들 세 명이 번갈아서 물 흐르듯 출입 과정을 신속하게 진행했다.

"박물관!" 나는 감탄하며 말했다. 내부는 도서관이라기보다 박물관이었다. 고전적이고 세밀하게 준비된 내부는 공부하기 싫게 했다. 상아색 대리석 벽면을 비추는 풍성한 촛대는 내부를 더욱 멋있게 만들었다. "와!" 나는 또 감탄했다. 물론 양초가 아닌 전구로 빛을 냈지만 화려하면서도 절제된 단 두 개의 빛다발은 수준급이었다. 나는 극진한 대우에 황송한 서민과도 같았다. 현관의 양 끝에 계단이 있었다. 돌로 조각된 위인들이 그 층계 벽면에 들어가 있었다. "누군지 또 몰라 패스!" 나는 내 무지를 모른 척하듯 속삭였다. 위인을 몰라봐도 나는 계급이 높아진 기분으로 층계를 올랐다. 저 아래에 제복 입은 자들이 또 막대기로 사람들을 막았다. 나는 모종의 시험이라도 통과해 낸 기분으로 신참 출입자들의 우물쭈물을 구경했다. 한심하게도 나는 그들을 상대로 선민의식을 느꼈다. 일단 끝까지 올라가 보기로 했다. 현관에서 보았던 그 촛대는 꼭대기 저 너머에서도 어서 올라오라고 인사하는 것 같았다. 오르자마자 정중한 촛대들이 줄을 섰다. "와! 도서관에 와! 천장까지!" 나는 감탄을 연발했다. 공부하려는 사람들에게 천장을 이렇게까지 꾸며줄 필요가 있는지 의문스러웠다. 그러나 꾸미지 못할 이유도 없었다. 황금색 액자의 천장은 천만 두르고 살던 시절의 인간들이 무슨 심각한 일을 벌이고 있었다. 하늘에 둥둥 떠 있는 저 아홉 명의 인간들의 갈등을 나는 알아낼 길이 없었다.

"저건 쉬운 건데!" 나는 반가운 듯이 말했다. 벽면에 그림들이 있었다. 감상 순서도 있었다. 그림들은 돌판에 새겨진 채로 받았던 '십계명the Ten Commandments'을 모세가 쳐들고 있는 장면에서부터 비즈니스맨에 이르기까지 책의 진보를 추정하게 했다. "이게 맞나?" 나는 혼자 속삭였다. 그러나 마지막에서 그 비즈니스 신사는 책이 아닌 흐느적거리는 종이, 그러니까 신문을 읽는 또 다른 단서를 주었다. 책이 아니라 인쇄의 역사가 아닐까로 나는 다시 해석해 냈다. 도서관이 바라본 이 그림들의 중요도는 책보다 인쇄였다. 인쇄가 없으면 모세는 계명도 못 받고 뉴욕도서관도 없을 것이었다. "너무 길어서 다 까먹었어요…." 나는 난처한 모세를 상상하며 약간 웃기듯이 말해 봤다. 모세가 만약 방금 들었던 십계명을 기억해 내지 못하고 우물쭈물했다면 그 많던 히브리인들은 또 모세를 물고 뜯고 괜히 따라왔다고 난리였을 것이다. 그래서 모세가 모신 신은 확실하게도 인쇄해 준 것이 아닌가 싶었다.

유리관 안에 유럽 냄새가 나는 것도 있었다. 독일 『구튼벨그 성서』Gutenberg Bible 1455였다. 이유는 모르겠지만 원본이 여기 도서관 설립자인 레녹스James Lenox 자선사업가 미국 1800-1880에게 1847년 전달되었다는 기록도 있었다. "사왔나?" 나는 혼자 중얼댔다. 성경 인쇄가 성스럽기만 한 것이 아니라 지식 확장의 획기적인 공헌이라는 것을 나는 처음 알았다. 뉴욕공공도서관은 아예 공부를 망각하기에 충분한 진기함을 계속 보여 줬다. "〈뛰노는 소녀〉Frolicsome Girl 1878라!" 나는 작품명을 소리 내어 읽었다. "키조프Matvei Chizhov 조각작가 러시아 1838-1916 키조프 키조프…." 나는 위키en.wikipedia.org를 뒤져 보며 그 소녀를 만든 조각가의 이름을 되뇌었다. 위키는 키조프의 생애와 함께 세인트피터스버그Saint Petersburg 1704에 있는 〈케서린2세동상〉Monument to Catherine the Great 1873 길거리 대작도 확 열어주었다. 그 대작에 비하면 요 소녀는 그야말로 '덩그러니.'의 소박함이었다. 소녀는 뛰논다기보다 나무토막을 디딜 신중한 표정이었다.

로즈메인독서실Rose Main Reading Room에 들어서자마자 높고 넓은 거대한 천장이 또 확 들어왔다. 최대한 고전적으로 조각된 금장 액자들 안은 텅 빈 하늘로 채워져 있었다. 물론 오늘 맨하튼의 하늘은 아니었다. 아까 또 다른 천장에서 일을 벌이고 있던 아홉 명의 갈등은 모두 해결이라고 된 듯이 각자는 갈 길로 사라진 그런 하늘이었다. 극적인 구름만이 남아 독서실의 공기와 공유되는 것 같았다. "맞아 여기까지 채웠으면 공부하다 신경 쓰이지!" 나는 천장을 올려보며 중얼거렸다. 형형색색의 책들에 둘러싸인 내부는 널찍하고 긴탁자들로 저 끝까지 겹겹이 놓여 있었고, 적지 않은 인원들이 사이좋지 않게 앉아 있었다. 내가 도서관 구경에 빠져 있는 동안 들어온 인원들이 다 여기 모인 것 같았다. 커다란 아치 모양의 긴 창이 여러 개가 있었건만 아래로 길게 늘어트린 전등은 풍부한 빛을 내려 보내고 있었다. 나는 여기를 도서관의 심장으로 인정했다.

사이가 좋든 싫든 아직 획정되지 못한 탁자 간격에 나는 조용히 앉았다. 그리고 금장이 입혀진 전등을 켜고 랩톱을 열었다. "탁자와 의자가 묵직한걸!" 나는 만져보며 말했다. 조용할 것으로 믿어왔던 가방은 소음을 만들었다. 신경이 쓰였다. "어디 보자 여기 놓고, 여기는 페이퍼, 153볼펜Monami 153 ballpoint pen 1963 · 나는 누르는 재미의 이 볼펜을 한국에서 항상 공수받음. 그러나 여기서는 소음 발생으로 조심스러웠음은 여기…. 등은 켜진 건가?" 나는 조용히 내게 말했다. 사실 나는 오늘 도서관 명분의 것들을 충분히 준비해 왔다. 우선 학교 일을 처리한 후 이메일을 살폈다. 나는 타이핑 소음을 조심해 가며 마구 따닥거렸다. 어제 연구실에서 인쇄해 둔 연구서 몇 개를 읽기 시작했다. 조심해서 종이를 넘겼다. 줄을 치고 포스트잇도 붙였다. 연구서 옆구리에는 노란 종이포스트잇가 많이 튀어나와 있었다. 계산서 장부 같았다. 연구실이라는 소우주에서 도서관이라는 대우주로 변경된 오늘이 나는 왠지 익숙했다. 새삼 오래전 기억들이 줄줄 흘러나왔다.

사람 하나에 자동차 하나이어야 하는 생활에서 나는 나 하나와 자전거 하나로 움직였다. 완전히 뒤바뀐 세상에서 오후에 강남역을 나가거나, 오랜만에 출석한 차 있는 귀한 몸을 꼬셔 우이동계곡에 가자는 제안도 이제는 없었다. 예비역들 몇몇이 우유 팩 족구Foot Volleyball를 하자는 일상도 더 이상 들리지 않았다. 그러다가 벼락치기는 더 이상 먹히지도 않았다. 도서관의 용도를 넘치도록 활용했던 나는 5분 간격으로 폐관공지 방송이 언제 나올지를 두려워하면서도 반가웠다. 읽어야 할 것이 너무너무 많았던 나는 대학도서관을 나오면서도 놀라지 않을 수가 없었다. "오늘도 내가 마지막이야!" 나는 내게 소리쳤다. 명석하지 못했기에 나는 그날그날을 겨우 감당해 내는 내게 고마웠다. 그러면서 힘을 다해 질주한 자전거 귀갓길은 빠르게 흘러가는 또 다른 세상을 구경하는 유일한 시간이었다. 그런 하루하루는 내게 뜻밖의 선물도 주었는데, 나는 날이 갈수록 멋있어졌다. 날씬해진 내 몸뚱이는 마치 운동선수 _{지극히 주관적이고 현재와 상대적인 내 느낌에 불과함}와도 같아 보였다. 지도교수와의 만남을 제외하면 나는 하루 시간 대부분을 도서관에서 보냈다. 그래서 도서관이란 내 우주였다. 카펫 바닥은 자취방보다 포근했고, 스낵을 먹어도 되는 시청각실은 손색없는 영화관이었다. 나는 서울이 궁금할 기회를 찾지 않았다. 오히려 서울 아버지 어머니는 그런 나를 궁금해 했다. 그러나 나는 그들을 궁금하지 않고자 했다. 더 정확히 말하면 부모님의 걱정이 어떤 것인지 나는 잘 몰랐다.

"저…. 도서관내도 구할 수 있나요?"
나는 여성 사서에게 물었다.
"음 잠시만요."

정문 출입에서 제복 입은 남성들과의 대화 이후 도서관과의 두 번째 커뮤니케이션이었다. 사서는 자리를 비우면서까지 약 5분 후 복사된 관내 지도를 급히 들고 왔다. 천천히 여기저기를 내게 브리핑해 주었다. 그녀의 친절함에 나는 차분히 다 들을 수밖에 없었다. 너무 자상해서 나는 그래야만 했다. "여기 아래는 마이크로필름이 있고요…." 사서의 말투는 지적이었다. 냉혹한 맨하튼에서 이렇게 잘 다듬어지고 풍성한 서비스를 받는다는 것이 나는 약간 어색했다. 그리고 문 교수를 바로 생각해냈다. "그래서 여길 자주!" 나는 그녀가 못 듣게 말했다. 그녀와 이왕 대화의 물꼬를 텄으니 나는 출입 전부터 궁금했던 것을 죄다 물어봤다. 일단 내가 있는 여기 본관 NYC Main Branch은 사실 인문학과 사회과학에 전문화된 도서를 보유하고, 과학과 경영같이 응용학문은 맨하튼 내에 다른 분관들에 있다고 했다. 그러니까 뉴욕공공도서관은 맨하튼에 많은 조각으로 뿌려져 있다는 얘기였다. 다행이었다. 내가 여길 떠나야 할 명분이 생긴 것이다. 사서도 경영서적을 찾아 나설 내 퇴관에 납득했다.

사자상으로 다시 나왔다. 어두워야 한다는 착각을 당연히 했다. 그러나 세상은 아직 환하게 역동적으로 돌아가고 있었다. 나는 아이들을 떠올렸다. "어떻게 얘기하지?" 나는 도서관 정문을 나오며 말했다. 아이들과의 뉴욕공공도서관 동행 제안을 어떻게 가공할지의 고민을 했다. 따라나설지도 의문스러웠다. 무언가를 같이 보면서 같이 느끼는 경험이 점점 줄어드는 것 같아서 더욱 그런 궁리를 한 것이었다. 항상 같이 본다는 믿음으로 생활해 왔지만 분명 다르게 볼 날이 곧 올 것도 나는 안다. 그리고 오래전 나를 중단 시키고 또 다른 나를 만들어 냈던 나처럼 아이들도 동행을 그만하고 자기대로 나아감은 자명한 순리일 것이다. 나는 다른 세계로의 나를 결정했을 때 부모님과 같은 것을 보고 똑같이 생각하는 것이란 더 이상 미덕이 아니라고 생각했다. 왜냐면 나는 군에서 총도 만져본 제법 큰 어른이었고, 결정적으로 나는 아버지 어머니가 아니라 나였기 때문이었다. 그러나 아이들이 점점 자신들만의 어른을 찾으려는 것을 볼라치면 나는 조금 공허하다. 그리고 이런 감정은 오래전 내 모습을 바꾸려 했을 때 부모님의 감정과도 같은 것임을 나는 오늘 알았다.

『실낙원』Paradise Lost 1667에서는 네가 영원할 수 없으니 너를 자식에게 주는 것이라는 부분을 나는 기억해 냈다. 고맙게도 세상은 나를 영원히 사라지지 않게 아이들로 이어내는 것이었다. 그래서 나는 밀턴John Milton 문학작가 영국 1608-1674에게서 아이들이 날로 달라짐에 대하여 그리 서글프지 말 것을 다짐받았다. 그런데 내게 뭐 하러 그 삶을 주었는지로 따진다면 어떻게 해야 할지 나는 문 교수를 통해 한번 걱정해 본 적도 있다. 문 교수는 아이들에게 가장 듣기 두려운 말이 바로 그 선물에 대한 원망이라고 했다. 고작 당신을 연장키 위해 나에게 줬다는 것이 아이들은 그리 달갑지 않다는 해석이다. 선물이라고 해서 무조건 고마운 것은 아니다. 어떤 어른의 선한 제안이라도 당사자에게 조금만 초점이 맞지 않으면 갈등으로 비화 된다. 오래전 도서관에서 어두워진 캠퍼스로 나왔을 때 나는 어차피 받아야 할 선물이라면 한번 멋있게 만들어 보기로 한 내가 아니었나 싶다. 그러나 나는 그때를 망각하고 이렇게 최상으로 준비된 시설에 아이들을 노출 시킬 수 있는 나만의 묘안만을 고민하고 또 고민한 것이었다.

사지선다로 자란 나는 아이들의 반응도 사지선다로 나열해 보았다. ① "도서관은 우리 동네에도 있어요.", ② "유튜브만 보지 말고 책 읽으라고요?", ③ "도서관은 너무너무 따분해요." 그리고 ④ "맨하튼 나가는 거 귀찮아요!" 다시 오지선다로 고민해 볼 일이었다. 그러다가 나는 중요한 것 하나를 깨달았다. 나는 맨하튼에서 가장 중요한 것은 뉴욕공공도서관이 아니라 아이들이라는 것 말이다. 사실 아이들이 없는 뉴욕도서관은 멋있을 가치도 없고 존재할 가치도 없다. 도서관이 부모의 바람이라고 하더라도 내키지 않음은 아이들의 기특한 주체성이다. 나는 카메라 조리개를 열어놓고 바라본 세상을 잊고 있었다. 아이들이 없는 집, 이용자가 없는 도서관, 사람들이 없는 맨하튼의 세계적 도시 명성도 의미가 없다. 내구성이 가장 떨어지는 도시 구성물이 사람이기에 사람은 늘 자기변경을 스스로 하는 것이고, 그렇기에 나도 부모를 떠났다. 나는 물려주었다기보다 내 변경을 함구하고 지켜봐 줬던 오래전 부모님을 따라 하기로 했다. 그런데 아이들은 그 변경 시점을 좀 더 완만하고 서서히 만들었으면 한다. 사실 내 변경은 격변이었기에 늘 서울이 그립고 또 그립다. 아이들은 나처럼 향수라는 질병에 시달리지 않기를 바란다.

나는 이제 나 하나와 자동차 하나를 맞춰 내며 이 세계에서 움직인다. 그런데 완전히 익숙해진 이 세상에서라도 오후에 강남역에 나가거나, 오랜만에 출석한 차 있는 귀한 몸을 꼬셔 우이동계곡에 가자는 외침이 들렸으면 싶다. 예비역들 몇몇이 우유 팩 족구 하자는 제안도 기꺼이 응할 수 있다. 그러다가 벼락치기가 더 이상 먹히지 않아도 상관없다.

참 멋있는 열람실이다. 내 자리는 앞에 나무판
으로 가려졌다. 전등은 하나씩이 아니라 네 명
에 하나씩이다. 그래서 집에 간다고 끄면 안
된다. 저기 오른편 중간에 머리와 턱이 모두 백
발인 어르신이 있다. 사실 어느 정도 젊다. 나도
저렇게 멋있는 학자로 남고 싶지만 머리가 뒤
로 넘어가고 있다. 어쩔 수 없다.

PART 12

SEOUL

선진 스타일 체험기

NEW YORK CITY

슬픈 도시
— 이태원Itaewon

    사람들이 모이기 시작했다. 인도와 차도는 금세 뒤섞였다. 차도는 차라리 인도가 되었고, 더 이상의 차량 접근은 없었다. 해가 저물기는 했어도 사람들은 집으로 가지 않고 자꾸 몰렸다. "아직 멀었어, 저녁 먹고 오자." 나는 그녀에게 제안했다. 그녀와 나는 켄터키프라이드치킨 종로점에서 큰 통을 시켰다. 콘샐러드와 비스킷은 내가 다 먹었다. 우리는 광화문 교보문고에서 문구와 책을 구경했고, 종로서적1907-2012으로 다시 나와 풍문여고로 이어지는 오랜 길까지 걸었다. "너무 많으면 못 볼지 몰라, 다시 가자!" 나는 그녀에게 진귀한 무엇인가를 경험해줄 심산으로 말했다. 우리는 다시 종각역1974 보신각 1396 · 조선 시대 서울의 4대 문 열기와 닫기를 알리는 종이 있는 한옥 · 현재 송구영신을 알리는 자정의 종이 있 는 한옥으로 서둘렀다. 사람들이 훨씬 많았다. 자정이 근접하자 시민들은 종로로 집중적으로 찾아들었다. 밀집된 시민들은 지나치게 밀착된 나머지 자동 직립을 하게 했다. 그러나 서로가 점점 조여옴에 따라서 사람들의 이동은 아예 불가능해졌다. 운집한 자들은 움직이지 말자는 암묵적 합의를 신속하게 해냈다. 모두 불편한 속내를 숨겼다.

    그녀와 나는 이런 것이 원래 종 치기 의식이라고 생각했다. 그러나 타종 시간이 임박해 오자 각자는 최소한의 영역도 확보하지 못한 채 낑낑댔다. "어어." 사람들은 한꺼번에 소리치며 통째로 이리저리 거대하게 움직이며 외쳤다. "집에 갈까?" 나는 그녀의 괴로움을 완화해 보고자 불가능한 선택지를 주었다. "이러다가!" 나는 혼자 속삭이듯 중얼댔다. 사실 나는 이 숨 막힘을 견디기 힘들었고, 게다가 배부르게 먹은 닭고기도 토해낼 것 같은 이상한 생각도 들었다. 그러나 추태를 보여서는 안 되었다. "제야의 종the Watch-Night Bell 다시는 보러오지 말자!" 나는 그녀에게 넉넉하고 큰 그릇으로 보이게 넉살을 부리듯 말했다. 밀착된 체온들이 합쳐지다 보니 영하의 날씨에도 마구 땀이 흘렀다. "서울시장!" 나는 괴로움을 흥미로 바꿔내고자 노력했다. "오 사 삼 이 일 쿵." 종소리는 생중계만큼 극적이지 않았다.

　나는 다시 겨울방학으로 진입했고 숙제와도 같은 성탄절을 끝냈다. 숨 돌릴 수 있는 2022년 12월 26일 월요일 나는 김 교수가 마지막으로 지시한 소풍지인 이태원1907으로 향했다. 그런데 그리웠던 서울의 대미는 걸어서 가보기로 했다. 아니 그래야만 했다. 사실 나는 참사Itaewon Manmade Disaster 2022 · 할로윈데이를 즐기려던 150명 이상 사람들이 이태원 골목길 병목으로 압사되는 참사 이후 이태원을 신속하고 손쉽게 다녀올 장소는 아니라고 생각했다. 2022년 10월 29일 이후 내게 이태원은 더 이상 한가한 소풍지가 아니었다. 그래서 나는 이태원에 맛있는 식당 찾기도 애초에 포기했다. 오늘 서울 기온은 영하 4도. 나는 위아래 모두 패딩으로 감쌌고 귀마개와 목도리 그리고 마스크로 또 감쌌다. 그리고 그 청색 주머니 가방도 챙겼다. 두꺼운 몸으로 집을 나와 마주이야기두 마리의 유황 앵무새를 키우는 어린이집 · 앵무새 우는 소음 민원으로 한 마리는 강원도로 이주시킴를 지났고, 우체국 방향으로 틀었다.

　동네 로컬가게인 행복 빵집을 지나 서래초등학교1983에 당도했다. 추운 날씨에도 하교를 기다리는 어머니들여름에는 부모들이 육교에 다닥다닥 붙어 도로 퍼레이드 구경 같음이 많이 나와 있었다. 청일점 아버지도 있었다. "엄마들과도 얘기 잘하는 의연한 아빠!" 나는 혼잣말을 했다. 아이들이 얕은 교문 언덕에서 마구 내려왔다. 그렇다고 해서 학원 가기 전 중간 쉼터인 사잇길 공원에는 아이들이 축적되지는 않았다. 한산했다. 나는 그 앞에 버스정류장에 앉아 약간 고민했다. "거길 꼭 걸어가야 할까?" 나는 중얼댔다. 이태원행 406번 버스가 바로 가버렸다. 하교한 두 아이가 제일 큰 나무 밑에서 접선을 시도했다.

"반포대교1982 걸어본 적 있나?" 나는 계속 혼자 중얼거렸다. 세화여고1978 담장 밑으로 걷다가 반포중1978으로 그려진 건널목을 건넜다. 구반포는 2층짜리 상가보기의 재미는 제거되어 있었다. 재건축으로 대낮에도 유령도시 같았다. 유령이 불어대는 '우으웅 우으웅.' 소리는 더 이상 정겨운 길이 아니어서 썩 꺼지라는 것 같았다. 반포대교와 상하동체인 잠수교1982로 진입할지를 나는 잠깐 망설였다. 왜냐면 잠수교는 인도 폭이 넓고 물과 가까워서 걷기에는 낭만적일 수도 있었기 때문이었다. 그러나 이상하게도 나는 찬바람을 맞는 고생스러운 반포대교가 오늘 방문지에 대한 나의 자세라고 생각했다. 한강 이남의 마지막 편의점은 한 어르신을 약주로 붙잡았다. 하얀색의 패딩을 입은 노인은 무슨 사연인지 추운 밖에서 소주를 따라놓고 무표정하게 앉아 있었다. 유일한 행인인 나를 의식하지도 않은 채 말이다. 투명한 소주병, 차가운 술 그리고 하얀 입김은 내게 오래 산 자의 즐겁지 않은 회한으로 느껴졌다. "슬프다!" 나는 고개를 돌리며 혼잣말을 했다. 그러나 시원한 소주를 좋아하는 할아버지일 수도 있었다.

"이태원에서 매형이 가게 하는데, 가 볼래?" 같은 반 태완이가 내게 물었다. 우린 학력고사Achievement Test · 대학 진학시험으로 단 한 번의 기회만 부여되며 지원한 대학에 직접 가서 치름 · 1982-1993 예비소집을 마치고 남겨진 오후를 고민했다. 수험서를 다시 뒤져보는 일은 소용없는 일임을 우리는 동의했다. 같은 대학을 지원했던 태완이는 회기역1980부터 나를 이태원으로 안내했다. 나는 이태원이 리틀 뉴욕이기를 바랐었다. 물론 거대한 마천루까지는 아니겠지만 서울에 있는 미국을 나는 은근히 기대했었다. 친구의 매형은 헤밀턴호텔1973 현관 층한 상가를 운영했다. 매형은 우리의 방문을 놀라워했고, 내일이 학력고사인지도 몰랐다며 미안해 했다. 우리는, 아니 적어도 나는 그날 아가씨가 운반해 온 커피를 처음 대접받았다. 이날 맛있는 그 커피는 나를 불면하게 한다는 실질적 의혹을 처음 품게 했다. 왜냐면 나는 다음 날까지 눈만 감았다가 일어나 두 번째의 내 국가고시인 학력고사를 치르러 갔기 때문이었다. 물론 연합

고사Test for High School Entrance · 학군별로 균등 고교진학 배정을 위해 지정된 고교에서 중학교 과정을 평가받는 시험 · 정식명칭은 '고등학교입학선발고사'이지만 한 학군에 연합하여 치르기에 연합고사로 부름 · 서울 1974-1998 때도 나는 잠을 하나도 이루지 못했기에 꼭 그 커피가 주범은 아니기는 했다. 그러나 그날부터 커피는 분명 내게 잠을 못 이루게 하는 일말의 원인이 되었다. 생애 첫 번째로 방문한 이태원은 동네보다 못한 곳이었다. 우선 간판들은 한국전쟁이 끝난 후를 연상케 하는 그려낸 글씨체에다 그 간판의 뒷면, 즉 가게들의 본체는 견고한 건축이라기보다 허물어져 가는 건물을 고쳐 세운 모양이었다. 그나마 간판들은 그 부실한 사정을 숨기는 지지대 같았다.

반포대교의 협소한 인도를 걷는 나를 아랑곳하지 않고 자동차들이 내달렸다. 소음과 매연은 나를 섭섭하게 했다. 롯데월드타워는 별 볼 일 없는 아파트에 가려져 보이지 않았다. 그러다 보니 나는 다리 아래를 내려다 볼 수밖에 없었다. 둔치에 쌓인 눈은 '김태민 김성환 ♡ 윤민희 YES NO.'라는 흙바닥을 드러내고 있었다. 두 남학생이 한 여학생을 좋아하는데, 누가 여학생을 포기할 것인지 '예스'와 '노'로 나는 해독했다. "좋은 때다!" 나는 누구라도 들리게 말했다. 그러나 자동차 소음과 합쳐진 바람 소리는 나조차도 못 듣게 했

다. 한강의 가장자리는 얼어 있었다. 그리고 중간으로 갈수록 깨진 조각들이 떠내려가지 않으려고 둥둥섬2011 · 한강 반포대교 남단에 인공섬을 붙잡고 있었다. 다리의 반 이상을 건너는 순간 저기 아래에 여섯 개 점들이 떠다니고 있었다. 남단으로 횡단하는 오리들이었다. 이것들은 아주 힘차게 다리를 휘저었다. "날아서 건너가면 될 것을…. 야!" 나는 마스크를 벗어 외쳐봤다. 오랜만의 고함이었다. 역시 외침은 녀석들에게 당도하지도 못했다. 한 마리가 잠깐 자맥질을 하더니 한강 이북으로 월북하기 시작했다. "돌아와, 쟤들과 같이 가!" 나는 또 듣지 못할 소리를 실컷 내질렀다.

나같이 젠틀한 중학생은 마땅히 젠틀한 서울고등학교1946로 배정받아야 마땅하다고 나는 생각했다. 무엇보다 나는 친구들과 말을 해도 열여덟과 어미의 반대말을 절대 섞어 쓰지 않았다. 따라서 나는 대머리 입시생으로 조련시키는 그런 고등학교학부모들은 온통 입시 공부로 스파링되는 고등학교를 선호했음 배정을 거부하다시피 했다. 아니 나는 상상도 안 했다. 사실 나는 초등학교이자 중학교 동창인 순영이의 반듯함을 항상 담고 싶어 했다. 따라서 나는 녀석의 인성을 인위적으로 내게 이식하려 했다. 그러나 우리의 초중고 스트레이트 동문 시도는 녀석만의 서울고 배정으로 좌절되고 말았다. 예상했던 대로 녀석의 학교는 젠틀했다. 서울고는 특활도 예체능수업도 결코 숨 막히는 입시대행으로 있으나 마나 하지 않았다. 심지어 축제라는 문화예술을 학생들에게 만끽하게도 했으며, 게다가 야구부라는 자부심도 심어줬다. "야 니네 야구부 저번에 다 졌잖…." 나는 서울고를 깎아내릴 기회를 놓치지 않고 말하려 했다. 친구는 야구부의 부진한 성적을 축제경희예술제 1946 현장에서는 함구할 것을 정중히 당부했다. 그도 그럴 것이 우리는 야구부원들의 방망이 쇳소리의 바로 옆을 걷고 있었다. 무엇보다 나는 등반형으로 등교했던 중학교와 달리 어디든지 평평하게 등교하는 서울고 캠퍼스가 마음에 들었다.

우리의 사회인으로서 재회는 영어를 도와줬던 성가대 선생님의 제안으로 이루어졌다. "야 너희들 미군기지 한번 구경 와라." 선생님이 오랜만에 전화했다. 시카고를 들락날락했던 선생님은 용산미군기지1945 군무원으로 변신해 있었다. 선생님은 우선 드레곤힐라지Dragon Hill Lodge 1990라는 곳에서 거대하면서 밋밋한 피자를 사주었다. "아! 용산이라서 드레곤힐라지구나!" 건물 이름의 명명 연유를 나는 추정해서 말했다. 선생님은 자신도 몰랐다며 놀라워했다. 기지 안 거리는 방송에서 본 미국 동네 거리와 다를 바 없이 잘 정돈되어 있었다. 심지어 식사는 물론이고 뭐든 달러로 계산되었다. 지나가는 이질적 신체의 미군과 민간인 그리고 그 민간인들의 아이들까지 한결같이 빙긋 웃어주는 것 같았다. 실제로 생면부지의 미군들은 찡끗 인사를 했다.

식후 우리의 산책은 이태원으로 이어졌다. 두 번째로 방문한 이태원은 내가 직시한 서울 속 진짜 미국인 기지와는 두드러지게 비교되었다. 이태원은 무언가 정리되지 못한 난잡함이 여전했다. 물론 이런 허술한 자유분방함이 전위적인 매력이라면 매력이겠지만 원래의 미국을 당일 확인한 나는 미국이 복사되었던 이태원의 매력을 일단 유보했다. 그런데 그날 무엇보다 나를 놀라게 한 것은 이태원이 아니라 다시 마주한 친구였다. 정중했던 친구는 오래전 행보에 걸맞게 청와대1960-2022에 근무하는 멋있는 공무원이 되어 있었다. "어…? 나는 대학에서 학생들 가르쳐." 나는 목소리를 낮춰 말했다. 친구는 나를 대견해 했다. 그리고 어느 대학에서 가르치는지 조심스럽게 물었다. "어…? 아직 여러 군데." 나는 소리를 더 낮춰서 말했다.

"실례합니다만 여기로 쭉 가면 이태원이 나오나요?"

허리가 두꺼운 할아버지에게 물었다.

"어…? 한참 가야 하는데….'

어르신이 일러준 이 길은 마치 1월에 방문한 연남동의 경의선숲길과도 같았다. 그런데 그 길과 좀 다른 점은 가파른 언덕 숲길이라는 것이다. 왼편 낭떠러지 아래로 자동차들이 묵직하고 낮은 소음을 내면서 달렸다. 그러나 오른편 언덕에 올려진 예쁜 양옥들은 얌전하게 차례차례로 자리를 잡고 조용했다. 집들 사이에는 노란 동빙고어린이집1985이 끼워져 있었다. 머지않아 내리막이 된 숲길은 오랜 전통의 명동교자1966를 만나게 했고, 역사 속으로 곧 사라질 스타 세 개짜리 크라운관광호텔1978도 만나게 했다. 호텔 만국기가 펄럭였다. 갑자기 보도 위로 자전거 하나가 빠르게 다가왔다. 나와 자전거 주행자는 먼 거리라도 각자 오른쪽 왼쪽 신속 통과를 합의했다. 라이더는 한겨울에 반바지 차림의 큰 체구의 색목인이었다. "미군 다 평택으로 갔는데!" 나는 투덜댔다.

또다시 시작되는 가파른 언덕에는 엇나간 액자를 두른 듯한 용산구청1946 청사가 솟아 있었다. 그리고는 이어지는 허름한 단층 상가들은 '임대'라는 모조지를 붙인 채 투명 속내를 드러내고 있었다. 아직 멀었을 거라는 막연한 내 발걸음은 어느새 이태원로를 직면하게 했다. "어!" 나는 발걸음을 멈추고 놀란 듯이 말했다. 검은 사람들과 경찰들이 운집해 있었다. 그러나 모여든 사람들에 비하여 너무나도 조용했다. 공기가 달랐다. 이태원 참사 희생자들의 영정사진이 모셔진 분향소였다. 나는 선뜻 다가갈 수가 없었다. 아직 준비되지도 못한 이 헐거운 마음으로 희생자들을 대할 용기가 나지를 않았다. "일단 걷자!" 나는 외면하면서 중얼거렸다.

이태원의 화려함이 하나도 눈에 들어오지 않았다. 정확하게 말하면 이태원이 미웠다. 업타운 지형이면서 다운타운이 형성된 것도 마음에 들지 않았다. 이태원로를 기준으로 어느 이면 골목은 허름한 천장을 만들어 어둡고 음침한 아편굴과도 같았다. 또 어느 경로는 높은 경사지로 나무로 만든 층계 등반형 거리였다. 나는 다 트집을 잡고 싶었다. 글로벌을 드러내고자 다양한 국가의 영토 모양과 국기 그리고 수도의 이름들이 철판 보도에 박혀 있었다. "이태원은 다 이미지들인가!" 나는 못마땅한 투로 말했다.

사실 미군들은 경직된 군기지와 달리 사재 위락지가 필요했었을 것이다. 이른바 기지촌Military Camp Town은 단단한 생활이 아닌 별렀던 유흥과 오락의 모습을 띤다. 그래서 미국의 본질을 도외시해도 되는 그런 미국 이미지라는 껍데기 마을로도 충분히 효율적이다. 누구를 위한 효율이냐고 묻는다면 수요자와 공급자 모두에게서다. 수요자 미군은 떠나와서 미국 느낌이 그리울 것이고, 공급자 상인은 그런 미국 이미지 느낌만으로 미군을 쉽게 불러 모은다. 다시 말해서 이는 화려한 미국공연의 무대만 있으면 된다는 것이다. 공급자는 미국 이미지 뒤에서 한국으로 살면 되고, 미군들은 그 미국 이미지 앞에서 즐기다가 기지로 복귀하면 된다. 결론은 이태원이란 미국을 옮겨 놓은 미군기지처럼 진짜 미국일 필요가 없는 것이다. 단단할 필요가 없다는 것이다.

보도 땅바닥은 한국 소개를 마지막으로 제일기획Cheil Worldwide Inc. 1973이라는 회사를 만나게 했다. "최고 광고회사답네!" 나는 한마디 했다. 미국을 대한민국 최고로 돋보이게 포장한 이태원에서 상품을 한국 최고로 가장 기가 막히게 돋보이도록 잘 포장하는 광고회사가 자리했음을 나는 우연이 아니라고 생각했다. 건널목을 건너 이태원로를 반대로 걸었다. 많은 시간이 지난 뒤에야 그 지점이 나왔으면 했다. 그러나 그 슬픈 골목이 바로 나와버렸다. "어쩌지." 나는 우물쭈물하며 말했다. 골목은 초라한 분향 책상만 있었다. 이태원역2001 1번 출구의 양쪽 벽면에는 노란 쪽지가 다량 붙어 있었다. 나는 어떻게 정숙해야 하는지, 또 어떻게 표현해야 하는지가 전혀 떠오르지 않았다. "어쩌지." 나는 중얼거릴 수밖에 없었다. 고개를 숙였고 바로 돌아서 버렸다. 나는 여기를 수동적으로 이제야 방문했다는 그 자체가 수치스러웠다. 사실 나는 참사가 있었다는 그 이상으로 추모 방문을 생각하지는 못했다. 더구나 김 교수의 부탁이 아니었더라면 내게 이태원 참사는 이태원살인Murder Case in Itaewon Burger King Itaewon 1997 · 한국 대학생이 버거킹 이태원점 화장실에서 미국교포와 동행한 미군의 칼에 찔려 사망한 사건 이후로 또 다른 사건 하나 그 이상도 이하도 아니었을 것이었다. 나는 빤히 바닥이 보이는 내 단순함이 창피했고, 타국의 있는 김 교수의 염려에 숙연해졌다.

"12월은 이태원이요, 참사 있던 곳을 저 대신 가서 추모해 주세요."

나는 수학을 못했다. 그래서 내게는 누군가의 과외가 필요했다. 누나는 내게 수학 문제를 자주 풀어내 주었다. 그런 지도자의 부재는 참고서가 대체했다. 따라서 나는 매 학기 수학 완전정복1971을 꼭 샀다. 그런데 그 소중한 완전정복을 나는 분실하고 말았다. 물론 재구매학기의 중반은 구매도 불가능함도 가능했겠지만 인쇄된 풀이만 있는 것과 누나의 풀이 흔적과는 큰 차이였다. "그래, 끝나고 찾아보자!" 순영이는 스스로 방도를 제안했다. 책상을 이리저리 옮겨냈던 수업 때문에 우선 책상 서랍 확인이 필요했다. 순영이는 종례 후 일흔 명이 넘는 서랍을 하나하나 다 확인해 가며 참고서 찾기를 도왔다. 아니 혼자

애썼다. 나는 녀석을 물끄러미 바라보기만 했다. 그때 타인의 일을 자기 일처럼 그토록 적극적인 사람을 나는 태어나서 처음 봤다. 순영이는 내가 처음 본 이타적 인간이었다. "안 나와? 시간 다 됐어…." 순영이가 전화로 물었다. 대학생인 나는 순영이와의 약속을 어겼다. 사실 순영이는 더 이상 고교 동창도 아니었고, 나아가 재수하는 녀석과의 공감대 부재는 내키지 않았다. "자식, 미리 전화하지…! 그래 다음에 보자!" 순영이는 섭섭한 속내를 숨겼고, 도리어 나의 몰우정을 수습했다. 나는 애초에 녀석과의 약속을 염두에 두지도 않고 지내 왔을 뿐더러 만남의 필요성까지 버렸었다.

.

"전 뉴욕 이후 김 교수님은 이렇게 그냥 잊히는구나 했습니다."

"어! 문 교수님…. 그 말씀은 좀 섭섭한데요."

"아! 그런가요…. 전 뜻밖의 방문이 반가워서."

팬데믹이 있기 몇 해 전 김 교수는 한국 개최의 국제학술대회에 참석하고자 서울에 머물렀다. 내가 안식년으로 교수의 생활에 아예 들어갔었던 것처럼 김 교수도 내 생활 모두에 갑자기 들어왔다. 김 교수가 설마 한국에 내 연구실까지 방문하게 될 거라고는 나는 상상도 못했다. 우연한 인연을 어떻게든 유지하고픈 진심 어린 김 교수의 태도는 내게 뜻밖이었다. 다시 분향소에 당도했다. 아픈 영혼들을 애도하는 마음도 있었지만 염치없다는 마음이 더 컸다. 용기가 나지 않아 나는 소녀상2017에서 머뭇거렸다. 나는 어른답지 못했다. 그러다가 고개를 숙였고 겨우 1분간 나를 멈췄다.

오래전 종각에서 내가 느꼈던 괴로움은 연애 시절의 좌충우돌 해프닝에 불과하다. 그러나 이태원은 영원한 고통이고 끝없는 아픔이다. 그래서 가족이라는 진행은 중단된다. 나는 순영이의 이타심을 젠틀해 보이는 도구적 이미지만으로 따라 했던 것 같다. 녀석의 이타심은 염출 된 돈으로 공무 하는 소명의식 같은 것이 아닐지를 나는 생각해 봤다. 두 번째로 가본 이태원에서의 친구는 젠틀해 보이는 것이 아니라 원래 젠틀한 인간이라는 것을 나는 녀석의 합당한 완성도를 통해 확인했다. 그리고 나는 그야말로 중학영어숙어out of sight, out of mind 수준으로 그 헐렁한 이미지와도 같은 내 사회성을 김 교수의 진심으로도 성찰했다. 나는 두 사람의 재회를 통해 얇은 이미지와 탄탄한 본심의 차이를 알게 되었다.

오래전 주한미군 용산기지에서 처음 본 미국 거리는 이태원 거리와 달랐다. 군무원으로 추정되는 자는 차도와 인도가 교차된 지점에 얼굴을 땅바닥에 맞추다시피 하고 무릎을 꿇은 채 흙손 작업에 한창이었다. 금방 끝날 것 같았던 작업은 이태원을 다녀온 후까지 계속되었다. 그리고 그렇게 세심하게 완성되었던 교차 지점 지점은 종이 한 장의 요철도 허락되지 않았다. 왜냐면 미세한 흔들림 없이 휠체어가 지나다녔기 때문이었다. 그러고 보니 기지 내에 우리가 걷던 모든 보도는 다 그런 세심함이 기본이었다. 휠체어가 아예 차도로 주행하게 하는 조악한 길거리와는 너무나도 달랐다. 매끈한 척하는 이미지가 아니라 영구적 선진 본질이었다. 이태원인 만큼 그런 선진 단도리로 잘 운영된 관광특구였다면 어땠을까 한다. 나를 포함한 서울인들은 수많은 슬픔을 공부했으면서도 건망을 넘어서 디맨샤Dementia의 단계의 접어든 것은 아닌지를 의심해 본다.

오백 년 늙은 도시에서 나는 오로지 주입식으로만 조련되었다. 그리고 오늘 청년들은 그 주입식에다 글로벌해야 한다는 주문까지 받았다. 그래서 이들은 세계에서 가장 국제적인 미국을 유치원부터 학습했다. 이들의 미국 시작은 할로윈Halloween Day이라는 말랑말랑한 것부터였다. 청년들에게 다가온 미국 이미지는 경직된 한국식 가르침에 분출구와도 같은 것이었다. 다시 말해서 이들에게 할로윈은 뻣뻣한 형식주의의 추석과 친척들의 난데없는 집단 관심의 설날과는 차원이 다른 그들만의 단 하루의 광복절이었다. 이들은 국내에서 미국 이미지가 가장 진한 곳을 이태원으로 결정했다. 그러나 문제는 거기는 할로윈 태생지인 미국 이미지만 있을 뿐이지 미국의 선진 본질은 모두 골다공되어 있다는 것이다.

미군들이 제거된 이태원은 사해동포주의라는 글로벌을 자처했다. 그 관대한 다문화적 변신은 마을 모두를 국제적인 수준으로 끌어올려야 한다는 숙제이기도 했다. 그러나 안면만 고치는 것이 보편적인 서울답게 이태원은 보도에 각국에 지리공부만으로 글로벌을 다한 것으로 생각한 것은 아닌가 한다. 뉴욕의 글로벌이 끊임없는 뒤섞임의 갈등인 것처럼 완성은 결코 있을 수 없다. 이태원의 정체를 육대주 모두를 취하고자 했다면 진행은 끊임없어야 했다. 서울 어디보다 뉴욕보다 더한 선진의 본질로 이태원의 완성도를 계속 고민했어야 했다. 나는 오늘 이태원으로 생년이 얼추 비슷한 우리끼리의 망탈리테Mentalité에서 이젠 벗어나 보기로 했다. 청년들의 사회참여란 할로윈처럼 즐거운 것이지 용모단정한 면접고사가 아니라는 것으로 말이다.

용산구청 앞에서 406번 버스를 타고 반포대교를 지났다. 곧 사라질 서쪽 해는 얼어 굳어버린 한강 표면을 빨갛게 달아오르게 하더니 출렁이는 강줄기로 옮겨 또 빨갛게 너울댔다. "다 알고 있겠다…! 사사건건 다." 나는 버스 안에서 속삭였다. 오늘 반포대교에서 저 국적 없는 태양이 서울 한강을 뜨겁게 더듬고서는 또 뉴욕으로 건너가 허드슨강을 불붙일 것을 나는 상상해 보았다.

거리 전체가 추모의 기류인데, 무엇을 기념하는 사진은 조금 이상했다. 아니 예의가 아니라는 생각이 들었다. 동네가 미웠던 만큼 철없이 외국 어딘가를 놀러 오라던 버스정류장 동영상 광고가 탐탁지 않았다. 그래도 뭔가 남겨야 했기에 휴대폰에 담았다. 영상은 슬프지 않았던 이전의 이태원처럼 오토바이도 타보고 외국 어딘가를 놀러 오라고 했다. 그러나 그마저 싣지 않으려 한다. 그래야 할 것 같다. 독자분들을 하찮게 대해지에 고

인들에게 전하고 싶은 글을 적으셔도 됩니다.

난 아무 말도 하고 싶지 않아
— 크라이슬러빌딩Chrysler Building

"세상에서 가장 높은 빌딩은?"
"엠파이어스테이트빌딩Empire State Building 1931."

조금만 재미있을라치면 숫자로 계산되는 단원이 나타났다. 한 과목을 쪼개서 두 선생님이 가르쳤던 물상과 생물 중에서 물상의 계산쯤은 어느 정도 만만했다. 수학은 원체 계산으로 시작해서 계산으로 끝나는 과목이니 나는 인내하고 맞섰다. 그 결과 나는 수학에서 그만 최우수 학생이 되고 말았다. 물론 내게는 전무후무한 단 한 번의 영광이었지만 말이다. 비상한 머리가 있는 학생인 양 나는 전혀 놀랍지도 않은 듯 기쁨을 드러내지 않았다. 한 번이라도 수학을 잘한다는 것은 공부를 잘한다는 암묵적 교실의 인정이다. 따라서 나는 다른 과목 점수가 수학에 조금 못 미쳐도 우등생에 속하는 셈인 것이다. 심지어 나는 수학의 수 자도 찾아볼 수 없는 체육도 잘했다. 그래서 체육부장을 하겠다고 손도 들었었다. 체육은 다른 과목들이 주지 못하는 무엇인가가 더 있었다. "전력 질주하면…. 어떨 때는 슬퍼! 그래서 좋아!" 나는 달리며 나에게 말을 해 본 적도 있다. 내 중학 시절은 빛이 났다.

그러나 고등학교부터 그 빛은 희미해졌다. 지학과 화학 그리고 물리 등 아예 독자적으로 재탄생한 과학 과목들은 숨겨왔던 수학 본색을 숨김없이 드러냈다. 나는 길거리 돌멩이조차도 예사롭지 않게 보는 지구과학에 대한 기대도 컸고, 럭금화학1947 · 럭키금성화학을 줄여서 럭금으로도 불렸음같이 목적지가 뚜렷한 화학도 괜찮았다. 그리고 아인슈타인Albert Einstein 물리학자 미국 1879-1955 축에도 못 미치지만 비스무레한 계산쯤은 감당할 만했다. 그러나 중학생 물이 완전히 빠진, 그러니까 후배 선배에 껴 있던 고등학생에서 나는 그런 과목들의 수학 위장에 속았음을 깨달았다.

문 교수의 마지막 부탁은 크라이슬러빌딩Chrysler Building 1930이었다. 이 빌딩은 맨하튼에서 엠파이어스테이트빌딩과 쌍벽을 이루지만 그리 주목받지는 못했다. 그래서 한번 가보고 싶은 맨하튼 고층에도 속하지도 못하는 것이기도 했다. 2022년도가 다 끝나는 마지막 목요일인 28일 나는 맨하튼에 별 볼 일 없는 빌딩에 다니러 갔다. 춥지는 않아도 입김은 나왔다. "오늘이 마지막이니 좀 그러네." 나는 걸으며 중얼거렸다. 뉴욕을 열한 번이나 돌아다녔던 나는 이제 문 교수의 지시가 아니어도 스스로 계획을 세워 뉴욕 어디든지 가 봐도 될 것 같았다. 그러나 보고 대상이 없는 방문은 바로 어색하다는 생각도 들었다. 사실 다녀오고 나면 문 교수 외에는 아무도 내 이야기를 들어 주지 않았다. 아무리 주체적인 뉴욕 소풍이라고 해도 더 이상의 명분은 없었다. 아쉬움을 감춘 채 나는 맨하튼행 버스를 탔다. 역시 버스는 42번가 맨하튼항만 버스터미널에서 나를 내려주고는 어두운 차고로 사라졌다.

그런데 크라이슬러빌딩을 막상 찾으려고 하니 빌딩 숲에 가려져 엄두가 나지를 않았다. 뉴욕 지도google.com/maps에게 물었다. 크라이슬러빌딩는 여러 번 꺾는 엠파이어스테이트빌딩과 달리 직선거리로 렉싱턴가Lexington Avenue에 있다고 했다. 솔직히 나는 엠파이어스테이트빌딩과 크라이슬러빌딩이 치솟은 끄트머리만 확인해 왔을 뿐이지 그 뿌리에 가 보는 것에는 관심이 없었다. 물론 엠파이어스테이트빌딩에는 가 본 적이 있지만 그게 그거라는 생각으로 크라이슬러빌딩이 땅과 맞닿은 곳의 흥미는 없었다. 얼마 가지 않아서 찌부러진 육각형의 매트라이프빌딩PanAm Building 1963-1980 · MetLife Bulding 1980- 과 대중앙터미널Grand Central Terminal 1913이 나왔다. 그리고 크라이슬러빌딩 꼭지도 약간 보였다. "잘됐네, 들어가 보자!" 나는 혼잣말을 했다.

터미널이라 부르는 이 기차역은 문 교수의 관심에서 벗어난 뉴욕의 명소이기도 했다. "와 멋있다!" 나는 혼자 감탄도 했다. 높은 외벽시계 주위로 세 명이 돌사람들이 있었다. 시계를 딛고 있는 사람은 날개를 펼친 것 같았다. "기차역에 어울리는 인물들은 뭐가 있지?" 나는 혼자 중얼댔다. 야후.yahoo.com를 열어서 '그랜드센트럴터미널조각상Grand Central Terminal Scripture'이미지를 주문했다. 첫 번째 이미지를 클릭했다. 그냥재미있는사실들닷컴justfunfacts.com이 열렸다. 사이트는 이 터미널 역사의 텍스트를 한 아름 갖고 있었다. 나는 한참을 읽어 내려갔다. "어! 여기!" 나는 그 돌상들을 발견하고 혼잣말을 했다. 돌로 된 조각상들의 정체는 상업 찬양의 미네르바, 헤라클레스 그리고 머큐리 조각 군상It is surrounded by the Glory of Commerce sculptural group, which includes representations of Minerva, Hercules, and Mercury으로 묶여진 것들이었다. 사실 나는 제우스의 아들 말고 나머지는 모르는 정체였다. "미네르바는 지난번 헤럴드 스퀘어에서 봤다. 그런데 여기는 어린 미네르바로 보였다. 머큐리는 태양 다음 수성 아니면 수은!" 나는 나에게 말을 주고받았다. 문 교수의 주문 때마다 봉착되는 이 인문난관도 끝이라는 안도감이 들었다. "못 봤다고 해야지." 나는 휴대폰을 닫으며 소리 내어 다짐했다.

'삐익!' 소리를 내는 나무 출입문은 역사를 풍겼다. 천장이 이렇게 높고 넓게 둥근 것은 처음 봤다. 아주 큰 싱크대를 엎어놓은 것 같았다. 천장은 설명하기 힘든 이상한 초록이었다. 내부는 필요 이상으로 굉장히 넓었다. 기차역인 만큼 북적임을 예상했었다. 그러나 전혀 그렇지 않았다. 내부를 조망할 수 있는 높은 테라스가 있었다. 궁궐이라면 임금이 앉아서 이래라저래라하는 공간과도 같았다. 거기서 내려다 본 사람들은 개미같이 움직였다. 늘 하늘길을 이용하는 내게 이 대중앙터미널은 정겨운 기차역이었지만 너무 거대한 나머지 다소 생경했다. 나는 맨하튼 섬 지하철 줄기는 알았어도 기차 줄기는 몰랐었다. 섬은 지하 기찻길을 일부러 숨겨둔 것 같았다. 맨하튼은 이 비밀의 지하 선로를 지키기 위해 눈빛이 가려진 무장 경찰과 군인들을 어슬렁거리게 했다.

나는 좀 둔했다. 아바Abba 혼성 4인조 대중가수 스웨덴 1973-1982를 뒤늦게 알게 된 나는 승자가 모든 걸 가져간다던 노래⟨the winner takes it all⟩ 1980의 인기가 시들하고도 남은 후에야 알았다. 그러니까 패자면 갖기를 포기하라는 것인데, 그래서 멜로디까지 서글펐다. 그러나 저 먼 스톡홀름Stockholm 1252에서 건너온 세상은 서울에 사는 내게 회의주의까지 안겨주지는 못했다. 왜냐면 미확인된 그 노래의 감정은 슬프지만 나쁘지 않았기 때문이었다. 물론 승자와 패자는 내 생활에서 어떻게 구체적으로 구분되는 것인지도 나는 몰랐으니까 말이다. 말하자면 교무실은 승자와 패자를 구분할지는 몰라도 교실 친구들은 승자와 패자를 구분하지도 않았다. 그래서 친구들과의 갈림길에서도 각자의 중학교와 고등학교로 이동될 뿐이라고 나는 생각했다. 그러니까 내 생활에서 승자와 패자는 있었어도 없었다. 그러나 대학은 약간 달랐다. 졸업식에서 최고의 대학을 앞둔 친구들은 조금 다른 빛이 나기는 했다. 그러나 그렇다고 해서 나는 녀석이 승자라고 생각하지 않았고, 더욱이 내게는 슬프지도 않았다. "쟤 서울대 붙었데!" 재수를 계획한 같은 반 녀석은 졸업식장에서 조용히 말했다. 사실 머리에 피도 안 마른 내 삶에서 승자의 우쭐도 없었고, 패자의 연민도 없었다. 그래도 아바가 노래한 패자의 슬픔은 여전히 멋있었다.

　퍼싱광장Pershing Square이란 음식점이 나왔고, 바로 옆 건물에는 '공공개방 Open to Public'이라는 푯말도 있었다. "한번 쉬자!" 나는 내게서 허락받듯 중얼댔다. 안락한 테이블 의자가 많이 있었고, 실제 이용하는 사람들도 적지 않았다. 추운 겨울 오늘 내게는 아주 고마운 타인의 발상이었다. 사실 용무를 대지 못하면 맨하튼 빌딩들은 차갑기 그지없다. 더욱이 위압적인 크기의 경비원들이 내려다보는 불쾌감은 치사해도 어쩔 수 없다. 그런 야박함이 당연한 섬 기류에서 한겨울 추위를 피할 수 있는 이 온기는 그 누군가에게 감사하고픈 마음을 저절로 생기게 했다.

　앰뷸런스의 소란이 사방에서 들려왔다. 내 마지막 소풍이 아쉬워서 맨하튼 섬이 온 힘을 다해 호소하는 것은 아닐지도 싶었다. 맨하튼을 의인해 가며 나는 계속 걸었다. 꼭지만 보여주던 크라이슬러빌딩이 몸통을 드러내기 시작했다. 사실 이 빌딩 이름을 들으면 누구라도 크라이슬러Walther Chrysler 기술자 사업가 미국 1878-1940가 만든 자동차 브랜드 회사인 크라이슬러Chrysler Corporation 1909를 떠올릴 것이다. 그러나 그러한 영광이 오래전의 이야기인 것처럼 빌딩은 이미 미국인이 아닌 다른 이의 것이 된 것으로 나는 안다. 따라서 이 빌딩은 맨하튼을 상징하기에 그 순도가 약간 떨어지기는 한다. 그래도 뉴요커들이 버티는 이유는 미국 순혈주의가 확실한 엠파이어스테이트빌딩이 우뚝 서 있기 때문이 아닌가도 싶다. 그래서 크라이슬러빌딩에 대한 문 교수의 흥미는 내게는 다소 의외였다. 드디어 면전에 크라이슬러빌딩이 다 들어왔다.

　"무슨 일로 왔습니까?"

빌딩 문을 열자마자 경비원은 재빨리 다가오더니 의심의 눈초리로 물었다. "건물 구경하려…."

경비원은 내가 대답할 차례를 막아서면서 사무실 방문의 용무가 아니라면 나가기 바란다고 말했고, 또다시 내가 대답할 순서임에도 자기가 먼저 나서서 현관에서는 그 어떤 사진도 찍을 수 없다고 단호히 말했다. 순간 나는 엠파이어스테이트빌딩의 태도와 확연히 다른 이 박대에 우리가 왜 크라이슬러빌딩을 열외시켜 왔는지를 알 것 같았다. 다시 말해서 크라이슬러빌딩은 세간의 관심을 원하지 않는 모양이었다. 오래전 뉴욕에서 제일 높았다던 크라이슬러빌딩의 꼭대기에 맨하튼을 내려볼 수 있는 전망대가 있었는지는 나는 모르겠다. 그러나 아마도 한 해를 넘기지 못하고 엠파이어스테이트빌딩에 뉴욕 제일의 자격을 내줘 버린 이후 크라이슬러빌딩은 전망대가 있었다 해도 폐쇄하지 않았을까도 싶었다. 왜냐면 경비원은 전망대라는 것은 설치되어 있지도 않은 듯이 물러가라는 태도였기 때문이었다. 이는 건축도 모르는 내게 세계 빌딩들의 순위 변경 역사를 들여다보게 하는 흥미이자 허무함이었다. 전망대 부재 추정이 맞는 것이라면 빌딩은 오늘 나를 돌려보낼 이유는 충분했고, 경비원의 거절도 당연한 직무수행이었다. 나는 이해하려고 매우 노력했다.

나는 시카고에 존핸콕센터John Hancock Center 1969를 바로 떠올렸다. 공교롭게도 존헨콕센터도 시카고의 지붕으로 군림하다가 불과 다섯 해도 채우지 못하고 시얼스타워Sears Tower 1974-2008 · Willis Tower 2009- 에 내주고 말았다는 사실 말이다. 그러나 존핸콕센터는 현재에도 나 같은 평범이들이 진입하지 못할 이유를 만들어내지 않고 있으며, 시카고의 전망을 여전히 감상할 수 있게 나만의 시카고블랙맨타레이Chicago Black Manta Ray · 뒤집힌 검은 마름모 위에 두 개의 큰 안테

나는 만타 가오리를 연상케 하는데, 나는 문 교수의 건물작명(63빌딩은 거대한 골든 바를 연상시키기에 골든타워
로 부름)을 따라 해 그간에 내가 상상했던 존핸콕센터를 작명했음이기도 하다. 크라이슬러빌딩에
게서 대우를 받지 못한 나는 뉴욕 애정에 약간의 금이 간 것이라고 생각했고,
그간에 잊고 있었던 시카고의 그리움도 떠올렸다. 나같이 귀찮은 상황을 여
러 번 겪은 경비원은 내게 세상에 널리 널리 알려달라는 당부의 경고를 한 것
은 아닌가도 싶었다. "문 교수에게 알려야지." 문 교수의 실망을 상상하며 나
는 중얼거렸고, 알아들었던 만큼 초라하게 돌아섰다.

"어? 뭐야!" 나는 마지막이라는 심정으로 크라이슬러빌딩을 한 번 더 돌아
보며 말했다. 크라이슬러빌딩 몸집에는 '환경디자인과 에너지 부문에 지도자
황금상LEED · Gold Leadership in Energy and Environmental Designn 2013'을 받았다는 동
판이 달려 있었다. "백 년이 다 돼가는데 새삼 상은!" 나는 야속해진 크라이
슬러빌딩의 수상을 대단하지 않다는 듯 평가절하했다. 멀찌감치 물러서 보니
인상적인 뾰족 탑은 여전했다. 문 교수가 이 빌딩을 특별하게 생각하는 이유
는 이 뾰족이들 때문이 아닌가도 싶다. 사실 빌딩 안테나를 떠받들고 있는 저
꼭지는 리버티섬에 자유상the Statue of Liberty 왕관 뾰족이들을 연상케 한다. 따
라서 빌딩은 엠파이어스테이트빌딩과 상대적으로 다소 여성적인 헤어스타일
이라는 것은 나만의 생각일지는 모르겠다. 왕관 같은 곡선이 은색 금속과 잘
어울려져 다양한 장신구로 머리를 치장한 크라이슬러빌딩레이디인 것이다.
그러나 이런 내 빌딩 외모지상주의를 하나도 걷어내지 못하게 크라이슬러빌
딩은 속 이야기를 문 교수에게 하나도 보고할 수 없게 만들었다. 나는 눈 거
지가 되어 있었다. 아쉬운 마음에 경비원의 눈을 피해 나는 거대한 신을 경배
하듯 빌딩 주위를 고개를 쳐든 채 돌았다.

"어! 이런 세상에 99센트다!" 나는 탄성을 질렀다. 피자 한 조각에 단 1불도

안 되는 가게가 나타났다. "이 가격으로 어떻게 팬데믹에서 살았지?" 나는 너무 반갑고 놀라워서 계속 중얼댔다. 맨하튼 중심가에서 아직도 이런 파격가가 있다는 것은 내게 유용한 정보였다. 잘 어우러진 양념에 구워진 도우 냄새는 나를 그냥 지나칠 수 없게 했다. 나는 하나도 배고프지 않았는데도 한 조각을 기어코 사 먹었다. 피자는 배가 고프지 않아도 맛있었다. 사실 크라이슬러빌딩은 존재하는 유명세와는 달리 창문에 임대 문구가 상당했다. 출입문 층에는 체이스은행Chase Manhattan Bank 1955과 아마존고Amazon Go 2016 · 무인가게 뿐이었고, 빈 사무실들은 새 주인들을 찾고 있었다. "가보니 건물 자체가 폐쇄된 것처럼 못 박혀 있었고…." 문 교수는 오래전에 방문한 크라이슬러빌딩은 그 아름다운 꼭대기와 달리 심지는 죽어 있었다고 전했었다. 외부와 아무런 대화가 없는 전혀 움직이지 않는 시체 건물이라는 것이다. 그래서 문 교수는 뉴욕에서 가장 좋아하는 마천루인 크라이슬러빌딩이 이제는 숨은 쉬는지 궁금해했다. 그러나 오늘 크라이슬러빌딩도 살아있어도 다 사는 것은 아닌 것 같았다. 이유는 팬데믹인지 크라이슬러라는 기업의 불안정한 행보였는지는 나는 잘 모르겠다. 그러나 크라이슬러빌딩은 여전히 훤칠한 것은 사실이었다.

나는 문 교수에게 웃는 표시^^와 함께 '혹시 치프리아니빌딩Cipriani 42nd Street을 소개해도 될까요.'라는 이메일을 보냈다. 크라이슬러빌딩의 내부를 하나도 알아보지 못한 나는 그의 준하는 건물이 또 뭐가 있을지를 둘러보아야 했다. 대낮에도 노란 등을 켜놓은 한 빌딩이 예사롭지 않았다. 건물 앞에 페터슨Pettersson이라는 이름표의 밝은 얼굴의 경비원은 연미복을 입은 채 크라이슬러빌딩과는 대조적으로 아예 문밖에 나와 내게 친근하게 굴었다. "이 빌딩은 뭐 하는 빌딩인가요?" 나는 소극적으로 물었다. 경비원은 친절하게도 건물은 원래 은행이었으며, 지금은 연회장이라고 했다. 그리고 심지어 내게 어서 들어와서 구경해 보라고까지 했다. 중세시대 모종의 교회 같이 꾸며진 출입문은 오래되어 보이는 돌로 단단하게 마감된 듯했다. 나는 용도변경은 되었어도 백 년 이상의 역사를 갖는 굉장한 빌딩인가 싶었다. 현관으로 들어서자마자 지난 세기 초반으로 들어서는 것 같았다. 은행이었던 만큼 창구들이 고요히 유지되어 있었다. "저렇게 긴 커튼!" 경비원이 따라오자 나는 입을 막는 시늉을 하여 중얼댔다. 조명은 그 오랜 아늑함을 화려하게 비추었으며, 무엇보다 기둥의 음각과 양각을 확실히 드러내 주었다. 문 교수가 꼭지 단서만 갖고 궁금해 했던 크라이슬러빌딩의 내부가 바로 이런 느낌은 아닐지도 싶었다. "이제 또 어디로 가지." 소기의 목적을 달성하지 못한 나는 성냥팔이 소년처럼 따뜻한 곳을 찾아서 42번가 이리저리를 헤맸다.

크라이슬러빌딩이 인색하게만 굴지 않았더라면 눈에 띄지도 못했을 이 치프리아니빌딩은 내게 나타나지도 못했을 것이었다. 그리고 맨하튼을 바라보는 관점도 크라이슬러빌딩과 엠파이어스테이트빌딩같이 하늘을 찌르는 두 개의 바늘만이 아니라 치프리아니와 같은 세밀한 우연성도 찾아내지 못했을 것이다. 승자가 모두 가져가지 않는다. 나는 수학 낌새가 있던 과목들이 나를 배신했다고 이제는 생각하지 않는다. 내가 만약 수학이 정말 뛰어난 학생이었다면 계산의 조짐이 보이건 말건 공학이나 자연과학으로 나아갔을 것이다. 그러나 나는 그러지 않았다. 과목들은 내게 숫자를 숨겨왔던 것이 아니라 어떤 분야인지 완전체를 계산으로 드러내 보인 것이었고, 나는 그 완본을 통해 내 행보를 다시 조정했을 뿐이다. 나는 수학 점수가 나보다 월등하고 수학을 드러낸 과목들에서까지 두각을 나타내는 친구들이 이겼으며, 그래서 그 친구들이 다 가져갔다고 생각하지 않는다. 중학 시절 내가 수학에 맞섰던 만큼 수학을 드러내는 고교 과목에서까지 죽을힘을 다해 맞서고 버텼다면 나는 불행한 고교생활을 했을 것이다. 가사 맥락이 우선이겠지만 승자가 모든 것을 가져간다던 노래의 첫마디, 그러니까 '아무 말도 하고 싶지 않다I don't wanna talk about the things we've gone through...'는 가사는 극적이다. 누군가는 승리로도 누군가는 패배로도 아무 말도 하지 않는다는 것은 멋있다. "무슨 말을 더하겠어." 나는 허공에 대고 소리 내어 중얼댔다.

사실 이겼다고 떠들어대는 것도 그리 멋있지 않다. 그런데 사실 지면 할 말이 많다. 뜻밖의 변수, 취학했던 점 등 헤아릴 수 없는 조건들이 물밀 듯이 자동 분석되기 때문이다. 그러나 승자의 과시가 보기 싫은 것처럼 패한 자도 불리했던 조건들을 입 밖으로 늘어놓는 순간도 구차하고 승자를 깎아내리는 변명으로 들릴 뿐이다. 그러나 변명하고 싶어도 함구만 한다면 그 순간은 오히려 패배한, 아니 패배했다고 착각하는 사람에게는 행운이다. 왜냐면 변명이지만 이는 일종의 성찰이고 다른 세계가 열리는 확실한 기회이기 때문이다. 그리고 여기서 더 중요한 것은 자신에게 우연한 세밀함도 싹튼다는 것이다. 자신의 탤런트는 직면하는 난감에서 열리는 우연한 세밀함을 통해 발견된다. 오히려 타인에 의해 조기 발견되었다던 난리는 잘 짜여진 기성의 과정에서 중단되고 마는 경우가 허다하다. 그렇다고 나는 그 수학 수하의 과목들에서 시간을 낭비했다고 생각하지는 않는다. 왜냐면 나는 계산으로 전위일 필요만 없을 뿐이지 중간 이하로 누리면 되기 때문이다. 이를테면 교수가 방문했을 때 축제 같았던 개기일식은 지구과학 전위자들로부터 통보받으면 될 일이고, 독립기념일마다 즐거운 불꽃놀이는 화학 뱅가드Vanguard들이 맡으면 될 일이고, 욕탕에서 찾기 편한 둥둥 비누는 물리 아방가르드Avant Garde들이 개발하면 될 일이다. 나는 더 이상 계산할 필요만 없다.

엠파이어스테이트빌딩이 세계에서 제일 높다는 것은 국민학생들의 상식이었다. 그러나 그 발음이 쉽지 않은 탓에 대답하는 녀석들은 얼마 없었다. "엠피트…." 퀴즈를 냈던 녀석도 어눌하게 발음을 흘린다. 나는 정확하게 발음했다. 뉴욕의 베일이 벗겨내고도 남을 세월이었건만 나는 나조차도 오래전 엠파이어스테이트빌딩 순위에서 벗어나지 못해 왔다. 문 교수의 크라이슬러빌딩도 있었고, 오늘 치프리아니도 있었다. 크라이슬러빌딩이 차별화된 아름다움을 지녔다는 것을, 속내가 대단한 치프리아니와 같은 맨하튼도 있었다는 것을 나는 오늘 우연한 세밀함으로 알아낸 것이다. 그러니 사실 승자와 패자는 어디에도 없는 것이다. 그럼 승자도 패자도 없으면서 내가 패자의 슬픔을 좋아하는 이유란 무엇인가 싶다. 문화와 예술을 대하는 태도가 그런 것이 아닐까도 싶다. 내게 별도의 재미였던 과목이 체육이었던 것처럼 미술과 음악을 그렇게 대입하는 학생들도 분명 있었을 것이다. 우리는 그 과목들을 이른바 '예체능Art, Music and Physical Education'이라고 해서 특별하게 분리했었다. 그런데 이 과목들의 공통점은 바로 슬프다는 것이다. 행하는 자와 그 행함을 대하는 자 둘 다 감동이 심하면 이상하게도 글썽거린다. 낭만주의Romanticism 1700s-1800s라는 것을 나는 그런 것으로 안다. 낭만주의가 하나도 없는 학업에서 운동장을 달리는 역경을 이겨내는 나는 뭐라도 된 것 같았다. 반 녀석들은 자신의 갈 길을 찾아갔고, 그 찾은 길에서는 사실 나 자신 밖에 보이지 않는다. 그러니 그 길에서 승자와 패자의 판가름은 일어날 리가 없다. 설사 하늘에 전지전능한 자가 안다 해도 우리에게 통보해 줄 리가 없다. 물론 각자 연락해서 만나기도 하겠지만 이는 그리운 만남일 뿐이지 승자와 패자를 견주는 만남은 결코 아닐 것이다. 그러고 보니 나는, 아니 우리는 미술과 음악 그리고 체육으로 마음껏 슬퍼 보지도 못한 채 교실에서 배양되지 않았나 싶다. 예체능이라는 진정한 낭만적인 과목을 천시하면서 말이다. 어른이어도 낭만을 잘 모르니 점점 내가 재미없이 천해지는 것 같다.

42번가로 걷다 보면 그랜드센트럴터미널도 보셨을 텐데요. 조각상 세 명은 못 봤나요? 아래층에 푸드코트 맛있습니다. 기차 출발하는 데 가면 증기기관도 아닌데 꼭 짐승이 지하에서 숨 쉬는 것처럼 막 증기 소리가 나요. 가서 보셨나요? 교수님 혹시 잘 모르겠으면 대학도서관에 주드Catherine Judd 교육자 1852-1930의 『그리스로마신화』Classic Myths 1896를 찾아보세요. 어린이 책인데 그랜드센트럴터미널 세 조각상을 자세히 알려 줄 겁니다.

문 교수는 또 어떻게 알고 내가 대중앙터미널을 들렀다는 듯이 이메일을 보내왔을까 싶다. 누가 뉴욕을 더 잘 아는지는 다시 만나서 승자와 패자를 가려볼 일이다. 어떨 때는 문 교수가 뉴욕에 있고, 내가 서울에 있는 것 같다. 문 교수는 뉴욕을 속속들이 언제까지 궁금할 것이고, 나는 또 언제까지 서울을 구석구석을 그리워할 것인지 모르겠다.

출판이 결정되었다는 서울 교수로부터의 연락을 받았다. 지난 1년간의 사진들을 다시 꺼내 구경해 봤다. 하나가 누락된 것을 뒤늦게 알았다. 학교가 끝나고 부랴부랴 맨하튼으로 건너가 저녁이 되어서야 크라이슬러빌딩을 찍었다. 치프리아니빌딩도 찍어 둘 것을 또 놓쳤다. 뉴욕에 또 미련을 남겨두었다.

후기

우리는 시티팝을 들으며 도시에서 길러졌다. 그런 나머지 우리는 이촌향도 인들의 시골 정서를 잘 모른다. 그러나 이번 두 도시는 그자들을 흉내 낼 정 도로 도시라는 냉혹한 물건에서 느끼는 뜻밖의 향수였다. 서울에 질릴 정도 로 살면서도 그리워진 서울이 되었고, 일상인 뉴욕이 새삼 궁금해졌다. 우리 는 그간에 우리가 생략해 왔던 두 도시의 숨겨진 감정을 비로소 알아냈다. 비 록 맥락과 기승도 없는 조각들이었지만 그 하나하나는 선연한 두 도시의 새 로움 그 자체였다. 사실 두 도시를 알기 전 우리는 월스Herbert Wells 문학작가 영 국 1866-1946 · 『타임머신』(the Time Machine 1895) 작가의 시간여행시간을 통제하는 여행자는 팔십 만 년도쯤으로 되는 곳으로 가서 인류의 디스토피아를 발견함 류의 영상들과 헤라클레이토스 Heracleitos 철학자 고대그리스 Before Christ 540s-Before Christ 480s의 강물우리의 몸이 담긴 오늘 강물은 어제 담근 그 강물이 분명 아님의 이치들을 나이만큼이나 지루해 했다. 분명히 과 거로 혹은 미래의 활약이지만 그런 척하는 연기자와 작가의 통제까지 간파해 내는 우리의 쓸데없는 이 회의주의는 우리의 생활을 점점 총기 없게 만들었 다. 그리고 팬데믹은 그 희미해진 의욕마저 아예 봉인시켜버렸다. 그래서 우 리는 별다를 것도 없이 당도할 노년을 기다리며 나라는 존재를 단념해 나갔 다. 우리가 청년 주인공이었던 서울과 뉴욕의 공연은 이미 다 끝났기 때문이 다. 그러나 숙제처럼이라도 당도해 본 두 도시는 우리에게 또 다른 방식의 무 대 조명을 다시 켜 주었다. 탐색할 필요도 없이 일단 걸어보기만 해도 그간에 머릿속에 켜켜이 퇴적시켰던 기억이 자동 인출되는 것 말이다. 그러니까 우 리는 얼마든지 시시각각 다른 강물에서의 뻔하지 않은 시간을 달릴 수 있음을 깨달은 것이다. 전기로 돌아가는 디지털 영상 시간여행이 아님에도 우리의 머릿속 오토리버스 영상이 켜진다는 이치를 우리는 바보같이 이제야 알았다. 결국 우리는 윌스의 역방향으로 헤라클레이토스가 간과한 강물을 찾아낸 것이었다.

거슬러 본 강물에서 우리는 다섯 가지의 그리운 서울과 궁금한 뉴욕을 뽑아냈다. 말하자면 가장 극적인 그리운 서울과 궁금한 뉴욕을 선정하는 것인데, 서울 담당인 나는 가장 놀라운 서울, 가장 후회되는 서울, 가장 재미있었던 서울, 가장 가기 싫었던 서울 그리고 궁금한 뉴욕을 가장 더 궁금하게 했던 서울까지 다섯 개의 서울을 꼽았다. 가장 놀라웠던 서울은 대학로였다. 오래전 대학생으로 살아보았었고, 그래서 드물게라도 방문해 왔던 대학로는 그간에 쌓아 놓은 이야기에서 보지 못했던 새로운 이야기를 발굴해 내는 시간이었다. 낙산과 그 뒤에서 나에게 다가와 준 다른 세상은 오래전 서울 이야기를 많이 간직한 원래의 서울 모습이었다. 후회되는 서울은 단연 관악산이었다. 관악산의 끝자락에서 아는 아이 경준이의 행동에 나는 한 번도 역지해 보지 못했다. 녀석의 몇 차례의 친구 제안을 나는 무정하게 거절했었고, 아예 어른으로 분류해 버렸었다. 이런 나의 결정은 녀석의 쓸쓸한 국민학교 시절에 일조하게 하지 않았나 싶다. 물론 이도 나만의 착각일 수도 있겠지만 말이다. 가장 재미있었던 서울은 문백초등학교였다. 나는 문백초등학교에 나타난 어린이들을 통해 국민학교 시절 햇빛 쨍쨍한 방과 후 한나절 길거리를 기억해 냈다. 그야말로 내게 그리운 서울이었다. 가장 가기 싫었던 서울은 이태원이었다. 왜냐면 나는 미안해서 용기가 나지 않았다. 비로소 김 교수의 부탁을 받고 방문한다는 그 사실, 그 이전에 나의 무관심, 그리고 허술한 내 인성을 나는 내게 들키고 말았다. 나는 아직 어른이 아닌 모양이다. 마지막으로 뉴욕을 더욱 궁금하게 한 서울은 광장시장이었다. 서울의 뒷문화인 광장시장에는 유독 외국인이 많았다. 그간에 나는 정돈된 뉴욕을 궁금해 한 나머지 반듯한 뉴욕만을 김 교수에게 요구한 것은 아닌가 한다. 그야말로 잘 포장된 뉴욕만을 편식해왔다. 그래서 나는 김 교수에게 뉴욕의 뒷문화는 무엇이고, 또 어디에 있는지를 진지하게 주문해 볼 작정이다.

　뉴욕이라는 역방향의 강물을 보고한 나는 문 교수와는 전혀 다른 이유로 다섯 가지의 궁금한 뉴욕을 선정했다. 정말 재방문해야 할 뉴욕, 정말 아이들에게 보여주고 싶은 뉴욕, 정말 불편했던 뉴욕, 정말 첫 미팅처럼 궁금해서 설레었던 뉴욕, 마지막으로 정말 시간 가는 줄 몰랐던 뉴욕으로 다섯 곳을 골라냈다. 우선 엄연히 방문했건만 여전히 궁금해서 재방문해야 할 뉴욕은 뉴욕시청사였다. 사전준비 부족으로 분주하게 움직이는 뉴욕의 심장을 나는 하나도 보지 못했다. 그래서 시청사는 정말 궁금한 뉴욕으로 남겨지게 되었다. 아이들에게 꼭 보여주고 싶은 뉴욕은 뉴욕공공도서관 3층에 자리한 리딩룸Reading Room이었다. 나는 일부러 의도적으로 강제로 보여준다기보다 아주 자연스럽게 더도 말고 10분 만이라도 좋으니 보고 싶은 책을 골라 정독해 보는 재방문이 성사되기를 간절히 희망한다. 그러나 관건은 녀석들을 도서관까지 유인하는 것이다. 궁금하지만 정말 불편했던 뉴욕은 크라이슬러빌딩이었다. 이 빌딩은 문 교수의 궁금증과 내 기대가 무색하게 반의반의 반도 내부를 보여주지 않았다. 그렇게 멋있을 거면 엠파이어스테이트빌딩과 대등하지 말던가 말이다. 첫 미팅같이 설렜던 뉴욕은 퀸스박물관이었다. 이유는 간단했다. 등잔 밑이 어둡게 비로소 문 교수를 통해 알게 된 이 박물관은 내게 설레었던 만큼 놀라운 걸작이었다. 정말 박물관을 나오기 싫었다. 마지막 시간 가는 줄 몰랐던 궁금한 뉴욕은 센트럴파크동물원이었다. 정체를 모르는 동물까지 나는 전혀 지루하지 않았다. 많은 시간이 흘렀다는 것을 나는 비로소 인간 세상에 나와서 알았다. 센트럴파크에는 인간들과 풀만 사는 것이 아니었다.

희한하게도 우리는 다른 각자의 도시에서 공통적으로 일치된 보고 사항이 하나 있었다. 우리는 나홀로 탐색의 쓸쓸함을 길거리 동물들과의 대화에서 달랬다. 사실 어디를 가든 우리를 기다리는 사람은 아무도 없었다. 당연했겠지만 때론 섭섭했다. 그럴 때마다 나타난 고양이, 거미, 개, 갈매기, 다람쥐, 그리고 비둘기 등은 무료한 목적지까지 기꺼이 동행해 준 두 도시의 주인이지만 천시되는 미물이었다. 우리는 서울과 뉴욕에서 비둘기와 그렇게 많은 대화를 나눠본 적이 없었다. 물론 내 집으로 들어와 잘 조련된 대화들도 있었겠지만 매일, 아니 평생 자신의 생계를 손수 챙겨야 하는 걸인과 다를 바 없는 털 난 영혼들은 우리의 거리 친구들이었다. 걷다가 쉬다가, 아니면 생각하는 여분의 시간에 꼭 나타나 우리의 기록에 등장해준 그들은 도시에서 진정한 아날로그 일상이 무엇이고, 팬데믹에도 여전한 삶의 분위기를 은근히, 아니 중요하게 만들어 줬던 고마운 존재였다. 그런 나머지 우리는 도시에서 꿈적대는 무엇인가에게 이제는 말을 걸어볼 필요를 배웠다. 물론 우리만의 독백이지만 말이다.

모순이기도 했다. 우리는 기술 변덕으로 신속하게 두 도시의 사정을 공유했어도 오히려 그런 스피드를 멀리해야 찾아지는 두 도시의 정서는 이상한 양립이었다. 그리고 그 체감은 이기적인 팬데믹을 통해서 더욱 강하게 다가왔다. 말하자면 팬데믹은 미래지향의 기술결과로 우리의 몸은 버티게 했지만 과거를 지향하지 못하면 우리의 정서에 문제가 생기게 한다는 것이다. 우리는 두 도시를 만지며 알았다. 우리는 바이러스도 미웠지만 디지털도 그리 고맙지 않았다. 그렇다고 이쯤에서 우리를 연명케 해준 디지털 격변에 백래시Backlash를 원하는 것도 아니다. 다만 너무 빨랐다는 것이다. 오히려 팬데믹 속에서 디지털은 더 일해야 하는 강박을 주었다. 고통으로 생을 달리한 망자들의 명복을 빌면서 조심스럽게 '자연 좀 그만 건드려.'를 '너희들 디지털로 그렇게 빨리 가서 뭐 할래.'라는 바이러스의 원래 의도가 아닐지를 곡해해 본다. 사실 실토하지만 우리는 팬데믹 초반 본격적으로 우리에게 관여한 디지털에 감탄했다. 그러나 변덕에다 변덕을 거듭하는 디지털 즉시성은 유용함을 느끼기도 전에 서서히 현기증을 일으키게 했다. 디지털은 팬데믹을 핑계로 인간 세상에 상당한 부분으로 개입되어 결코 따뜻한 방향으로 흐를 것 같지 않게 했다. 물론 그래서 더 재밌어진 오락거리도 있겠지만 연륜과 지혜를 냄새나는 퇴물로 만들 챗봇과 메타버스로의 미래를 상상해 보면 아날로그만을 간직한 채 일찌감치 사라진 선조들이 부럽기까지 했으니 말이다.

그래서 서울을 맡았던 나는 교보문고홈페이지가 아니라 직접 교보문고에 가서 나와 같이 디지털에 꼬투리를 잡고 싶은 친구를 만났다. 그 친구는 『좋아요는 어떻게 지구를 파괴하는가』L'enfer numérique: Voyage au bout d'un like 2021로 뭐든 간소하게 만드는 디지털 이기의 이면을 설파하는 피트롱Guillaume Pitron 방송기자 불란서 1981- 이라는 친구였다. 그런가 하면 뉴욕을 담당했던 나는 드디어 내 공부와 상관없이 대학도서관에 직접 걸어 들어갔다. 그리고 누구나 만나보았다던 보카치오Giovanni Boccaccio 문학작가 이태리 1313-1375라는 친구를 이제야 만났다. 이 친구는 『데카메론』Decameron 1353으로 근 칠백 년 전 팬데믹으로 망가진 정서를 중세인들은 어떻게 다독거렸는지를 들려주었다. 우리는 이 두 명의 새로운 친구들을 만나면서 뜬금없이 『서울, 뉴욕을 읽다』에 또 다른 이름을 떠올렸다. 서울의 영원한 트윈시티인 인천과 뉴욕항에 서면 바로 보이는 저지시티Jersey City 1630 말이다. 우리는 아직은 가상의 『인천, 저지시티를 읽다』도 가능할지 생각해 보았다.